Catherine Bybee
Herz zu gewinnen

Montlake

Das Buch

Die resolute Parker Sinclair kümmert sich seit dem frühen Tod ihrer Eltern mit Hingabe um ihre beiden jüngeren Geschwister und die Ranch in den Bergen Kaliforniens. Doch dann zerstört ein verheerender Waldbrand fast den ganzen Besitz und Parker muss sich mit dem herrischen, aber verdammt attraktiven Colin herumschlagen.

Colin Hudson will Parkers Ranch vor weiterem Schaden bewahren. Doch das ist gar nicht so einfach, denn die junge Frau hat ihren eigenen Willen und will partout nicht auf ihn hören. Während die beiden notgedrungen zusammenarbeiten, stellen sie plötzlich fest, dass sie sich zueinander hingezogen fühlen.

Die Autorin

New-York-Times-Bestsellerautorin Catherine Bybee wuchs im Bundesstaat Washington auf. Nach der Highschool zog sie nach Südkalifornien, um dort Schauspielerin zu werden. Bald aber hatte sie genug davon, sich den Lebensunterhalt als Kellnerin zu verdienen, und absolvierte eine Ausbildung zur Krankenschwester. Die meiste Zeit ihrer Karriere verbrachte sie in der Notaufnahme. Jetzt arbeitet sie hauptberuflich als Autorin. Zu ihren bekanntesten Werken zählen die Bücher aus der Brautserie »Bis Mittwoch unter der Haube«, »Ab Montag verheiratet«, »Jawort am Freitag«, »Single ab Samstag«, »Am Dienstag getraut« und »Bis Sonntag verführt« sowie die Bücher der »Fast«-Serie »Fast ein Date«, »Fast mein Baby«, »Fast im Himmel«, »Fast für die Ewigkeit« und »Fast mein Traummann«. Catherine Bybee lebt mit ihren zwei Söhnen in Südkalifornien.

Catherine Bybee

Herz zu gewinnen

Creek Canyon

Roman

Aus dem Amerikanischen
von Stephanie von der Mark

Montlake

Die amerikanische Ausgabe erschien 2020 unter dem Titel »My Way to You«
bei Montlake, Seattle.

Deutsche Erstveröffentlichung bei
Montlake, Amazon Media EU S.à r.l.
38, avenue John F. Kennedy, L-1855 Luxembourg
Juli 2020

Die Übersetzung dieses Buches wurde durch Amazon Crossing ermöglicht.

Umschlaggestaltung: bürosüd° München, www.buerosued.de
Umschlagmotiv: © Tim Hale Photography / Getty; © Celig / Shutterstock;
© lovelyday12 / Shutterstock; © BartlomiejMagierowski / Shutterstock
Lektorat und Korrektorat: VLG Verlag & Agentur, Haar bei München,
www.vlg.de
Gedruckt durch:
Amazon Distribution GmbH, Amazonstraße 1, 04347 Leipzig /
Canon Deutschland Business Services GmbH, Ferdinand-Jühlke-Str. 7,
99095 Erfurt /
CPI books GmbH, Birkstraße 10, 25917 Leck

ISBN 978-2-496-70360-3

www.montlake.de

Dieses Buch ist für
Paul Melillo.
Du hast gesagt, es würde
alles wieder gut werden.
Und du hattest recht.

Prolog

Parker guckte in den Spiegel und zog den perfekten Lidstrich, um ihren Augen einen katzenähnlichen Look zu verleihen, dann trug sie Make-up auf. Schließlich trat sie einen Schritt zurück und begutachtete mit seitlich geneigtem Kopf ihr Kunstwerk.

Ihre Mitbewohnerin Suzzie stand neben ihr und beanspruchte in dem winzigen Badezimmer ebenfalls Platz. »So doof, dass du heute arbeiten musst. Laut Marcus soll es die allergeilste Sommerparty werden.«

Es war Ende August. Das Semester hatte erst vor einer Woche begonnen. Mit ihren vierundzwanzig Jahren hatte Parker schon mehr Zeit mit Leuten wie Marcus auf Strandpartys verbracht, als im College zu sitzen. Aber nun hatten ihre Eltern ihr die Pistole auf die Brust gesetzt und ein Ultimatum gestellt.

Sie hatte ein Jahr, um das Studium zu beenden. Was nur machbar war, wenn sie sich richtig anstrengte und nicht auf Partys ging und Tequila trank. Samstag und Sonntag waren die einzigen beiden Tage, die zum Jobben übrig blieben. Und da man am Wochenende mehr Trinkgeld bekam, musste sie jetzt arbeiten gehen.

»Es wird Zeit, dass du erwachsen wirst, Parker. Dein Dad und ich haben viel Geduld gehabt, aber jetzt ist wirklich Schluss damit.« Ihre Mutter und ihr Vater saßen ihr am Esstisch gegenüber und nahmen sie ins Visier.

Sie waren Anfang fünfzig und eigentlich recht locker. »Es war ja okay, dass du dir ein paar Jahre Zeit genommen hast, um herauszufinden, was du willst. Und als du mit zwanzig studieren wolltest, haben wir auch gerne dafür gezahlt. Jetzt sind vier Jahre vergangen, aber du nimmst es einfach nicht ernst genug.«

»Weil ich nicht weiß, was ich machen will«, verteidigte sie sich.

Ihr Vater lächelte und nahm ihre Hand. »Das haben wir uns auch schon zusammengereimt, als du zum dritten Mal dein Fach gewechselt hast. Aber wir wissen, dass im San Diego College oft Partys gefeiert werden. Wir waren ja auch mal jung.«

Sie wollte widersprechen. Sagen, dass viele Studenten ihr Fach wechselten. Dass sie gar nicht so oft feiern ging, wie ihre Eltern dachten. Aber sie sagte lieber nichts.

Ihre Mutter stieß einen langen Seufzer aus und blickte ihr in die Augen. »Mallory hat eine Zusage für vier Colleges. Man muss den Tatsachen ins Auge sehen – wir können es uns einfach nicht leisten, wenn ihr beide länger als ein Jahr gleichzeitig studiert. Wir haben immer gedacht, dass du fertig bist, bevor sie drankommt. Und in wenigen Jahren ist es auch bei Austin soweit. Du weißt ja, wie viel Geld wir ausgegeben haben, bevor Nana gestorben ist.«

Ihre Großmutter hatte im Gästehaus gewohnt, bevor sie einen Schlaganfall erlitt. Danach hatte ihre Mutter nicht mehr alleine für sie sorgen können, und das Pflegeheim war nicht gerade billig gewesen.

Parker sah sich im Haus um. Es war eine große Ranch mit mehr als fünf Hektar Grund in einer der besseren Gegenden von Santa Clarita. Sie lebten zwar auf dem Land, waren aber kaum vierzig Minuten von Los Angeles entfernt. Parker war ohne Entbehrungen aufgewachsen. Sie hatte immer bekommen, was sie brauchte. Was allerdings nicht hieß, dass ihre Eltern in Geld schwammen. Ihr Vater hatte die Kinder stets ermahnt, alle Lichter auszumachen, und das Essen war auch immer so bemessen, dass man nichts wegwerfen musste.

Deshalb widersprach sie letztlich auch nicht. Ihre Eltern hatten recht. Es war höchste Zeit, erwachsen zu werden, und das bedeutete, dass sie ihr Studium zu Ende bringen und sich einen richtigen Job suchen musste.

Parker zog die Kappe ihres Lippenstifts ab und trug ihn mit drei gekonnten Strichen auf. »Sag Marcus, ich komme nach, falls ich früher Schluss machen kann.«

Sie quetschte sich an Suzzie vorbei und verließ das Bad. Dann schnappte sie sich die Schürze und ein Haarband, warf ihr Handy in die Handtasche und eilte aus der Wohnung. An diesem Abend war es in San Diego noch heißer als sonst im August. Hoffentlich würde sie nicht auf der Veranda arbeiten müssen.

Sie verband das Telefon mit der Lautsprecheranlage und suchte in der Playlist ein paar Lieder für die kurze Autofahrt.

Dabei klingelte es. Der Name ihrer Schwester erschien auf dem Display.

Statt dranzugehen, suchte sie weiter nach Musik.

Sie legte den Rückwärtsgang ein und parkte aus.

Da rief ihre Schwester erneut an.

Diesmal nahm Parker ab und ließ dabei den Fuß auf dem Bremspedal.

»Ich muss zur Arbeit. Kann ich dich später zurückrufen?«

»Parker!«, schrie Mallory hysterisch.

Parker lief es eiskalt über den Rücken.

»Was ist los?«

»Mom und Dad! Du musst sofort heimkommen.«

»Was ist, Mallory?«

Als ihre Schwester zu schluchzen begann, bekam Parker Panik. »O Gott … Was ist? Was ist passiert?«

Ein Knistern war zu hören, dann eine unbekannte Stimme: »Hallo, spreche ich mit Parker?«

Tränen stiegen in ihr auf. Und plötzlich war es, als würde alles in Zeitlupe abgespielt werden. Trotzdem konnte sie nicht aufhalten, was gleich geschehen würde. »Was ist los?«

»Ich bin eine Krankenschwester vom Henry-Mayo-Krankenhaus. Ihre Eltern hatten einen Unfall.«

Zwei Jahre später

KAPITEL 1

»Wir kommen zu spät!«

»Glaub mir, ich mache das schon zum dritten Mal.« Parker wartete in aller Seelenruhe, bis sich das Ausfahrtstor öffnete. »Es ist völlig egal, wann du da bist. Wenn du ankommst, schreiben sie deinen Namen auf eine Liste. Die Zeitvorgabe ist ein Witz. Eng zusammengepfercht hockst du zwischen deinen Schulkameraden rum und wartest eine halbe Ewigkeit, bis du drankommst.«

Sie fuhren die Privatstraße entlang, die sie sich mit den gut siebzig anderen Anwohnern teilten. Parker drehte die Klimaanlage auf volle Pulle. Die Sonne brannte bei zweiunddreißig Grad Außentemperatur durch die Windschutzscheibe.

»Ich hasse es, wenn ich zu spät komme.«

Parker warf ihrem siebzehnjährigen Bruder, der jeden Tag mehr ihrem Vater glich, einen Blick zu. Aber er guckte angespannt aus dem Fenster.

»Du hättest ja auch selber fahren können«, erinnerte sie ihn, was er mit einem Schulterzucken kommentierte.

In einem Monat begann sein letztes Highschooljahr und nun mussten Porträtfotos gemacht werden. Dafür hatte er diesen Termin in dem stickigen Raum voll pickliger Teenager, die kurz vor ihrem neuen Lebensabschnitt standen. Natürlich hätte

Austin allein fahren können, aber er hatte gewollt, dass sie mitkam. Parker konnte zwar die Mutter nicht ersetzen, aber sie war die nächstbeste Alternative.

Von den drei Geschwistern hatte Austin der tödliche Unfall der Eltern am meisten zugesetzt. Seine Trauer hatte sich in Form von Aufmüpfigkeit geäußert, die ein gutes halbes Jahr anhielt. Beinahe wäre ihr das Sorgerecht für ihn entzogen worden. Parker versuchte, die Erinnerung an die schwere Zeit zu verdrängen.

»Ich habe Mom damals so zur Eile angetrieben, dass wir fast eine Stunde zu früh da waren«, erzählte Parker, während sie auf die Hauptstraße auffuhr. »Mit dem Ergebnis, dass wir dann eineinhalb Stunden warten mussten.«

»Hoffentlich dauert es bei mir nicht so lange. Um zwei treff ich meine Kumpels bei In-N-Out.«

Just in diesem Moment fuhren sie an der besagten Burgerkette vorbei und bogen auf den Highway.

»Das wirst du vielleicht nicht ganz schaffen.«

»Ich hasse es, wenn ich zu spät komme«, murmelte er ein zweites Mal.

Parker blickte in den Rückspiegel, während sie die Spur wechselte. Dabei sah sie eine Rauchfahne in den Himmel aufsteigen.

»Oh shit!«

Austin drehte sich um. Parker war nun auf der richtigen Fahrspur und schaute erneut in den Rückspiegel.

»Sieht nicht sehr weit weg aus.«

Parker konzentrierte sich wieder auf den Verkehr vor sich. »Wahrscheinlich hat irgendein Volldepp eine Kippe aus dem Fenster geworfen. Solche Idioten.« Es war das siebte Jahr in Folge, in dem in Südkalifornien eine Dürreperiode herrschte. Das, was auf den Hügeln wuchs, war so ausgetrocknet, dass es nicht einmal mehr durstig aussah. »Mach dir keine Sorgen. Wenigstens gibt es gerade keine Santa-Ana-Winde.«

Sie hatten in der Gegend schon viele Waldbrände erlebt. Manche waren so nah herangekommen, dass die Hauptstraße gesperrt worden war. Doch bisher waren alle Brände gelöscht worden, bevor sie die Häuser erreicht hatten.

Austin drehte sich wieder zurück und beschäftigte sich mit seinem Handy.

Vierzig Minuten später tappte Parker ungeduldig mit dem Fuß, während sie immer noch zusammen mit ihrem Bruder wartete. Die Fotografen hatten für die Bilder Hemden und Krawatten zur Verfügung gestellt. Parker war von Jungs umgeben, die über der Gürtellinie formal gekleidet waren, während sie unten herum Shorts und Flipflops trugen. Bei den Mädels war es ähnlich, nur waren sie mit Tüchern ausgestattet worden, die sie elegant über die Schultern drapierten.

Parker machte ein paar Bilder, damit Austin später mal eine Erinnerung an dieses verrückte Szenario haben würde. Währenddessen leuchtete eine Textnachricht ihrer Schwester auf. Hast du den Waldbrand gesehen?

Ja, als wir losgefahren sind. Ist er sehr nah? Parkers Herz begann zu pochen, als sie die Frage tippte.

Ich glaube, es ist in Acton. Keine Ahnung. Kommt lieber heim, bevor die Straße gesperrt wird.

Parker ging an den vielen Teenagern vorbei nach draußen. Am östlichen Himmel sah sie nur ein bisschen Rauch. Allerdings waren sie hier etliche Meilen vom Santa Clarita Valley entfernt.

Wird schon nicht so weit herankommen. Parker ging wieder ins Fotostudio zurück.

Austin saß immer noch auf der Wartebank.

Sie schaute auf die Uhr.

Eine Minute nach der anderen verging.

Wenn der Brand in der Nähe war, wollte sie lieber zu Hause sein. Das letzte Mal hatten sie die Straße zum Canyon gesperrt und vier Tage lang hatte niemand mehr hineinfahren dürfen. Das Feuer war nicht so nahe herangekommen, aber man hatte trotzdem die umliegenden Häuser evakuiert. Allerdings war nur die Hälfte der Anwohner der Aufforderung gefolgt. Damals waren ihre Eltern noch am Leben gewesen. Ihr Vater hatte die Pferde verladen und ihrer Mutter gesagt, sie solle die Kinder und die Tiere in Sicherheit bringen. Er selbst war dortgeblieben, hatte aber versprochen, ebenfalls zu fahren, wenn es gefährlich wurde.

Es war nichts passiert. Nicht einmal Asche war herabgefallen. Und trotzdem hatten sie drei Nächte und vier Tage nicht nach Hause zurückkehren können.

Endlich war Austin an der Reihe. Parker atmete erleichtert auf und merkte erst jetzt, dass sie die Luft angehalten hatte.

Sie lächelte ihrem Bruder zu, als er sich auf den Stuhl setzte und in die Kamera grinste.

Wie in einem Vergnügungspark dauerte auch hier das Warten viel länger als das, wofür man anstand. Als Austin fertig war, trieb Parker ihn zur Eile an. »Mallory glaubt, dass die Polizei die Zufahrt zum Canyon sperren wird.«

»Wegen des Feuers?«

»Ja, sie vermutet, dass es in Acton ist.«

Die schweigsame Fahrt nach Hause verging viel schneller als die Hinfahrt. Die schmalen Rauchfahnen waren innerhalb einer Stunde zu riesigen, pilzartigen Wolken herangewachsen. Als sie an der Stelle vorbeifuhr, an der die Polizei letztes Mal die Straße gesperrt hatte, seufzte sie erleichtert auf.

Beide blickten zum Himmel, als sie ausstiegen.

Mallory kam zu ihnen. »Was meint ihr?«

Es war recht nahe.

Zu nahe.

»Der Wind weht in die andere Richtung. Wenn der Himmel nicht blau wäre, würde ich mir mehr Sorgen machen.« Innerlich zitterte sie, was sie jedoch ihren Geschwistern nicht zeigen wollte.

»Was machen wir jetzt?«, fragte Austin.

»Du lässt besser das Essen mit deinen Freunden ausfallen. Wenn die Straße abgesperrt wird, kommst du nicht mehr zurück. Und wenn wir wegmüssen, brauchen wir dein Auto, um es mit so viel Zeug wie möglich zu beladen.«

Ihr Zuhause lag am Rand des Angeles Forest, was sehr reizvoll war. Dadurch, dass die »Sinclair Ranch«, wie sie das vier Hektar große Anwesen nannten, auf zwei Seiten keine Nachbarn hatte, wirkte sie noch viel größer. Das Haus war vom Vorbesitzer so gebaut worden, dass es mit seinen robusten Wänden und dem geziegelten Dach einem Waldbrand standhalten konnte. Hinten am Hügel hatte ihr Vater Mittagsblumen und andere Sukkulenten gepflanzt. Doch einmal hatte es im Winter Frost gegeben und danach war die Dürre gefolgt, während derer das Wasser zum Gießen so teuer bezahlt werden musste, dass die Blumen fast alle eingegangen waren. Der Nachbar oben am Hügel scherte sich nicht darum, das hohe Gestrüpp im Zaum zu halten. Parker war in den letzten zwei Jahren schon mehrmals über den Zaun gehüpft und hatte es mit einer Motorsense entfernt.

Ohne weitere Erklärung ging sie zu Fuß die lange Zufahrtsstraße wieder hinab.

»Wo willst du hin?«, rief Mallory.

»Das Tor für die Feuerwehrleute aufmachen.« Wenn es in der näheren Umgebung einen Waldbrand gab, nutzte die Feuerwehr das Grundstück als Ausgangspunkt. Das Land auf ihrem Grund war flach, abgesehen von dem Hügel, auf dem das

Haus stand. Die Feuerwehrfahrzeuge konnten hier wunderbar wenden.

Zu dritt saßen sie mit ihren Tellern vor dem Fernseher und schauten Nachrichten. Überall wurde vom Waldbrand berichtet, die Sender wetteiferten um die besten Bilder des Ereignisses. Zum Glück waren keine Kamerateams zu ihnen gekommen, was Parker etwas beruhigte. Außerdem ließ der Sheriff auch noch nicht evakuieren.

Sie holten die Fotoalben und legten sie auf den Absatz der Treppe, die zur Garage führte. Die Bilder waren das Einzige, das sie von ihren Eltern noch hatten. Bilder und Erinnerungen. Die Fotos sorgten dafür, dass die Erinnerungen nicht verblassten, und das war alles, was zählte.

Parker wollte es sich nicht eingestehen, doch sie machte sich große Sorgen. Kein Wunder, denn nach Sonnenuntergang war jetzt im Osten der Feuerschein zu sehen.

Austin stand vor dem großen Fenster, von dem aus man über das Grundstück blicken konnte. »Die Feuerwehr ist da.«

Ihr wurde eng in der Brust.

Parker hörte auf, Teller abzuspülen, und ging hinaus. Mit blinkenden Lichtern kam ein Feuerwehrauto langsam vorgefahren. Austin ging mit ihr nach draußen, während sich Mallory lieber in ihr Zimmer zurückzog. Scout, ihr schwarzer Labrador, rannte aufgeregt im Kreis herum, weil er glaubte, man werde mit ihm Gassi gehen.

»Guten Abend«, begrüßte sie die Einsatzkräfte, die neben dem Löschfahrzeug standen und zum Feuerschein sahen.

»Hallo. Sind Sie die Eigentümerin?«, fragte einer der Männer.

»Ja.« Sie streckte ihm die Hand entgegen. »Ich bin Parker und das hier ist mein Bruder Austin.«

»Ich bin Captain Moore. Vielen Dank, dass Sie das Tor geöffnet haben.«

»Aber gerne doch. Wir tun alles dafür, dass Sie das Feuer schnell löschen können. Wie weit ist es entfernt?«, fragte sie.

»Noch einige Meilen. Wir werden es heute Nacht nur beobachten.«

»Wird nicht evakuiert?«, wollte Austin wissen.

»Nein, noch nicht. Wenn die Windrichtung so bleibt, kommt es nicht her. Machen Sie sich keine Sorgen. Wenn sich in der Nacht etwas ändert, wecken wir Sie auf und bringen Sie in Sicherheit. Halten Sie Tiere?«

Sie schüttelte den Kopf. »Nur Hühner.«

»Gut.«

Scout sprang um den Kommandanten herum, weil er gestreichelt werden wollte.

»Wir sind wahrscheinlich den größten Teil der Nacht hier.«

Das beruhigte sie. Wahrscheinlich würde ohnehin niemand wirklich schlafen können. »Ich habe nichts dagegen«, sagte sie zu ihm. »Wenn Sie irgendetwas brauchen, geben Sie mir Bescheid.«

»Wir haben eigentlich alles, danke.«

Parker sah, dass ein paar Nachbarn gekommen waren. Sie standen am Zaun und schauten. Sie ließ Austin stehen, der sich weiter mit den Feuerwehrmännern unterhielt, und ging hinüber.

Sie versuchte, ein Lächeln aufzusetzen. »Ist wohl eher ein schlechtes Zeichen, wenn die Feuerwehrleute ihr Lager im Garten aufschlagen«, sagte sie nervös lachend.

»Was haben sie gesagt?«, wollte Lori wissen.

»Sie bleiben nur hier, um es im Auge zu behalten. Es gibt keinen Grund zur Panik.«

»Es wird schon nicht herkommen. Ich habe das schon so oft erlebt. Ich weiß noch, wie ich mit deinem Dad auf der Veranda gesessen und Bier getrunken habe. Wir haben die Stille genossen, bis sie irgendwann die Straße zum Canyon wieder geöffnet haben.« Mr Richards war Anfang siebzig. Sein Grundstück grenzte nicht direkt an ihres, aber sein Haus lag weiter oben am Hügel. Und wenn irgendwer Angst haben musste, dann er.

»Mach dir keine Sorgen, Parker.« Susan und ihr Mann Ron waren die direkten Nachbarn. »Dein Dad würde jetzt auch entspannt dasitzen und ein Bier trinken.«

Susan wollte sie damit zwar beruhigen, doch es half nicht.

»Jedenfalls fühle ich mich besser, wenn die Feuerwehrleute in der Nähe sind.« Sie sah zu den blinkenden Blaulichtern des Löschfahrzeugs. Wenn nur ihr Dad hier gewesen wäre! Dieser Gedanke lähmte sie allerdings so sehr, dass sie ihn vehement verdrängte.

»Sind die De Lucas noch auf Hawaii?«, wechselte Lori jetzt das Thema.

»Ja, aber sicher passt irgendwer auf das Haus auf.« Die De Lucas reisten zwar viel, doch es war immer jemand da, der sich während ihrer Abwesenheit ums Haus kümmerte.

»Geht lieber ins Bett und versucht, zu schlafen. Morgen wird hier die Hölle los sein«, meinte Mr Richards.

»Lasst uns nur beten, dass der Wind nicht dreht«, sagte Susan.

Parker versuchte, die mitleidigen Blicke zu ignorieren, die man ihr entgegenbrachte, seit Parkers Eltern gestorben waren und sie die Verantwortung für alles übernommen hatte. Sie verabschiedete sich und ging zum Haus zurück. Als sie die Auswaschung überquerte, in der kein Wasser floss, blieb Parker stehen. Von hier aus war der Feuerschein in der Ferne noch heller zu sehen. Aber noch keine Flammen. Zumindest von hier noch nicht.

Sie schauderte.

Es war eine sehr warme Julinacht und trotzdem war ihr kalt.

* * *

Die Morgenluft war still, die Klangstäbe des Windspiels gaben keinen Laut von sich.

Parker hatte tatsächlich ein paar Stunden geschlafen. Sie erwachte noch vor Sonnenaufgang und bevor Bennie, der Hahn, sie weckte.

Sie schlüpfte in eine Shorts, zog ein Top mit Spaghettiträgern an und folgte Scout nach draußen. Die Feuerwehrleute hatten das Grundstück wieder verlassen. Der blaue Himmel war von einer Dunstschicht überzogen, als die Sonne aufging.

Mallory gesellte sich mit einer Tasse Kaffee in der Hand zu ihr. »Und?«, fragte sie.

»Schwer zu sagen. Laut Wetterbericht soll der Wind drehen.« Sie wedelte mit der Hand vor dem Gesicht. »Deshalb ist auch dieses Zeug hier in der Luft.«

»Dad würde sagen, dass wir uns entspannen sollen.«

»Und Mom würde Panik schieben.«

Mallory legte den Arm um Parkers Schultern. »Wenn sie doch hier wären.«

Parker wollte jetzt auf keinen Fall wieder in dieses Loch fallen. Sie hatte genug andere Sorgen und keine Zeit, ihrem Kummer zu frönen. Sie löste sich aus dem Arm der Schwester.

»Was machst du?«

»Ich drehe den Rasensprenger auf und rolle den Feuerschlauch aus.« In ihrem Garten gab es einen Wasserhydranten. Hinter dem Haus stand oben am Hügel ein 20.000 Liter großer Tank dafür. Er würde helfen, das Haus zu retten, bis der Tank leer war. Und danach gab es noch den Pool. Allerdings hatte sie die Pumpe, die ihr Vater mal installiert hatte, um in solchen Situationen Wasser herauszuziehen, nicht erneuert. Die Kosten hatte sie sich damals gespart.

Hätte ich besser mal die Pumpe reparieren lassen.

Ab zehn Uhr kreisten die ersten Helikopter am Himmel. Dann kehrten auch die Feuerwehrleute zurück. Die Luft war voller heißer Asche.

Die Morgenstille war verschwunden, der Wind hatte gedreht. Jetzt drückte er das Feuer in ihre Richtung. Allmählich verschwand der blaue Himmel gänzlich hinter Rauchwolken. Das Windspiel untermalte musikalisch den Luftzug. Das sind noch keine Santa-Ana-Winde, dachte Parker. Wenn die ihr Spiel trieben, musste sie manchmal mitten in der Nacht hinausgehen und die Klangstäbe entfernen, weil sie gar so laut klirrten.

Parker und ihre Geschwister konnten nichts machen, außer den Himmel und die Silhouette der Berge zu beobachten. Mittlerweile hatte sich ein halbes Dutzend Feuerwehrleute versammelt. »Kann man mit Löschflugzeugen den Brand so weit eindämmen, dass die Flammen nicht herkommen?«

»Man wird es versuchen, aber bei dem Rauch ist es schwer, über die Hügel zu kommen.«

Sie war hier aufgewachsen und wusste genau, wie steil die Berghänge waren.

»Oder Planierraupen?«

»Wenn noch genügend Zeit bleibt.«

Was sollte das denn bedeuten?

Der junge Feuerwehrmann, der um die dreißig sein musste, bemerkte ihre Anspannung. »An Ihrer Stelle würde ich das Auto vollpacken und mich schon mal vorbereiten, falls doch evakuiert werden muss.«

»Aber noch hat man nicht zur Evakuierung aufgefordert, oder?«

»Nur auf freiwilliger Basis. Viele Anwohner schaffen für den Fall der Fälle ihre Tiere fort.«

Parker hatte das Grundstück den ganzen Tag nicht verlassen und wusste nicht, wie viele ihrer Nachbarn noch da waren.

Sie wischte sich übers Gesicht und bemerkte den Schmutzfilm.

Beziehungsweise die Asche!

Sie winkte Mallory zu sich, um mit ihr zum Haus zurückzugehen. »Wir sollten für alle Fälle schon mal die Autos beladen.«

Parker blickte in die blauen Augen ihrer Schwester. Die gleichen, die sie jeden Tag selbst im Spiegel sah. Sie hatten sie von ihrer Mutter geerbt.

»Ich habe Angst.«

»Sonst haben sie es auch immer gelöscht, bevor es die Hügel erreicht hat«, beruhigte sie ihre Schwester.

»Aber es war immer auf der anderen Seite des Canyons. Es ist noch nie von dieser Seite gekommen.«

Ihre Schwester hatte recht, doch Parker wollte nicht noch mehr Panik verbreiten. »Hol die Fotoalben und die Jahrbücher. Und Klamotten. Pack alles in dein Auto. Ich hole die Sachen von Mom und Dad.«

Parker versuchte, sich einzureden, dass es sich dabei lediglich um eine Vorsichtsmaßnahme handelte.

Es würde schon nichts passieren.

Sie legte die Waffensammlung ihres Vaters in den Kofferraum, zusammen mit der ganzen Munition, die sie finden konnte. Nicht, dass auch noch Gewehrkugeln durchs Haus flogen, wenn es brannte. Sie wusste zwar nicht, ob so etwas überhaupt möglich war, aber es erschien ihr sinnvoll, alles mitzunehmen. Ihre Hände zitterten, egal, wie oft sie sich sagte, dass sie bald alles wieder auspacken würde, ohne überhaupt weggefahren zu sein.

»Hast du Moms Porzellan?«, wollte Mallory wissen.

Parker blickte ins vollgeladene Auto. »So viel Platz haben wir nicht.«

»Das gefällt mir alles überhaupt nicht.« Ihrer Schwester kamen die Tränen.

Auch Parkers Hals schnürte sich zusammen. »Mir auch nicht, Mallory. Aber wir müssen uns jetzt zusammenreißen, okay?«

»Okay«, schluchzte ihre Schwester.

Die Helikopter flogen jetzt nicht mehr. Und kein einziger Tropfen Wasser war versprüht worden, kein Löschpulver.

Je dichter der Rauch wurde, desto dünner wurden Parkers Nerven.

Sie guckte zu den Feuerwehrleuten. »Wo ist denn eigentlich Austin?«

Mallory zeigte zu den Nachbarn. »Bei den De Lucas. Er hilft Lynn.« Lynn war die erwachsene Tochter der De Lucas, die zurzeit auf das Haus aufpasste.

»Hat er schon was gepackt?«

»Ich glaube nicht«, antwortete Mallory.

Parker rannte zum Haus zurück, stürmte in Austins Zimmer und sah sich um. Ganz offensichtlich hatte er nichts gepackt. Sie schnappte sich seinen Wäschekorb, weil darin ziemlich sicher alle seine Lieblingsklamotten waren, und eilte damit zum Auto.

Mallory rannte wieder ins Haus. Die Angst stand ihr ins Gesicht geschrieben, und Parker ging es nicht anders. »Jetzt sieht man schon Flammen!«

Parker lief es eiskalt über den Rücken.

Die Nackenhärchen richteten sich auf, ihr Herz klopfte so laut, dass sie es hören konnte.

Sie ließ den Korb fallen und rannte hinaus.

Sie liefen zum trockenen Flussbett und schauten, in welche Richtung sich das Feuer ausbreitete. Die Flammen hatten schon die Berghänge erreicht.

Parker ging zu den Feuerwehrleuten, die in ihrem Garten Stellung bezogen hatten. »Wo sind die anderen?«, fragte sie und schaute, wo das Löschfahrzeug mit den Schläuchen war.

»Es ist gerade jemand losgefahren, um sie zu holen.«

Diese Geschwindigkeit würde ihr Herz nicht lange durchhalten.

Der Himmel hatte sich verändert, aus dem leichten Nebel war dichtes Grau geworden. Jetzt fiel auch weiße Asche vom Himmel. »Geh Austin holen.«

Wortlos rannte Mallory zu den Nachbarn.

Parker zückte das Handy und filmte. Eine Angewohnheit aus der Collegezeit, wo man ständig von allem Möglichen Videos gemacht hatte. »Das sieht nicht gut aus«, sagte sie laut und hielt fest, wie der Himmel nun von Grau zu Schwarz überging, wie der Wind stärker wurde. Sie nahm auch den Stall auf, in dem nur noch die Hühner beherbergt wurden.

Nicht weit davon stand das Gästehaus, wo die Fahne ihres Vaters stolz im Wind wehte.

Sie steckte das Handy ein, rannte zum Stall und öffnete das Tor für die Hühner. Sie würde gar nicht erst versuchen, sie einzufangen. Wenn das Feuer kam, mussten sie sich selbst retten.

Sogar hier hörte man das Windspiel, das wie ein böses Omen klang.

Und trotzdem wollte sie es nicht wahrhaben.

Es wird nichts passieren.

Am liebsten hätte sie sich verkrochen und einfach nur geheult.

Zurück im Haus schnappte sie sich die Quilt-Decke, die ihre Großmutter genäht hatte, dann nahm sie im Flur alle Familienfotos von den Wänden, warf sie auf die Decke, die sie anschließend wie einen Sack hinauszerrte.

Sie lud alles in das Auto ihres Bruders.

Scout, der kluge Hund, wollte nicht von ihrer Seite weichen. Ihre Katze war nicht ganz so clever. Sushi war nirgends zu sehen.

Austin kam zurück. »Parker! Das musst du dir ansehen.«

Sie war keine zehn Minuten im Haus gewesen und schon war es, als würde sie in die Nacht hinauslaufen. Die Luft wirbelte herum wie bei einem Hurrikan. Das Feuer war ohrenbetäubend laut. Sie rannten die Straße hinunter, schauten zum Bergkamm.

Als hätte jemand einen Brandbeschleuniger verwendet, schlugen die Flammen in die Höhe.

Der Feuerwehrkommandant, mit dem sie am Morgen gesprochen hatte, sagte: »Ihr Haus könnte es überstehen.«

»Aber ein fairer Kampf wird das nicht«, antwortete sie.

Er sah sich um und wirkte dabei seltsam aufgeregt. »Jetzt ist wohl der Zeitpunkt gekommen, an dem Sie Ihr Haus verlassen müssen.«

Viel Vorwarnung hatten sie also nicht bekommen.

»Würden Sie wegfahren, wenn es Ihr Haus wäre?«, fragte Austin.

Der Mann blickte ihn an. »Ich bin Feuerwehrmann.«

Ihr Bruder hatte denselben trotzigen Gesichtsausdruck wie ihr Vater damals.

Mallory kam dagegen nach ihrer Mutter und war mehr als bereit, die Flucht anzutreten.

»Die Straße, die von hier wegführt, ist jetzt schon ziemlich dicht«, meinte der Kommandant und blickte Parker direkt in die Augen. »Ich werde Ihr Haus retten.«

Heiße Asche regnete auf ihren Arm herab. »Was passiert jetzt?«, fragte sie.

Der Feuerwehrmann sah zu den Flammen, von denen sie langsam umzingelt wurden. »Jetzt wird es gleich sehr interessant.« Seine Mannschaft hatte schon das Löschfahrzeug gewendet und rollte die Schläuche aus.

Alle drei rannten zum Haus zurück, blieben dann aber unschlüssig stehen, während das Feuer immer näher kam.

»Ich will hierbleiben«, sagte Austin.

»Und was willst du machen?«, schrie Mallory ihn an.

»Dad wäre auch geblieben.«

»Dad ist aber nicht hier.« Parker versuchte, ihre Stimme ruhig zu halten.

»Ich will nicht, dass mein Auto verbrennt«, sagte ihre Schwester. Die Autos standen vor dem Haus, bepackt mit allem, was sie retten wollten.

Scout bellte, als wolle er ebenfalls seine Meinung zu dem Thema äußern.

Abhauen oder bleiben?

Die Flammen schlugen höher. Jetzt hatten sie schon den Hügel neben dem Stall erreicht.

Da ging der Feueralarm im Haus los. Parker, die ihren Verstand schon ausgeschaltet hatte, eilte ins Haus, um zu sehen, ob das Feuer schon drinnen angekommen war.

Das Telefon klingelte – die Sicherheitsfirma, die wegen des Feueralarms nachfragen wollte.

Es war nichts mehr im Haus, was es wert war, das Leben aufs Spiel zu setzen. Und bald würde das Feuer ihnen den Fluchtweg abschneiden.

Parker nahm die Hundeleine und befestigte sie an Scout. »Wir hauen jetzt ab.«

»Ich will nicht«, protestierte ihr Bruder.

Sie nahm die Hand ihrer Schwester. »Wir haben schon Mom und Dad verloren. Und keiner von uns kann etwas tun, um das Haus zu retten.«

Austin stand da und blinzelte. Er war nicht mehr der kleine Junge von früher. Er war fast schon ein Mann. »Okay.«

Parker atmete erleichtert auf.

Draußen sah es aus wie in einem Kriegsgebiet. Das Feuer war so nah, dass die Hitze wie ein Sonnenbrand die Haut reizte. Glühende Asche fiel vom Himmel, man konnte kaum noch atmen, ohne zu husten.

Jeder von ihnen stieg in sein Auto, Scout hüpfte zu Austin hinein. Hintereinander fuhren sie den vierhundert Meter langen Zufahrtsweg hinunter, um die Ranch ihrer Familie zu verlassen.

Das Letzte, was Parker von dem Zuhause ihrer Kindheit sah, war der helle Flammenschein, als die erste der uralten Eichen zu brennen begann.

Kapitel 2

Parker wippte vor und zurück, während sie das Handy hielt und Nachrichten über den Waldbrand sah.

Es hatte gute eineinhalb Stunden gedauert, den Canyon zu verlassen. Der Feuerwehrkommandant hatte nicht untertrieben, als er sagte, die Straße sei ziemlich dicht. Die Autos hatten sich nur noch zentimeterweise bewegt.

Doch jetzt waren sie und ihre Geschwister bei Freunden auf der anderen Seite der Stadt. Und trotzdem konnte man von hier noch den Feuerschein in der Ferne sehen.

Immer wieder trafen auf Parkers Handy Nachrichten der Sicherheitsanlage ein.

Haustür offen.
Glasbruch im Wohnzimmer.
Bewegung im Aufenthaltszimmer.
Glasbruch im Esszimmer.

Parker wippte stärker.

Sie wollte es einfach nicht wahrhaben. Seit dem Tod ihrer Eltern hatte sie das Heim ihrer Familie stets gut gehütet. Sie hatte sich um alles so gut gekümmert, damit sie später, wenn

Austin mit der Highschool fertig wäre, die Ranch verkaufen konnten und für alle ein neuer Lebensabschnitt beginnen würde.

Vor zwei Tagen war das noch alles gewesen, was sie wollte.

Ein neues Leben. Ein Leben, ohne Verantwortung für die Geschwister tragen zu müssen. Ein Leben, in dem sich Parker nicht mehr um alles kümmern, sich nicht mehr das Geld einteilen musste, das sie nach dem Tod der Eltern nur noch eine Weile bekommen würden.

Sie wollte ihr Studium beenden, damit sie diesen Job kündigen konnte, der sie nicht weiterbrachte. Sie hatte ihn damals nur angenommen, um für Mallory und Austin da sein zu können.

Ja, ein neues Leben, in dem sie vielleicht auch mal wieder ausgehen und ein Date haben würde.

Doch all das zählte plötzlich nicht mehr. Parker blickte aufs Handy, während möglicherweise gerade ihr Haus in die Luft flog.

»Das ist das Haus oberhalb von unserem«, rief Austin und zeigte auf den Fernseher. Parker sah wieder zum Bildschirm, während ihre Freundin Jennifer ihr den Arm um die Schultern legte.

Das Haus war vollständig von Flammen umgeben.

Der Pilot des Nachrichtenhelikopters sagte im Fernsehen, dass er wegen des dichten Rauchs nicht auf die andere Seite fliegen konnte. Die ersten Gebäude seien bereits von den Flammen erfasst worden.

Parker schaute wieder aufs Handy, ob weitere Nachrichten kamen, doch mittlerweile hatte das automatische System wohl aufgehört, mit ihr zu kommunizieren.

Vor ihrem inneren Auge sah sie ihre Mutter vor sich, die von der Veranda aus zum Essen rief, während ihr Vater im

Garten ein Loch grub, um mal wieder einen neuen Baum zu pflanzen.

Nun war alles verloren …

Sie würde sich damit abfinden müssen. Jetzt kamen die Tränen, die sie bisher unterdrückt hatte.

»Glaubst du, das Haus steht noch?«, fragte Mallory.

Parker konnte nicht antworten.

Jetzt war ohnehin alles vorbei. Egal, wie es ausgegangen war, denn das Feuer bewegte sich sehr schnell.

Entweder war alles verbrannt oder sie hatten doch noch ein Zuhause, in das sie wieder zurückkehren konnten. Es gab nur diese beiden Möglichkeiten.

»Ich kann hier nicht tatenlos herumsitzen«, meinte Sam und stand auf. »Ich fahre hin und schau, ob euer Haus noch steht.«

»Aber der Canyon ist doch gesperrt«, entgegnete seine Frau.

»Ich nehme den Jeep und fahre die Auswaschung entlang. Den Rest laufe ich.«

Austin sprang auf. »Ich komme mit.«

Sam berührte Parkers Schulter. »Ich lass dich heute nicht mit dieser Ungewissheit schlafen gehen.«

Jetzt liefen ihr dicke Tränen übers Gesicht. Das Haus war alles, was sie noch von ihren Eltern hatten. Das große dunkle Loch, das durch ihren Tod entstanden war, war wieder aufgerissen worden und nun klafften die Wunden wieder so frisch wie damals.

Parker nickte.

Mallory saß auf der Couch und machte sich klein. Zwei Chihuahuas saßen auf ihrem Schoß, zwei weitere lagen neben Scout auf dem Boden.

»Komm«, sagte Jennifer zu Parker. »Hilf mir mit dem Abendessen.«

In der Küche reichte Jennifer ihr ein Bier. »Wie geht es dir?«

Parker schüttelte den Kopf. »Ich bin am Ende.«

»Es wird alles gut. Egal, wie es ausgeht.«

»Aber was sollen wir machen, wenn das Haus futsch ist?«

»Ihr seid gut versichert.«

»Schon, aber was machen wir dann? Neu bauen?« Bei dem Gedanken wurde ihr ganz schlecht. »Und wo sollen wir in der Zwischenzeit wohnen?«

»Ihr könnt bei uns bleiben.«

Das war völlig ausgeschlossen. Sam und Jennifer hatten zwei Kinder, vier Hunde und zwei Katzen.

»Mom, Samson lässt mich nicht mitspielen.« Jennifers elf Jahre alte Tochter kam in die Küche, um sich über ihren Bruder zu beschweren.

»Ich bin gleich wieder zurück.«

Jennifer ging, um sich um ihre Kinder zu kümmern. Parker blickte aus dem Küchenfenster. Jetzt, da die Sonne untergegangen war, sah man den Feuerschein umso stärker.

Ruhig weiteratmen …

Einfach weiteratmen …

Dreißig Minuten später klingelte ihr Handy.

Es war Austin.

Mit zitternder Hand nahm Parker den Anruf entgegen.

»Und?« Sie hielt die Luft an.

»Ich berühre gerade die Hausmauer. Es steht noch.«

Ihre Brust bebte und schon flossen die Tränen.

»Ist ein ganz schöner Verhau. Stall und Scheune sind futsch, aber das Haus steht noch.«

»O Gott sei Dank.« Jetzt verzog sich ihr Mund zu einem Lächeln, und da wussten die anderen, dass das Haus überlebt hatte.

* * *

»Verhau« war die Untertreibung des Jahres.

Sie stand auf dem Grundstück. Ein paar der dreihundert Jahre alten Eichen waren verbrannt, die Obstbäume ihrer Mutter, die Scheune, der Holzzaun, der nur sechs Meter vom Haus entfernt stand. Und trotzdem war Parker mehr als erleichtert. Sie hatten Glück gehabt.

Vom Haus des Nachbarn oberhalb ihrer Ranch, der sich nicht darum geschert hatte, das Gestrüpp zu entfernen, war nur noch Schutt und Asche übrig.

Alles futsch.

Es herrschte Stille. Nicht einmal das Windspiel war zu hören.

Parker war über das Flussbett, das die Polizei nicht abgesperrt hatte, heimlich in den Canyon zurückgekehrt.

Da sie noch ein Zuhause hatte, wollte Parker wieder heim.

Sie hatten ja einen Generator und genug zu essen.

Sam kam zu Parker, die auf den Hügel gestiegen war, um sich alles von oben anzusehen. Die Erde unter ihren Füßen war schwarz und verbrannt. Er legte ihr den Arm um die Schultern. »Wir haben da, wo die Rohre geschmolzen sind, die Sprinkler abgedreht.«

An zwei Stellen war Wasser herausgespritzt. Der Strom war ausgefallen, aber Wasser gab es noch. Das Feuer hatte die PVC-Rohre der Anlage zum Schmelzen gebracht.

»Danke.«

»Kommst du wieder mit zurück?«

Parker schüttelte den Kopf. »Nein. Jetzt können wir gleich hierbleiben. Aber vielen Dank.«

Wenn sie den Canyon verließ, würde sie nicht ohne Weiteres wieder zurückkönnen. Sie freute sich zwar über das Angebot, doch wollte sie die Hilfe ihrer Freunde nicht weiter in Anspruch nehmen. »Wir holen die Autos, sobald alles wieder offen ist.«

Sam betrachtete die Hügel. »Sieht aus wie eine Mondlandschaft.«

Parker sah zu den abgebrannten Wäldern. »Ich habe gar nicht gewusst, dass da diese Vertiefungen sind.«

Es gab drei große Mulden, die fünfzig Jahre lang von der Vegetation verdeckt worden waren, aber jetzt entblößt dalagen, weil dort, wo einmal Bäume gestanden hatten, nur noch verbrannte Stümpfe waren.

»Es sieht alles so anders aus.«

»Und fühlt sich auch anders an.«

An diesem Abend setzte sie sich auf die Veranda. Die Hügel hinter dem Haus rauchten und immer noch glimmten die Wurzeln in der Erde, deren Glut vom Wind immer wieder angefacht wurde.

Weit hinten in den abgelegenen Teilen des Canyons brannte es noch lichterloh. Mehrmals knallte es, vielleicht weil ein Propantank explodierte. Sonst war es still.

Keine Kojoten.

Keine Klapperschlangen.

Nichts.

* * *

Asche bedeckte ihre Haut und verursachte ein Kratzen im Hals, als Parker zwischen dem, was vom Stall übrig geblieben war, herumlief. Drei Hühner, die Katze und Bennie, der Hahn, waren den Flammen entkommen und wieder zurückgekehrt. Die übrigen hatten wahrscheinlich nicht so viel Glück gehabt.

»Ich habe Fotos, wie es vor dem Brand aussah«, sagte sie zu Andrew, dem Schadenregulierer. »Früher hatten wir hier mal drei Pferde, zwei Ziegen und die da.« Sie zeigte zu den Hühnern.

Die Erinnerungen an die letzten drei Wochen waren wie ein unscharfer Film.

Es hatte noch vier Tage gedauert, bis der Zugang zum Canyon wieder freigegeben worden war. Während dieser Zeit waren ungefähr jeder Feuerwehrmann, den es gab, und sämtliche Leute der Stadtbehörden und des Forstamts zu ihr gekommen. Sogar Häftlinge hatte man zum Arbeiten hergebracht, um eine Brandschneise zu ziehen. Parker dachte erst, man wolle sie veräppeln.

Doch dann hatte sie selbst gesehen, wie Männer in orangefarbenen Anzügen die Straße im Gänsemarsch entlangmarschiert kamen und in der Nähe des Hauses arbeiteten wie die anderen Einsatzkräfte.

»Das sind Häftlinge«, erklärte einer der Feuerwehrmänner.

»Sie meinen, ehemalige Häftlinge?«, fragte sie nach.

»Nein, aktuelle. Halt welche, die wegen guter Führung auch raus dürfen.«

Diese Information veranlasste Parker, zum Haus zurückzurennen und die Waffenkollektion, die sie nach ihrer Rückkehr einfach auf dem Boden abgelegt hatte, abzudecken und die Tür zu verriegeln.

Niemals hätte sie gedacht, dass einmal Verbrecher ihr Grundstück betreten würden, gute Führung hin oder her.

Aber es passierte natürlich nichts. Die Häftlinge machten einfach nur den Job, den sie zu verrichten hatten, und wurden wieder weggebracht.

Jetzt stand Parker bis zu den Knöcheln tief in der Asche.

»Es hilft, wenn es Fotos gibt, aber auch so kann ich mir gut vorstellen, wie es mal ausgesehen hat.«

Von der abgebrannten Scheune gingen sie an den verkohlten Zaunresten vorbei Richtung Pferdestall.

»Inmitten des ganzen Tumults ist irgendwer gegen das Zauntor gefahren. Wahrscheinlich hat es keinen Strom mehr gegeben und die Feuerwehr musste es aufbrechen. Und auch den Lattenzaun da hinten hat es erwischt. Entweder war es das

Feuer oder es hat die Löschfahrzeuge nicht überlebt«, sagte sie und zeigte zur entsprechenden Stelle.

Andrew machte sich Notizen. »Und was ist mit dem Haus?«

»Das Feuer ist nah herangekommen. Es hat ein paar Bäume erwischt und den Zaun, aber insgesamt hat das Haus keinen so großen Schaden genommen.«

»Wie stark ist die Rauchbelastung?«

»Es stinkt ziemlich stark nach Rauch«, antwortete sie.

»Wir lassen eine Reinigungsfirma kommen, die die Lüftungsschächte säubert.«

Parker ging mit ihm zu dem schwarzen Wasserloch, das einmal ihr schöner Pool gewesen war.

»Ich glaube, es führt kein Weg daran vorbei, das Wasser abzulassen«, meinte sie. Die Wasserkosten waren im Sommer ziemlich hoch und es würde nicht gerade billig sein, den Pool wieder aufzufüllen.

Der Mann zeigte zum Gästehaus. »Ist dort etwas beschädigt?«

Parker schüttelte den Kopf. »Die Feuerwehrleute haben gesagt, dass das Dach fast gebrannt hätte, aber sie haben sofort gelöscht. Erst waren sie davon ausgegangen, dass es sich um ein Nebengebäude handelt, das keine Priorität hat, aber dann haben sie die Fahnen gesehen und es sich anders überlegt.«

»Zum Glück.«

»Ja. Wir müssen es vermieten, wenn alles wiederhergestellt ist.«

Andrew steckte den Stift in die Hemdtasche. »Sie sind gut versichert, Miss Sinclair. Ihre Versicherungspolice sieht zwar eine Deckelung für Außengebäude und Freiflächen vor, aber ich denke, Sie werden trotzdem genug bekommen. Ich werde jetzt noch alles vermessen und fotografieren, wofür ich ungefähr zwei Stunden brauche.«

Bei mehr als vierzig Grad machte es sicher wenig Spaß, in der heißen Asche herumzustiefeln.

»Vielen Dank«, sagte sie.

Er grinste. »Keine Ursache.«

Parker blickte zum Hügel. »Kann die Versicherung eigentlich irgendwas machen, damit die Berghänge nicht abrutschen?« Nach einem Waldbrand gab es oft Überschwemmungen, wenn es in Kalifornien dann doch mal regnete.

»Nein, nichts«, lautete seine nüchterne Antwort.

»Und was ist mit diesen Betondingern, die entlang des Freeways aufgestellt werden?« Sie hatte keine Ahnung, wie man diese Teile nannte.

»Sie meinen Jersey-Barrieren?«

»Ja, genau. Oder auch dieses grüne Spray, mit dem man den Vegetationswuchs beschleunigt, damit die Erde befestigt wird? Oder irgendwas anderes in der Richtung?«

»Präventionsmaßnahmen werden von der Versicherung nicht übernommen.«

Parker bekam Herzklopfen. »Das ist doch Irrsinn. Wenn es mal zu regnen anfängt, wird das noch eine Riesensache.«

Er blieb stehen, blickte ihr in die Augen. »Sie können mich wieder anrufen. Alles, was als Folge des Waldbrands passiert, ist von der Versicherung gedeckt.«

»Sind Sie sicher?«

Er zog eine Visitenkarte aus der Tasche. »Da bin ich mir sicher.«

»Kann ich Sie noch um einen Gefallen bitten?«, fragte Parker.

»Worum geht es?«

»Können Sie mir sagen, ob das Haus hoch genug versichert ist? Meine Eltern haben damals die Versicherung abgeschlossen und ehrlich gesagt, habe ich mir die Unterlagen nie richtig angesehen.« Sie stülpte die Unterlippe hervor. »Allerdings verstehe ich davon sowieso nicht sehr viel. Aber ich möchte wissen, ob wir genug Geld bekommen hätten, um neu zu bauen, wenn alles abgebrannt wäre.«

Andrew nickte verständnisvoll. »Klar. Ich schau mir Ihre Police und die Baukosten in der Gegend an und gebe Ihnen Bescheid.«

Sie streckte die Hand aus. »Vielen Dank.«

Parker warf einen Blick zu den Hügeln.

Ein kalter Schauder lief ihr über den Rücken.

»Es wird schon nichts passieren«, meinte Andrew.

Doch da war sie sich nicht so sicher.

Kapitel 3

Colin stand auf dem verbrannten Hügel. Eigentlich begann hier der Staatsforst von Los Angeles, aber an manchen Stellen handelte es sich um Privatgrund, weil dort die Gärten der Häuser angrenzten.

Grace schirmte neben ihm die Augen mit der Hand ab und ließ den Blick schweifen.

»Und, was meinst du?«, fragte er seine jüngere Schwester.

»Übel.«

»Und abgesehen davon?«

»Abgesehen davon wirst du furchtbar viel zu tun haben. Gut, dass ich im Büro bin und den ganzen Mist hier nicht aufwischen muss.«

Colin grinste, obwohl ihm eigentlich ziemlich mulmig geworden war. Sie arbeiteten beide beim Bauamt. Seine Schwester als Ingenieurin in der Abteilung Stadtentwicklung und Colin beim Hochwasserschutz. Erst vor Kurzem war er zum Projektleiter ernannt worden.

Er rollte eine Karte aus und breitete sie auf der Motorhaube seines Geländewagens aus. »An zwei Stellen läuft das ganze Wasser zusammen, das von den Berghängen runterkommt.« Er zeigte zur größeren. »Hier ist die Auswaschung so breit, dass große Wassermengen abfließen können, aber an einigen Stellen wird der Zugang zu den Häusern abgeschnitten.«

»Wie groß sind die zu erwartenden Schäden?«

»Die Gärten werden überschwemmt und die Erosion wird einiges abtragen, aber hier kann man nichts machen, um die Fließgeschwindigkeit zu reduzieren.« Er zeigte zum Creek Canyon. »An dieser anderen Stelle liegt allerdings das weitaus größere Problem.«

Grace zeigte auf das, was auf der Karte rot eingezeichnet war. »Wo es gebrannt hat?«, fragte sie.

»Genau.«

Sie atmete laut aus. »Wie schmal ist da der Canyon?«

»Ich war noch nicht vor Ort.«

»Warum nicht?«

»Privatgrund.«

Sie zeigte auf eine grüne Linie. »Ab da beginnt der Staatsforst, oder?«

Er deutete auf ein Haus auf der Karte. »Genau, aber der Staatsforst geht hier bis zu dem Haus von jemandem.«

»Aber es sieht eigentlich so aus, als hättet ihr genügend Platz für eure Arbeit.«

Er schüttelte den Kopf. »Nicht wirklich.«

»Wie stehen die Chancen, dass die Forstbehörde mitspielt?«

»Wann hat das schon jemals funktioniert?«

»Vielleicht damals, als die Arche Noah gebaut wurde.«

Sie lachten. Seine Schwester war eine warmherzige, optimistische Person. Mit ihren eins sechzig war sie ein kleines Kraftpaket – wenn es nötig war, konnte sie sich ziemlich gut durchsetzen.

»Da wirst du ganz schön was zu tun haben, Bruderherz. Ich beneide dich nicht darum.«

Colin sah, wie die Asche von den Hängen geblasen wurde. »Hoffentlich macht wenigstens der Eigentümer des Grundstücks mit.« Für Colin war es wichtig, dass das Projekt glatt über die Bühne ging. Sein ehemaliger Vorgesetzter und Mentor war vor einem Jahr in Rente gegangen und hatte Colin zum Nachfolger erwählt. Mit dreiunddreißig war Colin der jüngste Projektleiter der Abteilung und sein Chef machte keinen Hehl daraus, dass er Colin als zu unerfahren für diesen Posten ansah. Auch wenn Colins Probezeit schon vorüber war, ließ Ed trotzdem immer wieder heraushängen, wer der eigentliche Chef war.

»Wenn er nicht mitspielt, haben die Häuser unterhalb kaum eine Chance.«

Das wusste er auch.

»Vielleicht gibt es ja einen trockenen Winter.«

»Kann man nur hoffen«, sagte er, obwohl Südkalifornien den Regen dringend brauchte.

Allerdings wäre es um Creek Canyon ohne Niederschlag tatsächlich besser bestellt.

* * *

»Echt ätzend«, beklagte sich Austin, der sich die vom Schlaf zerzausten Haare glatt strich.

»Was genau?« Parker ließ den Vakuumschlauch in den Pool gleiten und befestigte ihn an der Saugpumpe.

»Dass ich schon vor neun hier draußen bin und diesen Mist machen muss.«

Dieser *Mist* war ihre normale Samstagmorgenroutine. Nur dass die seit dem Waldbrand nicht mehr einmal wöchentlich, sondern jeden zweiten Tag erledigt werden musste. Parker blickte missmutig zu der mehrere Zentimeter dicken Ascheschicht auf dem Beckengrund. Nachdem das Geld von der Versicherung gekommen war, hatten sie das Wasser abgelassen und den Pool gründlich gereinigt. Aber jetzt, nur einen Monat später, sorgten die Santa-Ana-Winde dafür, dass es aussah, als wäre nie etwas dergleichen geschehen.

»Willst du lieber später in der Affenhitze arbeiten?«

Ihr Bruder nickte mit hoffnungsfrohem Grinsen. »Ja, will ich.«

Doch Parker drückte ihm den Kescher in die Hand. »Nein, willst du nicht.«

»Dann stell halt mal so einen Pooltypen ein, der sich darum kümmert.«

»Erst, wenn du wieder in der Schule bist und Mallory im College«, entgegnete sie. »Bis dahin sind wir der *Pooltyp*.«

Widerwillig nahm Austin den Kescher und ließ ihn durchs Wasser gleiten. »Ja und der Gärtner, das Hausmädchen, der Klempner und …«

»Schon gut, Austin, ich weiß.« Sie verstand seinen Frust. Ihre Arbeitsbelastung hatte sich verdreifacht. Draußen war alles voller Asche, mit jedem Windstoß kam von den Bergen neuer Dreck und Scout brachte ihn mit ins Haus, weshalb sie mit dem Putzen nicht mehr nachkamen.

Außerdem war der Rasensprenger im Eimer. Erst waren die Löschfahrzeuge über die Düsen gefahren, dann hatte das Feuer die an der Oberfläche liegenden Rohre schmelzen lassen. Parker war mittlerweile eine Expertin in Sachen PVC-Rohre und Spezialkleber.

Sie hatten sich zu dritt zusammengesetzt und überlegt, wofür das Geld von der Versicherung verwendet werden sollte. Es war zwar traurig, dass Scheune und Stall verbrannt waren, aber wieder aufbauen würden sie sie auch nicht. Sie wollten oder konnten sich ohnehin keine Pferde leisten. Bis das Geld schließlich auf dem Konto war, hatte Parker den Verhau schon so lange ertragen, dass ihr klar war, dass sie für draußen Hilfe brauchen würden. Spätestens, wenn der Alltag wieder losging. Bald würde Austins letztes Schuljahr beginnen, außerdem Mallorys drittes

Jahr am College und Parkers Job an der Grundschule, die sie alle drei besucht hatten und wo sie nun als Schulbegleiterin arbeitete. »Ich habe eine Anzeige geschaltet, um das Gästehaus zu vermieten. Mit den Mieteinnahmen können wir dann solche Leute wie den *Pool-Typen* bezahlen.«

Ihr Bruder zog die Augenbrauen zusammen. »Ich will nicht, dass hier fremde Leute wohnen.«

Sie deutete zum Pool. »Willst du jedes Mal, wenn der Wind weht, drei Stunden lang eigenhändig den Pool säubern?«

Er fischte die Blätter der Bäume, die vom Feuer verschont geblieben waren, aus dem Wasser und grummelte vor sich hin.

»Dachte ich's mir doch.«

»Ich hätte mir wie Mallory einen Job suchen sollen. Dann müsste ich jetzt nicht hier rumstehen.«

Parker stellte die Pumpe an und sprach lauter, um den Lärm zu übertönen: »Tja, aber dann wärst du jetzt auf Arbeit. Hör mit dem Gejammer auf und lass uns das hier über die Bühne bringen, bevor es so heiß wird, dass man kaum noch Luft kriegt.«

* * *

So heiß, dass einem die Luft wegblieb, wurde es um zwölf. Da schickte sie Austin wieder ins Haus, um sein Gemotze nicht länger hören zu müssen, und holte die lange Baumschere und ihre Arbeitshandschuhe. Egal wie heiß es war, sie wollte unbedingt die Bäume am hinteren Ende des Grundstücks retten, die noch etwas Grün trugen.

Während ihr Bruder duschte und es sich anschließend in seinem Zimmer vor dem Fernseher gemütlich machte, arbeitete Parker unermüdlich weiter. Alles, was sie selbst erledigen konnte, sparte Kosten. Sie holte zwei Behälter für Gartenabfälle und machte sich an die Arbeit.

Innerhalb einer Stunde waren die Tonnen voll. Sie stellte sie draußen vor das Tor, damit sie am Montag geleert würden. Jede Woche warteten sechs volle Tonnen auf die Müllabfuhr. Kein Wunder, wenn man mehr als dreißig tote Bäume zu entsorgen hatte. Von manchen war nur ein schwarzer, verbrannter Stumpf übrig geblieben. Mit nur sechs Tonnen pro Woche würde es allerdings noch ein paar Jahre dauern, bis alles entfernt war.

Ihr blieb kaum etwas anderes übrig, als jemanden für den Job anzuheuern.

Aber im Moment war sie voller Tatendrang. Sie wollte die toten Äste abschneiden, den Pool säubern, das Sprinklersystem reparieren. Alles tun, wovon sie am Abend so müde war, dass sie gut schlafen konnte.

»Entschuldigung?«

Eine Männerstimme. Parker drehte sich um und strich sich die Haarsträhnen aus dem Gesicht, die sich aus dem Pferdeschwanz gelöst hatten. Die Sonne blendete sie, weshalb sie den Mann auf der anderen Seite des Tors nicht gut sehen konnte.

»Hallo«, grüßte sie.

»Wohnen Sie hier?«

Wahrscheinlich jemand, der in der Gegend wohnt, dachte sie. Es kamen öfter Neugierige vorbei, die sehen wollten, wie nah das Feuer herangekommen war. Bevor sie das Tor hatte reparieren lassen, spazierten manche auch ohne zu fragen auf ihrem Grundstück herum.

»Ja, denn diesen Job hier würde ich mir nicht freiwillig aussuchen«, sagte sie und wedelte mit der Baumschere. Als sie näher zum Tor kam, konnte sie den Mann besser erkennen. Er war größer als sie, obwohl sie mit ihren eins fünfundsiebzig selbst nicht klein war. Ein Bürohengst schien er nicht zu sein mit diesen breiten Schultern und den muskulösen Armen. Und er trug Jeans. Bei mehr als vierzig Grad hatte er doch glatt eine lange Jeans an.

Ziemlich knackig war er, falls sie für Feststellungen dieser Art nicht zu erschöpft war.

Parker richtete den Blick wieder auf sein Gesicht. Seine Augen wurden von einer Sonnenbrille verdeckt, auf den dichten braunen Haaren saß keine Kopfbedeckung.

Sie blieb vor ihm stehen, das Tor wirkte wie eine Trennwand zwischen ihnen. Die Linie seines markanten Kinns wurde weicher. »Ist, ähm, Ihr Mann da?«

Vor drei Jahren hätte sie – in einer Bar, unterwegs mit Freunden – die Frage nach der Existenz eines Ehemannes vehement verneint. Jetzt aber fragte sie nur: »Wer sind Sie?«

Sein Lächeln verschwand und er nahm die Sonnenbrille ab. »Entschuldigen Sie. Ich bin Colin Hudson. Aber einfach nur Colin reicht auch.«

»Was kann ich für Sie tun, *Mr Hudson*?« Sie wollte ihn nicht gleich mit dem Vornamen ansprechen.

»Ich komme vom Bauamt und wollte fragen, ob ich mir die Auswaschung ansehen kann, die durch Ihr Grundstück läuft.« Aus der Gesäßtasche zog er seine Geldbörse und daraus wiederum eine Visitenkarte, die er ihr über das Tor reichte.

Um sie entgegenzunehmen, musste Parker einen Schritt nähertreten. Doch sobald sie das Kärtchen in der Hand hielt, wich sie wieder zurück.

Er steckte die Hände in die vorderen Hosentaschen und nahm seinerseits etwas Abstand.

Die Karte wirkte echt. Aber jeder, der einen Computer besaß, konnte sich eine Visitenkarte drucken. »Arbeitet man im Bauamt auch am Samstag, Mr Hudson?«

»Rund um die Uhr.«

Sie spähte an ihm vorbei und hielt Ausschau nach einem Wagen. »Sind Sie zu Fuß gekommen?«

Mr Hudson zeigte mit dem Daumen hinter sich. »Nein, mit meinem Geländewagen vom Amt. Er steht um die Ecke.«

»Soso.« Sie war gewillt, ihm zu glauben. Mit seinen karamellfarbenen Augen sah er eigentlich ganz sympathisch aus. »Ted Bundy, dieser Massenmörder, war ja auch so gut aussehend«, murmelte sie so laut, dass er es hören konnte.

Als sie zu ihm aufblickte, starrte er sie mit offenem Mund an. »Das hat mir auch noch keiner gesagt.«

»Tut mir leid.« *Beziehungsweise, tut mir gar nicht leid.* »Das ist halt so, wenn man als Frau von einem Fremden gefragt wird, ob er ihr Grundstück betreten darf. Die Visitenkarte ist zwar schön und gut, aber Sie könnten trotzdem sonst wer sein.«

Er hob ergeben die Hände. »Sie haben recht. Von meiner Schwester würde ich dieselbe Reaktion erwarten. Ich hatte nur gehofft, mir vor der Sitzung am Montag mal den Canyon ansehen zu können. Aber ich kann ein andermal wiederkommen.«

Die Hand, mit der sie die Baumschere fest umklammerte, entspannte sich etwas. »Was für eine Sitzung?«

»Stadt und Bezirksrat werden über das Erdrutschrisiko beraten, das seit dem Waldbrand besteht. Es soll ein Plan ausgearbeitet werden, wie man die Häuser schützen kann. Wenn ich einen kurzen Blick auf Ihren Grund werfen könnte, würde uns das sehr helfen.«

»Sie wollen einen Erdrutsch verhindern?«

»Wir wollen einen Erdrutsch *kontrollieren*«, berichtigte er.

Sie trat von einem Fuß auf den anderen. »Können Sie das denn?«

»Das ist die Hauptaufgabe meiner Abteilung.« Er grinste. »Aber ich kann auch warten. Ich will Ihnen keine Unannehmlichkeiten bereiten.«

Parker guckte zum Haus zurück. »Also gut. Dann holen Sie Ihren Wagen und ich die Schlangenzange. Ich zeige Ihnen die Auswaschung.«

Er sah sie verwundert an.

»Es ist Sommer. Da gibt es hier Klapperschlangen«, erklärte sie.

»Sind Sie sicher?«

Ja, da war sie sich sicher. »Ich mach das Tor auf. Sie können drinnen parken.«

»Danke.« Er ging zurück und Parker überquerte die breite Rinne, durch die bei Regen das Wasser floss, und ging zum Haus hinauf.

Scout sprang an ihren Beinen hoch, während Parker die »Schlangenzange« nahm und prüfte, ob sie geladen war. Anschließend verließ sie zusammen mit dem Hund das Haus.

Sie schulterte das Gewehr und ging abermals die Zufahrtsstraße hinab, um mit der Fernbedienung das Tor für Mr Hudson zu öffnen.

Sein weißer Geländepritschenwagen hatte eine Leuchtleiste und war beschriftet wie alle Behördenfahrzeuge.

Wenn Colin Hudson tatsächlich so etwas wie Ted Bundy im Sinn hatte, strengte er sich mächtig an, um keinen Verdacht zu erregen.

Er stieg aus, schob die Sonnenbrille gerade so weit nach unten, dass er über den Rand schauen konnte, und musterte ihr Gewehr. »Ich kann wirklich gerne ein andermal wiederkommen.«

»Das hab ich nur wegen der Schlangen dabei, Mr Hudson. Oder sind Sie eine Schlange?«

»Meine Freundin aus Highschool-Zeiten hätte sicher Ja gesagt.«

Parker versuchte, ernst zu bleiben, aber sein Grinsen verriet ihr, dass es ihr nicht gut gelang.

»Wir bringen hier jedes Jahr fünf, sechs Klapperschlangen um. Ist halt so, wenn man mitten in der Pampa wohnt.«

»Erschießen Sie die Schlangen?«

»Na ja, sonst nehme ich eine flache Schaufel und erschlage sie, aber das ist auf steinigem Untergrund ein bisschen schwieriger.« Das Flussbett war voller Steine.

»*Sie* verwenden eine Schaufel?«

»Wenn Sie sich jetzt als Schlangenretter outen, können Sie gleich wieder fahren.«

Seine Augen blitzten amüsiert auf, während er den Kopf schüttelte. »Ne, ich hasse Schlangen. Schießen Sie ruhig munter drauflos.«

Er veräppelte sie.

Parker rief den Hund, drehte sich um und marschierte voran. Mr Hudson würde schon folgen. »Hier sieht man die Brandlinie«, rief sie.

»Ist das Ihr Haus?«

»Ja.« Die Auswaschung war ein paar hundert Meter von der Anhöhe, auf der ihr Haus stand, entfernt.

»Das Feuer ist aber ganz schön nah herangekommen.«

»Ja. Am Ostende unseres Grundstücks hat es sogar den Zaun erwischt.«

»Waren Sie hier?«

Sie blinzelte, sah wieder die Flammen vor sich, spürte die Hitze, roch den Rauch. »Ja, waren wir.«

Er sagte nichts, blickte ihr aber mitfühlend in die Augen. »Das Haus scheint wenigstens keiner direkten Erdrutschgefahr ausgesetzt zu sein.«

Parker schob die Erinnerung an den Waldbrand zur Seite. »Angst, dass das Haus überschwemmt wird, habe ich nicht, aber davor, dass der Rest unseres Grundstücks verwüstet und der Zugang abgeschnitten wird.« Sie zeigte zu der geteerten Überquerung, wo die Zufahrtsstraße die Auswaschung kreuzte. Es war eine Art Furt, unter der sich große Rohre befanden, durch die das Wasser floss, wenn in der Auswaschungsrinne ein Fluss entstanden war. »Ich habe es schon oft genug erlebt, dass die Durchlassrohre verstopft sind. Es ist ein Haufen Arbeit, sie wieder freizuräumen. In so einem Fall parken wir auf der anderen Flussseite und müssen zu Fuß über den Holzsteg rüberkommen. Auf Dauer ist das ganz schön lästig.«

Er neigte den Kopf zur Seite und musterte sie. »Wie lange wohnen Sie schon hier?«

Sie wollte ihm gerade antworten, da kam Austin die Straße entlanggefahren. Als er mit dem Auto neben ihr und Mr Hudson stand, ließ er das Fenster runter.

»Wo fährst du hin?«, erkundigte sie sich.

»Zu Will.«

»Wann kommst du zurück?«

Austin beäugte den Mann neben ihr. »Keine Ahnung. Wer ist das?«

Parker machte sich gar nicht erst die Mühe, einen Namen zu nennen, denn für den würde sich Austin sowieso nicht interessieren. »Er ist vom städtischen Bauamt …«

»Nicht vom städtischen, vom überregionalen«, korrigierte der Mann.

Sie machte eine wedelnde Handbewegung. »Er will sich jedenfalls die Auswaschung ansehen.«

Ihr Bruder nickte kurz. »Cool.« Dann guckte er wieder zu ihr. »Seit dem Brand haben wir doch gar keine Schlangen mehr gesehen.«

Parker nahm das Gewehr in die andere Hand. »Heißt aber nicht, dass es keine mehr gibt.«

»Wie du meinst.« Er war dabei, das Fenster wieder zu schließen.

»Ruf an, wenn du über Nacht wegbleibst.«

»Mach ich.«

»Und wenn du was trinkst, dann schlaf lieber dort. Oder ruf an.«

Austin rollte mit den Augen. »Jawohl, *Mom*.«

Sie lachte. Austin trank nur selten etwas und wenn, dann sagte er es ihr. Das Gericht hätte Parker umgehend das Sorgerecht entzogen, hätten sich ihre Geschwister etwas zuschulden kommen lassen, und das wollte keiner von ihnen. Erst recht nicht so kurz vor Austins achtzehntem Geburtstag.

Sie ließ ihn weiterfahren.

»Aber er ist nicht wirklich Ihr Sohn. Oder?«

Seine Frage brachte sie für einen kurzen Augenblick aus dem Konzept. »Mir ist schon klar, dass ich zurzeit ein bisschen fertig aussehe, aber ich bin ja wohl kaum so alt, dass ich seine Mutter sein könnte.«

»Er hat Mom zu Ihnen gesagt.«

Jetzt rollte sie mit den Augen. »Ich bin die ältere Schwester.«

»Dann ist das also Ihr Elternhaus?« Fast wirkte er erleichtert.

»Früher war es das einmal. Unsere Eltern sind vor zwei Jahren ums Leben gekommen. Wenn ich also ein bisschen paranoid wirke …«, sie zeigte ihm das Gewehr, als würde auf dessen Lauf das Wort *paranoid* stehen, »dann nur, weil ich die Verantwortung für ihn und meine Schwester trage.« Mehr wollte sie dazu nicht sagen. »So, und jetzt noch mal zur Auswaschung. Was wollen Sie tun, um einen Erdrutsch zu *kontrollieren*?«

Kapitel 4

Annie Oakley, Meisterschützin aus dem Wilden Westen.

Kein Make-up.

Rußflecke im Gesicht.

Die hellbraunen Haare zu einem eingeschlagenen Pferdeschwanz zusammengebunden, das Gewehr an der Seite baumelnd, als wäre das der neueste Modetrend.

Colin folgte ihr das eingetrocknete Flussbett entlang bis hinter den eingezäunten Bereich des Grundstücks.

Annie war ziemlich groß.

Lange Beine, kurze Shorts.

Er riss sich von dem Anblick los. »Entschuldigung, aber ich habe Sie gar nicht nach Ihrem Namen gefragt«, sagte er, um sich auf andere Gedanken zu bringen.

»Parker.«

War das ein Vorname?

»Parker Sinclair«, sagte sie, als ahnte sie seine Frage.

Sie zog das Gewehr von der Schulter und nahm es in die Hand, als sie ins trockene Flussbett hüpfte und in der steinigen Rinne den Hügel hinaufstieg. Sie war alles andere als zurechtgemacht und trotzdem äußerst attraktiv.

»Wie lange wohnen Sie schon hier?«

»So lange ich mich erinnern kann. Mit Ausnahme der paar Jahre, die ich auf dem College war.« Sie kletterte über einen Felsblock und ging weiter den verkohlten Weg entlang, wo das Feuer gewütet hatte. »Meine Eltern sind hierhergezogen, als ich zwei war.«

Er überlegte, wie alt sie sein mochte. »Ich verstehe, warum. Ist sehr schön hier.«

Sie schnaubte. »Es *war* mal sehr schön hier!«

Colin blickte zu den schwarzen Hügeln. »Zumindest ruhig und friedlich.«

Parker wandte sich um, sah ihm aber nicht in die Augen und erwiderte nichts.

Er spürte mehr, als dass er es sah, welch große Last sie mit sich herumtrug. Er konnte sich gar nicht vorstellen, wie man es verkraftete, beide Eltern zu verlieren. Und trotzdem stapfte sie hier neben ihm her, hüpfte über Steine und jonglierte das Gewehr, als wäre es das Normalste der Welt. Wer auch immer diese Parker Sinclair sein mochte, sie war jedenfalls völlig anders als alle anderen kalifornischen Mädchen, die er kannte.

Nach ein paar Metern blieb sie stehen. »Hier ist unser Grundstück zu Ende.«

Colin blickte erstaunt zurück: »Aber der Zaun war doch schon da hinten.«

»Na ja, mein Vater hat das Stück Land vor vielen Jahren gekauft, aber nichts damit gemacht. Er wollte keine Nachbarn haben.«

Vor ihnen lag ein großes Becken voller Geröll. Es sah aus, als wäre es vor vierzig Jahren gebaut worden.

»Auf dem Schild dort an der Mauer steht, dass man das Becken in den Siebzigerjahren ausgehoben hat. Wahrscheinlich, um das Wasser von den Bergen aufzufangen, als in der Gegend die ersten Häuser gebaut wurden. Früher gab es auf beiden Seiten der Straße mal Weinberge.«

Colin ging zu dem Schild, das vom Feuer so schwarz war, dass man kaum etwas lesen konnte. Er blickte sich um, sah zu den Berghängen, zur Schneise des Canyons. Klar, die Ingenieure mussten damals in den Siebzigerjahren dafür sorgen, die Fließgeschwindigkeit der Wassermassen, die nach Regen von den Bergen kamen, zu reduzieren, damit die tiefer liegenden Häuser keinen Schaden nahmen.

»Hier beginnt der Staatsforst?«, fragte er, obwohl er das bereits wusste.

Sie nickte. »Meine Eltern haben erzählt, dass die Leute in den ersten Jahren einfach über ihren Privatgrund gefahren sind, um hier zu zelten.«

Colin sah, wie sich ihr Gesichtsausdruck veränderte, als sie in die Schlucht blickte.

»Richtig zelten, mit Lagerfeuern. Laut Mom hat mein Dad innerhalb eines Wochenendes den Zaun errichtet, weil es ihm gereicht hat, dass ständig Leute durchmarschiert sind, um zum Staatsforst zu gelangen.«

»Das war sicher nicht sehr angenehm.« Er hatte noch nie auf einem so großen Grundstück gewohnt. Aber Parkers Miene nach zu urteilen war es wohl mit so manchen Unannehmlichkeiten verbunden.

»Seit dem Waldbrand kommen ständig neugierige Leute her, die das Flussbett entlangwandern. Manche gehen auch gleich durchs Tor und es ist ihnen ganz egal, dass es sich um Privatgrund handelt. Ich verstehe, warum mein Dad den Zaun gebaut hat.« Sie lief weiter über die Steine und entfernte sich von dem Becken. Weiter oben, wo das ausgetrocknete Flussbett von steilen Berghängen eingesäumt war, blieb sie stehen.

Colin blickte zurück. Er wusste, dass dort, wo der Staatsforst begann, weder die Stadt noch der Bezirk etwas machen durften. Ihr Zuständigkeitsbereich endete an der Grenze von Parkers Grundstück.

»Wenn ich so abgelegen wohnen würde, fände ich es auch komisch, wenn einfach irgendwelche Fremden herkommen.« Er stellte sich vor, wie es sein würde, wenn erst mal seine ganze Mannschaft mit ihren Baufahrzeugen anrückte und die Privatsphäre der jungen Gewehrträgerin störte. Er spürte bereits ihren durchdringenden Blick, bevor er sich zu ihr umdrehte.

»Was muss man machen, um Erdrutsche und Überschwemmungen zu kontrollieren?«

»Sehr viel.«

»Wahrscheinlich ist das eine Untertreibung.«

Er merkte, dass sie erschauderte.

»Vielleicht gibt es ja noch mal einen trockenen Winter.« Es war sieben Jahre her, seit es in Südkalifornien eine nennenswerte Menge an Niederschlag gegeben hatte.

»Halten Sie das für wahrscheinlich?« Ihr Gesicht war ernst.

Er schüttelte den Kopf. »Nein.«

Miss Sinclair stieß einen lauten Seufzer aus und Colin hätte ihr fast tröstend den Arm um die Schulter gelegt und gesagt, dass sicher alles gut gehen würde. Nur war er sich da selbst nicht so sicher.

* * *

Mit einem erquickenden *Plopp* löste sich der Korken aus der Flasche.

Da bog Mallory um die Ecke, legte ihre Handtasche auf die Theke der Kochinsel und setzte die Reisetasche auf dem Boden ab.

»Wo fährst du hin?«, wollte Parker wissen.

»Habe ich dir doch schon gesagt. Wir dürfen das Strandhaus von Tricias Eltern nutzen. Das letzte freie Wochenende, bevor die Uni wieder losgeht.«

Parker schenkte sich eine großzügige Menge Wein ein. »Ach ja, das habe ich ganz vergessen.«

Auf der Stirn ihrer Schwester bildeten sich Sorgenfalten. »Es ist Freitag. Eigentlich solltest du auch irgendwo unterwegs sein.«

Allein schon der Gedanke, sich aufzuraffen und zurechtzumachen, war zu anstrengend. »Vielleicht nächstes Wochenende.«

»Das sagst du immer.«

Parker setzte das Glas an die Lippen. »Mir geht's gut. Fahr nur und hab Spaß.«

»Komm doch mit.«

Parker stellte das Glas wieder ab. »Und wer soll Scout füttern?«

Als er seinen Namen hörte, hob der Hund den Kopf von den Pfoten.

»Austin.«

»Der ist bei seinen Freunden. Er hat angerufen, dass er da übernachtet.«

Mallory wollte wieder etwas sagen, aber Parker ließ sie gar nicht erst zu Wort kommen. »Ich bin echt platt. Aber danke für das Angebot.« Wobei ein Partyabend mit den Freunden ihrer Schwester ohnehin mehr nach Babysitten als nach einem freien Abend klang.

»Jetzt habe ich ein schlechtes Gewissen.«

»Brauchst du nicht zu haben. Ich brate mir eine Hähnchenkeule und mache mir einen Salat dazu, dann gehe ich ins Bett.«

»Du arbeitest zu viel. Warum können wir nicht einfach mit dem Versicherungsgeld jemanden bezahlen, der dir was abnimmt?«

»Das haben wir doch schon besprochen. Wir müssen sparen, damit wir nach dem Winter alles wieder herrichten können.«

Mallory fischte den Autoschlüssel aus der Tasche. »Ich weiß gar nicht, warum du dir solche Sorgen machst. Seit Jahren ist im Flussbett kein Wasser mehr geflossen.«

»Wenn diesen Winter nichts passiert, umso besser.«

»Aber dann stellst du jemanden ein, okay?«, fragte Mallory.

»Okay.«

Mallory nahm die Reisetasche und winkte. »Ich komme Sonntagabend wieder.«

Parker verdrängte einen Anflug von Neid. »Viel Spaß.«

Von der großen Terrasse des Wohnzimmers aus sah sie den Rücklichtern nach, als ihre Schwester wegfuhr. Das Auto blieb am Tor stehen, und das Sicherheitssystem ertönte: »Zufahrtstor wird geöffnet.«

Scout kam zu ihr und setzte sich vor sie.

»Jetzt sind nur noch wir zwei hier«, sagte sie zu dem Hund.

Scout guckte sie an, als würde er alles verstehen, dann legte er sich hin.

Parker kippte einen der Verandastühle nach vorn, um die Asche darauf abzuklopfen, und zum ersten Mal seit Stunden setzte sie sich hin.

Die Sonne ging langsam unter und endlich sank das Thermometer auf unter dreißig Grad.

Die Berghänge, die sie schon ihr ganzes Leben lang anstarrte, lagen still und schwarz vor ihr. Sie lauschte, ob irgendwelche Tiere zu hören waren.

Nichts.

Das Einzige, was Parker hörte, war das Pochen ihres Herzens. Nie hätte sie gedacht, dass sie sich mal wünschen würde, Kojoten zu hören oder ein Kaninchen zu sehen, das sonst nur den Garten umgrub.

Während sie an ihrem Wein nippte, musste sie an das Gespräch mit Colin Hudson denken.

Bei der nächsten Sitzung werde man besprechen, ob Stadt oder Bezirk in der kurzen Zeit bis zum Einsetzen der ersten Regenfälle etwas tun könnten, hatte er gesagt. Falls ja, musste noch das Geld für so ein großes Projekt aufgetrieben werden. Colin hatte mit dem Budget nichts zu tun. Sein Job war es, das Team zu koordinieren, das die Arbeiten ausführte, wie sie von Ingenieuren geplant wurden.

Auf die Frage, was das für Pläne seien, hatte Colin nur ausweichend geantwortet.

»Rückhaltemaßnamen.«

»Die da wären?«

»Retentionsbecken.«

»Eine Grube?«

»Eher so etwas wie ein leerer See.«

Wo er hingezeigt hatte, war nichts, was einem leeren See glich. Die Stelle war flach und steinig. Und lag mitten auf ihrem Grundstück.

Zum Abschied gab er ihr die Hand und meinte, seine Vorgesetzten würden sie kontaktieren, sobald es einen Plan gebe.

»Und wenn sie zu dem Ergebnis kommen, dass sie nichts tun können?«, fragte Parker nach.

»Dann komme ich und sage es Ihnen persönlich.« Seine Bestimmtheit beruhigte sie irgendwie. Oder vielleicht war es auch der Mann selbst, der sie beruhigte. Jedenfalls tat es gut, dass man versuchte, ein Problem zu vermeiden, bevor es tatsächlich eintrat. Wochenlang hatte sie gedacht, sie sei die Einzige, die sich über das, was während der Regenzeit passieren konnte, nachdachte. Und dann war GDA – groß, dunkelhaarig, attraktiv – aufgetaucht, hatte ihre Sorgen bestätigt und über eine Problemlösung nachgedacht. Jetzt war ihr bestätigt worden, dass sie nicht verrückt war.

Und es war auch gut, dass er nicht dreißig Jahre älter war und sie behandelte wie ein kleines Dummchen. Seit dem Tod ihrer Eltern war das schon öfter vorgekommen. *Das verstehen Sie nicht. Sie sind ja noch so jung, Sie können das nicht wissen. Machen Sie sich keine Sorgen, wir kümmern uns schon darum.* Doch niemand war gekommen und hatte sich um irgendetwas gekümmert.

Sie hatte befürchtet, dass man gegen die Überschwemmungsgefahr nichts würde tun können. Jetzt aber sah es so aus, als würde vielleicht doch etwas geschehen. Wenn sie mehr Energie gehabt hätte, wäre sie zur besagten Sitzung gegangen und hätte ein gutes Wort für ihre Nachbarschaft eingelegt. Aber sie hatte gar keine Zeit, weil sie ihre Bäume retten und Brunnen graben musste. Eigentlich brauchte sie eine Kettensäge und einen Häcksler. Vielleicht konnte sie ein paar Freunde zusammentrommeln, wenn sie Pizza, Bier und ein kostenloses Workout versprach.

Aber sie hatte kaum noch Kontakt zu den Freunden aus Collegezeiten. Sie hatte damals das Studium abgebrochen und war noch am selben Tag, an dem ihre Eltern ums Leben gekommen waren, wieder zu Hause eingezogen. Ihre Freunde waren zur Beerdigung gekommen, aber später hatte Parkers Leben, in dem sie sich um ihre Geschwister kümmerte, nicht mehr zu dem der Freunde gepasst.

Durch die Arbeit hatte Parker dann Jennifer und deren Mann Sam kennengelernt. Statt an Cocktails dachten ihre neuen Freunde an die Trinkfläschchen der Kinder und gingen um zehn ins Bett.

Während Parkers Studienzeit in San Diego hätte sie dem knackigen Hintern von GDA mehr Aufmerksamkeit geschenkt als seinen Erklärungen. Doch während sie übers Gelände gelaufen waren, hatte Parker sich nur auf das konzentriert, was er zu sagen hatte.

Sie merkte, wie sich ihre Lippen zu einem Lächeln verzogen. Dieser Colin hatte in der Tat einen knackigen Hintern.

Parker gähnte.

Ein Lufthauch brachte das Windspiel zum Klirren, während die letzten Sonnenstrahlen den Himmel violett färbten.

Colin hatte recht. Es war sehr ruhig hier.

Fast ein bisschen zu ruhig.

Selbst Bennie und die drei Hennen, die keinen Hühnerstall mehr hatten, waren ruhig.

Der Wind nahm zu, was sonst eigentlich angenehm war.

Doch jetzt wirbelte er Staubpartikel auf, sodass Parker die Augen zukneifen musste.

Nicht Staub, Aschepartikel, korrigierte sie ihre Gedanken.

Seit dem Waldbrand waren zwei Monate vergangen, aber immer noch konnte sie die verbrannten Bäume riechen.

Vielleicht spielte ihr auch nur die Erinnerung einen Streich.

Jedenfalls wurde es ihr auf der Veranda zu ungemütlich.

Sie rief den Hund, ging ins Haus und schloss die Schiebetür. Da sie dringend Schlaf brauchte, stellte sie die Klimaanlage an, und hoffte, dass die Stromrechnung nicht so hoch ausfallen würde wie die letzte.

Sie hatte keine Lust mehr, die Hähnchenkeule zu braten, und begnügte sich mit einem Salat. Nachdem sie Schmutz und Asche weggeduscht hatte, fiel sie um halb neun todmüde ins Bett. Wann war sie so alt geworden, dass sie nach acht Uhr abends kaum noch die Augen aufhalten konnte?

Ihr Hals schnürte sich zusammen.

Eigentlich hatte ich mir mein Leben anders vorgestellt.

Bei diesem Gedanken kamen ihr die Tränen. Doch statt zu weinen, rollte sie sich zur Seite und schloss die Augen.

Nachdem sie wohl auf der Stelle eingeschlafen war, fuhr sie plötzlich erschrocken hoch.

Ihr Herz klopfte, sie zitterte.

Als sie die Augen öffnete, verschwand der Albtraum vom Feuer und sie sah, dass es draußen schon hell war.

»Bloß ein Traum«, beruhigte sie sich selbst.

Draußen schlugen die Klangstäbe wild gegeneinander, der Wind heulte wie ein einsamer Wolf, der sein Rudel suchte.

Parker wollte nicht aufstehen. Sie drehte sich zur anderen Seite, wo ihr Scouts kalte, feuchte Schnauze begegnete. »Was machst du denn hier?«, fragte sie, als erwarte sie eine Antwort von ihm.

Ach richtig, Austin war nicht zu Hause.

Normalerweise schlief Scout bei ihrem Bruder.

Jetzt begann der Hund zu winseln.

Parker stöhnte.

Ein Windstoß ließ irgendetwas, was auf der Veranda stand, an der Außenmauer entlangschaben.

Parker ergab sich und schlug die Decke weg.

Barfuß tappte sie in die Küche und schaltete die Kaffeemaschine ein.

Sie massierte sich die schmerzenden Schultern und warf einen Blick nach draußen. Alles war braun. Die Luft, die Hügel, die noch vorhandenen Bäume. Und die Santa-Ana-Winde bliesen mit voller Puste. Äste der verkohlten Bäume lagen überall dort verstreut, wo einstmals ein gepflegter Rasen gewesen war. Nun gut, dann musste sie das Totholz wenigstens nicht mehr abschneiden, um es in die Biotonne zu stecken.

Mit der Kaffeetasse in der Hand ging sie nach draußen, um nach dem Pool zu sehen.

Schwarz.

Die Wasseroberfläche war voller Blätter, auf dem Boden hatte sich eine zentimeterdicke Ascheschicht abgelagert.

Es war einfach nur zum Heulen.

Kapitel 5

»Es ist voll möbliert. Die Miete versteht sich inklusive Nebenkosten.«

Parker zeigte einer Interessentin gerade das achtzig Quadratmeter große Gästehaus mit zwei Zimmern.

»Sehr hübsch.«

»Meine Großmutter hat früher hier gewohnt, bevor sie gestorben ist.«

Die Frau, die sich als Erin Fleming vorgestellt hatte, war nur ein Jahr älter als Parker. Alleinstehend, keine Kinder, ihr schulterlanges Haar war rot, doch man konnte nicht sagen, ob es gefärbt oder Natur war.

»Aber sie ist hoffentlich nicht hier gestorben.«

Parker schüttelte den Kopf. »Nein. Sie hatte einen Schlaganfall und ist im Pflegeheim gestorben.«

Erin guckte ins Badezimmer.

»Leider gibt es keine Garage, aber wenn Sie Ihr Auto auf dem Grundstück abstellen, ist es sicher. Den Pool, die Veranda, den Grill und alles, was Sie sonst so brauchen, können Sie gerne mitbenutzen.«

»Ich finde, es würde gut für mich passen.«

Parker trat von einem Fuß auf den anderen. Ihre nächste Frage hatte schon manch anderen Interessenten vergrault. »Kriegen Sie viel Besuch?«

Erin neigte den Kopf zur Seite. »Wie meinen Sie das? Ob ich Partys feiere?«

»Ob Sie oft Gäste haben.«

»Ich bin neu in der Gegend. Wenn man kaum Leute kennt, kann man auch keine Partys feiern.«

»Und da, wo Sie vorher gewohnt haben?« Parker suchte auf dem Bewerberbogen die Adresse. »In Tacoma?«

»Ich bin eher introvertiert«, antwortete Erin.

Das klang vielversprechend. »Es tut mir leid, dass ich das fragen muss. Es ist nur, weil mein Bruder noch zur Highschool geht. Das Jugendamt ist sehr streng, wenn es darum geht, welchen Umgang er pflegt. Er wird in einem halben Jahr achtzehn.«

Erin winkte ab. »Ich suche ein ruhiges Plätzchen, wo ich ein neues Leben anfangen kann.«

»Verstehe. Apropos …« Parker schielte zur leeren Spalte, in die man die Arbeitsstelle eintragen sollte. »Wie wollen Sie das Geld für die Miete aufbringen?«

Erin ging zur Eingangstür und warf einen Blick nach draußen. »Wie Sie dem Formular entnehmen können, habe ich genug Geld, um die Miete zu bezahlen. Wenn ich den Vertrag unterschreibe, zahle ich sechs Monate im Voraus. Wenn ich im fünften Monat noch keinen Job habe, kündige ich das Mietverhältnis und ziehe wieder aus.«

Parker rechnete nach. »Sechs Monate im Voraus?«

»Falls Sie mich als Mieterin wollen.«

Es klang zu gut, um wahr zu sein.

»Sie haben nur eine einzige Referenz angegeben und keine früheren Mietverhältnisse.«

»Ich bin damals von zu Hause direkt ins Studentenwohnheim gezogen und dann zu meinem Freund.« Sie wandte den Blick ab. »Mein Name stand nicht auf dem Mietvertrag.«

»Hier steht auch sonst kaum etwas über Sie.« Und nach dem zu urteilen, was Parker über das Thema Vermietung wusste, war Erin eher ein Risiko. Zumindest auf dem Papier.

Ihr Bauchgefühl aber sagte etwas anderes.

»Sieht der Pool immer so aus?«, fragte Erin.

Parker war an diesem Morgen nicht dazu gekommen, den Pool zu säubern. Die dünne Ascheschicht machte ihr schlechte Laune. »Seit dem Waldbrand kommen wir mit der Arbeit nicht mehr nach. Solange der Wind bläst, kann ich leider nicht garantieren, dass man den Pool benutzen kann.«

»Klingt nach einer stressigen Zeit.«

»*Stressig* ist gelinde ausgedrückt. Mit den Mieteinnahmen vom Gästehaus können wir jemanden engagieren, der sich kümmert.«

Erin lächelte. »Also, ich würde die Wohnung nehmen und wäre froh, wenn Sie sich für mich entscheiden. Ich weiß, dass ich nicht viele Referenzen vorzuweisen habe, aber ich bin keine Kriminelle und Partys feiere ich auch nicht. Sie werden kaum etwas von mir mitkriegen.«

»Welcher Kriminelle würde zugeben, dass er einer ist?«, überlegte Parker laut.

»Wahrscheinlich keiner.« Erin schmunzelte.

Parker ging hinaus. »Wir haben einen Schuppen, den Sie auch nutzen können. Da könnten Sie zum Beispiel die Möbel reinstellen, falls Sie lieber Ihre eigenen mitbringen.«

»Heißt das, ich kriege die Wohnung?«

Parker schüttelte den Kopf und senkte die Hand mit dem Formular. »Ich muss erst mit meinen Geschwistern sprechen.«

Erin lächelte schmallippig. »Ich verstehe.«

Sie liefen über den Rasen zur Einfahrt, wo Erins Auto stand. »Wenn Sie mich nicht wollen, können Sie mir das gerne gleich sagen. Ich fände es jedenfalls perfekt, weil es so abgeschieden liegt.«

»Ich muss einfach noch ein paar Dinge überprüfen.« Parker wedelte mit dem Papier.

»Natürlich.« Erin öffnete die Autotür. »Sie haben ja meine Telefonnummer.«

* * *

Austin schob sich einen Löffel Chili con Carne in den Mund und sagte kauend: »Mir völlig egal. Wenn ich dank der Mieteinnahmen nicht mehr jedes Wochenende mit dem Pool rummachen muss, kann sie gleich morgen einziehen.«

Parker blickte zu Mallory.

»War sie nett?«

»Ja, sehr. Eine ruhige Person. Und das Beste ist, dass sie sechs Monate im Voraus bezahlen würde.«

»Warum überlegst du dann noch?«

»Sie ist neu in der Gegend und hat weder einen Job, noch kann sie jemanden als Referenz angeben. Ich habe nur mit einer Freundin von ihr telefoniert, die im Bundesstaat Washington wohnt.«

Mallory zuckte mit den Achseln. »Irgendwo muss man ja mal anfangen. Außerdem ist es auch nicht so, dass die Interessenten fürs Gästehaus Schlange stehen.«

Was wiederum auch stimmte.

»Was hätte Dad an unserer Stelle gemacht?«, fragte Austin.

»Dad hätte dieses Problem gar nicht erst gehabt.«

Mallory schob ihre halb volle Schüssel mit Chili zur Seite. »Wenn nur Dad gestorben wäre und Mom hätte überlebt, wäre das Gästehaus schon längst vermietet.«

Ihre Mutter war praktisch veranlagt gewesen.

Parker nahm wieder ihren Löffel. »Ich rufe Erin morgen an und sage ihr, dass sie einziehen kann.«

»Und danach rufst du gleich einen Pool-Typen an«, verlangte Austin.

»Und vielleicht noch jemanden, der Rattenfallen aufstellt«, schlug Mallory vor. »Die De Lucas killen fast jeden Tag eine Ratte. Ist nur eine Frage der Zeit, bis sie zu uns kommen und unsere Autos anknabbern.«

Ja, die Ratten hatten den Waldbrand überlebt. Jetzt suchten sie sich bei den erstbesten Häusern einen neuen Platz. Parker wunderte es eigentlich, dass bei ihnen noch keine aufgetaucht waren.

»Einen Pool-Typen, einen Kammerjäger. Sonst noch Wünsche?«

»Ich könnte eigentlich einen neuen Spoiler für mein Auto gebrauchen.«

Parker bedachte ihren Bruder mit einem langen Blick. »Such dir 'nen Job.«

Er schaufelte weiter das Essen in den Mund. »Ich wollte nichts unversucht lassen.«

Danach wechselten sie das Thema und unterhielten sich über Schule und College. Der Unterricht würde in dieser Woche wieder beginnen. Austin jammerte, weil er keinen Bock auf Schule hatte, seine Schwester schien sich dagegen zu freuen. Mallory hatte zwar bei mehreren Colleges eine Zusage bekommen, sich aber trotzdem fürs Cal State Northridge entschieden, um weiterhin zu Hause wohnen zu können. Im Gegensatz zu Parker hatte Mallory von Anfang an gewusst, was sie studieren wollte. Seit sie nach dem Unfall der Eltern zur Trauerberatung geschickt worden waren – eine Voraussetzung dafür, dass Parker das Sorgerecht übertragen bekam –, interessierte sich Mallory für das Fach Psychologie.

Für Mallory war es nie selbstverständlich gewesen, aufs College zu gehen, insbesondere vor dem Hintergrund, dass Parker ihr Studium hatte abbrechen müssen, um das Sorgerecht zu bekommen.

Parkers Handy klingelte.

Eine unbekannte Nummer.

»Hallo?«

»Hallo, spreche ich mit Miss Sinclair?«

Die Männerstimme kam ihr bekannt vor, doch Parker konnte sie nicht zuordnen.

»Wer ist denn dran?«

»Hier ist Colin Hudson. Von der Baubehörde.«

Jetzt sah sie sein Gesicht vor sich. »Oh«, stammelte sie, während sie sich den Mund abwischte und vom Tisch aufstand.

»Sie wissen schon, der Ted-Bundy-Typ«, erklärte er.

Okay, jetzt musste sie grinsen. »Ich erinnere mich.«

»Gut. Ich hatte gesagt, dass ich mich wieder melden würde, wenn es Neuigkeiten gibt.«

»Und, gibt es welche?« Sie musste an seine Grübchen denken und an den Blick, als er ihr Gewehr sah. Er hatte amüsiert gewirkt und doch Respekt gehabt.

»Stadt und Bezirksrat arbeiten an der Finanzierung für die erforderlichen Maßnahmen in Creek Canyon. Ich wollte Sie fragen, ob ich Ihre Telefonnummer an die Leute weitergeben darf, die sich um solche Sachen wie Einverständniserklärung und Zufahrtsberechtigungen kümmern.«

Sie verdrängte die Bilder von GDA und konzentrierte sich auf das, was er sagte. »Wenn es sein muss.«

Er stockte. »Die Leute könnten natürlich auch anderweitig Ihre Telefonnummer ermitteln, aber das würde ein bisschen länger dauern. Und ich dachte mir, dass Sie kein Fan davon sind, wenn fremde Schlipsträger bei Ihnen anklopfen.«

»Ja, das muss nicht sein. Dann geben Sie lieber meine Nummer weiter.«

»Perfekt. Sie werden sich wahrscheinlich gleich morgen bei Ihnen melden.«

»So schnell?« Die Behörde schien ja recht zügig zu arbeiten.

»Die Regenzeit geht im November los. Es bleibt nicht mehr viel Zeit.«

Parker stellte sich vor das große Fenster und blickte in den Garten. Alle Bilder des Mannes, mit dem sie sprach, verschwanden aus ihrem Kopf. »Man braucht aber meine Erlaubnis, bevor hier irgendetwas gemacht wird, oder?«

»Die Fläche, auf der gearbeitet werden soll, gehört ja Ihnen.«

»Und wird dort, wo der Staatsforst anfängt, auch etwas gemacht?«

GDA zögerte. »Ich habe die Pläne der Ingenieure noch nicht gesehen.«

Sie schloss die Augen und schüttelte den Kopf. »Oh je.«

»Ich weiß, dass das für Sie mit Unannehmlichkeiten verbunden ist, aber wenn es erst mal zu regnen anfängt, werden Sie froh darüber sein.«

Leider hatte er recht.

»Und Ihre Nachbarn sind dringend auf Ihre Kooperation angewiesen.«

»Das weiß ich ja alles.«

Er schwieg wieder für einen kurzen Moment. Dann sagte er: »Rechnen Sie morgen mit dem Anruf. Ich denke mal, dass man Sie noch Ende dieser Woche zu einer Besprechung bitten wird.«

Ihre Arbeit an der Grundschule begann am Donnerstag. »Ich muss das mit meinem Job abklären.«

»Man wird sich bei uns ganz nach Ihnen richten.«

»Wie viele Leute meinen Sie mit *man*?«

»Fünf, sechs oder so.«

»Ein Raum voller Schlipsträger.« Und wahrscheinlich alles ältere Männer, die sie von oben herab behandelten und belehrten, was sie zu tun hätte. Zumindest war das ihre Erfahrung mit Vermögensanwälten gewesen.

»Sie tragen nicht alle einen Schlips.«

»Sie wissen, was ich meine. Sind Sie auch dabei?« Der Fremde, den sie kannte, gegen die sechs anderen, die sie nicht kannte.

»Das ist eigentlich nicht vorgesehen.«

Enttäuscht stieß sie die Luft aus.

»Aber ich könnte es einrichten.«

Sie bekam Kopfschmerzen. »Das müssen Sie nicht.« *Reiß dich zusammen, Parker, du bist kein kleines Mädchen mehr.*

»Ich komme auf jeden Fall«, sagte er jetzt.

»Das müssen Sie wirklich nicht.« Ihre Stimme klang klein und schwach. Allein mit ihm hatte sie sich stark gefühlt, mit der Situation umzugehen. Aber nicht bei so vielen Leuten.

»Nein, nein, es ist sowieso besser. Manchmal sind diese Bürohengste vom Amt ein bisschen … Furcht einflößend. Und beim ersten Mal wissen Sie wahrscheinlich auch nicht, welche Fragen Sie stellen sollten. Aber unter uns, wahrscheinlich haben die anderen sowieso nicht auf alles eine Antwort.«

»Sind Sie sicher?«

»Ja, ich bin sicher.«

»Okay. Danke.« Parker merkte, dass ihre Stimme zitterte.

»Parker?«

»Ja?«

»Es wird alles gut.«

Davon war sie allerdings nicht überzeugt.

»Wir sehen uns Ende der Woche«, sagte er zum Abschied.

»Schönen Abend noch.«

Nachdem Parker aufgelegt hatte, blieb sie mit dem Telefon in der Hand am Fenster stehen und starrte hinaus.

»Wer war dran?«, wollte Mallory wissen.

»Dieser Typ von der Stadt. Beziehungsweise vom Bezirksamt. Sie wollen, dass ich zu einer Besprechung komme.«

»Aber das ist doch positiv, oder?«, fragte Austin.

»Das werden wir sehen.«

Kapitel 6

»Glaub mir, je weniger Leute, desto besser.« Colin blickte zu Ed, dem leitenden Ingenieur, dann zu den vielen Leuten im Besprechungszimmer.

»Wir müssen Miss Sinclair zeigen, wie dringend die Sache ist.«

»Heißt also, dass auch Rechtsanwälte dabei sind?«

Ed war ein bisschen größer als Colin und sah auf ihn hinab. »Wenn sie nicht kooperiert, müssen wir ihr klarmachen, welchen Druck die Stadt auf sie ausüben könnte.«

Colin bekam ein Engegefühl in der Brust. »Das wird nicht nötig sein.«

»Du magst ja glauben, dass du viel über so was weißt, Colin, aber du kennst die andere Seite nicht. Die meisten Leute wollen keine Einbußen in Kauf nehmen, um anderen zu helfen. So nach dem Motto ›Nach mir die Sintflut‹. Aber wenn es nicht anders geht, müssen wir ihr etwas von Zwangsenteignung erzählen.«

»Die Frau, mit der wir hier zu tun haben, ist nicht so.«

»Und auf welche Fakten basierst du diese Aussage?«

»Bevor Paul in Rente gegangen ist, war ich ja auch schon bei jedem Projekt dabei und habe mit den Anwohnern gesprochen.

Ich habe gelernt, Menschen einzuschätzen, und Parker Sinclair ist nicht der Typ, dem andere Leute egal sind.«

»Es schadet aber nicht, wenn ein paar Leute von oberster Stelle anwesend sind.« Für Ed war die Diskussion damit beendet.

Doch Colin stellte sich vor ihn hin.

»Sie wird kooperieren, aber das hier«, sagte er und zeigte auf das volle Besprechungszimmer, »ist nur einschüchternd. Hast du dir das Grundstücksprofil angesehen? Parker ist seit dem Tod ihrer Eltern für das Anwesen verantwortlich.«

»Ja und?«

»Für sie ist das alles neu. Im Besprechungszimmer sind so viele Leute, wie man sie brauchen würde, um der Varga-Familie die Grundstücksrechte zu entziehen.« Besagte Familie war Großgrundbesitzer im Santa Clarita Valley, die zu Besprechungen mit Ämtern stets mit einer ganzen Entourage an Beratern erschien.

Jetzt sah es tatsächlich so aus, als würde Ed einknicken.

»Bitte, schick die anderen weg. Nur du und ich, einer von den Bauingenieuren und Grace reden mit ihr.«

Als er den letzten Namen hörte, rollte Ed mit den Augen. »Deine Schwester hat doch mit dem Projekt gar nichts zu tun.«

»Stimmt, aber Grace ist eine Frau. Auch wenn ich gern behaupten würde, dass es keine Rolle spielt, wissen wir beide ganz genau, dass es anders ist. Frauen sprechen manchmal eine andere Sprache.« Und seine Schwester konnte mit ihrer sanften, aber nachdrücklichen Art fast alles erreichen.

Als Ed die Schultern fallen ließ, wusste Colin, dass er gewonnen hatte. »Na gut. Ich schicke die Rechtsanwälte raus.«

Das waren nur zwei Männer. »Und die Geologen und Konstrukteure.«

»Du bist ganz schön fordernd, Colin.«

»Sag ihnen, sie sollen einen Kaffee trinken. Wenn wir nicht weiterkommen, holen wir sie dazu.«

Das schien Ed zu überzeugen.

Die Rezeptionistin kündigte bereits Parkers Ankunft an. Schnell schlüpfte Ed ins Besprechungszimmer und sagte etwas, woraufhin ein paar Leute den Raum verließen und in ihre Büros zurückkehrten.

Colin eilte zum Büro seiner Schwester und klopfte an.

Ihr Gesicht erhellte sich. »Hi, was machst du denn hier?«

»Ich brauch dich. Kannst du kurz mal mitkommen?«

»Eigentlich bin ich gerade beschäftigt.«

Sie war allein im Büro, telefonierte nicht. »Das kannst du alles nachher erledigen. Komm.«

Grace stieß sich vom Schreibtisch ab und folgte ihm den Gang entlang.

»Ich brauche Östrogen«, raunte er ihr zu.

»Eigentlich versuche ich hier, so zu tun, als hätte ich keins.«

»Dann solltest du vielleicht mal flache Schuhe anziehen.« Wenn Grace durch die Gänge lief, hörte man stets das Klackern ihrer hohen Absätze.

»Ich bin vertikal eingeschränkt. Dem muss ich entgegenwirken.«

Colin öffnete seiner Schwester die Tür zum Besprechungszimmer und ließ ihr den Vortritt. »Gib mir Rückendeckung«, zischte er.

Statt zu antworten, grinste sie nur.

Colin setzte sich seinem Chef gegenüber. Er wollte nicht, dass Parker hereinkam und gleich mit einem ganzen Gremium konfrontiert war, das nur an einer Tischseite saß.

Da ging die Tür auf und Parker kam herein. Im Gegensatz zu seiner Schwester hatte sie wohl kein Problem damit, ihre Weiblichkeit ins Spiel zu bringen. Fast hätte er sie nicht wiedererkannt. Die schulterlangen Haare trug sie offen, hellere, von der Sonne ausgeblichene Strähnen umrahmten ihr Gesicht. Die Augen waren dezent geschminkt, was ihr strahlendes Blau noch stärker zum Ausdruck brachte. Zur weißen Flatterbluse trug Parker einen knielangen Bleistiftrock, die Schuhe waren so hoch, dass es für Colin unvorstellbar war, wie man darin stehen, geschweige denn gehen konnte. Sein Hals wurde merkwürdig eng, als sie ihm direkt in die Augen sah. Ihr Blick glich dem eines aufgescheuchten Rehs im Lichtkegel.

Mit ausgestreckter Hand ging er auf sie zu. »Parker, wie schön, Sie wiederzusehen.«

Ihre Schultern waren gerade, das Kinn aufrecht, aber ihre Hand war feucht und kalt. Er drückte sie ermunternd.

»Danke«, sagte sie, erst dann schaute sie zu den anderen Anwesenden.

Colin blieb neben ihr stehen, während er alle vorstellte. »Das ist Ed. Er ist der verantwortliche Ingenieur für das Projekt.«

»Vielen Dank, dass Sie so zeitnah kommen konnten, Miss Sinclair.«

»Das ist doch selbstverständlich.«

»Mit Raul Mendez haben Sie schon telefoniert, oder?«

Parker ging zu dem nächsten Mann. »Stimmt, Sie sind zuständig für die Verträge?«

»Genau.« Raul gab ihr die Hand und setzte sich wieder. »Das ist mein Assistent …« Er stellte die drei anderen Männer seines Teams vor.

»Und das hier ist Grace. Sie arbeitet in der Abteilung für Stadtentwicklung.«

Er sah, dass sich Parkers Gesicht erhellte, als sie Grace die Hand gab.

»Dann fangen wir am besten gleich an«, meinte Ed und wies Parker einen Platz zu.

»Dürfen wir Ihnen etwas zu trinken anbieten?«, fragte Colin.

»Ich brauche nichts, danke.«

Parker stellte die Handtasche auf den Boden und setzte sich mit kerzengeradem Rücken hin. Colin nahm neben ihr Platz.

»Colin war ja bereits bei Ihnen vor Ort und er sagt, dass Sie von den Problemen wissen, mit denen die Gegend im Winter konfrontiert sein wird.« Er lehnte sich beim Sprechen ein wenig über den Tisch.

»Das ist richtig.«

Ed neigte den Kopf zur Seite. »Sie wissen also, wie schwerwiegend die Probleme werden können?«

Parker seufzte. »Als ich nach dem Waldbrand mein Grundstück gesehen habe, wurde mir die Gefahr bewusst. Ich wohne schon mein ganzes Leben da und kann mich noch gut an den Winter vor acht Jahren erinnern, als so viel Wasser in der Auswaschung floss, dass alles überschwemmt wurde. Ich kann mir sehr wohl vorstellen, was passiert, wenn es richtig zu regnen beginnt.«

»Aber haben Sie auch schon mal eine Sturzflut erlebt?«, hakte Ed nach.

»So was kenne ich nur aus dem Kino oder den Nachrichten.«

Jetzt drehte Ed die Karte, die auf dem Tisch ausgebreitet lag, zu ihr und zeigte darauf. »Der Waldbrand im Creek Canyon hat jegliche Vegetation auf einer Fläche von über dreizehntausend Hektar vernichtet. Und wir sprechen hier von dichtem Bewuchs, der den gesamten Canyon umgeben hat.«

»Ich weiß. Ich wohne ja da.«

»Richtig. Aber vielleicht wissen Sie nicht, wie groß die Schlammmassen sind, die durch ihr Grundstück fließen und etliche Häuser unterhalb von Ihrem mitreißen werden.«

Parker guckte zu Colin. »Gibt es im Canyon noch andere Belastungszonen?«

Colin war beeindruckt, dass sie das Wort *Belastungszone* verwendete. Sie hatte entweder sehr gut zugehört, als er mit ihr das Grundstück besichtigte, oder sie hatte sich auf diese Besprechung vorbereitet. »Es gibt noch weitere. Aber keine, bei denen die Hoffnung auf Kontrolle bestünde.« Colin zeigte auf die Karte. »Hier ist ein Rückhaltebecken, an dem wir ebenfalls arbeiten müssen, aber da ist auch die Auswaschung größer und das Wasser, das von den Berghängen kommt, fließt gut ab und mündet im Hauptfluss. Dieser Wasserstrom wird Ihre Straße nicht direkt betreffen.«

Ed tippte mit dem Finger auf die Karte. »Aber der hier. Die steilen Berghänge zu allen Seiten werden das Volumen bei starken Regenfällen signifikant ansteigen lassen.«

»Aber auch schon geringe Niederschlagsmengen werden hier Probleme bereiten«, mischte sich Raul ins Gespräch.

Parker knetete die Hände auf dem Schoß und blickte von der Karte hoch. »Welche Gegenmaßnahmen gibt es?«

Colin sah, wie Raul schon nach den Vertragspapieren griff, die man Parker zur Unterschrift vorlegen würde. Er beeilte sich, ihm zuvorzukommen.

»Die Ingenieure müssen die Einzelheiten noch ausarbeiten. Aber generell ist es so – und Ed, bitte korrigiere mich, wenn ich etwas Falsches sage –, dass hier und hier jeweils eine Auffangkonstruktion geschaffen wird. Dazu gehört ein Becken weiter hinten, dort wo der Canyon beginnt, das die Länge von drei und die Breite von zwei Fußballfeldern hat. Und das tief sein wird. Das zweite wird nur halb so groß.« Er zeigte auf eine andere Karte mit einem Satellitenbild. »Hinter der Auffangvorrichtung wird eine breite Rinne gegraben, um den Wasserstrom und den Schlamm entsprechend zu lenken und die Fließgeschwindigkeit zu reduzieren.«

Parker hörte jetzt mit dem Kneten der Hände auf und zog die Karte etwas zu sich hin. »Hier ist der alte Damm?«

»Ja.«

»Und da und da sollen diese Vorrichtungen hin?«

Colin nickte.

»Aber warum macht man das nicht oberhalb des Damms? Da ist doch genug Platz.«

Ed schüttelte den Kopf. »Da ist der Staatsforst. Der gehört leider nicht zu unserem Zuständigkeitsbereich.«

»Auf dem Grund des Staatsforsts dürfen wir nichts machen«, versuchte Raul zu erklären.

»Warum nicht? Da ist ja jetzt kein Wald mehr.«

»So funktioniert das leider nicht. Wir versuchen schon seit Jahren, mit dem Forstamt zusammenzuarbeiten. Aber es ist der Meinung, dass der Forst unantastbar ist, komme was wolle.«

Parker zog die Augenbrauen zusammen. »Aber irgendwer hat doch diesen Damm gebaut und ihn nicht instand gehalten. Seit ich denken kann, steht das Wasser in dem Becken dahinter bis zum Rand.«

»Solche Maßnahmen waren oft einmalige Projekte. Sie dienten damals allein dem Zweck, während der Wirtschaftskrise oder nach den Kriegen Arbeit zu schaffen. Die zuständigen Behörden hatten vertraglich nie eine Verpflichtung zur Instandhaltung. Die einzige Stelle, wo wir eine Handhabe haben, ist dort, wo es Colin gezeigt hat. Unser Katastrophenstab ist gerade dabei, die Genehmigungen einzuholen und die Gelder in Höhe von fünfunddreißig Millionen Dollar aufzutreiben, um das Vorhaben zu finanzieren.«

»Fünfunddreißig Millionen?« Parkers Kinnlade klappte herunter.

»Es handelt sich um den Aushub von dreißigtausend Kubikmetern Erde. Die Seiten werden mit Felsblöcken verstärkt, um weitere Erosion zu verhindern. So entstehen die provisorischen *Dämme*, wie Sie sie nennen«, erklärte Colin.

»Dreißigtausend Kubikmeter?« Der Reh-im-Lichtkegel-Blick war zurück.

»Ja, sehr viel Erde.«

»Bitte erklären Sie mir etwas anschaulicher, was *sehr viel* ist.« Sie sah ihm direkt in die Augen.

Okay, Annie Oakley wollte keine vereinfachten Antworten. Man konnte die Sache sowieso nicht beschönigen. »Mit einer Lastwagenladung kann man zwischen zehn und fünfzehn Kubikmeter fortschaffen.«

Parker wurde starr. »Dann werden das aber ganz schön viele Lastwagenladungen.« Sie sah erneut zur Karte.

»Der Grund für diese Besprechung heute ist, Miss Sinclair, dass wir Ihr Einverständnis brauchen, um auf Ihrem Privatgrund etwas gegen die bevorstehenden Probleme zu machen, die für Ihre Nachbarschaft verheerende Folgen hätten.« Ed nickte Raul zu.

Der schob sogleich die Papiere über den Tisch. »Wir brauchen Ihre Einwilligung, damit wir uns an die Arbeit machen können.«

Parker zog die Unterlagen zu sich und begann zu lesen.

Es wurde still.

»Bis wann brauchen Sie meine Unterschrift?«

Rauls Assistent klopfte auf einen Ordner. »Ich könnte Ihre Unterschrift noch heute notariell beglaubigen lassen.«

Colin beobachtete, wie Parker Daumen und Zeigefinger gegeneinander rieb. »Ich muss das erst meinem Rechtsanwalt zeigen.«

»Sie werden sehen, dass es nur um die Erlaubnis für Zufahrt und Ausfahrt geht und um eine temporäre Nutzung. Ihr Grund und Boden wird in fünf Jahren wieder in den ursprünglichen Zustand gebracht«, sagte Ed beschwichtigend.

»In fünf Jahren?«

»So lange dauert es, bis nach einem Waldbrand die Vegetation wieder zurück und die Erosionsgefahr gebannt ist.« Colin sprach mit sanfter Stimme. Er konnte an ihrem Gesichtsausdruck ablesen, dass sie durchaus verstand, was sie von ihr wollten. »Wenn die Rückhaltebecken fertig sind, müssen wir zwischen den Regenfällen weiterhin Schlamm und Geröll entfernen.«

»Ich … ich muss mit meinem Anwalt sprechen.« Ihre Stimme schwankte.

»Wir brauchen Ihre Kooperation!«, sagte Ed entschieden.

»Sie hat ja nicht gesagt, dass sie die Unterschrift verweigert, Ed. Sie will nur, dass sich ihr Anwalt den Vertrag ansieht.« Grace berührte Parkers Arm. »Was vernünftig ist und jeder von den hier Anwesenden an Ihrer Stelle genauso machen würde.«

Ed lehnte sich zurück und blickte Colin mit schmalen Augen an.

»Wann wollten Sie mit diesem … Projekt beginnen?«, fragte sie.

»So bald wie möglich«, erwiderte Ed.

»Realistisch betrachtet, müssten wir in den nächsten zwei Wochen mit den Ingenieuren und den Feldexperten kommen und einen soliden Plan erarbeiten. Wir versuchen, die Genehmigungsprozesse zu beschleunigen und das Budget aufzutreiben.« Colin hätte am liebsten ihre zitternde Hand genommen. »Mitte Oktober, schätze ich mal.«

»Und wie lange dauert das Ganze? Die erste Runde?« Parker traf seinen Blick.

»Sechs bis acht Wochen.«

»Die Regenzeit beginnt meistens Mitte November.«

»Hoffen wir auf ein weiteres Dürrejahr.«

Ed beugte sich vor und versuchte erneut, Druck auszuüben. »Wir könnten schneller anfangen, wenn Sie gleich heute unterschreiben.«

Jetzt verengte sich auch Parkers Blick. »Ich habe vor, die Papiere zu unterschreiben. Aber nicht, bevor sie mein Anwalt gesehen hat. Wahrscheinlich steht nichts drin, was gegen den Willen meiner Eltern wäre. Aber sie sind nicht mehr da und ich habe nicht Jura studiert. Deshalb werden Sie wohl warten müssen.« Nun war ihre Stimme fest und klar, auch wenn sie mit zittrigen Händen die Vertragspapiere einsteckte. »Es klingt, als hätten Sie viel Arbeit. Da will ich Sie nicht länger aufhalten.« Sie erhob sich.

Grace tat es ihr nach. »Ich begleite Sie nach draußen.«

Colin wäre gerne mitgekommen, aber er hielt sich zurück. Als Parker gegangen war, sagte er zu seinem Chef: »Sehr einfühlsam, Ed.«

»Du hast gesagt, sie wird kooperieren.«

»Würdest du deine Tochter einen Vertrag unterschreiben lassen, ohne dass ihn sich vorher jemand ansieht?«

Ed sammelte die restlichen Papiere vom Tisch und wedelte sie ihm entgegen. »Wenn wir nicht innerhalb einer Woche von ihr hören, sprechen wir von Zwangsenteignung.«

Colin fuhr sich durchs Haar, während die anderen den Raum verließen.

Vollidiot!

Kapitel 7

Freitagabends war es bei den Sinclairs entweder sehr still oder das Haus ging über vor Testosteron und lauter Musik.

Parker genoss die Stille. Bald war die Footballsaison vorbei und dann würde Austin wieder seine Freunde hier haben, um in der Garage an Autos herumzuschrauben. Mallory war auch mit Freunden unterwegs. Sie hatte ebenfalls von einem Footballspiel im College geredet, aber Parker wusste, dass es Mallory mehr um die Party danach als um den Sport ging.

Als Scout mit seinem Tennisball im Maul hechelnd zu ihr lief, nahm Parker dies zum Anlass, die letzten Sonnenstrahlen zu nutzen und mit dem Hund rauszugehen. Sie warf den angesabberten Ball von der Veranda in den Garten. Scout schoss die Treppe hinab, raste über die Auffahrt und jagte dem hüpfenden Ball hinterher. Er schnüffelte herum, um sein Spielzeug zu finden.

Als der Hund Geräusche beim Gästehaus hörte, vergaß er den Ball und lief hinüber.

Erin erschien auf der überdachten Terrasse. Sie beugte sich hinab, um Scout zu streicheln.

Parker ging den Weg hinunter und rief von Weitem: »Ich hoffe, Sie mögen Hunde.«

»Ich liebe Hunde!« Scout wackelte mit dem Schwanz und schmiegte sich an Erins Bein.

»Und er liebt Menschen. Er bellt zwar, wenn er jemanden nicht kennt, aber dann läuft er hin und leckt ihn ab.«

»Kein guter Wachhund«, meinte Erin.

»Na ja, es hilft trotzdem. Er bellt, wenn Fremde kommen, aber er knurrt nicht.« Parker setzte sich in einen der Gartenstühle. »Es wird nicht leicht, wenn ich ihn jetzt immer einsperren muss«, äußerte sie laut ihre Gedanken.

Erin wandte sich vom Hund ab und setzte sich zu Parker. »Warum müssen Sie ihn denn einsperren?«

Parker seufzte, lehnte sich zurück und erzählte von Colin und den Leuten vom Bauamt. »Jetzt sieht sich mein Rechtsanwalt den Vertrag an. Es muss noch eine Klausel rein, dass alles wieder repariert wird, falls sie etwas beschädigen. Und dass ich nicht hafte, wenn jemand von einer Klapperschlange gebissen wird oder so.«

»Klingt, als kämen ganz schön viele Leute her.«

»Ich weiß. Ich finde es auch nicht toll, aber ich habe keine Wahl. Wenn ich es ablehne und die Leute unten am Hang ihre Häuser verlieren, verklagen sie mich. Und wenn ich einwillige, muss ich mich wohl oder übel mit dem Lärm, den Arbeitsmaschinen und den vielen Leuten auf meinem Grundstück abfinden.«

Erin strich sich die Haare aus dem Gesicht und blickte in den Garten. »Und ich hätte gedacht, dass es sich hier um ein ruhiges, einsames Plätzchen handelt.«

Parker wusste, dass sie das versprochen hatte. Und sie konnte es sich wirklich nicht leisten, ihre Mieterin deswegen zu verlieren. »Ich habe das alles nicht gewusst. Es tut mir wirklich leid. Es war zwar schon klar, dass die Auswaschung, also das trockene Flussbett hier ein Problem darstellen würde. Aber ich hatte keine Ahnung, dass die Behörden so unglaublich viel

Geld in das Projekt stecken wollen. Anscheinend machen sie sich große Sorgen.«

Erin sah ihr in die Augen. »Machen Sie sich auch Sorgen?«

»Ich bin einfach nur erschöpft.« Parker schnaubte ein Lachen. »Ich fühle mich zwanzig Jahre älter. Und ich habe so ein Gefühl, dass es erst mal nur noch schlimmer werden wird.«

Erin stand auf. »Mögen Sie Weißwein? Ich mache eine Flasche auf.«

»Sind Sie sicher? Das ist wirklich nicht nötig …«

»Ich will nicht allein trinken …«

Parker grinste. »Verstehe. Weißwein klingt fabelhaft.«

* * *

Parker stand mit den anderen Anwohnern zusammen, als der Trupp der Baubehörde zum ersten Mal eintraf. Nachdem ihr Rechtsanwalt grünes Licht gegeben und sie den Vertrag mit ein paar kleinen Änderungen unterschrieben hatte, kamen nun die Ingenieure zur ersten Besichtigung. Unter ihnen waren auch zwei bekannte Gesichter: Colin und Ed. Die anderen zehn oder so Leute kannte Parker nicht.

Tracy, ihre unmittelbare Nachbarin, raunte ihr zu: »Sind das alles Ingenieure?«

»Colin ist jedenfalls keiner. Was die anderen betrifft, habe ich keine Ahnung.«

Das Grüppchen, zu dem auch ein paar Frauen gehörten, lief die trockene Auswaschung des Canyons entlang.

»Ich verstehe nicht, warum sie nicht hinter dem alten Damm da oben graben«, wunderte sich Susan.

»Das ist Staatsforstgebiet. Das Forstamt spielt da nicht mit«, erklärte Parker. Mit den Blicken verfolgte sie Colin, der die Gruppe anführte. Ab und zu guckte er zu ihr zurück und lächelte ihr zu.

»Klingt nach einem Riesending«, meinte Mr Richards. »Aber das ist ja auch richtig so. Ich erinnere mich noch, als in den Siebzigern die ganze Gegend hier unter Wasser stand. Da gab es die Hälfte der Häuser noch gar nicht.«

»Und das war, ohne dass es vorher gebrannt hatte«, ergänzte Susan.

»Und jetzt hatten wir jahrelang Dürre«, murmelte Parker.

Ihre Nachbarn nickten und jeder hatte etwas zu den Unwettern aus vergangenen Zeiten beizutragen, als das Wasser über die Ufer der Auswaschung getreten war, sodass man den entstandenen Fluss nicht mehr hatte überqueren können und der Zugang zu einigen Häusern abgeschnitten war. Während sie sich unterhielten, folgten sie in einigem Abstand dem Bautrupp, der immer wieder stehen blieb, um etwas zu notieren.

Dann machten sie kehrt. Parkers Nachbarn verabschiedeten sich und gingen.

Nachdem seine Leute abgefahren waren, kam Colin zu ihr.

»Haben Sie alles gesehen?«, erkundigte sich Parker.

»Ich glaube schon.«

»Was passiert als Nächstes?«

Er lehnte sich gegen seinen Wagen, die Augen waren von der Sonnenbrille verdeckt. »Es wird ein Plan entwickelt, dann werden die Genehmigungen eingeholt und ich stelle eine Mannschaft zusammen.«

»Das klingt alles so einfach.«

Als er lachte, bildeten sich zwei Grübchen, was dazu führte, dass sich Parker die Haare glatt strich und eine lose Strähne hinters Ohr klemmte. »Das wäre schön. Aber die gute Nachricht ist, dass wir gar keine Zeit mehr für viel Hin und Her haben und es bald losgehen wird.«

»Ich bin ja froh, dass man weiß, wie dringend das Ganze ist.«

»Hoffen wir, dass man es am Ende gar nicht braucht. Im Idealfall werden die Becken nicht voll, weil es nicht viel regnet.«

»Und was passiert dann?«

»Wir kommen, leeren die Becken und warten auf den nächsten Winter.«

Parker sah ihn an, konnte aber seine Augen hinter den dunklen Gläsern nicht ausmachen. »Und wenn es nicht so ideal verläuft?«

»Dann tanzt der ganze Trupp an und wir leeren den lieben langen Winter über die Becken, um deren Funktion aufrechtzuerhalten.«

Sie steckte die Hände in die Gesäßtaschen ihrer Shorts und sah zur Schlucht. Zum Glück war Colin nicht so einer, der sie für zu jung hielt, um alles zu managen. »Sind das dieselben Leute, die heute hier waren?«

»Nein, von denen kommen höchstens zwei zur Kontrolle vorbei.«

»Auch Ed?«

Colin nickte. »Ja.«

Parker zog die Augenbrauen zusammen. »Den mag ich nicht.«

War das ein Grinsen auf seinem Gesicht? »Er ist, na ja …«

Sie hob die Hand. »Sie müssen sich nicht rechtfertigen. Ich meine nur, dass ich kein Fan von ihm bin. Vielleicht macht er seine Sache gut, aber diese Autoverkäufertaktik, mit der er mir die Pistole auf die Brust setzen wollte, war echt unnötig.«

Auf Colins Gesicht zeigte sich Respekt. »Ich habe gehört, dass die Verträge binnen einer Woche unterschrieben waren.«

»Ja. Ich wollte vertraglich festhalten, dass mein Grundstück hinterher wieder so aussieht wie vorher oder noch besser. Ich will es ersetzt bekommen, wenn jemand gegen das Tor fährt und so etwas. Und ich wollte sicherstellen, dass meine Geschwister und ich jederzeit rein- und rauskönnen«, erklärte sie.

Endlich setzte Colin die Sonnenbrille ab. »Ich sorge dafür, dass alles gut läuft, Parker. Sie haben mein Wort.«

»Danke.«

Er stieß sich vom Wagen ab und öffnete die Tür. »Sie werden meine Leute mögen. Es sind tolle Männer, die sich sehr ins Zeug legen.«

»Ich verlasse mich darauf.«

»Und alles keine Schlipsträger.«

Diese Grübchen verursachten ein Flattern in ihrem Bauch. »Vertraue keinem Mann im Anzug.«

»Gut, dass ich den nur zu besonderen Gelegenheiten anziehe.«

Bei der Vorstellung, wie er im Anzug aussah, musste sie sich auf die Lippe beißen. Ihm hätte sie selbst in Anzug und Schlips vertraut. Parker schloss für einen kurzen Moment die Augen. Aber dann verbannte sie das Bild aus ihren Gedanken. In ihrem Leben war keine Zeit für Schmetterlinge im Bauch, Grübchen hin oder her.

»Als Nächstes komme ich mit den Vorarbeitern, bevor wir die Gerätschaften bringen. Sie werden alle kennenlernen.«

Ihr wurde schwindlig und die Haut begann zu prickeln. »Okay.«

Als er ihr eine Hand auf die Schulter legte, durchzuckte es sie wie ein Stromschlag.

Parker war sich sicher, dass sie rot angelaufen war und er es bemerkt hatte. Mit Sicherheit war er verheiratet. Er trug zwar keinen Ring, aber das hieß noch lange nicht, dass er keine Frau hatte.

»Sie haben meine Nummer. Bei Fragen rufen Sie mich einfach an.«

Bevor er die Hand fortnahm, drückte er kurz zu.

Mist, er hatte es sicher bemerkt. »Mache ich«, sagte sie, bemüht um eine feste, ruhige Stimme.

»Ich wünsche Ihnen einen schönen Abend, Parker.«

* * *

Zweimal im Monat waren Colin und seine Geschwister am Sonntag zum Essen bei den Eltern eingeladen. Seine Mutter bestand darauf, wobei *bestehen* eher milde ausgedrückt war.

Vielmehr war es Vorschrift.

Gleich nach dem Ende der Highschool hatte Colin angefangen, für die Baubehörde zu arbeiten. Seine Eltern hatten es den Kindern an nichts mangeln lassen. Trotzdem hatten Colin und seine Geschwister nicht immer alles bekommen, was sie wollten. Sehr weise, fand Colin. Er hatte schnell Gefallen daran gefunden, sein eigenes Geld zu verdienen. So hatte er den Job behalten und ein Abendstudium am College begonnen. Aber bald schon hatte er gewusst, dass ein Studium nicht seine Sache war. Er liebte es, mit den Händen zu arbeiten, und es machte ihm Spaß, zu organisieren und Leute zu motivieren. Am Schreibtisch hätte er irgendwann nur mit einem dicken Bauch geendet und mehr Alkohol getrunken, als ihm guttat. Davon war er überzeugt.

Schon mit zweiundzwanzig hatte er gutes Geld verdient und konnte etwas auf die hohe Kante legen. Als er von zu Hause auszog, begann sein jüngerer Bruder Matt gerade als Feuerwehrmann in Nordkalifornien zu arbeiten. Grace war da auch schon im letzten Highschooljahr und ihre Mutter Nora hatte daran zu knabbern, dass die Kinder das heimische Nest verließen.

Daher die »Vorschrift«, dass alle wenigstens zweimal im Monat nach Hause kommen mussten. Das Datum richtete sich nach Matts Einsatzplan, weil seine Schichten meist vierundzwanzig Stunden dauerten.

Colins Vater Emmitt saß im Wohnzimmer vor dem großen Bildschirm und sah sich ein Baseballspiel an. Matt schimpfte über eine unfaire Schiedsrichterentscheidung, sein Vater war anderer Meinung.

»Gib mir bitte mal den Käse«, sagte Grace zu ihrer Mutter von der anderen Seite der Kochinsel.

»Streiten sie sich immer über so was?«, wandte sich Graces neuer Freund Robert an Colin.

»Das ist ja der Spaß an der Sache«, erklärte Colin.

»Na, wenn ihr meint.« Robert wirkte wenig überzeugt.

»Guckst du auch gerne Sport?«

»Nein. Habe ich noch nie gern getan.«

Bevor Colin etwas erwidern konnte, sprang Matt jubelnd auf, weil die Dodgers gepunktet hatten.

»Wir sind hier gleich fertig, Colin«, sagte seine Mom. »Wie lange braucht das Fleisch noch?«

»Nicht mehr lang.« Er wusste, was sie damit sagen wollte, und ging schnell wieder nach draußen an den Grill.

Grace folgte ihm mit der Marinade, die nach einem geheimen Familienrezept zubereitet wurde.

Er stellte das Bier ab und öffnete den Deckel des Grills. Mit dem Messer prüfte er die Rippchen. Fast durch.

»Und, wie findest du ihn?«, erkundigte sich Grace mit gedämpfter Stimme.

Colin blickte über die Schulter, um sich zu vergewissern, dass Robert außer Hörweite war. Doch der lehnte mit dem Handy in der Hand an der Küchenanrichte. Colin war aufgefallen, dass der junge Mann die meiste Zeit auf sein Handy starrte, weil er entweder ein Spiel spielte oder mit jemandem chattete. »Na ja, passt schon.«

Grace reichte Colin die Barbecuesoße. »Passt schon?«

Er bepinselte das Fleisch mit der Marinade. »Ist ja nichts Ernstes zwischen euch, oder?« Robert war zweimal zum Essen mitgekommen. Es war das dritte Mal in fünf Monaten, dass Colin ihn sah.

»Du magst ihn nicht.« Grace machte eine beleidigte Schnute.

»Du könntest einen Besseren haben«, sagte er ehrlich. »Er ist ein Schreibtischtäter, Gracie.« Computeranalyst oder so was in der Art. Ihm fiel Parkers Schlipsträger-Kommentar ein.

»Ich doch auch.«

Colin schüttelte den Kopf. »Nein, du stehst ja meistens hinter deinem Schreibtisch. Außerdem arbeitest du mit Männern, die doppelt so groß sind wie du, und lässt sie nach deiner Pfeife tanzen. Du strotzt vor Energie und er ist halt ein …« Erneut blickte er zum Freund seiner kleinen Schwester hinüber. »Na ja, und er eben nicht.« Und weil er es sich nicht verkneifen konnte, fügte er hinzu: »Außerdem mag er keinen Sport.«

Grace seufzte. »Dad mag ihn auch nicht.«

Ihr Vater war vor seiner Rente Sheriff gewesen und nahm selten ein Blatt vor den Mund.

»Schon die Tatsache, dass du mich nach meiner Meinung fragst, sagt mir, dass du dir selbst nicht sicher bist.«

Sie nahm ihm die Bierflasche aus der Hand und trank einen Schluck. »Ich dachte, es würde super passen. Wir haben einen ähnlichen Arbeitsrhythmus, er hat seine eigene Wohnung, ist nicht verheiratet.«

»Aha …« Colin nahm ihr die Flasche ab, bevor Grace sie noch leertrank.

»Aber er ist langweilig. Und der Sex ist auch nicht so toll.«

Colin kniff die Augen zusammen. »Darüber redet man nicht mit seinem älteren Bruder.«

»Na ja, wenn's doch wahr ist.«

Er trank das Bier aus und wollte nichts weiter darüber hören. »Rede mit deinen Freundinnen darüber. Ich will nichts von deinem Sexleben wissen.«

»Du hast mir doch selbst mal erzählt, dass Rebecca ganz wild im Bett war.«

Bei der Erwähnung seiner letzten Freundin, oder was auch immer sie gewesen war, musste er grinsen. »Ich habe nur gesagt, dass sie eine Wilde war. Das Schlafzimmer habe ich dabei nie erwähnt.«

Grace stieß ihn mit der Schulter an. »Das hast du damit aber angedeutet.«

»Egal. Ich erzähl dir nichts über mein Sexleben und du redest über deins mit deinen Freundinnen.«

»Ich arbeite auf dem Bau mit Männern zusammen und im Büro sind sonst nur ältere Frauen. Da habe ich nicht so viele Ohren zur Auswahl.«

»Klingt nach einem Problem.« Er schob die Rippchen auf dem Rost herum, als könnte er damit den Grillprozess beschleunigen. »Nach deinem persönlichen Problem.«

»Dann such dir halt mal eine Freundin, damit ich endlich jemanden habe, mit dem ich über so was quatschen kann.«

»Für eine Beziehung habe ich keine Zeit.« Allerdings schlich sich doch glatt das Bild dieser Parker in seinen Kopf. Wie sie mit dem Gewehr über der Schulter vor ihm gestanden hatte.

Grace beobachtete ihn schweigend.

»Was?«, fragte er.

»Was war das für ein Grinsen? Oder besser gefragt: *Wem* galt dieses Grinsen?«

Er klappte den Deckel des Grills wieder zu. »Niemandem.«

»Lügner.«

»Würde ich dich jemals anlügen?«

»Ja.«

Colin schmunzelte.

Mit gekrümmtem Zeigefinger forderte sie ihn auf, mit der Wahrheit herauszurücken. »Komm schon, gib es zu.«

In ihrer Familie gab es einfach keine Geheimnisse. »Erinnerst du dich noch an Parker Sinclair?«

Grace begann zu grinsen. »Die vom Creek-Canyon-Projekt?«

»Genau.«

»Habe ich es doch gewusst, dass du einen Grund hattest, mich zur Besprechung zu bitten. Gehst du mit ihr aus?«

Er schüttelte schnell den Kopf. »Nein, nein. Ich … ach, ich weiß auch nicht. Sie geht mir nicht aus dem Sinn.«

»Soso …«

»Sie ist umwerfend, oder? Kein bisschen aufgetakelt, mehr so auf eine natürliche Art schön.« Sie war genau die Kombination aus Mädchen von nebenan und sexy, auf die er stand.

»Da hast du anscheinend schon intensiver drüber nachgedacht«, zog Grace ihn auf.

Colin schüttelte den Kopf und zwang sich, bei dem Gedanken an Parkers Erscheinung ruhig zu bleiben. »Aber sie hat sowieso keine Augen für mich.« Davon abgesehen, dass sie eine Ähnlichkeit zwischen ihm und dem Massenmörder Ted Bundy festgestellt hatte.

»Und schon wieder grinst du.«

»Sie hat gerade andere Sorgen.«

»Was sicher auch der einzige Grund ist, warum sie dich noch nicht angeschaut hat. Wenn du erst mal mit deinem Hudson-Charme daherkommst, wird sich das bald ändern.«

»Gibt mir meine kleine Schwester etwa gerade Flirt-Tipps?«

Grace nahm die fast leere Soßenschüssel, strich mit dem Finger hindurch und schleckte ihn ab. »Es geht hier um mich. Je früher du eine Frau anschleppst, desto eher musst du nichts mehr über mein Sexleben hören.«

Er naschte ebenfalls etwas Soße aus der Schüssel. »Ja klar, und dann redest du mit ihr und erfährst doch alles über mein Sexleben. Das ist krank, Gracie.«

Sie zuckte zusammen. »So habe ich das noch gar nicht betrachtet.«

»Na ja, ich bin halt nicht nur der Ältere, sondern auch der Klügere von uns beiden.«

Kapitel 8

Die Genehmigung war erteilt worden, die Ingenieure hatten die Pläne erstellt und jetzt war Colin dran. Sein Einsatz begann mit einer ersten Ortsbegehung seiner Mannschaft. Um einen Termin dafür zu vereinbaren, rief er ein paar Tage vorher bei Parker an. Sie klang nervös. Doch er würde ihr die Angst erst nehmen können, wenn er vor Ort war und mit seinen Männern arbeitete. Erst dann konnte er ihr versichern, dass man sich gut um sie und ihre Geschwister kümmern werde.

Die ganze Geschichte hätte durchaus einen großen Einfluss auf ihr Leben. Das wusste er aus Erfahrung. Die Leute hatten keine Ahnung, was sie erwartete, bis die ersten Lastwagen kamen. Und Colin würde sich hüten, Parker jetzt schon alle Unannehmlichkeiten zu schildern. Die würde sie früh genug selbst herausfinden.

Um acht Uhr morgens traf er bei den Sinclairs ein. Das Tor stand bereits offen, wie sie es versprochen hatte. Er parkte unten. Eigentlich wollte er zum Haus hochfahren und sehen, ob sie da war. Normalerweise machte er so was nicht, es sei denn, die Hauseigentümerin war zufällig so attraktiv wie Parker. Aber er wartete, bis die drei anderen Wagen nachkamen, dann stieg er aus und steckte das Handy in die Tasche.

»Das ist ja mal ein Anwesen«, staunte Fabio. Eigentlich hieß er anders, aber sie nannten ihn schon seit Jahren so, weil er mit den langen Haaren wie Fabio Lanzoni aussah.

»Wie es hier wohl vor dem Waldbrand ausgesehen hat?«, überlegte Glynn.

»Grün«, antwortete Colin.

Ron fuhr mit dem Laster vor, auf dem sich das Equipment zum Schweißen befand. Er war kein Vorarbeiter, aber trotzdem einer der wichtigsten Männer, und machte sich nun ein Bild von der Größe des Projekts, um den Zeitaufwand einzuschätzen. Beim Aussteigen warf er seine Kippe in den Aschenbecher, dann schlug er die Wagentür zu. »Hey«, lautete seine Begrüßung.

Colin gab ihm die Hand.

»Hier werden Material und Werkzeug gelagert?«, fragte Fabio.

Die gesamte Fläche des Privatgrunds wurde durch die Zufahrtsstraße, die von Nord nach Süd verlief, und das trockene Flussbett, das sich von Ost nach West erstreckte, in vier Segmente unterteilt. Jetzt befanden sie sich im südöstlichen Abschnitt, der viertausend Quadratmeter groß war.

»Wir versuchen, alles auf dieser Flussbettseite zu halten.«

Fabio schnaubte. »Ha, sehr lustig.«

»Ich sagte *versuchen.*« Colin hob beschwichtigend die Hand. »Ich weiß, du brauchst nichts zu sagen.« Die Wahrscheinlichkeit, dass man überhaupt etwas in Grenzen halten konnte, war gering, um nicht zu sagen, gleich Null. Die Wassermassen, die von den Bergen hier zusammenkamen, kannten keine Grenzen. Das Schlammwasser würde strömen, wohin es wollte, und es lag an ihm und seiner Mannschaft, es so gut als möglich in Schach zu halten.

Während der nächsten zwanzig Minuten zeigte er seinen Leuten die Stellen, die vor dem Aushub für die Lastwagen präpariert werden mussten.

Vertieft ins Gespräch über die bevorstehenden Arbeiten, marschierten sie durch die Auswaschung und blieben dort stehen, wo das zweite Becken innerhalb des eingezäunten Bereichs auf dem Grundstück entstehen sollte. Plötzlich fragte Glynn: »Ist das die Grundstückseigentümerin?«

Parker kam gerade mit dem schwarzen Labrador an der Leine über den angelegten Gartenbereich zu ihnen gelaufen.

»Eigentlich zu jung dafür«, fand Glynn.

»Es hat ihren Eltern gehört«, entgegnete Colin, als Parker noch außer Hörweite war. »Aber die sind gestorben, und jetzt kümmert sie sich ums Haus und die jüngeren Geschwister.«

Glynns Antwort bekam Colin gar nicht mehr mit, denn jetzt galt seine ganze Aufmerksamkeit ihr.

»Guten Morgen«, grüßte sie.

»Morgen, Parker«, sagte Colin, dann stellte er sie seinen Kollegen vor. »Ich habe ihnen gerade alles gezeigt und das Vorhaben erklärt.«

Sie lächelte etwas schmallippig. »Ich wollte Ihnen Scout vorstellen. Er ist groß und zutraulich und ein bisschen verpeilt. Wenn ich in der Arbeit oder im Haus bin, versuche ich, ihn einzusperren. Aber falls er doch mal draußen ohne Leine herumläuft, wäre ich dankbar, wenn Sie ihn wieder zum Haus zurückbringen könnten. Nicht, dass er noch von einem Laster überfahren wird.«

Scout schnüffelte an Glynns Schuhen.

»Läuft er nicht weg?«

»Nein. Der ist eher so einer, der sich mitten ins Getümmel stürzt.«

»Gut zu wissen«, meinte Colin.

»Am Montag rücken wir an«, teilte Fabio ihr mit.

Parker nickte. »Welche Arbeitszeiten haben Sie?«

»Wir arbeiten montags bis freitags. Um halb acht fangen wir an, und ab siebzehn Uhr sind Sie uns dann wieder los.«

Colin überließ Fabio das Wort. Wenn er selbst nicht da war, hatte Fabio sowieso das Sagen auf der Baustelle und es war wichtig, dass Parker gut mit ihm auskam.

»Und an den Wochenenden?«, hakte sie nach. Sie hielt Scout an der kurzen Leine, weil er an jedem, der ihm Aufmerksamkeit schenkte, hochspringen wollte.

»Da nicht. Erst wenn der Regen beginnt. Dann können wir zu jeder Zeit hier sein, Tag und Nacht.«

Parkers Lächeln wurde dünner. »Wie bitte?«

»Bei Unwettern sind wir rund um die Uhr im Einsatz. Da kann es vorkommen, dass wir um zwei Uhr morgens aufkreuzen.«

»Sie müssen mich aber vorher anrufen«, verlangte Parker.

»Das wird nicht immer möglich sein.«

Parker richtete die Schultern gerade und sah Fabio jetzt direkt in die Augen. »Doch. Sie rufen mich an, wenn Sie außerhalb des Zeitraums von halb acht bis siebzehn Uhr kommen.«

Fabio lachte kopfschüttelnd.

Colin öffnete den Mund, um Parker zu beruhigen, aber sie war schneller.

»Ich habe ein ganzes Waffenarsenal – Gewehre, Schrotflinten, Pistolen – und ich bin eine hervorragende Schützin. Ich bin für meinen minderjährigen Bruder und für meine jüngere Schwester verantwortlich. Um zwei Uhr morgens öffnet sich dieses Tor nur, wenn irgendwer heimlich kommt oder abhaut. Sie rufen mich also an, wenn Sie nachts kommen!«

Colin wandte sich ab, um sein Grinsen zu verbergen.

Glynn lachte laut auf und Fabios Gesicht nahm einen bewundernden Ausdruck an.

»Also gut, junge Dame. Dann muss ich mir wohl noch Ihre Telefonnummer notieren.«

Parker grinste und straffte den Rücken. »Schön, dass wir uns so gut verstehen. Was passiert als Nächstes?«

* * *

Parker saß im Lehrerzimmer, in dem massenweise Kekse und Kuchen herumstanden, weil eine beliebte Lehrerin Geburtstag hatte. Schon beim Betreten des Raumes glaubte Parker, zwei Kilo mehr auf den Hüften zu haben. Als sie sich gerade mit ihrer mitgebrachten Brotzeit an den Tisch gesetzt hatte, kam Jennifer herein. Sie war ebenfalls Schulbegleiterin, doch mit dem Unterschied, dass sie eine feste Stelle hatte, während Parker seit zwei Jahren auf Honorarbasis arbeitete. Die Schulverwaltung versuchte, feste Verträge zu umgehen, wenn der betreute Schüler bald die Schule beendete. Aber Parker beklagte sich nicht. Es war ohnehin nicht ihr Traumjob. Früher hätte sie sich niemals vorstellen können, an einer Grundschule zu arbeiten. Was ihr Traumjob war, wusste sie aber auch nicht. Selbst vor zwei Jahren, als sie noch Wirtschaft mit Schwerpunkt Marketing studierte, hatte sie nicht gewusst, was sie beruflich einmal machen wollte. Das Fach hatte sie nicht besonders interessiert.

»Hey, du siehst ja furchtbar aus«, meinte Jennifer, als sie sich zu ihr setzte.

Parker blickte ihre Freundin finster an. »Wenn man Freunde wie dich hat, braucht man keine Feinde mehr.«

»Aber mal im Ernst, schläfst du überhaupt noch?«

Parker schüttelte den Kopf. »Nicht genug. Ich bin kurz vorm Durchdrehen.«

»Kann ich mir vorstellen.« Jennifer biss von ihrem Sandwich ab.

»Am Montag kommen die Lastwagen.« Parker senkte die Stimme. »Ich muss mich da krankmelden. Janice will mir nicht freigeben.«

»Musst du dafür zu Hause sein?«

Parker nickte, dann schüttelte sie den Kopf und schließlich nickte sie wieder. »Vielleicht, ja … oder auch nicht. Aber ich bleibe zu Hause. Die Leute müssen wissen, wer ich bin. Ich muss mir Respekt verschaffen, sonst halten die mich noch für ein kleines Mädchen.«

»Du bist ja auch ein kleines Mädchen.«

»Ich bin sechsundzwanzig und fühle mich wie vierzig.«

»Das mag ja sein, aber du siehst trotzdem noch so jung aus, wie du bist. Jedenfalls nicht alt genug für so ein krasses Leben.«

Jennifers Mitleid tat gut. »Schon krass, oder?«

»Total. Aber du bist stark. Und du hast schon Schlimmeres durchgemacht.«

Das stimmte leider. Die Monate nach dem Tod der Eltern waren schrecklich gewesen.

»Machst du in diesem Semester noch irgendwelche Abendkurse?«

»Nein«, antwortete Parker. »Mir ist so schon alles zu viel.«

Jennifer blickte sie mitleidig an. »Immer stellst du dein eigenes Leben hintenan.«

»Ist ja nicht für ewig. Wenigstens haben wir Glück mit unserer neuen Mieterin. Die zusätzlichen Einnahmen helfen. Das Geld von der Versicherung spare ich jetzt erst mal, weil ich mir sicher öfter von der Arbeit freinehmen muss. Erst mal den Winter überstehen und dann schauen, was getan werden muss.« Es war unheimlich, es laut auszusprechen.

»Gute Einstellung.«

Parker biss von ihrem Apfel ab und schloss für einen Moment die Augen.

»Ach, vielleicht wird es ja auch ganz nett mit so viel Testosteron um dich herum.«

Parker fiel wieder ein, wie sie Colins Männern erklärt hatte, wie der Hase laufen würde. Sie grinste. »Bisher ist Colin der Einzige, dem ich vertraue.«

»Colin?«

»Ja, Colin Hudson. Dieser Typ, von dem ich dir erzählt habe.«

Jennifer schmunzelte. »Seit wann heißt er Colin und nicht mehr Mr Hudson?«

Parker hielt inne und blickte zur Decke. »Weiß gar nicht.«

»Soso. Und wie alt ist dieser Colin?«

»Keine Ahnung. So Mitte dreißig. Eigentlich zu jung für seine Position. Vielleicht ist er auch älter. Kann ich nicht genau sagen.«

»Ist er verheiratet?«

Parkers Augen verengten sich. »Weiß ich auch nicht. Vielleicht. Hab ihn nicht gefragt.«

»Und sieht er gut aus?«

Was war das denn für eine Frage. »Ich verstehe schon, was du wissen willst. Ja, er ist attraktiv.« Sehr attraktiv, um ehrlich zu sein. »Und nein, ich weiß nicht, ob er verheiratet ist und ich will nicht weiter darüber nachdenken. Seit zwei Jahren habe ich ja noch nicht mal mehr mit einem Mann gechattet, abgesehen von meinen platonischen Freunden.«

»Verdammt schade. Du stehst in der Blüte deines Lebens und machst nichts draus.«

»Geht auch nicht, wenn einem das Wasser bis zum Hals steht.«

»Dann streck mal deinen Kopf aus dem Wasser und guck dich um. Wer weiß, was du alles entdeckst.«

* * *

Sie bekam keine Luft. Es war stockfinster. Sie konnte nichts sehen und jetzt hörte sie keine Stimmen mehr.

Wenn nur der Rauch nicht so dicht gewesen wäre.

Sie musste auf dem Boden kriechen, hustete, spuckte Asche. Austin, Mallory … wo seid ihr?

Ihr Mund öffnete sich, aber sie brachte keinen Ton hervor.

Sie kroch weiter, die Panik wurde immer größer.

Austin!

Mallory!

Plötzlich berührte sie mit der Hand einen Arm.

Aber der Arm bewegte sich nicht.

Sie wusste, was es war. Aber sie wollte nichts von dem kalten toten Arm wissen.

Sie wollte wegsehen, doch ihr Kopf bewegte sich ganz von allein.

Und da sah sie ihre Eltern, regungslos, mit offenen, ausdruckslosen Augen.

Ruckartig fuhr Parker hoch. Das Herz klopfte ihr bis zum Hals, sie keuchte.

Im Bett sitzend versuchte sie, ihren Atem zu beruhigen. Die Leuchtziffern des Weckers zeigten drei Uhr nachts. »Verdammt.« Seit dem Feuer hatte sie immer wieder denselben Albtraum. Jedes Mal, wenn sie aufwachte und merkte, dass es nur ein Traum gewesen war, war sie froh, dass Mallory und Austin noch lebten.

Doch ihre Eltern waren tatsächlich tot.

Eine Träne lief ihr über die Wange.

* * *

Parker saß bei der zweiten Tasse Kaffee, als der erste Lastwagen kam. Ihre Schwester hatte montags schon sehr früh Vorlesungen und übernachtete davor oft bei einer Freundin, die näher an der Uni wohnte, um die Rushhour zu vermeiden. Austin hatte seine erste Stunde um sieben und war auch schon aus dem

Haus. Normalerweise fuhr Parker ebenfalls um diese Uhrzeit zur Arbeit.

Doch an diesem Morgen hatte sie angerufen, sich die Nase zugehalten und ins Telefon gehustet. Auch wenn sie ihren Job nicht besonders mochte, verlieren wollte sie ihn nicht.

»Zufahrtstor wird geöffnet.« Die Ansage des Alarmsystems verkündete, dass es mit der Stille nun ein Ende haben würde.

Zwei weiße Pritschenwagen von der Art, wie Colin einen fuhr, kamen herein und parkten unten. Scout presste die Schnauze an die Scheibe der Glasschiebetür und bellte. »Ja, ich weiß.«

Dann traf der erste Sattelschlepper ein, der einen Radlader transportierte. »Jetzt geht's ans Eingemachte.«

Sie bürstete sich die Haare, zog Shorts und ein T-Shirt an und ging zur Tür hinaus. Scout wollte mit, aber sie schob den Hund ins Haus zurück.

Bis sie die Zufahrtsstraße entlanggelaufen war und die Auswaschung überquert hatte, waren schon mehr als zehn Leute mit ebenso vielen Fahrzeugen da. Alle trugen Helm und Leuchtweste. Und es waren ausschließlich Männer.

Colin kam lächelnd auf sie zu. »Guten Morgen.«

»Guten Morgen.« Sie bemühte sich ebenfalls um ein Lächeln.

Man hörte das Piepen eines rückwärtsfahrenden Radladers, der gerade von der Ladefläche gefahren wurde. »Wie viele Baufahrzeuge werden denn hergebracht?«

»Das ist ein Frontlader. Na ja, schon einige. Für dieses Projekt setzen wir viele Leute ein, damit wir schneller fertig werden.«

»Bevor es zu regnen beginnt.«

»Ganz genau.«

Colin zeigte auf einen Mann, der am Tor stand. »Das dort drüben ist Ray. Er bleibt am Tor. An den ersten Tagen kommen immer viele Schaulustige, die sehen wollen, was wir hier machen.«

»Gut. Ich stelle Ihnen die Nachbarn vor, die sind ja auch betroffen. Alle anderen sollen draußen bleiben. Ich werde mir ein paar Betreten-verboten-Schilder besorgen.«

»Gute Idee. Die De Lucas und die Sutters habe ich schon kennengelernt.«

Ihre Nachbarn waren allesamt nette Leute. »Wir machen uns auch Sorgen um eine andere Stelle. Wir haben Angst, dass von dem Canyon hinter Sutters Haus Matsch und Wasser kommen könnten.« Sie zeigte zu einem Grat mit einer kleineren Auswaschung, in der während der starken Regenfälle das Wasser von dort ablief.

»Das Problem ist uns auch bekannt.«

»Wenn Wasser und Schlamm von da hinten kommen, wird Ihrer Mannschaft vorne der Weg abgeschnitten.«

Colin zeigte seine Grübchen. »Wir haben ziemlich große Maschinen. Die helfen, dass wir trotzdem reinkommen. Und was vielleicht noch wichtiger ist: Wir sorgen auch dafür, dass Sie und Ihre Geschwister ebenfalls rein- und rauskönnen.«

Das war beruhigend.

Zwei Männer begannen, schwere Kunststoffplanen auszurollen. »Was wird da gemacht?«

»Das ist der Untergrund für die Lkw.«

Und schon fuhr ein Muldenkipper rückwärts und ließ eine tonnenschwere Ladung Kies ab. »Oh.«

Ab diesem Moment ging es überall mit atemberaubender Geschwindigkeit an die Arbeit.

»Wir haben heute einen Baumpfleger hier. Die alten Eichen sind geschützt und brauchen besondere Zuwendung.«

»Bäume haben manchmal mehr Rechte als Menschen«, murmelte Parker. Ihr Vater hatte erzählt, dass man selbst eine Genehmigung brauchte, wenn man bloß einen Ast von mehr als zehn Zentimeter Durchmesser absägen wollte. Nicht, dass sich ihr Vater jemals an solche Vorschriften gehalten hätte.

Colin lachte. »Wem sagen Sie das. Wenn er schon mal da ist, kann er sich auch gleich die anderen Bäume auf Ihrem Grundstück ansehen.«

Parker wischte eine Ameise weg, die an ihrem Bein entlangwanderte. »Die meisten habe ich schon geschnitten, in der Hoffnung, sie noch retten zu können. Die Pappeln hatten schon vorher ziemlich unter der Dürre gelitten.«

»Sie haben sie *selbst* geschnitten?«

Parker massierte sich den Nacken und dachte an Jennifer und Sam. »Ja, zusammen mit ein paar Freunden. Wir haben uns einen von diesen Häckslern ausgeliehen und ein Wochenende lang geschuftet.«

»Das ist schwere körperliche Arbeit.« Er sah beeindruckt aus.

»Glauben Sie etwa, ich könnte so was nicht?«, zog Parker ihn auf.

Colin hob unschuldig die Hände, Lachfältchen erschienen an seinen Augen. »Nach allem, was ich bisher gesehen habe, glaube ich, dass Sie zu allem fähig sind.«

Sie reckte die Brust. »Ganz genau. Vergessen Sie das bloß nicht.«

Er lachte auf.

»Außerdem war es billiger, den Häcksler zu mieten, als jemanden dafür zu engagieren.« Es war ein ziemlich anstrengendes Wochenende gewesen, doch es hatte sie nur einen Bruchteil von dem gekostet, was sie sonst hätten ausgeben müssen.

Colin nickte, dann zeigte er zu einem baumhohen Strauch an der Zufahrtsstraße. Früher war es mal eine wunderschöne Bärentraube gewesen. »Was ist damit?« Die Pflanze hatte kaum noch grüne Blätter, sonst war sie fast völlig verkohlt. Parker hatte die Hälfte des toten Gehölzes schon weggeschnitten, in der Hoffnung, der Strauch werde sich vielleicht noch mal erholen.

Sie blickte zu den Lastwagen, die umständlich um das sterbende Gewächs herumfahren mussten.

»Die ist im Weg, oder?«

Colin nickte. »Der Baumpfleger hat gesagt, die Bärentraube sei nicht mehr zu retten.«

Sie stöhnte. »Also gut. Weg damit.«

Colin winkte sofort jemanden herbei und sagte: »Den Strauch könnt ihr rausreißen.«

»Wird gemacht.«

Parker kannte keinen der Männer mit Namen. Drei waren jetzt dabei, dem Fahrer des Frontladers zu helfen. Der Lärm der Maschinen war ohrenbetäubend. Immer wieder musste der Mann rückwärtsfahren, sein Blick war dabei nach vorn auf den Strauch und nicht auf den Maschendrahtzaun hinter sich gerichtet.

Als der Zaun einknickte, riefen die drei anderen dem Fahrer zu, er solle anhalten.

Parkers Herz zog sich zusammen.

Bevor sie etwas sagen konnte, neigte sich Colin zu ihr und meinte trocken: »Übrigens reparieren wir auch Zäune.«

Sie wich einen Schritt zurück. Nach nur wenigen Minuten war der Strauch mitsamt seinen Wurzeln entfernt.

»Kommen Sie mal mit«, sagte Colin. Er zeigte auf ein paar Pfefferbäume, die ebenfalls völlig verkohlt waren.

»Ich weiß schon, dass sie tot sind, aber der Mann, den ich dafür habe kommen lassen, wollte dreihundert Dollar fürs Fällen.«

»Die sind uns auch im Weg. Das heißt also, dass wir das Fällen übernehmen. Wir werden auch den Zaun öffnen und ein Tor einbauen, damit unsere Fahrzeuge besser rangieren können, um ans Flussbett zu gelangen.«

»Okay.« Ihr Kopf begann, sich zu drehen.

»Hey, Colin?«

Jemand kam vom Flussbett her auf sie zu. Colin sah Parker an. »Ich muss jetzt …«

»Gehen Sie ruhig. Ich bin den ganzen Tag hier. Wenn ich Fragen habe, suche ich Sie.«

Er blickte ihr in die Augen, klopfte ihr auf die Schulter und ging.

Auf dem Weg zur Zufahrtsstraße kam ihr ein Laster entgegen, der eine mobile Baustellentoilette geladen hatte. Die große blaue Box wurde neben den Mülltonnen platziert.

»Das hat mir gerade noch gefehlt.«

Kapitel 9

Austin kam von der Schule nach Hause und hatte gleich einen Freund mitgebracht. Sie wollten sich das Spektakel zusammen ansehen.

Die Männer hatten für ihre Pausen einen Pavillon mit Tischen und Bänken aufgestellt.

Sie waren zwar sehr bemüht, ihren Müll einzusammeln, aber trotzdem war das Chaos perfekt, auch wenn es sich zugegebenermaßen um eine Art organisiertes Chaos handelte. Alle Fahrzeuge – Frontlader, Hecklader, Bagger, Planierraupen, Laster mit Wassertanks – wurden vor Feierabend ordentlich in Reih und Glied abgestellt. Die Männer hatten mehr als zehn tote Bäume entfernt, darunter zwei Pappeln an der Zufahrtsstraße, die schon vor dem Brand aufgrund des Wassermangels eingegangen waren. Als Colin gefragt hatte, ob sie ebenfalls entfernt werden sollen, hatte Parker gar nicht schnell genug nicken können.

Jetzt saß sie mit Scout an der Leine auf einem Felsblock, während ein Arbeiter nach dem anderen nach Hause fuhr.

Sie beobachtete Colin. Er zog die Warnweste aus, warf den Bauhelm auf den Beifahrersitz, schloss die Wagentür, und kam zu ihr.

»Na, wie fanden Sie es heute?«

»Wie eine Achterbahnfahrt. Und so wird es wohl weitergehen.«

Er lehnte sich gegen den verkohlten, sonst aber intakten Lattenzaun.

»Da mag ich Ihnen gar nicht widersprechen.«

»Ich weiß, dass Sie nicht verpflichtet gewesen wären, alle toten Bäume zu entfernen.«

Er zuckte mit den Schultern. »Ich finde, es gehört zum guten Umgangston. Für Sie ist es ja nicht leicht, dass wir hier sind. Ein paar Extrabäume wegzuschaffen kostet uns nicht viel.«

Das bezweifelte sie, war aber dankbar für die Hilfe.

»Können Sie auch gleich die Reste der Scheunen abreißen?«, fragte sie eher im Scherz als im Ernst.

Er guckte in die entsprechende Richtung. »Klar. Ich sag es meinen Männern, damit sich morgen gleich wer darum kümmert.«

»Ernsthaft?«

Er nickte. »Ich denke, dass auch auf der anderen Seite des Hauses eine Rinne entsteht.«

»Schon. Aber eigentlich fließt das Wasser am Stall vorbei.«

»Am Stall, der jetzt nicht mehr da ist?«

»Stimmt.« Daran hatte sie noch gar nicht gedacht.

»Wir können auf keinen Fall gebrauchen, dass der Schlamm hier runterkommt, das Flussbett verstopft und alles noch schlimmer macht.«

Sie musste grinsen. »So wollen Sie es den anderen verkaufen, falls jemand fragt.«

»Ich sage nur die Wahrheit.«

Sie wusste genau, dass das nicht so ganz stimmte. »Na dann, vielen Dank.«

»Nein, wir müssen *Ihnen* danken.«

»Ich weiß, dass ich Ihren Männern letzte Woche die Hölle heiß gemacht habe. Sonst bin ich nicht so zickig.«

»Sie haben nur Ihre Grenzen aufgezeigt. Das ist völlig in Ordnung.«

Parker massierte sich den Nacken, dann nahm sie Scout die Leine ab. Sobald er frei war, schoss er zum Fuhrpark hinüber.

»Und so wird das jetzt weitergehen? Tagein, tagaus?« Sie sah zu den unzähligen Gerätschaften und Baustoffen auf ihrem Grundstück.

»Ja, mehr oder weniger.«

»Was kostet eigentlich so ein Fahrzeug?«

»Kommt drauf an. Neu zwischen hunderttausend und einer halben Million.«

Ihre Kinnlade klappte hinab. »Das ist ein Haufen Asche.«

»Die haben ziemlich viel Power.«

Sie riss den Blick von den teuren Maschinen los. »Na ja. Jetzt lass ich Sie besser mal in den wohlverdienten Feierabend fahren, Ihre Frau wartet bestimmt schon auf Sie.« Woher war das jetzt gekommen?

Sein Schweigen ließ sie aufblicken.

»Was?«, fragte sie, als er immer noch nichts sagte.

»Wollen Sie auf diese Weise herausfinden, ob ich verheiratet bin?«

Obwohl die Sonne hinter den Bergen verschwunden war, bildeten sich jetzt kleine Schweißperlen in ihrem Nacken. »Nein … ich bin einfach davon ausgegangen.«

Er grinste frech.

Was in ihrem Bauch ein Flattern entstehen ließ.

»Warum sind Sie davon ausgegangen?«

Sie blickte zu Boden. »Ich weiß nicht. Weil, äh …«, stotterte sie. »Weil Sie ein ganz anständiger Mensch zu sein scheinen. Und Sie sind ja auch alt genug, um verheiratet zu sein. Vielleicht auch, um schon Kinder zu haben.«

»Sie haben da wohl schon länger drüber nachgedacht.«

Sie sah ihn entsetzt an. »Was? Nein! Überhaupt nicht.«

»Ach so.«

Sie stand auf, klopfte sich den Staub von den Shorts. »Na ja. Ich will Sie jedenfalls nicht länger aufhalten, so oder so.«

»Wie alt sind Sie, Parker?«

»So was fragt man eine Frau nicht.« Und warum blickte er sie so an? So selbstzufrieden.

»Fünfundzwanzig?«, fragte er.

»Sechsundzwanzig«, antwortete sie etwas zu schnell. »Wie alt sind Sie denn?«

»Dreiunddreißig.« Er kam ein bisschen näher. »Und ich bin nicht verheiratet.«

Er fand sie gut. Parker wollte am liebsten weglaufen. Weil er sich gar nicht nur für sein Projekt interessierte und weil er dreiunddreißig war und mit ihr flirtete. »Es geht mich nichts an.« Und bevor er noch mehr sagen konnte, rief sie den Hund zu sich.

»Wir sind morgen früh wieder da.«

»Da bin ich in der Arbeit.« Sie klang defensiv. »Ich komme erst um halb drei nach Hause.«

»Dann sehen wir uns am Nachmittag.«

»Schön.«

Als sie ging, hörte sie ihn leise glucksen.

Auf der Hälfte des Weges zum Haus legte sie ihre Verteidigungshaltung ab und erlaubte sich ein Schmunzeln. GDA war Single.

* * *

Auf der Heimfahrt grinste Colin wie ein Honigkuchenpferd. Daheim sprang er unter die Dusche, wusch sich den Dreck aus den Haaren und ließ sich mit einem Bier in der Hand auf die Couch fallen.

Sein Handy surrte. Eine Nachricht von Matt. Bist du zu Hause?

Als Antwort schickte er ein Emoji mit Daumen nach oben.

Ich bin auf dem Weg zu dir.

Colin fragte gar nicht erst, warum. Er erhob sich vom Sofa und entriegelte die Haustür. Alle aus der Familie hatten einen Schlüssel. Sie konnten kommen, wann sie wollten, und Colin war froh, dass es in seiner Familie so war. Doch einmal war sein Bruder aufgetaucht, als Colin gerade Damenbesuch hatte. Seitdem kündigte Matt seinen Besuch lieber kurz vorher an. So wie früher zu Hause, als er anklopfte, bevor er keine Sekunde später die Tür aufriss.

Colin betrachtete die Fotos des Creek-Canyon-Projekts auf seinem Handy. Zweimal hatte er ein Bild gemacht, auf dem *zufällig* die Grundstücksbesitzerin zu sehen war. Während alle anderen Bauhelme und lange Arbeitshosen trugen, war sie in kurzen Shorts und Spaghettiträgertop herumgelaufen. Die Haare hatte sie zu einem Pferdeschwanz zusammengebunden, aus dem einzelne Strähnen heraushingen. Sie war ungeschminkt, die Wangen von der Sonne gerötet. Als sie ihn nach seiner vermeintlichen Ehefrau fragte, hatte er immer wieder auf den Rußfleck an ihrem Kinn gucken müssen. Sicher hatte sie nichts von dem Fleck gewusst, aber sie wirkte auch nicht wie eine Frau, die sich um so etwas groß scherte, was Colin sehr sympathisch fand.

Seine Flasche war noch nicht mal halb leer, als schon das Dröhnen von Matts Motorrad zu hören war.

»Ich bin hier«, rief Colin von der anderen Seite des Hauses, wo sich Wohnzimmer und Küche befanden.

Sein Bruder kam mit Shorts und T-Shirt bekleidet herein. Er legte den Helm auf die Theke und ging zum Kühlschrank.

»Coole Lederkombi hast du da an«, zog Colin ihn auf.

»Sind doch nur zwei Meilen bis zu dir.« Matt grinste. Er und Grace hatten beide das Lächeln ihrer Mutter. Matt öffnete ein Bier.

Mom machte ihm sicher schon genug Stress wegen der unangemessenen Motorradkleidung, also beließ Colin es dabei. Sein Bruder ging mit seinem Job täglich größere Risiken ein als mit den paar Meilen auf dem Motorrad.

»Wie findest du eigentlich diesen Robert?«

»Gracies Robert?«, wollte Matt wissen.

»Ja, den.«

»Ist ein Idiot. Keine Ahnung, was sie an ihm findet.« Matt streifte die Schuhe ab und legte die Füße auf den Couchtisch.

»Wahrscheinlich trennt sie sich noch vor dem nächsten Familienessen von ihm.« Colin guckte weiter die Fotos an.

»Hoffentlich. Mit einer Hauswand kann man sich besser unterhalten als mit ihm. Und was soll das dauernd mit dem Handy? Wenn er Sexnachrichten schreiben oder sich mit jemandem auf Tinder verabreden würde, könnte ich das ja noch verstehen. Aber Handyspiele beim Familienessen?«

Colin blickte auf. »Hast du etwa diese Tinder-App noch auf deinem Handy?«

»Die Phase ist vorbei.« Keine von Matts Tinderbekanntschaften war jemals zu einem Sonntagsessen mitgekommen. Was wahrscheinlich auch besser war.

»Ich weiß gar nicht, warum du die überhaupt gebraucht hast. Du bist doch ein Held. Dir werfen die Frauen doch haufenweise ihre Schlüpfer zu.«

Matt grinste, denn da war etwas Wahres dran. »Ich bin mehr als nur mein edler Körper.«

Darüber mussten sie beide lachen.

»Nein, aber Scherz beiseite. Ich hab genug von der ganzen Szene und den Bars, wo die Singles hingehen. Die meisten meiner Freunde haben schon geheiratet. Und die Kollegen von der Feuerwache haben fast alle Familie. Ich bin immer das fünfte Rad am Wagen, wenn sie mich fragen, ob ich mit in die Wüste auf Spritztour komme.«

»Oh, da versinkt ja jemand in Selbstmitleid.«

»Ach komm, Colin. Findest du es nicht auch öde, jeden Abend hier allein rumzuhocken?«

»So wie jetzt, meinst du?« Bei seiner Familie saß man nie allein herum.

Matt kippte das Bier hinunter. »Vielleicht probiere ich mal ›Match‹ aus.«

Colin schüttelte den Kopf.

Bevor sie weiter darüber reden konnten, hörten sie einen Schlüssel in der Haustür.

»Hallo?«

Es war Grace.

»Hier hinten«, riefen er und Matt gleichzeitig.

Ihre hohen Absätze klackerten über den Flur.

Er blickte über die Schulter, während sie denselben Abstecher zum Kühlschrank machte wie zuvor sein Bruder.

»Du kommst ohne Vorwarnung?«, fragte Colin.

»Ich hab Matts Motorrad gesehen und mir gedacht, dass die Luft rein ist.« Sie versuchte, den Drehverschluss vom Bier zu öffnen, gab auf, und reichte die Flasche an Colin.

Er öffnete den Deckel für sie und gab ihr das Bier zurück.

»Ihr feiert heimlich eine Party und gebt mir nicht Bescheid?«, fragte sie mit gespielter Empörung.

»Keine Party, nur Happy Hour.«

Sie hob das Bier in die Luft. »Billige Drinks.«

Matt prostete ihr durch die Luft zu.

»Wir haben gerade darüber geredet, dass wir Robert nicht ausstehen können.«

Grace zog wieder ihre berühmte beleidigte Schnute. »Weiß ich ja schon. Ich mach am Samstag mit ihm Schluss.«

»Da wird sich Dad aber freuen«, murmelte Matt.

Sie kickte ihre Schuhe zu denen ihres Bruders und setzte sich auf ihre Füße.

»Wie war's heute bei euch?«, erkundigte sich Grace bei Colin.

»Gut. Die Fahrzeuge sind jetzt vor Ort, der Boden ist vorbereitet. Für nächste Woche steht auch schon alles. Keine Zwischenfälle.« Was bei seinem Job eine Seltenheit war. Aber da er erst vor Kurzem zum Projektleiter ernannt worden war, kam es ihm sehr gelegen, dass dieses Projekt gut verlief.

»Und Parker?«, fragte Grace auf eine Weise, die keinen Zweifel daran ließ, worauf sie abzielte.

»Wer ist Parker?«, fragte Matt interessiert.

»Ach, nur diese heiße Grundstückseigentümerin, auf die unser Bruder scharf ist.«

»Ich habe nie gesagt, dass ich scharf auf sie bin.«

Grace winkte ihm mit der Bierflasche. »Das brauchst du auch nicht zu sagen. Dein Grinsen verrät alles.«

Colin bemühte sich, besagtes Grinsen zu unterdrücken.

»Und, ist sie heute endlich auf dich aufmerksam geworden?«

Colin nahm die leere Bierflasche und stieß sich von der Couch ab. »Dein Interesse an meinem Liebesleben ist direkt proportional zu dem Chaos in deinem eigenen Leben.«

»Das mag ich gar nicht mal bestreiten«, meinte sie schlicht. »So, und jetzt beantworte meine Frage.«

Er öffnete den Kühlschrank und holte sich ein neues Bier. »Sie hat gefragt, ob ich eine Frau habe.«

Matt gab einen Laut von sich, der irgendwo zwischen Stöhnen und Brummen lag.

»Beziehungsweise hat sie nicht gefragt, sie hat es einfach angenommen.«

»Und du hast es verneint?« Grace war wie ein Hund, dem man einen Knochen hingeworfen hatte.

»Nicht sofort. Ich habe gefragt, ob sie auf diese Weise herausfinden will, ob ich solo bin.«

Matt zeigte ihm zwei Daumen nach oben. »Super.«

»Wie bitte? Das ist echt unmöglich!«

»Warum?«, fragte Colin.

Grace stellte die Flasche ab und rutschte auf die Sofakante vor. »Wenn eine Frau auf subtile Weise nach einer Ehefrau fragt, sondiert sie das Terrain.«

»Ja, ich weiß. Das hast du von mir.«

Sie schüttelte den Kopf. »Aber so was darfst du ihr doch nicht auf den Kopf zusagen, sonst wird sie defensiv.«

Jetzt, da er darüber nachdachte … »Mhm.«

»So kann man doch nicht flirten, Colin!«

Vielleicht mochte Grace ausnahmsweise recht haben. »Jetzt ist es zu spät.«

Sie schüttelte den Kopf. »Männer können so dumm sein.«

»Sagt diejenige, die mit einem Fünfundzwanzigjährigen zusammen ist, der computerspielsüchtig ist. Sag mal, rasiert der sich eigentlich auch manchmal?« Matt konnte ziemlich austeilen.

»Erstens ist er siebenundzwanzig und …« Sie nahm das Bier und bedachte ihren Bruder mit einem finsteren Blick. »Und zweitens rasiert er sich halt nur jeden dritten Tag.«

Kapitel 10

Bevor der Unterricht begann, wurde Parker zu Janice ins Büro gebeten.

Parker bekam feuchte Handflächen. Ihre Chefin sah nicht gerade gut gelaunt aus.

»Bitte, setzen Sie sich.« Janice nahm hinter ihrem Schreibtisch Platz und schwieg erst einmal.

»Ist alles in Ordnung?«, fragte Parker, die vorne an der Stuhlkante saß.

Ohne auf die Frage einzugehen, sagte Janice jetzt: »Sieht aus, als würde es Ihnen heute schon wieder besser gehen.«

Aha, es ging also um die Krankmeldung. »Ja, zum Glück. Gestern war es furchtbar.«

Die Chefin nahm es ihr nicht ab. »Soso. Ich mag Sie eigentlich, Parker, und ich weiß, dass Sie gerade eine schwere Zeit durchmachen. Ich will es Ihnen nicht noch schwerer machen.«

Gleich kam ein *aber*.

»Aber … Sie wissen sicher auch, dass Kontinuität für Kinder mit Förderbedarf äußerst wichtig ist. Wenn Eltern dieser Schüler mit ihren Bedenken zu mir kommen, kann ich so was nicht einfach ignorieren.«

»Was für Bedenken?«

»Bedenken, weil es zu Hause plötzlich Verhaltensauffälligkeiten gibt und das Kind im Unterricht nicht aufpasst. Diese Schüler brauchen Kontinuität, um Vertrauen aufzubauen und sich weiterzuentwickeln.«

Parker würde sich einsichtig zeigen müssen. »Das weiß ich ja und es wird sicher nicht so schnell wieder vorkommen, dass ich von der Arbeit fernbleibe …«

»Sie wissen, dass Mrs Fields ganz in Ihrer Nähe wohnt.« Eine Lehrerin, die die dritte Klasse unterrichtete.

»Ja.« Parkers Herz klopfte viel zu laut und viel zu schnell.

»Sie hat mir berichtet, was bei Ihnen los ist und in welchem Ausmaß da gearbeitet wird.«

»Ja, aber …«

»Man kann mit großer Wahrscheinlichkeit davon ausgehen, dass Sie dieses Jahr noch öfter fehlen werden, um zu Hause alles zu managen.«

»Das wissen wir noch nicht«, widersprach Parker.

Janice winkte ab. »Aber das spielt keine Rolle. Molly braucht ein stabiles Umfeld, und im Moment denke ich einfach nicht, dass Sie die Richtige für sie sind.«

»Sie wollen mich feuern.« Parker spürte Tränen aufsteigen.

»Nein, ich teile Sie nur anders ein. Sie machen wieder die Aufsicht vor Schulbeginn, während der Pausen und des Mittagessens. Und Sie werden als zusätzliche Hilfe in den Klassen eingesetzt.«

Es waren dieselben Aufgaben, die sie anfangs bekommen hatte. Seit letztem Jahr arbeitete Parker fast in Vollzeit, obwohl sie immer noch auf Honorarbasis angestellt war. Jetzt würden also ihre Stunden wieder reduziert werden. Sie würde auf Abruf arbeiten, man konnte sie einbestellen oder ihr absagen, je nach Bedarf.

»Es tut mir leid, Parker. Aber ich glaube, es ist besser so. Auf diese Weise haben Sie mehr Flexibilität und lassen nicht jedes Mal, wenn es Regen gibt, hier jemanden hängen.«

Parker konnte es nicht verhindern, dass nun doch eine Träne rollte.

»Nehmen Sie sich ruhig die ersten Stunden frei. Lassen Sie alles auf sich wirken und kommen Sie zur ersten Pause um zehn Uhr dreißig zurück.«

Parker ignorierte die neugierigen Blicke, als sie kurz danach den Gang zum Lehrerzimmer entlanglief, um ihre Tasche aus dem Schließfach zu holen.

»Alles okay, Parker?«

Sie hob noch nicht einmal den Kopf, um zu sehen, wer fragte. »Alles gut.« Ihre Stimme zitterte, und wenn sie jetzt noch mehr sagte, würde sie richtig losheulen. Sie wühlte in der Tasche, setzte die Sonnenbrille auf, und verließ das Gebäude. Erst als sie an den ankommenden Schülern vorbei war und endlich hinterm Steuer saß, ließ sie den Kopf hängen und heulte los.

* * *

Als Parkers Auto an den Lastwagen vorbeifuhr, war ihm, als erblickte er einen See in der Wüste. Colin hatte ein freudiges Gefühl in der Brust, weil er wusste, dass sie nun in der Nähe war. War es wirklich schon halb drei? Er blickte auf die Uhr.

Nein, halb zwei. Dabei hätte er schwören können, dass sie gesagt hatte, sie werde bis halb drei arbeiten.

Ray rief ihn und lenkte seine Aufmerksamkeit wieder auf den Job. Die nächste Stunde arbeitete er mit den Bauarbeitern an der ersten Rückhaltekonstruktion. Ab und zu guckte er hoch, ob Parker wie am Vortag irgendwo herumlief.

Erst als Parkers Bruder von der Schule kam, schien Leben in das Haus zu kommen. Scout lief im Garten herum und jagte einem Ball nach und Austin sah aus der Ferne den Arbeiten zu.

Vielleicht hatte Grace recht. Vielleicht war seine Bemerkung über ihre Frage daran schuld, dass sich Parker jetzt zurückzog.

»Hey, Colin, hast du gehört, was ich gesagt habe?«

»'tschuldigung, ja.« Er musste sich auf den Job konzentrieren.

Um halb fünf saß Austin im Pausenpavillon. Er hatte Scout an der Leine, der sich über Streicheleinheiten seitens der Arbeiter freute.

Colin ging ebenfalls hinüber und kniete sich neben den Hund. Scout leckte ihm freudig übers Gesicht. »Du bist Austin, stimmt's?«

»Ja.«

»Bis morgen, Colin.« Einer seiner Leute winkte zum Abschied.

»Und, wie findest du alles?«

Austin zuckte mit den Achseln. »Weiß nicht. Ist komisch mit so vielen Leuten hier.«

»Kann ich mir vorstellen. Wahrscheinlich ist es sonst eher ruhig bei euch.«

»Seit dem Waldbrand leider nicht mehr so.«

Hätte Colin nicht zufällig hochgesehen, hätte er den kurzen Moment verpasst, in dem Austins Augen verrieten, wie einschneidend das Erlebnis für ihn gewesen sein musste.

»Warst du hier, als es gebrannt hat?«

»Ja. Wir waren alle da und dachten schon, dass das Haus auch verloren ist. Überall war Feuer.« Austin zog das Handy aus der Tasche und zeigte Colin ein Bild.

Der setzte sich neben Parkers Bruder und schaute die Fotos an.

»Das hier habe ich gemacht, als wir dann vor dem Feuer geflohen sind.«

Schwarzer Himmel, die Berghänge brannten lichterloh, Flammen umgaben das Haus der Sinclairs. Das Video hörte auf, als Austin die Auswaschung überquert hatte.

»Das ist echt …« Colin wusste nicht, was er sagen sollte.

»Ja, das war echt krass.«

»Kann ich mir vorstellen.«

»Aber wir haben überlebt, von daher …«

Na ja, so hatte es Colin noch gar nicht gesehen.

»Ihr hattet aber noch genügend Zeit, wegzukommen, oder?«

»Erst hat es eine ganze Weile gedauert, bis das Feuer hier war, aber dann ging alles megaschnell. Wenn ich früher so was in den Nachrichten gesehen habe, dachte ich immer, man hat noch genügend Zeit zum Wegfahren. Hatten wir zum Glück auch, aber jetzt verstehe ich, dass es manche nicht rechtzeitig schaffen. Innerhalb von einer Minute war es da.« Austin zeigte auf den V-förmigen Einschnitt zwischen den Bergen, durch die sich das trockene Flussbett schlängelte. »Und dann ging es von einem Baum zum nächsten über und war kurz davor, uns den Weg abzuschneiden.«

»Da bin ich aber froh, dass ihr noch rechtzeitig losgefahren seid.«

Der Junge zuckte mit den Achseln. »Tja.«

Es sah aus, als ob ihn noch mehr belastete, aber Colin wollte lieber nicht nachbohren. »Ich dachte, ich hätte vorhin deine Schwester heimkommen sehen. Ist sie da? Ich wollte sie noch was fragen.«

»Sie hat sich hingelegt.«

»Hingelegt? Ist sie krank?«

Austin zuckte wieder mit den Schultern. »Keine Ahnung.«

»Aber es eilt nicht.«

Als Colin sich gerade fragte, ob Austin je Gelegenheit gehabt hatte, ein Teenager zu sein, benahm sich der Junge auch schon wie einer und hielt sich das Handy ans Ohr.

»Hi. Colin will dich was fragen …«

Colin wollte ihn stoppen. Wenn sich Parker nicht gut fühlte, wollte er sie lieber nicht stören.

»Okay.« Austin legte auf. »Sie kommt gleich.«

»Das wäre nicht nötig gewesen. Es hätte auch warten können.«

Austin klopfte Scouts Hals. »Schon okay. Sie ist ein Kontrollfreak. Je mehr sie über alles Bescheid weiß, desto besser.«

Jetzt wirkte er wieder sehr erwachsen.

»Anscheinend kennst du deine Schwester sehr gut.«

»Kann sein.« Und da war auch schon der Teenager zurück.

»Ich versuche, es euch so leicht zu machen, wie ich nur kann«, sagte Colin zur Beruhigung.

»Hat Parker auch schon gemeint.«

Austin beschäftigte sich wieder mit dem Handy.

Tja …

Colin wusste einfach nicht, wie man mit Teenagern redete.

Als er Parker kommen sah, verabschiedete er sich und ging ihr entgegen.

Schon von Weitem bemerkte er, dass etwas mit ihr nicht stimmte. Sie wirkte ernst, eine Sonnenbrille verdeckte ihre Augen, und statt wie sonst aufrecht und selbstbewusst kam sie jetzt mit hängenden Schultern auf ihn zu.

»Hey.« Er ließ sich nichts anmerken. »Austin hat gesagt, dass Sie sich nicht wohlfühlen. Wir können auch ein andermal reden.«

»Ist schon okay.«

Was Colin ihr nicht abnahm. »Wir bringen morgen die Betonbarrieren für die Seitenbefestigung des Flussbetts.«

»Gut.«

Er wartete darauf, dass sie ihn ansah.

Doch das tat sie nicht.

Er zeigte auf zwei Pfosten, die einst Teil des Lattenzauns waren, der nur der Zierde gedient hatte. »Wollten Sie den Zaun richten lassen?«

»Weiß nicht. Er ist von den Löschfahrzeugen beschädigt worden. Ich wollte den Winter abwarten und sehen, was sonst noch alles kaputtgeht.« Ihre Stimme klang irgendwie blass und monoton.

»Sind Sie sicher, dass bei Ihnen alles in Ordnung ist?«

»Ja, passt schon.« Dabei zog sie die Nase hoch.

Und plötzlich wusste er, dass sie nicht krank war. Irgendetwas bedrückte sie und er konnte sich nicht zurückhalten. »Wenn eine Frau ›passt schon‹ sagt, dann heißt das genau das Gegenteil.«

»Wer sagt das, Ihre Mutter?«

»Meine Mutter hat es mir gezeigt und meine Schwester genau erklärt.«

»Hat Ihre Schwester nicht erklärt, dass ›passt schon‹ auch heißt, dass man nicht darüber reden will?« Jetzt drehte Parker den Kopf zu ihm, sodass er ihren Blick durch die Sonnenbrille spürte.

»Doch, hat sie auch.«

Parker hob die Hände. »Und?« Während dieser Unterhaltung schien sich ihre Niedergeschlagenheit in Wut zu verwandeln. Wenigstens war Wut mit einer gewissen Energie verbunden. Er hatte schon immer gefunden, dass Wut besser als Depression war.

»Verstehe. Also, diese Latten erschweren den Lastwagen die Zufahrt.«

»Sie wollen sie entfernen?«

Er nickte und kam gleich wieder auf den vorigen Teil der Unterhaltung zurück. »Ich bin echt ganz gut darin, Dinge wieder in Ordnung zu bringen. Wenn Sie mir sagen, was los ist, kann ich vielleicht helfen.«

Sie drehte sich zu ihm und nahm die Sonnenbrille ab. Ihre verheulten Augen kamen zum Vorschein. »Können Sie meinen Job wieder in Ordnung bringen? Und können Sie auch die Zeit zurückdrehen und den Waldbrand ungeschehen machen? Vielleicht können Sie dann auch gleich dafür sorgen, dass es nicht regnet, damit das alles hier nicht nötig ist?«

Er ging nur auf das ein, worauf man tatsächlich Einfluss haben konnte. »Was ist denn in der Arbeit vorgefallen?«

»Man hat mich zurückgestuft.«

»Sie sind Lehrerin, oder?« Sie hatte mal etwas von einer Schule erwähnt.

Da öffnete sich das Schleusentor und ließ den Tränen freien Lauf. »Nein, ich bin keine Lehrerin. Als meine Eltern gestorben sind, habe ich das Studium abgebrochen. Seitdem jobbe ich als Schulbegleiterin. Ich unterstütze Kinder mit erhöhtem Förderbedarf an einer Grundschule. Beziehungsweise habe ich das *bis jetzt* gemacht. Wahnsinnig viel verdient habe ich zwar nicht, aber immerhin habe ich Vollzeit gearbeitet. Doch jetzt bin ich zurückgestuft worden und soll nur die Pausenaufsicht machen und die Eltern schimpfen, die während der Bringzeit den Haltestreifen blockieren, weil sie noch telefonieren.«

Sie fuhr sich durch die Haare und ließ dabei aus Versehen die Sonnenbrille fallen.

Colin bückte sich und hob sie auf.

»Das tut mir leid.« Und es tat ihm tatsächlich leid. Es war sicher nicht leicht, ganz allein dafür zu sorgen, dass sie und ihre Geschwister über die Runden kamen. »Ich nehme an, es ist mit finanziellen Einbußen verbunden.«

»Ganz genau. Ich habe nicht viel verdient, aber es hat schon geholfen. Meine Mutter hat nicht gearbeitet, nur mein Vater war berufstätig, als sie gestorben sind. Das heißt, wir bekommen eine Waisenrente. Und es gibt für jeden ein Konto, auf dem Geld für die Studiengebühren ist. Zum Glück. Aber die Autos,

Versicherung, Benzin, Handy, das alles muss auch bezahlt werden.« Sie verbarg das Gesicht hinter den Händen. »Aber egal, das hat nichts mit Ihnen zu tun. Tut mir leid, ich habe heute einfach nur einen schlechten Tag.«

»Klingt nach mehreren schlechten Tagen.«

»Egal.« Sie setzte die Sonnenbrille wieder auf. »Sie wollen also die Pfosten entfernen?«

»Ja.«

»Okay, passt schon.«

»Passt schon?«, fragte er mit einem leisen Glucksen in der Stimme.

Jetzt zeigte sich der Anflug eines Lächelns auf ihrem Gesicht. »Nein, wirklich. Es ist mir egal. Sie sind ja eh kaputt und sehen furchtbar aus.«

»Vielleicht bekomme ich es auch hin, dass wir für den Ersatz sorgen, wenn wir mit allem fertig sind.«

Sie schüttelte den Kopf. »Nein. Nicht, dass Sie auch noch Ärger mit Ihrem Boss kriegen. Ich habe gesehen, dass Sie heute schon die Schuppen abgerissen haben. Vielen Dank dafür.«

»Gern.« Colin verspürte das Bedürfnis, sie in die Arme zu nehmen und zu trösten.

Parker trat von einem Fuß auf den anderen und ließ seufzend ihre Blicke schweifen.

»Meine Mutter ist jetzt in Rente, aber sie hat früher als Buchhalterin gearbeitet. Sie ist sehr gut, wenn es um Budgets und Finanzplanung geht. Vielleicht kann sie Ihnen helfen.«

»Das könnte ich doch nicht …«

Er berührte ihren Arm und ließ sich nicht anmerken, dass ihm die Berührung einen wohligen Schauer bereitete. »Sie freut sich immer, wenn sie jemandem helfen kann. Mein Dad war Polizist, aber jetzt ist er in Rente und macht sie zu Hause ganz verrückt.« Was eigentlich nicht stimmte, aber irgendwie musste er Parker ja überzeugen. »Wenn sich jemand von außen mal Einnahmen und Ausgaben ansieht, könnte das vielleicht helfen.«

Sie zögerte. »Ich weiß nicht …«

»Sehen Sie es so. Sie helfen so vielen Menschen, indem Sie die Arbeiten hier zulassen. Da können Sie selbst doch auch mal Hilfe annehmen. Vielleicht kann meine Mom Ihnen gar nicht weiterhelfen, vielleicht aber schon.« Er drückte ihren Arm.

Parker atmete laut aus. »Na gut. Aber nur, wenn es ihr wirklich nichts ausmacht.«

Colin beglückwünschte sich insgeheim. »Nein, im Gegenteil, Ehrenwort.«

»Sicher?«

»Parker.«

»Okay. Passt schon.« Das schiefe Grinsen, das sie ihm schenkte, zeigte, dass das Gewicht auf ihren Schultern etwas leichter geworden war.

Kapitel 11

»Hallo, kommen Sie rein.« Parker hielt die Tür auf und den Hund zurück.

Colin hatte am selben Abend noch eine Nachricht geschrieben, dass seine Mutter am nächsten Tag vorbeikommen werde, sobald Parker von der Arbeit zurück sei.

»Sie sind also Parker.«

»Richtig.« Scout versuchte, an der Besucherin hochzuspringen. »Tut mir leid. Er ist es einfach nicht gewohnt, den ganzen Tag lang im Haus eingesperrt zu sein.« Von draußen dröhnte der Baulärm herüber.

»Keine Sorge, ich mag Hunde.«

Parker schalt Scout, zog ihn zurück und ließ ihn los, als er sich beruhigt hatte.

Sie richtete sich wieder auf und konnte Colins Mutter erst jetzt richtig ansehen. Sie war schlank, aber nicht zerbrechlich. Ihr Alter war schwer zu schätzen, vermutlich war sie Ende sechzig. Ihre Haare waren dunkelblond und kurz geschnitten, ohne Dauerwelle. Colin hatte ihre Augen. Ein warmes Braun, fast kupferfarben. »Vielen Dank, dass Sie sich die Mühe machen. Wobei ich mir gar nicht sicher bin, ob man uns überhaupt helfen kann.«

Mrs Hudson folgte ihr ins große Esszimmer, wo Parker schon den Laptop aufgestellt und die Datei mit der Auflistung der monatlichen Ausgaben geöffnet hatte.

»Colin hat gesagt, dass Ihre Arbeitszeit verkürzt worden ist. Wenn wir uns Ihre Finanzlage ansehen und zu dem Ergebnis kommen, dass man nichts tun kann, na ja, dann wissen Sie es wenigstens. Und außerdem ist man nie zu alt, um neue Freunde kennenzulernen.«

Ihre sympathische Art war wohltuend. »Klingt gut. Darf ich Ihnen etwas zu trinken anbieten?«

»Gerne ein Wasser.« Mrs Hudson sah sich um. »Sie haben ein hübsches Zuhause.«

»Danke, aber das ist noch das Werk meiner Eltern. Nur der Fernseher ist neu, den alten habe ich ersetzen müssen.«

»Colin hat mir von ihrem Verlust erzählt und dass Sie jetzt allein für Ihre Schwester und Ihren Bruder sorgen.«

Parker holte eine Flasche Wasser aus dem Kühlschrank.

»Wir passen aufeinander auf.«

»Verstehe. Wie lange ist es denn her?«

»Zwei, fast drei Jahre.«

Mrs Hudson schüttelte den Kopf. »Es tut mir sehr leid, das zu hören.«

»Es ist schon okay. Ich habe mich inzwischen daran gewöhnt.«

Das freundliche Lächeln verwandelte sich in ein mitleidiges. So war es immer, wenn Parker von ihrer Situation erzählte. »Es ist sicher schwer für Sie, wo Sie doch selbst noch so jung sind.«

»In letzter Zeit fühle ich mich gar nicht mehr jung.«

»Kann ich mir gut vorstellen.« Die Frau sah zum großen Fenster, von dem aus man fast das gesamte Grundstück überblicken konnte. Eine ganze Armada an Baufahrzeugen war dabei, Erde und Steine auszuheben, während eine zweite

Mannschaft, ungefähr hundertfünfzig Meter vom Haus entfernt, die Konstruktion für den Schutzwall vorbereitete. »Colin hat erzählt, dass es sich um ein Riesenprojekt handelt.«

»Ich konnte mir nicht vorstellen, was auf mich zukommt.«

»So etwas kann man sich auch nur schwer vorstellen.«

Parker starrte hinaus. »Das stimmt.«

Mrs Hudson legte ihr einen Arm um die Schulter. »Na gut, junge Dame, dann wollen wir mal sehen, was Sie hier haben.«

Die nächsten zwei Stunden saß Parker neben Colins Mutter und ging mit ihr alle Einnahmen und Ausgaben durch. Sie zeigte ihr auch die Konten, die ihre Eltern eingerichtet hatten. Alles wurde über den Nachlassverwalter der Eltern geregelt, mit Ausnahme der persönlichen Konten von ihr und Mallory.

»Und das hier sind die Studienkonten?«

»Ja.«

Mrs Hudson klickte auf die Seiten. »Auf das Ihres Bruders fließt immer noch Geld, während Ihres fast leer ist.«

Parker zuckte mit den Achseln. »Als meine Eltern gestorben sind, war nur meines so voll, dass es die restlichen Studiengebühren abgedeckt hätte. Aber Austin war erst fünfzehn und es wäre ungerecht gewesen, wenn ich als Einzige die Möglichkeit für ein Studium gehabt hätte. Deswegen habe ich von meinem Sparbuch auf Mallorys und Austins Collegekonto eingezahlt. Wir hatten vor, das Haus zu verkaufen, wenn beide studieren, und davon hätte ich mein eigenes Studium finanzieren können.« Zumindest war das mal der Plan gewesen.

»Wo würden Sie dann wohnen?«

»In einer Wohnung. Keine Ahnung.«

Mrs Hudson zeigte auf eine Zahl auf dem Bildschirm. »Das hier ist die monatliche Summe, die Sie für die Hypothek zahlen, oder?«

»Richtig.«

»Da kann ich Ihnen aber sagen, dass Sie damit weniger zahlen, als man normalerweise für eine Mietwohnung in dieser Gegend aufbringen müsste.«

»Das mag sein, aber ohne Kapital kann ich nicht studieren und ich würde auch keinen guten Job kriegen, mit dem ich alles finanzieren kann. Sobald Austin die Highschool beendet hat, werden die Zahlungen der Sozialversicherung meines Dads eingestellt.«

»Verstehe.«

Unten wurde die Garagentür zugeschlagen. Schritte waren zu hören.

Mallory kam herein und warf ihren Rucksack auf die Couch.

»Das ist Mrs Hudson, Colins Mutter. Sie sieht sich unsere Finanzen an.«

Ihre Schwester lächelte freundlich und winkte. »Hallo, Mrs Hudson.«

»Ach, warum duzen wir uns nicht einfach. Also, ich bin Nora. Dieses ständige *Mrs Hudson* ist doch viel zu umständlich.«

»Haben Sie, äh … hast du den Goldtopf schon gefunden?« Mallory ging zum Kühlschrank und nahm die Milch heraus.

»Wir haben erst nach dem Regenbogen gesucht, an dessen Ende er vergraben liegt.«

Lachend holte sich Mallory die Cornflakesschachtel aus der Speisekammer. »Sag Parker einfach, dass sie das Geld von der Versicherung nehmen und nicht so einen Stress machen soll.«

»Geld von der Versicherung?«, erkundigte sich Nora.

»Das ist auf einem separaten Konto. Wir brauchen es, um die Brandschäden zu reparieren. Es ist nicht dafür gedacht, dass wir davon leben«, erinnerte Parker ihre Schwester.

»Wie hoch ist denn die Summe, von der wir hier reden?«

»Ziemlich hoch«, meinte Mallory.

»So viel auch wieder nicht. So weit werden wir damit nicht kommen, wenn wir erst mal mit den Reparaturen beginnen. Und wir wissen noch gar nicht, was im Winter passiert und ob die Versicherung auch für den ganzen neuen Scheiß aufkommt«, sagte Parker zu ihrer Schwester und merkte dann erst, dass sie sich unfein ausgedrückt hatte. »'tschuldigung, ich meine für den neuen *Schaden*.«

Nora, die an ihrer Ausdrucksweise offenbar keinen Anstoß genommen hatte, tätschelte Parkers Hand.

»Hast du auch irgendwo die Versicherungsunterlagen und eine Liste der Schäden, die sie übernommen haben, damit ich mir das mal ansehen kann?«

Parker nickte und schob ihren Stuhl zurück. »Ich hole sie schnell.«

Im Hinausgehen hörte sie Nora fragen: »Ist das etwa dein Abendessen, Mallory?«

Was Parker höchst unangenehm war.

* * *

Sie saß auf dem Bett. Im Haus war es mucksmäuschenstill. Austin war heimgekommen, als Nora sich gerade verabschiedete und versprach, am nächsten Tag wiederzukommen. Sie wollte sich noch die Buchhaltung der Eltern ansehen und mit der von Parker vergleichen.

Parker glaubte, dass sie nicht vieles anders machte als ihre Eltern.

Geld kam herein und Geld wurde ausgegeben.

So einfach war das.

Aber sie mochte Nora. Auch wenn sich das Geld durch ihre Hilfe nicht auf wundersame Weise vermehren würde, tat es trotzdem gut zu wissen, dass Parker ihr Bestmögliches gab, um alles am Laufen zu halten.

Ihr Finger schwebte über Colins Namen auf dem Handy. Schließlich drückte sie darauf und tippte eine Nachricht. Ihre Mutter ist toll. Vielen Dank.

Eine ganze Minute lang starrte sie aufs Display, dann warf sie das Telefon beiseite. Es war spät. Na ja, erst halb zehn, aber sie hatte sich schon schlafen gelegt, weil sie neuerdings eine halbe Stunde früher in der Schule sein musste, um die Schüler in Empfang zu nehmen und die Hofaufsicht zu führen. Sie lehnte sich gegen das Kopfteil des Bettes und schloss die Augen. Sollte sie sich vielleicht lieber einen Job als Kellnerin suchen? Wahrscheinlich würde sie da sogar mehr verdienen, doch die Arbeitszeiten wären furchtbar.

Ein Kellnerjob mit sechsundzwanzig.

Ist das echt mein Leben?

Bevor sie sich selbst eine Antwort geben konnte, klingelte das Telefon.

Colin. Sie hob ab.

»Hallo.«

»Hier ist Colin.« Sie mochte seine sonore Stimme.

»Hi, Colin.«

»Ich dachte mir, wenn Sie Textnachrichten schreiben, sind Sie sicher noch wach.«

»Gerade noch so. Morgen muss ich in aller Herrgottsfrühe die Muttis schimpfen.«

Er lachte. »Dann lass ich Sie lieber bald in die Heia gehen.«

Sie kuschelte sich ins Bett. »Sie haben meine Nachricht gekriegt.«

»Ja. Meine Mom hat gar nicht mehr aufgehört, von Ihnen zu reden.«

»Ist das gut oder schlecht?«

Er hüstelte. »Machen Sie Scherze? Sie war sehr beeindruckt, wie Sie das alles managen und wie gut sie alles zusammenhalten.«

»Zusammenhalten, ja, aber nur mit Klebeband und Kaugummi im besten Fall. Ihre Mom ist echt nett. Nur hat sie leider auch nichts Vielversprechendes entdeckt.«

»Sie meinte, sie bräuchte mehr Zeit.«

Parker machte sich keine großen Hoffnungen. »Sie kommt morgen, wenn ich in der Arbeit bin, weil sie sich dann alles in Ruhe ansehen kann. Wenn ich heimkomme, erklärt sie es mir.«

»Dafür, dass Sie sonst so große Angst vor Fremden auf dem Grundstück haben, ist es bemerkenswert, dass Sie meine Mom ins Haus lassen, obwohl sonst niemand da ist.«

Parker grinste. »Na ja, sie ist ja Ihre Mutter. Dadurch hat sie die Sicherheitsüberprüfung bestanden.«

»Ach ja? Ihr seid sogar per du, hab ich gehört.« Sie konnte sein Schmunzeln förmlich spüren.

»Richtig. Dann könnten *wir* uns jetzt eigentlich auch duzen. Außerdem werde ich langsam besser darin, Leute in meine Privatsphäre eindringen zu lassen.« Noch während sie es aussprach, wurde ihr klar, dass man das auch anders auffassen konnte.

»Und wer darf noch alles in *deine* Privatsphäre eindringen?«, wollte er wissen.

»Keiner«, antwortete sie schnell. »Du weißt genau, wie ich das meine.«

»Ich will dich nur aufziehen.«

Sie musste grinsen und konnte nicht mehr damit aufhören. »Das merke ich.«

»Geht es dir besser?«

»Ein bisschen.«

»Du klingst jedenfalls besser.«

Was vielleicht daran lag, dass sie nicht mehr heulte wie vorher. »Danke, dass du mir helfen willst. Manchmal hat man einfach Scheuklappen auf und sieht nur noch das, was unmittelbar vor einem liegt. Und beim letzten Mal habe ich eben nur die lange Schlange im Arbeitsamt gesehen.«

»Da wartet man womöglich noch länger als bei der Kfz-Zulassung«, antwortete er mit einem Lachen.

»Genau. Aber danke, dass du anrufst und nachfragst. Wobei ich mir relativ sicher bin, dass das gar nicht zu deinem offiziellen Aufgabenbereich gehört.«

»Könnte es aber.«

Sie wusste nicht, was er damit sagen wollte. »Ich verstehe nicht ganz.«

»Ich meine, als Projektleiter ist es nicht mein Job, bei dir anzurufen, es sei denn, es regnet oder es gibt irgendwelche Probleme. Aber ich erkundige mich ja als Mann, der keine Ehefrau hat, nach dem Wohlbefinden einer Frau, die keinen Ehemann hat …«

Sie hielt die Luft an. Ihr fiel nichts ein, was sie darauf erwidern sollte.

»Außer, dir wäre es lieber, wenn ich …«

»Du flirtest mit mir!« Sie drückte den Hörer fester ans Ohr, wollte jedes Wort von ihm hören.

Er gluckste. »Na ja, so könnte man es auch nennen. Ist das okay?«

Parker grinste bis über beide Ohren und boxte in die Luft. »Aber … warum?«

»Warum ich mit dir flirte?«

»Genau.«

»Ja, warum eigentlich? Vielleicht … weil du attraktiv bist und zupacken kannst, weil du clever bist und … ach ja, dass du noch keinen Ehemann hast, ist auch ein echter Pluspunkt. Du bist selbstbewusst, du kümmerst dich um andere … Soll ich fortfahren?«

»Vielleicht«, neckte sie ihn. Sie zog die Knie an die Brust und genoss das warme Gefühl, das seine Worte in ihr auslösten.

»Also gut. Die Männer aus meiner Mannschaft haben Respekt vor dir, meine Mutter und meine Schwester mögen dich …«

»Ich habe deine Schwester doch noch gar nicht kennengelernt.«

»Doch. Bei der Besprechung im Bauamt. Grace.«

»Und ich dachte, sie sei vom Projektteam.« Parker versuchte, sich an das Gesicht von Grace zu erinnern. Sie wusste nur noch, dass sie eher klein war.

»Ist sie ja auch, aber eigentlich ist sie nicht für unser Projekt zuständig. Ich dachte nur, wir könnten etwas weibliche Unterstützung gebrauchen, um Eds einschüchternde Art abzufedern.«

»Ja, er war echt einschüchternd.«

»Also, was meinst du, passt es?«

»Passt was?«

»Dass ich mit dir flirte.«

Sie antwortete nicht gleich. »Ich bin gerade ziemlich neben der Spur, Colin.«

»Ich weiß. Aber das macht nichts. Es sei denn, du hast kein Interesse. In dem Fall müsste ich meinem Charme noch etwas mehr Nachdruck verleihen.« Wieder hörte man das Lächeln in seiner Stimme.

Parker schmiegte sich regelrecht ans Telefon und erinnerte sich langsam wieder daran, wie es war, ein Mädchen zu sein, das mit einem Jungen flirtete. »Ich habe nicht gesagt, dass ich kein Interesse habe. Obwohl es mich durchaus interessieren würde, wie es aussieht, wenn du deinem *Charme etwas mehr Nachdruck verleihst.*«

Sie kicherte, als er laut auflachte. »Das klappt ja schon ganz gut mit uns.«

»Ich bin flirtmäßig ganz schön eingerostet«, warnte sie ihn.

»Wir werden es langsam angehen.«

»Das müssen wir wohl.«

»Na gut, Parker, ich lass dich jetzt in die Heia gehen, weil du morgen in aller Herrgottsfrühe die Muttis schimpfen musst.« Der Mann hatte genau zugehört. Das war neu für sie.

»Also dann, gute Nacht.«

»Gute Nacht.« Sie warf das Handy aufs Bett und zog die Knie an. Verdammt, fühlte es sich gut an, mit einem attraktiven Mann zu flirten.

Kapitel 12

Parker fuhr durch die lange Reihe der Muldenkipper, die Ray anhalten ließ, als er sie sah. Sie öffnete das Autofenster. »Danke, Ray.«

»Keine Ursache.«

Sie schaute, ob sie Colin irgendwo zwischen den vielen Baufahrzeugen entdeckte. Den ganzen Tag hatte sie an ihn gedacht, und obwohl sie ihn gerne gesehen hätte, wollte sie nicht direkt nach ihm suchen. Das wäre zu plump gewesen.

Noras Auto stand vor dem Haus.

Parker stieg in der Garage aus. Als ihr köstlicher Essensduft entgegenströmte, blieb sie stehen, schloss die Augen und atmete tief durch die Nase ein. Braten.

Die Garage befand sich unter dem Wohnzimmer, weshalb Parker ein paar Stufen nach oben steigen musste. Jetzt schlug ihr das volle Aroma entgegen. Als sie um die Ecke bog, sah sie Nora am Esstisch, wo sie schon am Vortag gemeinsam gesessen hatten.

Das Chaos vom Frühstück war beseitigt, eine Vase mit frischen Blumen stand auf der Küchentheke.

»Was duftet hier so köstlich?«

Nora hob den Kopf und setzte die Lesebrille ab. »Habe ich also doch richtig gehört.«

Parker warf einen Blick in den Ofen. »Hast du was zu essen gemacht?«

»Ich hoffe, du hast nichts dagegen. Ich habe mir gedacht, dass ihr mal wieder gute Hausmannskost vertragen könntet.«

»Aber das wäre doch nicht nötig …«

»Ich weiß. Ich wollte aber.« Nora ging zu ihr. »Ich habe ein paar Sachen verwendet, die ihr hier hattet, ein paar andere habe ich mitgebracht. Dass ich nicht mehr für einen Haufen Leute kochen darf, vermisse ich am meisten, seit die Kinder ausgezogen sind.«

»Ich nehme mir nie die Zeit für richtige Mahlzeiten«, gestand Parker.

»Die Kinder kommen zweimal im Monat zum Essen, damit ich jemanden bekochen darf. Obwohl es mir lieber wäre, wenn sie öfter kämen.«

»Du hast gekocht, weil Mallorys Abendessen gestern aus Cornflakes bestand, stimmt's?«

»Es ist keine Kritik, meine Liebe. Ich weiß noch, wie meine Kinder damals Teenager waren und jeder kam und ging, wann er wollte. Ich glaube, Colin hat sich drei Jahre hauptsächlich von Tiefkühlpizza ernährt.«

»Wie Austin.«

Nora legte den Kopf schief. »Aber vielleicht bedenkt ihr nicht, dass es auf Dauer viel teurer ist, wenn man nicht selbst kocht.« Sie winkte Parker an den Tisch. »Es hat auch Zeiten gegeben, als mein Mann und ich gut mit dem Geld haushalten mussten. Meiner Mutter ist es damals immer schlechter gegangen und irgendwann musste sie ins Pflegeheim. Das war sehr teuer und ich habe zusehen müssen, wie ich mit dem Haushaltsgeld über die Runden kam.«

Nora gab ihr ein Notizheft mit Rezepten. Dann erklärte sie Parker die Kunst, wie man mithilfe von Coupons Geld sparen konnte. Auf einem Blatt stand eine Tabelle. »Dafür, dass du noch so jung bist, hast du die Finanzen ziemlich gut im Griff. Du nimmst das Geld der Lebensversicherung deines Vaters, um die Hypothek, die Steuern und die Versicherungen zu bezahlen.«

»Aber das ist bald aufgebraucht.«

»Das habe ich leider auch gesehen.« Sie zeigte auf eine Spalte. »Das sind die Mieteinnahmen. Warum habt ihr eigentlich das Gästehaus nicht schon früher vermietet?«

»Mallory und Austin waren noch minderjährig, als unsere Eltern gestorben sind. Wenn man mit vierundzwanzig das Sorgerecht übertragen bekommt, steht man unter Aufsicht des Jugendamts.«

»Und ist das jetzt auch noch so?«

»Nicht wirklich. Die Highschool kennt natürlich unsere Situation und ich weiß, dass man es sofort melden würde, wenn es Schwierigkeiten gäbe. Ich dachte nur, es wäre am klügsten, wenn wir uns mit einem Mieter nicht noch mehr Probleme ins Haus holen.«

»Wenn Austin achtzehn ist, besteht keine Gefahr mehr, oder?«

»Richtig. Aber leider werden auch die Zahlungen der Sozialversicherung eingestellt, sobald Austin die Highschool beendet hat. Ich habe schon eine dreimonatige Verlängerung nach seinem achtzehnten Geburtstag beantragt.«

»Wie wir gestern bereits gesehen haben, läuft im Moment alles ganz gut. Aber es ist keine Dauerlösung, weil sich die Konten allmählich leeren. Wenn die Ausgaben so bleiben, reicht es nur noch für zwei Jahre. Selbst mit den Mieteinnahmen.«

»Außer, ich kriege einen besseren Job.«

»Den du auch brauchst, wenn ihr im Haus bleiben wollt.«

Während der nächsten zehn Minuten zählte Nora alle Vor- und Nachteile auf, die es hätte, wenn sie ausziehen und eine Wohnung mieten würden. Sie sprach von Marktwert und

Wirtschaftslage. Alles Aspekte, über die Parker noch nie nachgedacht hatte. Sie hatte nur gewusst, dass der Waldbrand potenzielle Käufer abschrecken würde und das Haus seit dem Feuer an Wert verloren hatte. An alles Weitere hatte sie nicht gedacht.

»Was ist, wenn ich die Rechnungen nicht mehr zahlen kann«, wollte Parker wissen.

Nora hob einen Finger, bevor sie die Lesebrille wieder aufsetzte. »Da ist noch das Geld von der Versicherung. Sie hat ja auch für den Verlust von Stall und Scheune gezahlt. Im Vertrag steht aber nichts davon, dass ihr verpflichtet seid, sie neu zu bauen.«

»Andererseits ist das Grundstück mit einem Stall mehr wert.«

»Vielleicht. Aber braucht ihr einen?«

»Nicht mehr. Nach dem Unfall haben wir als Erstes die Pferde verkauft.« Denn für jedes Pferd hundert Dollar Futterkosten im Monat zu zahlen, war einfach zu teuer.

Als Nächstes sahen sie die Auflistung der Schäden und die Zahlungen der Versicherung durch. Nora hatte eine Spalte für die geschätzten Reparaturkosten eingefügt, wenn man so viel wie möglich selbst erledigte.

»Ich habe kein Problem damit, selbst Hand anzulegen, aber ich weiß überhaupt nichts darüber, wie man Dachschindeln legt oder einen Zaun baut«, überlegte Parker laut.

Nora lächelte aufmunternd. »Für so was suchst du dir Hilfe, meine Liebe. Wenn du Kekse bäckst oder den Grill anwirfst, werden dir deine neuen Freunde da draußen sicher behilflich sein.«

Den Gedanken fand Parker unangenehm. »Aber ich kann sie doch nicht einfach so um Hilfe bitten.«

»Warum nicht? Menschen helfen einander gerne.« Nora war unbeirrbar. »Ich sage ja nicht, dass du nicht ab und zu einen professionellen Handwerker kommen lässt, dessen Arbeit du teuer bezahlen musst. Aber für manches musst du nicht extra jemanden anheuern. Als Mutter würde ich dich gerne trösten und dir sagen, dass du dir keine Sorgen zu machen brauchst. Allerdings wissen wir wirklich nicht, was euch der Winter noch alles beschert. Trotzdem, versuch einfach, dich nicht stressen zu lassen, Parker. Schon allein, weil du noch viel zu jung für Falten bist.«

Parker lächelte schmal.

»Arbeite in deinem Job so viele Stunden, wie du kriegen kannst, und sag deinem Bruder, dass er sich einen Nebenjob suchen soll. Meine Kinder haben während der Highschool auch gearbeitet.« Nora erfasste Parkers Hand. »Es ist ja nicht für ewig. Im Moment wäre ein neuer Job ungünstig, weil du dir in nächster Zeit wohl doch immer wieder mal freinehmen musst. Colin und seine Männer arbeiten draußen, aber hier drinnen kümmerst du dich um alles. Da ist viel los, auch emotional. Selbst deine Eltern hätten es nicht leicht gefunden und für dich ist es gleich doppelt belastend.«

»Ich habe Angst, dass alles zusammenbricht. Das Haus ist alles, was wir noch von ihnen haben.«

Nora drückte Parkers Hand. »Ich weiß und ich verstehe das völlig. Jetzt schneidet mal die Sparcoupons aus den Zeitungen aus und esst nicht so viel Fertigzeug. Dann bäckst du ein paar Kekse für die Männer und machst so viel, wie du kannst, selbst, um das Geld von der Versicherung zu sparen. Im nächsten Jahr wird Austin – egal, was im Winter alles passiert – mit der Highschool fertig sein. Dann kannst du dich hinsetzen und weiter nachdenken.«

Es klang alles so einfach. »Meinst du?«

»Das würde ich jedenfalls meiner Tochter raten, wenn sie in derselben Situation wäre.«

Nora lehnte sich zurück und setzte die Lesebrille ab. »Hast du dir schon Gedanken gemacht, was du später mit deinem

Leben anstellen willst? Welche berufliche Richtung du einschlagen möchtest?«

Parker rieb sich den Nacken. »Das hat sich in den letzten sechs Jahren dreimal geändert. Ich warte immer noch auf die richtige Eingebung.«

»Und die will nicht kommen.«

Parker nickte.

»Aber das ist auch nicht verwunderlich. Du bist mehr damit beschäftigt, dich um das Leben der anderen zu kümmern als um dein eigenes.«

Die Garagentür ging auf und knallte wieder zu. »Was gibt's denn hier?«, rief Austin schon von draußen. Er schoss um die Ecke und warf den Rucksack ab.

»Nora hat uns was gekocht.«

»Ich habe nur angefangen, den Rest müsst ihr machen«, sagte Nora. »Austin?«

»Ja?« Er guckte in den Ofen.

»Im Kühlschrank steht eine Schüssel mit geschnittenem Gemüse. Könntest du um vier Uhr das Gemüse auf dem Braten verteilen? Um fünf ist er dann fertig.«

»Klar, mach ich. Das riecht super.«

Nora lehnte sich zu Parker und flüsterte: »Delegiere so viel wie möglich.«

Austin öffnete die Kühlschranktür. »Da war auch jemand beim Einkaufen.« Er holte einen Apfel heraus.

Parker wollte schon fragen, ob mit ihm alles in Ordnung sei. »Du hättest uns wirklich nichts zu essen kaufen müssen«, sagte sie zu Nora.

Nora stand auf und packte ihre Sachen zusammen. »Nimm es an, wenn andere dir helfen wollen, meine Liebe.«

Parker blickte zu den Blumen. »Aber die Blumen gehen wirklich etwas zu weit.«

»Das stimmt.« Sie öffnete die Haustür. »Die sind auch gar nicht von mir.«

Parker starrte den Strauß ungläubig an.

»Ich komme am Montag wieder und bringe die Rezepte von den Lieblingsgerichten meiner Kinder mit.«

Sie traten beide auf die überdachte Vorderveranda hinaus. Auf der anderen Seite des Gartens stieg Erin gerade aus dem Auto, voll bepackt mit Einkaufstüten. »Ist das eure Mieterin?«

»Ja. Sie ist sehr nett. Eher ruhig. Wir hätten es nicht besser treffen können.«

»Das ist gut. Ich fühle mich auch besser, wenn ich weiß, dass hier noch eine erwachsene Person ist. Selbst wenn sie drüben im Gästehaus wohnt.«

»Ich auch.«

Nora öffnete die Arme und sie umarmten sich. »Tausend Dank.«

»Gerne, jederzeit.«

Als Nora ins Auto gestiegen war, ging Parker schnurstracks zum Blumenstrauß.

Sie entdeckte eine Karte mit ihrem Namen. Auf der anderen Seite stand: »So sieht es aus, wenn ich meinem Charme mehr Nachdruck verleihe.«

Ein Absender stand nicht darauf.

Das war aber auch nicht nötig.

Kapitel 13

Colin winkte seiner Mutter zu, als sie mit dem Auto an der Lastwagenschlange vorbeifuhr.

Fabio stand mit verschränkten Armen neben ihm. »War das deine Mom?«

»Ja.«

»Hat sie dir was zu essen gebracht?«

»Nein, sie greift Parker nur ein bisschen unter die Arme.« Als er ihren Namen sagte, musste Colin grinsen.

»Ist sie die Einzige hier, die Parker *unter die Arme greift*?« Auf Fabios zweideutige Frage schwieg er lieber. Sein Telefon vibrierte in der Hosentasche.

Eine Nachricht von Parker.

Die Blumen sind sehr charmant.

Punkt für mich.

»Soso.«

»Was?« Als Colin aufblickte, ging Fabio gerade fort.

Colin wippte auf den Fußballen vor und zurück. Vielleicht würde er sie nächste Woche zu einem Date überreden können.

* * *

Parker lud Erin zum Abendessen ein. Der Braten von Nora reichte locker für zehn Leute. Zum ersten Mal seit Langem deckte sie angemessen den Tisch. Anschließend bereitete sie noch einen Salat zu.

Davor war sie hinausgegangen in der Hoffnung, sie würde Colin irgendwo entdecken. Doch er war zu einem anderen Projekt gerufen worden. Sie überlegte, ob sie ihm schreiben sollte, doch dann entschied sie sich dagegen. Er hatte ihr Blumen geschenkt und sie hatte sich dafür bedankt. Jetzt lag der Ball wieder bei ihm. Außerdem hieß *langsam angehen* nicht, dass sie den ganzen Tag mit ihm kommunizieren musste. Obwohl sie durchaus das Bedürfnis gehabt hätte.

Draußen war es etwas kühler geworden, sodass sie die Türen nun offen ließ, um frische Luft ins Haus zu lassen. Kein Lastwagen fuhr mehr, die Arbeiter hatten jetzt Feierabend. Ohne den Lärm und das Gepiepe der rückwärtsfahrenden Maschinen hörte man sogar die Grillen zirpen.

»Klopf, klopf«, sagte Erin von der offenen Tür aus, vor der sich eine Fliegengittertür befand.

»Komm rein«, rief Parker aus der Küche.

»Ich habe Wein dabei.«

»Schön.«

»Riecht lecker.«

Erin trug ein Sommerkleid und das offene Haar fiel ihr auf die Schultern. In der Hand hielt sie eine Rotweinflasche. Parker kannte sich mit Wein wenig aus und kaufte sonst nur günstigen im Supermarkt. Offenbar hatte Erin einen erleseneren Geschmack. Und wohl auch das Geld dafür.

»Ich darf mich nicht mit fremden Federn schmücken. Colins Mutter hat gekocht. Ich glaube, sie hat Mitleid mit uns.«

Erin kam zu ihr. »In der Nachbarschaft haben alle Mitleid mit euch.« Sie schüttelte eine kleine rote Büchse, die sie ebenfalls mitgebracht hatte. »Hier ist diese Soße, von der ich erzählt habe.«

Parker las das Etikett. »Bisto?«

»Die kenne ich aus London. Ohne Klümpchen, schmeckt superlecker.«

»Du warst in London?«

Erin öffnete den Mund, hielt inne, dann drehte sie sich schnell um. »Ja, ähm … ein Rucksackurlaub. Vor ein paar Jahren.«

»Das war sicher toll.«

»Ja …« Erin sah sich in der Küche um. »Hast du einen kleinen Topf?«

Parker zeigte zum Küchenschrank. »Dort unten.«

Während Erin den passenden Topf suchte, schien es, als wollte sie das Thema lieber nicht weiter vertiefen. Als bereute sie es, London überhaupt erwähnt zu haben. Obwohl Parker neugierig war, bohrte sie nicht nach.

Sie holte einen Korkenzieher aus der Schublade und öffnete die Flasche.

Austin kam herein. »Ist das Essen endlich fertig?«

»Ja. Geh und hole Mallory.«

Die Worte *gehen* und *holen* kamen bei Austin anscheinend nicht an. »Mallory! Essen!«, rief er durchs ganze Haus.

Sie schüttelte den Kopf. »So hätte ich das auch selber machen können.«

Erin lachte, während sie die Soße unter Rühren erwärmte.

Schließlich stellten sie alles auf den Tisch.

»Was hat Nora denn jetzt eigentlich gesagt?«, begann Mallory das Gespräch.

Teller wurden um den Tisch gereicht, bis jeder von allem etwas bekommen hatte. Parker erläuterte ihnen den bisherigen Stand. »… bis nächsten Sommer reicht das Geld. Danach werde ich mich nach einem besser bezahlten Vollzeitjob umsehen.«

»Was ist mit deinem Studium?«, wollte Mallory wissen, bevor sie sich einen Bissen Fleisch in den Mund schob.

»Wenn ich weiß, was ich machen will, schaue ich, ob es einen Online-Kurs gibt, oder vielleicht mache ich eine betriebliche Ausbildung.«

Austin legte das Handy zur Seite. »Über so was habe ich auch schon nachgedacht.«

Das war neu. »Welche Ausbildung denn?«

Er zeigte mit dem Daumen zum Fenster. »Wisst ihr eigentlich, was die Leute verdienen, die solche Maschinen da draußen bedienen? Ich habe mich erkundigt.«

»Wenn es viel ist, sollte ich vielleicht auch so was machen«, sagte Parker im Spaß, wobei ein bisschen Ernst auch dabei war.

Austin runzelte die Stirn. »Du bist doch ein Mädchen.«

Mallory stieß ihrem Bruder den Ellbogen in die Rippen. »Hey.«

»Ne, ernsthaft, hast du da draußen schon irgendwo 'ne Frau gesehen?«

Er hatte recht.

»Was nicht heißt, dass eine Frau es nicht auch könnte.« Mallory war der Freigeist in der Familie.

»Ich hab nicht gesagt, dass du es nicht *kannst*«, meinte Austin kauend. »Aber bei der Arbeit wird man schmutzig und besudelt sich mit Maschinenöl. Was für *dich* ja eher nichts ist«, wandte er sich an Mallory.

»Bei Parker ist das was anderes«, entgegnete Mallory.

»Bei mir? Warum?«

»Dann könntest du immer deinen Colin sehen.« Mallory und Austin grinsten sich an.

»Wovon redet ihr?« Parker sah hilfesuchend zu Erin, die aber auch nur ein schiefes Grinsen für sie übrig hatte.

Austin rollte mit den Augen. »Also, komm schon. Es ist ja so was von offensichtlich, dass du auf ihn stehst.«

Und dabei hatte Parker gedacht, sie hätte gut überspielt, wie attraktiv sie Colin fand. »Du wirst schon rot, wenn wir nur über ihn reden.«

Austin kaute mit halb offenem Mund. »Und die Blumen deuten darauf hin, dass es nicht einseitig ist«, schmatzte er.

Parker warf einen Blick zum Strauß, dann sah sie wieder Erin an.

»Schau nicht so zu mir.«

»Also gut. Er ist einer, der sein Leben auf die Reihe kriegt, und er ist nicht verheiratet.«

Mallory kicherte. »Du hast vergessen zu sagen, dass er gut aussieht.«

»Groß ist er auch«, ergänzte Erin.

»Groß, gut aussehend, hat einen Job … Also, wann geht ihr miteinander aus?«, fragte jetzt Mallory.

Parker griff nach dem Weinglas. »Wäre das nicht ein bisschen überstürzt?«

»Nein.« Austin schaufelte mehr Essen in den Mund.

»So weit sind wir nicht. Er hat mich noch nicht gefragt.«

»Dann frag *du* ihn doch«, schlug Mallory vor.

Jetzt mischte sich Erin wieder ein. »Nein. Lass lieber ihn zuerst fragen. Das ist besser.«

»Was für eine archaische Tradition. Das wirft die Frauen doch Jahrhunderte zurück, wenn sie darauf warten, dass der Mann sie zuerst fragt, ob sie mit ihm ausgehen oder ihn heiraten möchten.«

Austin schüttelte den Kopf. »Nur Jahrzehnte. Oder höchstens ein Jahrhundert, mehr nicht.«

»Schön, dass du wenigstens im Geschichtsunterricht was gelernt hast. Vielleicht kannst du im College ja Geschichte als Hauptfach wählen.« Parker versuchte, das Thema von sich weg und Colin wieder auf Austins Studium zu lenken.

»Ne, ich will lieber eine Ausbildung machen.«

»Mom und Dad hätten gewollt, dass wir einen Studienabschluss haben«, warf Mallory ein.

»Mom und Dad wollten, dass uns alle Möglichkeiten offenstehen. Wenn Austin lieber eine Ausbildung machen und einen Beruf erlernen will, von dem er leben kann, ist es auch gut.«

»Es gibt sowieso viele Leute, die zwar einen Studienabschluss haben, ihn aber später für ihre Arbeit gar nicht brauchen«, fügte Erin hinzu.

»Ja, kann sein.« Mallory aß weiter.

»Wie ist das eigentlich bei dir, Erin. Hast du studiert?«, wollte Austin wissen.

Erin trank einen Schluck Wein. »Ich habe einen Bachelor in Kommunikations- und Geisteswissenschaften.«

»Wo hast du studiert?«, erkundigte sich Parker.

»An einem kleinen College im Osten.«

»Ich dachte, du kommst aus Washington State«, wunderte sich Mallory.

Erin setzte das Glas ab. »Viele Leute ziehen fürs College weg.«

Austin beugte sich über den Tisch, um an Salz und Pfeffer zu gelangen. »Ich werde demnächst mal Keith fragen, ob er mir zeigt, wie man den Frontlader steuert. Die meisten der Jungs da draußen haben ihre eigenen Maschinen, habt ihr das gewusst?«

Damit drehte sich die Unterhaltung wieder um Austins neueste Leidenschaft.

Während des Essens stellte Parker fest, dass sie das gemeinsame Essen und die Unterhaltung mit ihren Geschwistern sehr genoss. Vielleicht lag es auch daran, dass sie Noras Rat befolgte und versuchte, sich vom Stress mit der Arbeit zu lösen. Oder vielleicht war es auch das mit Liebe zubereitete Essen und die Tatsache, dass sie über ihre Eltern geredet hatten, ohne dass wieder diese Leere in ihr entstanden war. Was auch immer der

Grund war, Parker genoss es jedenfalls. Ein Abend, der ihr in schöner Erinnerung bleiben würde.

Eine Stunde später, als das Geschirr gespült war und sich Mallory und Austin zurückgezogen hatten, setzten sich Parker und Erin noch auf die Veranda und sahen den letzten Strahlen der untergehenden Sonne zu. Scout lief im Garten umher und freute sich über seine Freiheit. Sie tranken den restlichen Wein und plauderten weiter.

»Ich finde, dass ich Glück hatte«, erzählte Parker. »Ich erinnere mich noch, wie ich hier mit meiner Mom den Sonnenuntergang angeschaut habe. In früheren Jahren wusste ich das gar nicht so zu schätzen, erst in dem einen Sommer, als ich in den Ferien nach Hause kam, das war der Sommer vor dem Unfall.«

»Ich kann mir gar nicht vorstellen, wie du klargekommen bist. Du warst erst vierundzwanzig?«

»Ja. Mallory war im letzten Highschooljahr und Austin durfte noch nicht mal Auto fahren.«

»Ihr wart noch so jung.«

Parker spürte, wie sie wieder traurig wurde. Aber sie wollte diesem Gefühl jetzt nicht nachgeben, weshalb sie das Gespräch auf ein anderes Thema lenkte. »Wie ist das bei dir? Hast du ein enges Verhältnis zu deinen Eltern?«

Erin versteckte sich hinter dem Weinglas. »Nein, geht so. Wir … telefonieren ab und zu.« Sie blickte weg.

Es gab definitiv etwas, was Erin nicht erzählte. Fürs Erste würde Parker nicht nachhaken. Aber sie hoffte, dass Erin ihr bald genügend Vertrauen entgegenbringen und sich trauen würde, mehr von sich zu erzählen.

»Wie läuft es mit der Jobsuche? Hast du schon was gefunden?«

Jetzt leuchteten Erins Augen auf. »Ja, ich habe tatsächlich etwas gefunden. Arbeit im Internet.«

»Wie meinst du das?«

»Ich habe am College auch Journalismus studiert, aber nie etwas damit gemacht …«

»Moment, ich dachte, du hast Kommunikationswissenschaft studiert«, unterbrach Parker sie.

Erin öffnete den Mund, schloss ihn aber gleich wieder. Dann setzte sie erneut an. »Genau. Dazu gehörte auch Journalismus.« Sie schüttelte den Kopf. »Na, jedenfalls habe ich einen Job als Lektorin bekommen. Etwas, worauf ich vielleicht aufbauen kann.«

»Klingt gut.«

»Im Moment lektoriere ich nur Artikel, aber die Nachfrage für Belletristik ist auch groß.«

»Du meinst Bücher?«

Erin nickte. »Ja. Vielleicht kannst du ja auch so was machen.«

»Schön wär's. Aber ohne die Autokorrektur am Computer wäre ich hoffnungslos verloren.«

»Verstehe. Als Lektor muss man das finden, was die Autokorrektur übersieht. Für mich ist es perfekt. Ich kann von zu Hause aus arbeiten, die Ruhe genießen …«

»Wenn die Laster nicht da sind.«

»Sie werden ja nicht ewig bleiben.«

»Das versuche ich mir auch einzureden.« Parker leerte ihr Glas und stellte es ab.

Eine Eule war zu hören, die in einer der Eichen sitzen musste.

Parker lächelte.

»Weißt du, was ich komisch finde?«, fragte Parker.

»Was denn?«

»Dass du und ich mit nicht mal dreißig Jahren hier auf der Veranda sitzen, Wein trinken und zum Himmel blicken, als wären wir sechzig.«

»Man nennt das auch Erwachsensein. Wir müssen nicht mehr in Bars abhängen, um Spaß zu haben.« Erin hielt das Weinglas mit beiden Händen.

Parker drehte sich zu ihrer neuen Freundin. »Ich weiß, warum *ich* so bin. Ich passe seit zwei Jahren auf meine Geschwister auf und habe die Aufgaben meiner Eltern übernommen. Aber warum bist du so erwachsen? Selbst Freunde in unserem Alter, die schon verheiratet sind, gehen samstagabends noch auf die Rolle oder zu irgendwelchen Musikfestivals. Bist du von Natur aus so introvertiert?«

Erin stellte das Glas ab. »Ich war nicht immer so. Aber bei jedem Menschen geschehen Dinge im Leben, die ihn erwachsen machen.«

Parker wandte den Blick ab, um nicht neugierig zu wirken. »Wenn du mal jemanden brauchst, mit dem du darüber reden willst, sag Bescheid. Ich kann gut zuhören.«

Erin seufzte. »Das ist gut zu wissen.«

Kapitel 14

Wie damals, als sie den Job neu bekommen hatte, wurde Parker wieder in der Frühe angerufen oder erhielt eine Nachricht mit der Mitteilung, ob sie gebraucht wurde oder nicht. Jeden Abend ging Parker ins Bett, weil sie dachte, am nächsten Tag früh zur Arbeit zu müssen. Doch dann musste sie oft bis elf Uhr vormittags zu Hause bleiben.

Als sie auch an diesem Tag erfuhr, dass man sie erst später brauchte, war Parker schon bei der ersten Tasse Kaffee.

Sie blickte aufs Handy, las erneut die SMS der Schule und schloss die Augen. »Es ist nur vorübergehend.«

Noras Ratschläge fielen ihr wieder ein, als würde sie sie ablesen. Selbst kochen, keine Tiefkühlkost, Kekse für Helfer backen, Sparcoupons ausschneiden. Andere um Hilfe bitten und sie auch annehmen. Den letzten Punkt fand Parker besonders schwierig. In den ersten Monaten nach dem Tod der Eltern hatten noch viele Leute ihre Hilfe angeboten. Von ihrer Tante mütterlicherseits, die in Florida wohnte, trafen mittlerweile nur noch Glückwünsche zum Geburtstag oder ab und zu eine Karte aus dem Urlaub ein. Vom Bruder ihres Vaters aus Alaska war ohnehin fast nichts gekommen. Er hatte erst nach der Beerdigung von dem Unfall erfahren, weil er so abgeschieden lebte, dass er sein Essen selbst erlegte. Parker bat nicht oft jemanden um Hilfe, weil sie es nicht gewohnt war. Auf Hilfe angewiesen zu sein und keine zu bekommen, war viel schlimmer, als sich einfach gleich alleine durchzubeißen.

»Was starrst du so vor dich hin?«, fragte Austin im Vorbeigehen.

»Ich schaue, wo die Laster bleiben.«

»Dauert noch eine halbe Stunde.«

Er öffnete den Kühlschrank und holte die Milch heraus. »Ich gehe mal davon aus, dass du heute erst später zur Arbeit musst.«

Sie hatte noch ihren Bademantel an. »Erst zur Pause.«

»Könntest du vielleicht meine Klamotten in den Trockner schmeißen?«

»Klar.«

Schon rannte er die Treppe zur Waschmaschine hinunter. Kurze Zeit später hörte sie Wasser durch die Rohre fließen.

Es war schön, dass sie sich aufeinander verlassen konnten. Jeden Tag war sie dankbar, dass Austin nicht mehr so rebellisch war wie in der Zeit, nachdem die Eltern gestorben waren. Sie redete sich ein, dass sie keine Angst vor einem Rückfall zu haben brauchte. Doch sie fürchtete es manchmal trotzdem noch. Allerdings schien er sich jetzt, kurz vor seinem achtzehnten Geburtstag, tatsächlich mit der neuen Lebenssituation arrangiert zu haben.

Austin kam die Stufen hochgepoltert. »Was machst du mit deinem freien Morgen?«

Parker trank den letzten Schluck Kaffee. »Ich gehe Donuts kaufen.«

»Was?«

Auf dem Weg zum Schlafzimmer rief sie: »Donuts für die Arbeiter.« Donuts konnte niemand widerstehen. Das war wie mit Keksen zum Frühstück.

Nachdem sie sich mit Yogahose und T-Shirt in Schale geworfen hatte, saß Parker im Auto und fuhr in die Stadt.

Sie schaffte es nicht ganz, vor Ankunft der ersten Laster zurück zu sein. Aber sie kam noch rechtzeitig, um die drei rosafarbenen Schachteln auf den Pausentisch zu stellen, bevor alle geparkt hatten.

Wenn es eine universelle Sprache gab, dann war es Essen. Vor allem, wenn es in solchen rosafarbenen Donutschachteln am Morgen oder in flachen, viereckigen Pizzakartons zu Mittag kam. Das hatte Parker während ihrer Arbeitszeit an der Grundschule gelernt.

Sie setzte sich auf eine Pausenbank, und während sie Scout davon abhielt, sich einen Zuckerrausch zu verschaffen, stieg Colin aus seinem Wagen.

Seit dem Blumenstrauß und dem Flirt am Telefon hatten sie sich nicht mehr gesehen. Parker diskutierte gerade mit einem der Arbeiter, ob man Donuts mit oder ohne bunte Streusel den Vorzug geben sollte, als er zu ihnen herüberkam.

»Wer hat denn die Donuts gestiftet?«, wollte er wissen.

Ray deutete mit schokoliertem Daumen zu Parker. »Die Lady hier.«

»Das wäre doch nicht nötig gewesen«, sagte Colin und griff in die Schachtel.

»Ich wollte aber.«

»Worüber wir uns sehr freuen«, murmelte ein anderer Arbeiter hinter ihr.

Scout bellte und wartete hechelnd mit heraushängender Zunge. »Für dich gibt's leider nichts.«

Der Schweißer, dessen Namen sie schon wieder vergessen hatte, nahm sich gleich zwei, winkte, und ging wieder.

Es freute sie, dass sich alle über die Donuts hermachten, als wäre es etwas ganz Besonderes. Es hatte sie keine dreißig Dollar gekostet und für die Crew war der Tag gerettet.

»Ich danke euch sehr für die Extrahilfe«, sagte sie. Und da war auch noch die Sache, dass hinter dem Zaun ein Graben geschaufelt werden musste, damit auch das Wasser vom hinteren Hügel umgeleitet wurde. Doch darum würde sie lieber erst in ein, zwei Tagen bitten.

Ray stand auf, als der erste Muldenkipper durchs Tor kam. »So, dann wollen wir mal.«

»Wir müssen uns ranhalten. Angeblich soll es noch eine Weile klar bleiben, aber ich trau dem Wettermann nicht so ganz«, sagte Colin zu seinen Leuten.

»Aye, aye, Captain.«

Die Arbeiter gingen zu ihren Geräten, während Colin noch stehen blieb, ein Bein auf der Bank abgestützt, und einen Donut mit Sirupglasur verschlang. »War das die Idee meiner Mom?«

»Sie hat gesagt, ich soll Kekse backen.«

Er wedelte mit der Hälfte seines Donuts. »Solche mit Schokoladenstückchen? Bloß nicht diese gesunden Haferkekse, die keiner mag.«

Parker grinste. »Ich werd's mir merken. Ich hätte auch selber draufkommen können, aber ich war ein bisschen zu sehr mit mir beschäftigt.«

Er nahm den Fuß von der Bank und setzte sich neben sie. »Das ist verzeihlich. Es ist ja auch ziemlich viel, so von außen betrachtet.«

Sie guckte, ob niemand in Hörweite war, dann sagte sie: »Danke für die Blumen.«

Er zeigte seine Grübchen. »Es war mir ein Vergnügen.«

Wieder spürte sie dieses Kribbeln im Bauch, wenn er sie so ansah. »Bist du sicher, dass es keinen Interessenskonflikt gibt, wenn du mir Blumen schenkst?«

»Es wäre nur ein Konflikt, wenn du nicht willst, dass ich dir Blumen schenke.«

»Aber ziehen dich deine Jungs nicht auf?«

Colin schob den letzten Bissen in den Mund. »Klar. Nur nicht vor dir.«

Sie streichelte Scouts Kopf. »Dann geht's ja.«

»Na ja, ich mache mich schon darauf gefasst, mit blöden Sprüchen bombardiert zu werden. Aber du könntest es möglicherweise wert sein.«

»Möglicherweise?«, fragte sie und hörte auf, den Hund zu streicheln.

Er schob die rosafarbene Schachtel zur Seite. »Kommt auf die Kekse an«, meinte er zwinkernd.

»Ich sehe schon, wo das hinführt.«

Seine Augen fanden ihre. Das Lächeln in seinem Gesicht ließ ihre Wangen heiß werden. Dann verschwand es, als er auf ihre Lippen blickte.

Jetzt erst merkte sie, wie nah sie beieinandersaßen. Sie spürte die Wärme seines Oberschenkels, obwohl sie sich gar nicht berührten. Um sie herum wurde emsig gearbeitet, aber sie nahm es kaum wahr.

Er hatte volle Lippen, die aussahen, als würde er genau wissen, wie man sie zum Küssen einsetzte. Bei dem Gedanken öffneten sich unwillkürlich Parkers Lippen. Sie rutschte ein Stückchen näher an ihn heran.

Als Colin mit einem Finger ihr Bein streichelte, sah sie ihm in die Augen. Das schelmische Blitzen war weg, stattdessen sprach aus ihnen eine Begierde, wie sie es noch nie bei einem Mann gesehen hatte.

»Was machst du am Freitag?«

Sie schluckte. »Diesen Freitag?«

Wieder fiel sein Blick auf ihre Lippen. »Genau. Übermorgen. Ich will mit dir ausgehen.«

Sie berührte den kleinen Finger seiner Hand, die auf ihrem Bein lag. »Also … wenn ich nicht so eingerostet wäre, würde ich jetzt sagen, dass Freitag zu kurzfristig sei und du nicht einfach davon ausgehen könntest, dass ich da noch nichts vorhabe.«

Er begann zu schmunzeln.

Sie sahen einander an.

»Um halb sieben?«, fragte er.

»Das ließe sich arrangieren.«

»Dann arrangiere.«

Sie biss sich auf die Lippen, als er aufstand und ging.

Er hat mich zuerst gefragt!

* * *

»Frag sie doch mal, ob sie nicht mit ihren Geschwistern an Thanksgiving zu uns kommen will.« Colin hatte auf Lautsprecher gestellt, während er mit seiner Mutter telefonierte und sich gleichzeitig fertig machte. Er hatte vorgehabt, um halb fünf von der Arbeit wegzufahren, doch dann war er noch ins Büro gerufen worden, um eine Bauänderung zu besprechen. Nun war er etwas spät dran.

»Es ist das erste Date, Mom. Für ein gemeinsames Feiertagsessen mit der ganzen Familie ist es noch ein bisschen zu früh, meinst du nicht?« Seine Mutter hatte die Blumen gesehen, Grace hatte geplaudert und nun war seine Mom ganz aus dem Häuschen.

»Ich würde sie auch einladen, wenn du nicht mit ihr ausgingst.«

Er zog den Gürtel durch die Schlaufen seiner Stoffhose. »Mal sehen, wie der heutige Abend verläuft.«

»Thanksgiving ist in zwei Wochen.«

»Ich weiß, Mom.«

»Hmmm.«

Er blieb stehen. »Was?«

»Wo geht ihr denn hin?«

»Essen.«

»Na gut. Dann erzählst du es mir eben nicht. Aber mach nicht diesen Quatsch mit, von wegen, *sie ist eine moderne Frau und zahlt die Hälfte*. Für so was hat sie kein Geld.«

Er rollte mit den Augen. »Das hast du mir schon gesagt, als ich siebzehn war.«

»Sie ist ein süßes Mädel.«

Er nahm das Telefon wieder hoch, das er neben sich aufs Bett gelegt hatte. »Vielleicht willst du lieber gleich selbst mit ihr ausgehen und ich gucke derweil Baseball?«

»Ja, ja schon gut. Ich wünsche euch viel Spaß.«

Er hielt den Finger schon über der Auflegetaste. »Ich habe dich auch lieb.«

»Ruf mich morgen gleich an.«

Obwohl auf dem Weg zu Parker dichter Verkehr herrschte, war er noch zwei Minuten vor der vereinbarten Zeit an ihrem Tor. Er ließ das Fenster hinunter, um den Code einzugeben. Doch dann überlegte er es sich anders und drückte auf den Klingelknopf.

Er läutete zweimal, bis Parkers Stimme ertönte. »Hallo?«

»Ich bin's.«

»Du kennst doch den Code.«

»Es ist schon nach fünf. Unser Date würde nur sehr kurz andauern, wenn du mich aus Versehen erschießt.«

Er hörte sie lachen, dann tönte das Signal, während das Tor aufging.

Er fuhr an den Fahrzeugen und Gerätschaften, an der Mobiltoilette und den Pausenbänken vorbei. Vor dem Gästehaus stand Erins Auto. Ob auch Austin und Mallory zu Hause waren, konnte er nicht sehen.

Colin fuhr die steile Auffahrt hoch und parkte vor der geschlossenen Garage.

Als er die Treppen hinaufstieg, kam ihm Scout entgegengelaufen. »Na, mein Guter, wie geht's dir? Freust du dich, dass du frei herumlaufen darfst?«

Der Hund antwortete mit einem Schwanzwedeln, dann streckte er sich.

Colin klopfte an der Eingangstür und wartete.

Es fiel ihm schwer, die Hände ruhig zu halten. Er war nervös. Das war neu. Er hatte Parker an diesem Tag schon gesehen und im Scherz gesagt, er werde sie mit seinem schmutzigen Geländewagen abholen. Eigentlich hätte er nicht so nervös sein dürfen.

Seine Handflächen juckten.

Als die Tür klickte, hob er das Kinn.

Und als sie aufging, drängte sich Scout an ihm vorbei ins Haus.

Colin blieb die Spucke weg.

Sie trug ein cremefarbenes, wadenlanges Kleid. Ihr Haar umspielte das Gesicht. Sonst hatte Parker meist eine Kappe aufgehabt oder die Haare zu einem Pferdeschwanz gebunden. Ihre Haut war sonnengebräunt, die Augen hatte sie ganz zart mit Eyeliner geschminkt. Mit dem rosafarbenen Hauch eines Lippenstifts war ihr Mund mehr als einladend.

Sie war einfach bezaubernd.

Und er konnte nichts gegen das Grinsen in seinem Gesicht tun.

»Bin ich leger genug angezogen?«, wollte sie wissen.

»Es ist perfekt. *Du* bist perfekt.«

Ihre Wangen wurden noch etwas farbiger.

»Willst du kurz reinkommen? Ich muss mir schnell noch einen Pulli holen.«

»Klar.« Er schloss die Tür hinter sich. »Wo sind die anderen?«

»Austin ist mit Freunden unterwegs. Und Mallory bleibt übers Wochenende meistens auf dem Campus.«

»Das heißt, dass du am Wochenende allein hier bist?«

Als sie davonging, musste er sich sehr zusammenreißen, um nicht auf ihre schwingenden Hüften zu starren. Na ja, er guckte schon, aber er gaffte … fast nicht.

»Austin kommt meistens irgendwann nach Hause. Wenn nicht, ruft er an oder schickt eine Nachricht.«

Sie verschwand um die Ecke in einem Zimmer, von dem er annahm, dass es sich um ihr Schlafzimmer handelte. Er nutzte den ungestörten Moment dazu, sich umzusehen. Das Haus war mit allem ausgestattet, was man so hatte, wenn man jahrelang dort wohnte. Es erinnerte ihn an das Haus seiner Eltern.

Auf dem Kaminsims stand ein Familienfoto, auf dem Parkers Eltern abgelichtet waren.

Sie sah ihrer Mutter sehr ähnlich.

Parker kam zurück und blieb hinter ihm stehen. »Das war ein Jahr vor dem Unfall.«

»Ihr wart alle noch so jung.«

»Ja, meine Eltern vor allem.«

Er sah zu ihr, dann drehte er sich wieder zu dem Foto. »Also, Mr Sinclair, ich verspreche Ihnen, dass ich mich anständig benehmen werde und ich Ihre Tochter nicht zu spät wieder nach Hause zurückbringe.«

Parker lachte.

»Gehen wir?«

Auf dem Weg zur Haustür drehte sie die Lichter aus. Als sie an dem Kästchen des Sicherheitssystems vorbeiging, deutete er darauf und fragte: »Willst du nicht den Alarm anstellen?«

»Seit dem Feuer spinnt die Anlage. Ich muss erst jemanden kommen lassen, der sie sich ansieht.«

»Du wohnst hier total abgeschieden, dein nächster Nachbar ist Meilen entfernt und deine Alarmanlage geht nicht?« Das gefiel ihm ganz und gar nicht.

Sie zog an seinem Arm. »Wir hatten noch nie ein Problem.«

Er schüttelte den Kopf und nahm sich vor, das Thema ein andermal anzusprechen.

»Wo ist dein Wagen?«

Er brauchte einen Moment, bis er verstand. »Der weiße Wagen ist von der Arbeit. Der Jeep hier ist mein eigener.« Er ging zur Beifahrerseite. Den Jeep besaß er seit vier Jahren, als dieses Modell auf den Markt kam. Manchmal fuhr er mit seinem Bruder damit in die Wüste, wo sie ein Lagerfeuer machten und durch den Sand düsten. Das letzte Mal lag allerdings schon eine ganze Weile zurück. Es war einfach zu viel los gewesen.

Colin schloss die Tür, ging ums Auto herum und setzte sich ans Steuer.

Parker zupfte ihr Kleid zurecht, bevor sie sich anschnallte. »Wo fahren wir hin?«

»An einen Ort, an dem du deine Sorgen vergisst.« Und damit fuhr er los, weg von seiner Arbeitsstätte und dem Ort, der Parker täglich neuen Stress bereitete.

Kapitel 15

Colin fuhr mit Parker in den Westen von Hollywood. Die Palmen waren beleuchtet, viele Menschen waren auf den Straßen.

»Ich glaube, ich war schon seit drei Jahren nicht mehr hier«, meinte Parker.

»Dann wird es höchste Zeit. Los Angeles ist voller Leben.«

Sie war begeistert, als er auf den Sunset Strip bog.

Colin fand ein Parkhaus und beeilte sich, ihr die Autotür zu öffnen, bevor sie es selbst tun konnte.

Sie ließ sich beim Aussteigen helfen und freute sich, als er danach ihre Hand nicht mehr losließ.

Colin führte Parker in ein Gebäude, mit dem Aufzug ging es ins oberste Stockwerk, direkt in ein Restaurant. »Warst du hier schon mal?«, fragte er.

»In Hollywood war ich noch nirgends außer da, wo die Touristen immer hinfahren.«

Jetzt ließ er sie los, legte aber sogleich die Hand auf ihren Rücken, um sie ins Lokal zu führen. Seine Berührung und das sanfte Licht machten sie ganz benommen.

»Du hast gesagt, nicht allzu schick«, zischte sie ihm zu, als man sie zum Tisch begleitete.

»Schau dich um, niemand ist hier aufgetakelt.«

Was tatsächlich stimmte. Viele trugen Jeans, die Frauen waren ganz normal gekleidet. Das Restaurant kam Parker eigentlich viel schicker vor. Vielleicht war sie einfach schon so lange nicht mehr ausgegangen, dass sie vergessen hatte, was »schick« bedeutete.

Colin zog den Stuhl für sie heraus.

Wieder ein Pluspunkt auf ihrer geheimen Zähltafel.

Er lächelte ihr zu und zeigte dabei seine Grübchen, die ihm wahrscheinlich schon zu vielen Dates verholfen hatten.

Verdammt, er war ganz schön sexy.

»Kommt es dir wie ein erstes Date vor?«, fragte er.

»Ja … nein.« Parker ballte auf dem Schoß die Hand zu einer Faust und versuchte, die richtigen Worte zu finden. »Meine letzten Dates waren mit Männern, die ich gar nicht richtig kannte. Im Vergleich dazu ist es anders. Allerdings …«

»Allerdings?«, fragte er nach, während er sich zurücklehnte und offensichtlich Gefallen daran fand, dass sie sich unter seinem Blick wand.

»Nein, sag du erst.«

Er lehnte sich wieder vor und hielt ihr die Hand hin.

Sie schüttelte ihre Faust aus, dann legte sie die Hand in seine. Ganz zart strich er mit dem Daumen darüber. Sie konnte kaum ihren Blick von der langsamen, hypnotisierenden Bewegung abwenden. Diese einfache Berührung erweckte alles in ihr zum Leben. Ihr Atem ging schneller, ihre Brustwarzen zogen sich zusammen. Da hörte Colin mit dem Streicheln auf. Sie sah ihn an.

»Das hier fühlt sich sehr wie ein erstes Date an.« Seine Stimme versprach fortzuführen, was seine Berührung begonnen hatte. Es war alles dabei, was dazu gehörte: Chemie, Feuerwerk, Kribbeln.

»Stimmt. Das hier fühlt sich wirklich sehr wie ein erstes Date an.«

»Gut. Dann essen wir jetzt etwas Leckeres und unterhalten uns über Gott und die Welt. Phase zwei unseres Dates beginnt um halb zehn. Aber wir können den zweiten Programmpunkt auch auslassen.«

»Phase zwei?« Sie hatte gedacht, sie würden nur Essen gehen.

Er zeigte aus dem Fenster zur Straße. »Wir haben eine Reservierung im Comedy Club. Ich fand, du könntest es vertragen, mal wieder richtig zu lachen.«

Sie freute sich. »Ich war noch nie im Kabarett.«

»Es ist wirklich lustig.«

»Colin, das ist ein sehr charmanter Einfall von dir.«

»Tja, ich bin eben Mr Charmant. Vielleicht lasse ich mir das mal auf ein T-Shirt drucken.« Er hielt ihre Hand fester.

»Oder ein T-Shirt, auf dem GDA steht.«

Seine Augenbrauen zogen sich zusammen. »GDA?«

Hatte sie das wirklich laut gesagt? »Groß, dunkelhaarig, attraktiv.«

Er lachte. »Dann brauchst du ein T-Shirt, auf dem GHG steht.«

Okay, das erste G stand sicher auch für groß. Aber das H und das zweite G? »Ich geb auf. Das errate ich eh nicht.«

»Groß, hellhaarig und gefährlich.«

»Gefährlich?«

»Als ich dich kennengelernt habe, baumelte ein Gewehr an deiner Schulter, als sei es das Normalste von der Welt.«

Sie musste lachen. »Na gut. Vielleicht habe ich es verdient, dass du mich gefährlich nennst.«

Da kam der Kellner. Colin ließ ihre Hand wieder los. Parker wählte einen fruchtigen Martini und Colin einen Whiskey, von dem sie noch nie gehört hatte. Als sie die Speisekarte aufschlug und die Preise sah, fielen ihr fast die Augen aus dem Kopf.

Plötzlich war die Leichtigkeit, die sie gerade noch gespürt hatte, wieder verschwunden.

Beim letzten Date war der Mann mit ihr zu einer Restaurantkette gegangen und hatte erwartet, dass sie ihre Rechnung selber zahlte. So etwas kam öfter vor, und da sie und Colin nicht darüber geredet hatten, wer zahlen würde, wusste sie nicht, was sie erwarten sollte. Zum Glück hatte sie ihre Kreditkarte eingesteckt.

Vielleicht sollte sie lieber nur einen Salat bestellen.

»Weißt du schon, was du nimmst?«, fragte sie.

Als er nicht antwortete, senkte sie die Karte und sah ihn an.

Sein Grinsen erstreckte sich von Ohr zu Ohr.

»Was?«

»Grace hat mal gesagt, dass es zwei Sorten von Frauen gibt. Die einen fragen den Mann, was er bestellt, damit sie nicht etwas Teureres nehmen als er. Die anderen bestellen, was sie wollen, ohne sich um den Geldbeutel des Mannes zu sorgen.«

Sie klappte die Karte zu und legte sie auf den Schoß. »Grace hat die dritte Sorte Frau vergessen.«

»Die da wäre?«

»Frauen, die nicht einfach davon ausgehen, dass der Mann zahlt, und feststellen, dass sie sich höchstens den Salat leisten können.«

Colin nickte langsam. »Ach richtig. Diesen Typ Frau habe ich vergessen. Aber so eine habe ich auch noch nicht kennengelernt.«

»Doch, hast du.« Parker zeigte auf sich.

»So ein Mann bin ich nicht. Ich habe dich eingeladen, mit mir auszugehen, und dich in ein Restaurant geführt, das ich mir leisten kann. Ich erwarte von dir nichts, außer dass du dich entspannst und wohlfühlst.«

Das war eine Erleichterung. »Bist du sicher?«

Er nahm wieder ihre Hand und führte das Spiel mit dem Daumen fort. »Meine Mutter würde mich sonst enterben.«

Ihre Nackenmuskeln entspannten sich. »Ich mag deine Mom.«

Colin öffnete erneut die Speisekarte.

Nach zwanzig Sekunden fragte Parker: »Also, was nimmst du?«

* * *

Schließlich bestellte sie den Thunfisch und ließ kein einziges Stück auf dem Teller zurück. Ständig hatte sie ein »Mmmh« von sich gegeben und sich übermäßig oft bedankt. Sie redeten über das Projekt und über Austins Interesse an großen Baufahrzeugen. Colin erzählte von seiner Familie und von Graces neuem Freund.

»Bringt ihr alle eure Freunde mit nach Hause?«

»Ja. Von Anfang an hat meine Mom darauf bestanden, dass zu einem Familienessen auch die aktuellen Liebschaften eingeladen werden. Sie hält nichts davon, dass man die Freundin den Eltern erst dann vorstellt, wenn man mit ihr vor den Altar treten will.«

»Und warum?«

Sie teilten sich nun ein Dessert, auf das er bestanden hatte, obwohl Parker meinte, sie könne nicht mehr. Offensichtlich schmeckte es ihr.

»Mein Dad würde sagen, dass man auf diese Weise schneller einschreiten kann, wenn Grace wieder irgendeinen Idioten mit nach Hause bringt. Er will nicht zu spät herausfinden, dass der zukünftige Schwiegersohn nicht der Richtige für sie ist.«

»Sollte sie das nicht selber entscheiden?«

»Letztendlich ja. Bisher ist sie uns auch immer zuvorgekommen und hat Schluss gemacht. Wir müssen ihr nur ein paar Fragen stellen und dann sieht sie schon ein, dass es niemals funktionieren würde.«

Parker klopfte auf die Kruste der Crème brûlée. »Schön, dass sie zwei große Brüder hat, die so gut auf sie aufpassen.«

»Ihr Freund in der Highschool hat sie mal nach einer Party irgendwo sitzenlassen. Da hat sie daheim angerufen, um abgeholt zu werden. Mein Dad hat damals noch gearbeitet, deshalb hat Mom mich und Matt angerufen. Wir sind hingefahren, haben Grace eingepackt und dann ihren Freund gesucht.«

Parkers Lächeln verschwand. »Aber ihr habt doch nicht …«

»Nein, natürlich nicht. Er hat sie zwar sitzenlassen, aber er hat ihr sonst nichts getan. Sein Glück und unseres auch. Denn der Typ war erst siebzehn und wir schon volljährig. Das wäre nicht gut ausgegangen.«

»Du bist ein guter großer Bruder.«

»Ich bemühe mich.« Er legte den Löffel zur Seite und überließ ihr den Rest. »Was mich zur nächsten Frage führt.«

Der Löffel berührte ihre Zunge und plötzlich rutschten seine Gedanken unter die Gürtellinie.

»Welche?«, fragte sie und hatte keine Ahnung, welche Szene sich gerade in seinem Kopf abgespielt hatte.

Er schloss die Augen, versuchte, seinen Körper zu überreden, sich wieder zu beruhigen. »Thanksgiving. Meine Mom will dich und deine Geschwister einladen.«

»Echt?«

»Ja. Ich habe heute Nachmittag mit ihr telefoniert. Ich habe ihr gesagt, dass ich es noch ein bisschen früh dafür finde, aber jetzt sehe ich es anders. Ich finde, dieses erste Date verläuft sehr gut. Und außerdem kennst du eh schon die Hälfte meiner Familie und ich deine.«

»Weshalb das hier auch nicht wirklich als erstes Date zählt.«

Ihm gefiel ihr Lächeln. So wie jetzt, ganz natürlich und ungezwungen. Ein Lächeln, das ihre Augen aufblitzen ließ.

»Ich überleg's mir. Und ich muss Austin und Mallory fragen.«

»Klar.« Er legte die Serviette auf den Tisch. »Ist ja noch zwei Wochen hin.«

Parker straffte den Rücken und schob nun das Dessert von sich. »Jetzt kann ich echt nicht mehr.«

Er nahm sich noch des letzten Restes an.

Zehn Minuten später spazierten sie über den Sunset Strip und Colin nahm ihre Hand, als wollte er ihr zeigen, dass sie zu ihm gehörte. So wie sie ihn anlächelte, hatte sie nichts daran auszusetzen.

Jetzt kam Phase zwei. Er wollte wissen, was Parker zum Lachen brachte.

* * *

Parker konnte sich nicht mehr daran erinnern, wann sie sich das letzte Mal so gut gefühlt hatte. Zum Essen hatte sie zwei Cocktails getrunken und vielleicht hatte auch der Alkohol etwas zur Entspannung beigetragen. Das Essen war köstlich gewesen und der Ausblick zauberhaft. Und der Mann, der ihr gegenübersaß, war einfach der Beste.

Colin nahm immer wieder ihre Hand oder berührte ihren Rücken, als sie an den vielen Leuten, die an diesem Freitagabend unterwegs waren, vorbeigingen. Es war, als könnte er gar nicht aufhören, sie zu berühren, was ihr mehr als gefiel. Sie spürte seine Nähe deutlicher als vorher, während sie über Erdmassen und Bagger gesprochen hatten. Jetzt waren Pheromone im Spiel, die für dieses Kribbeln sorgten. Vielleicht sollte sie Chemie studieren. Colin strömte jedenfalls etwas aus, das in ihr den Wunsch entstehen ließ, sich an ihn zu schmiegen und nicht mehr von seiner Seite zu weichen.

Im Kabarettsaal gingen sie zu ihrem Tisch, der nur ein paar Reihen von der kleinen Bühne entfernt stand und bestellten Wasser. Colin sagte, sie solle sich ruhig etwas anderes zu trinken bestellen, aber er müsse noch fahren und dürfe nichts Alkoholisches mehr trinken.

»Ich hoffe, es gefällt dir.«

Sie sah sich das Publikum an. Die meisten Leute waren in ihrem Alter, manche hatten offenbar schon recht viel getrunken. Ein paar Frauengrüppchen waren da, sonst viele Pärchen. »So spät war ich schon lange nicht mehr aus«, gab sie zu.

»Es ist noch nicht mal halb zehn.«

»Ich weiß. Lächerlich, oder?«

Er verschränkte seine Finger mit ihren. »Hoffentlich lohnt es sich, dafür aufzubleiben.«

Allein wegen seiner Berührung lohnte es sich schon.

Die Vorstellung dauerte eineinhalb Stunden. Bei den ersten beiden Nummern lachten sie sich kringelig. Die erste handelte davon, dass eine Frau von ihrem Besuch in einem Sexshop erzählte. Danach kam ein älterer Mann, der über den Unterschied zwischen Teenagern vor dreißig Jahren und heute redete. Aber im dritten Akt konnte Parker kaum an sich halten und lachte Tränen.

Der Kabarettist begann, über erste Dates zu sprechen, und fragte das Publikum, ob irgendwer gerade ein erstes Date hatte. Parker drückte Colins Hand und schüttelte den Kopf.

Zu spät. Der dickliche Mann auf der Bühne hatte es gesehen und fokussierte sich nun auf sie. Auf der anderen Seite des Raumes war ein Paar, das sich auf die Frage gemeldet hatte.

Der Kabarettist erzählte davon, wie der Mann die Rechnung zahlte und dass er dabei eigentlich nur daran dachte, mit seiner Angebeteten ins Bett zu steigen. Als Colin den Kopf schüttelte, machte der Mann ihn gänzlich zur Zielscheibe seiner Nummer. »Ach, komm schon, guckt euch doch an, ihr zwei Turteltäubchen. Klar hast du die Rechnung gezahlt. Im Gegensatz zu Frieder und Esther da drüben …« Er zeigte zu dem anderen Paar. »Du hast deine Eintrittskarte doch selbst zahlen müssen, gell?«

Parker konnte die Reaktion des anderen Paares nicht sehen, aber das Publikum brach wieder in Gelächter aus. Während der nächsten Viertelstunde standen Parker und Colin im Mittelpunkt der Show, alle guckten zu ihnen. Als die Vorstellung zu Ende war und die Lichter angingen, sahen manche noch verstohlen zu ihnen herüber.

»Ich hatte wirklich keine Ahnung, dass so etwas passieren würde«, meinte Colin, als sie wieder im Auto saßen und nach Hause fuhren.

»Es war so witzig. Ich habe selten so viel gelacht.«

Während der Heimfahrt unterhielten sie sich, und erst als sie an Parkers Tor angekommen waren, fragte sie sich plötzlich, wie das Date wohl zu Ende gehen würde.

Colin parkte und hielt die Hand hoch, um ihr anzudeuten, dass sie warten solle.

Sie tat wie geheißen, während er um den Wagen herumging, und für sie die Tür öffnete.

Die Luft war kühl, Parker fror in ihrem dünnen Pulli. Während sie gemeinsam die Stufen hochstiegen, fischte sie in ihrer Handtasche nach dem Hausschlüssel. »Ich habe sehr viel Spaß gehabt«, sagte sie. Da ertönte in ihrem Kopf wieder die Stimme des Kabarettisten mit der Frage, wie man ein erstes Date beendete. Und da hörte sie es sich schon laut aussprechen, um ihre Nerven zu beruhigen. »Also, wie endet unser Date? Mit einem Kuss? Einer Einladung, noch mit reinzukommen? Frühstück am nächsten Morgen?«

Er wusste, dass sie scherzte.

Aber statt darauf einzugehen, kam er näher und berührte ihre Wange.

Sie hielt die Luft an und das Lächeln, das den ganzen Abend nicht ihre Lippen verlassen hatte, wurde plötzlich durch eine Aufregung ersetzt, über die Dichter Verse schrieben und Sänger Songs. GDA würde sie gleich küssen. Seine Lippen waren leicht geöffnet. Jetzt kam auch sie ihm näher. Gerade so viel, dass er wusste, sie wollte ihn genauso sehr kosten wie er sie.

»Unser Date geht folgendermaßen zu Ende«, flüsterte er und dann küsste er sie. Seine Lippen waren warm und weich und so unendlich zart. Parker schloss die Augen, legte die Arme um ihn und gab sich ihm hin. Wie hatte sie das vermisst … Arme um sich zu spüren, der erste Geschmack eines Mannes. Und als seine Zunge ihre berührte, spürte Parker, was sonst noch alles in ihrem Leben zu kurz gekommen war. Colin hielt sie fest, als bräuchte er sie, und brachte dabei ihr Inneres zum Schmelzen.

Wie alles andere führte Colin auch den Kuss so gekonnt aus, als wäre er mit dieser Fähigkeit bereits auf die Welt gekommen. Parker schmiegte sich an ihn, merkte, wie schnell sein Atem ging. Sie legte die Hand auf seine Brust, fächerte die Finger auf. Ihre Mädchenzonen wollten mehr von ihm und beschwerten sich, dass sie so lange inaktiv gewesen waren.

Colin küsste sie, als hätte er auf dieser Welt nichts anderes zu tun. Schließlich endete der Kuss mit einem zarten Biss in ihre Unterlippe.

Parker leckte sich über die Lippen, bevor sie die Augen öffnete. »Das war … ähm …«

»Ja, das war es.« Seine Hand lag noch auf ihrer Wange.

»Ich muss deinen Spitznamen ändern.« Erst jetzt blickte sie ihm in die Augen, sah seine Begierde.

»Wie denn?«

»GDL. Groß, dunkelhaarig und mmmh, so lecker.«

»Dann muss ich die T-Shirt-Bestellung wohl wieder ändern.«

Sie hob den Kopf. »Noch mal.«

Da küsste er sie erneut und zog sie diesmal an der Taille so dicht an sich heran, dass sich ihre Körper von den Lippen bis zu den Knien berührten. Hungrig nach mehr, küsste Parker ihn zurück.

Groß, dunkelhaarig und – o Gott – das wurde immer heißer.

Colin zog sich zurück, legte die Stirn an ihre, versuchte, seinen Atem zu beruhigen. »Habe ich es zu einem zweiten Date geschafft?«, keuchte er.

Ihr Körper bebte. »Na, das hoffe ich doch. Sonst werden die nächsten paar Monate eher unangenehm.«

Scout sprang drinnen am Fenster hoch, um herauszuschauen.

»Das ist, als würde jetzt jemand das Eingangslicht anschalten«, sagte Colin und machte ihr Platz.

Mit zittrigen Fingern versuchte sie, den Schlüssel ins Schloss zu stecken. Als es Klick machte, seufzte sie. »Vielen Dank noch mal.« Sie wandte sich zu ihm um.

Colin stand da, selbstbewusst grinsend, die Hände in den Hosentaschen, als ob er sich sonst nicht davon abhalten könnte, sie erneut anzufassen, und wippte auf den Fersen. »Gute Nacht, Parker.«

»Nacht, Colin.« Sie schlüpfte zur Tür hinein und schloss sie erst, als er schon auf halbem Weg nach unten war. Vom Fenster aus sah sie zu, wie die Rücklichter kleiner wurden. Die Alarmanlage teilte ihr mit, dass sich das Tor wieder schloss.

Da ballte Parker die Hände zu Fäusten und veranstaltete einen kleinen Freudentanz.

Kapitel 16

Parker klopfte an Austins Zimmertür. »Familienbesprechung in fünfzehn Minuten.«

Sie ging zu Mallorys Zimmer, die jetzt auch endlich zu Hause war. »In fünfzehn Minuten.«

Austin streckte den Kopf zur Tür heraus. »Was ist los?«

Parker ging an ihm vorbei. »Mach dein Spiel aus oder stell auf Pause.«

»Sag's mir doch einfach.«

Sie wedelte mit der Hand in der Luft und ignorierte ihn. Hätte man ihn gelassen, dann hätte er bis Sonntagnacht weitergezockt.

Eine Viertelstunde später ließ sich Austin also schlecht gelaunt aufs Sofa fallen, weil man sein Spiel unterbrochen hatte.

»Worum geht es?« Mallory wirkte auch nicht gerade begeistert.

Parker setzte sich aufs große Sofa und verschränkte die Beine.

»Ich will mit euch über die Dinge reden, die Nora und ich besprochen haben.«

»Du hast doch schon gesagt, dass du dir vor Frühling keinen neuen Job suchst.«

»Wir haben aber über mehr als nur das geredet, Austin. Wir haben über die langfristigen Pläne fürs Haus geredet.«

Jetzt hatte sie die Aufmerksamkeit der beiden.

»Okay. Und was ist damit?«

»Nora hat mit mir über den Zustand des Hauses gesprochen, über die aktuelle Situation nach dem Waldbrand. Alles Dinge, die wir in gewisser Weise schon wussten.«

»Du hast gesagt, dass wir noch ein Jahr warten«, meinte Austin.

»Ich glaube, wir müssen länger als ein Jahr warten. Mit dem Bauamt gibt es für die nächsten fünf Jahre einen Vertrag, der besagt, dass sie die Becken leeren können, wann immer es nötig ist.«

»Du willst also noch fünf Jahre warten, bis wir verkaufen?«

Parker zuckte mit den Achseln. »Es ist nicht nur meine Entscheidung. Laut Treuhandbedingungen müssen wir das Haus behalten, bis Austin mit der Highschool fertig ist, außer unsere Finanzlage lässt es nicht anders zu. Wenn wir doch verkaufen, gehen eure Anteile in das Treuhandvermögen, bis ihr zweiundzwanzig seid. Wir wissen, dass die Zahlungen nächstes Jahr eingestellt werden, und deshalb wäre es ja auch sinnvoll gewesen, zu verkaufen.«

»Was hat sich geändert?«, wollte Mallory wissen.

»Das Feuer hat den Wert des Hauses um fünfzehn Prozent gesenkt.«

»Das ist ne Menge.«

»Wenn ich sowieso fünf Jahre lang kein Geld kriege, ist die Antwort einfach: Wir behalten das Haus«, war Austins Meinung.

»Klar, Austin, aber das Geld, um das Haus weiter zu finanzieren, ist in einem Jahr auch aufgebraucht, stimmt's?«, fragte Mallory.

»Ein bisschen länger noch, aber ja, so sieht es aus.«

»Das heißt, wir sitzen in der Patsche.« Scout sprang auf die Couch und legte den Kopf auf Austins Schoß.

»Vielleicht auch nicht. Aber es wird Zeit, dass wir zusammenarbeiten, um alles am Laufen zu halten. Ich kann das nicht mehr allein.« So wie sie es die letzten zwei Jahre gemacht hatte.

»Soll jetzt etwa jeder seine eigenen Rechnungen zahlen und wir teilen die Haushaltskosten auf?« Mallorys Stimme wurde schrill.

Parker sah, wie besorgt ihre Schwester war. »Bisher haben wir das meiste mit den Zahlungen der Sozialversicherung finanziert. Aber ab Juli erhalten wir keine mehr. Mein Vorschlag wäre, dass jeder von uns monatlich Geld aufs Konto einzahlt, damit alle Rechnungen beglichen werden können.«

»Willst du etwa sagen, dass ich mir einen Job suchen muss?« Austins Frage klang wie ein Vorwurf.

»Ich sage nur, dass wir nicht weiter einfach so das Geld für unseren eigenen Spaß vom Konto abheben können. So was wie Benzin für unnötige Autofahrten und Burger von In-N-Out.«

»Ach, komm schon.«

»Ich hatte auch einen Job, als ich in deinem Alter war«, entgegnete Parker.

»Mom und Dad haben damals doch sicher fürs Benzin gezahlt.«

Das hatten sie tatsächlich. Und so schmerzlich es war, erwiderte sie: »Aber sie sind nicht mehr hier.«

Austin rollte mit den Augen und gab sein Bestes, den ungerecht behandelten Teenager zu spielen.

»Dass Erin das Gästehaus gemietet hat, ist schon eine Riesenerleichterung. Und Tracy hatte die Idee, dass wir unser Haus und das Grundstück den Filmstudios zur Verfügung stellen könnten. Die zahlen allein fürs Parken viel Geld, wenn sie in der Gegend drehen. Vielleicht können wir so ein bisschen was dazuverdienen.«

Mallory nickte. »Was können wir noch machen?«

Parker holte das Notizbuch von der Küchentheke und setzte sich wieder. »Das sind die Lebensmittelausgaben im letzten halben Jahr. Alles, was wir nicht ausgeben, können wir sparen.«

»Aber essen müssen wir ja trotzdem was.« Austin fand diese Unterhaltung alles andere als lustig.

»Wir müssen uns aber auch an die eigene Nase fassen, weil wir selten selbst gekocht haben und immer nur essen, was gerade am bequemsten ist. Ich sage ja nicht, dass wir alles ändern müssen, aber lasst uns doch wenigstens einmal pro Woche ein richtiges Abendessen kochen. Der Braten von Nora hat sogar für zwei Tage gereicht.«

»Ich kann nicht kochen«, jammerte Mallory.

»Abgepackte Gerichte, wo man nur noch Wasser dazugibt, zählen übrigens auch nicht. Wir könnten uns alle etwas mehr anstrengen. Ich habe Moms Rezeptekiste herausgeholt. Ich könnte die Einkäufe übernehmen, wenn ihr mir sagt, was ihr kochen wollt. Und wenn wir alle arbeiten, gibt jeder was zum Haushaltsgeld dazu.«

Austin reichte das Notizbuch an Mallory weiter. »Und das soll alles im Juli anfangen?«

»Das meiste, ja. Ich will ja gar nicht, dass du dir jetzt gleich einen Job suchst, solange du noch in der Highschool bist, Austin.«

»Na, wenigstens etwas«, grummelte er.

Mallory stand auf und wuschelte Austin durchs Haar, wie sie es früher gemacht hatte, als er noch klein war.

»Hey!«

»Ich kann gar nicht glauben, dass du schon fast achtzehn bist.«

»Ich würde sofort lieber wieder vierzehn sein, dann müsste ich nichts bezahlen.«

Das brachte sie zum Schweigen. Sie dachten alle dasselbe. Als Austin vierzehn gewesen war, lebten ihre Eltern noch. »Ich auch, Austin«, sagte Parker schließlich.

Als seine Augen feucht wurden, stiegen auch in ihr die Tränen auf.

»Mom und Dad wären auch dafür, dass wir das Haus behalten«, meinte Mallory.

»Innerhalb eines Jahres kann sich viel ändern. Vielleicht können wir auch eins von den Zimmern unten vermieten. Oder wir vermieten Stellplätze für Wohnmobile. Keine Ahnung. Es wird uns schon was einfallen.«

Austin seufzte und legte beide Hände auf die Knie, um anzudeuten, dass er gleich aufstehen würde.

»Warte, noch eine Sache. Nora hat uns zum Thanksgiving eingeladen.«

»Kostenloses Essen, für das wir nichts bezahlen müssen.« Ihr Bruder zeigte beide Daumen hoch.

Mallory zögerte dagegen. »Du hattest erst ein einziges Date mit Colin. Bist du sicher, dass du gleich an Thanksgiving zu seinen Eltern willst?«

»Colin ist nett und seine Mom kann gut kochen. Was gibt's da zu überlegen?« Austin sprang auf, Scout ebenso.

»Sicher?«, fragte Mallory nach.

»Ja, sicher«, antwortete Parker.

»Gut, aber wenn du deine Meinung änderst, halten wir zu dir.«

Die Worte ihrer Schwester erwärmten Parkers Herz.

»Ich nicht. Ich brauche hier auch mal Testosteron im Haus. Nur Weiber die ganze Zeit ist echt zu öde.«

»Hey!«, rief Parker.

»War nur Spaß. Sind wir jetzt fertig? Ich muss zu meinem Spiel zurück.«

Sie entließ ihn mit einem Winken.

Als er verschwunden war, zischte Mallory: »Das hat er überhaupt nicht im Spaß gesagt.«

* * *

Wir kommen an Thanksgiving, schrieb Parker später an Colin.

Sie blickte aufs Handy, um zu sehen, ob er antworten würde. Dann fiel ihr ein, dass er wahrscheinlich gerade mit seinem Dad Sport schaute.

Welchen, wusste sie nicht.

Vor ihr lag die Times vom Sonntag, die Seite mit den Sparcoupons war aufgeschlagen. Parker hatte in ihrem ganzen Leben noch keinen einzigen Coupon ausgeschnitten.

Das Telefon piepte.

Damit hast du meiner Mom jetzt den Tag versüßt.

Parker lehnte sich zurück. Nur deiner Mom?

Drei Punkte erschienen auf dem Display. Meinem Dad auch.

Sie war sich relativ sicher, dass er nur scherzte, aber sie hakte trotzdem nach. Nur deinen Eltern?

Der Rest der Familie weiß es noch nicht. Aber ich bin sicher, dass sie sich freuen.

Hatte er wirklich keine Ahnung, worauf sie hinauswollte?

Okay. Sie legte das Handy mit dem Bildschirm nach unten. Ein leises, zweifelndes Stimmchen ertönte in ihrem Kopf. Es nagte an ihr.

Parker nahm die Schere und begann, die Coupons auszuschneiden. Als das Telefon wieder ein Geräusch von sich gab, drehte sie es gar nicht erst um. Als es ein zweites Mal vibrierte, ließ sie die Coupons liegen, stieß ihren Stuhl zurück und holte eine Flasche Wasser aus dem Kühlschrank.

Während sie sich setzte, klingelte das Handy. Colins Name erschien auf dem Display.

»Hallo?«

»Die Person, die sich am allermeisten freut, bin natürlich ich.«

Und schon war der Zweifel verschwunden. »Das hoffe ich.«

»Ich wollte dich nur ein bisschen ärgern. Hast du meine letzte Nachricht nicht gelesen?«

Sie winkte mit der Flasche, als könnte er es sehen. »Ich habe mir gerade ein Wasser geholt.«

»Ach so. Du bist also nicht sauer?«

Sie wollte erst Nein sagen, doch dann gab sie zu: »Vielleicht ein bisschen. Ich habe dir ja gesagt, dass ich eingerostet bin, was Dates betrifft.«

»Dann werde ich in Zukunft sensibler sein.« Im Hintergrund war der Fernseher zu hören.

»Lass dich nicht aufhalten, du schaust doch gerade ein Spiel an.«

»Ja, Football. Aber im Moment streiten sich die Schiedsrichter mit dem Trainer. Was machst du gerade?«

»Ich schneide Coupons aus.«

»Das klingt …«

»Langweilig«, beendete sie den Satz für ihn. »Aber es ist jetzt mein neues Hobby.«

»Na, dann lass ich dich mal lieber weitermachen. Sehe ich dich morgen?«

Parker stellte auf Lautsprecher und legte das Handy ab. »Diese Woche ist Lehrerkonferenz, da muss ich schon früh reinkommen und länger bleiben, weil ich in den Klassenzimmern die Aufsicht führen muss.«

»Mehr Arbeitsstunden für dich, was ja gut ist, oder?«

»Ja, schon.« Es gab Sparcoupons für Frühstücksflocken. Das Zeug war teuer. Parker begann, sie auszuschneiden.

»Ich habe vor, schon früh zu kommen, weil ich später nach Sylmar muss. Ich bin morgen also nicht so lang da wie sonst. Wenn du was brauchst, ruf mich an. Wenn es was Dringendes gibt, geh zu Fabio, der ist vor Ort.«

»Ich glaube nicht, dass ich etwas brauche.«

Die Hintergrundgeräusche des Fernsehers wurden leiser. »Wirklich gar nichts?«

»Zumindest nichts, was Fabio mir geben kann«, scherzte sie.

War das ein Stöhnen? »Ich habe letzte Nacht von dir geträumt.«

»Ach, tatsächlich?« Die Coupons blieben jetzt, wo sie waren.

»Oh ja. Du hattest ein Kleid an und hast auf einem Pferd gesessen.«

»Heutzutage hat niemand mehr ein Kleid an, wenn er reitet.« Sie jedenfalls ganz sicher nicht.

»In meinem Traum hattest du aber eins an. Der Saum war bis zu den Knien hochgezogen. Sehr sexy.«

Parker musste schmunzeln. »Und das war's? Ich saß im Kleid auf einem Pferd und du hast meine Knie bewundert? Klingt ja wie ein historischer Kitschroman.« Bücher, wie sie seit Langem keines mehr gelesen hatte.

Er lachte. »Ich habe noch nicht erwähnt, dass du ein Gewehr dabeihattest und mir zugerufen hast, ich solle mich beeilen. Ich war fasziniert davon, dass sich das Pferd in meinem Traum nicht bewegt hat. Selbst dann nicht, als die Laster vorbeigefahren sind.«

»Bitte sag mir, dass in deinem Traum nicht auch noch so ein Baustellenklo vorkam«, gab sie kichernd zurück.

»Das nicht, zum Glück.«

»Gott sei Dank.«

»Aber dein Knie, das unter dem Kleid hervorgelugt hat …«

»Du hast meine Knie doch schon gesehen.«

»Das war, bevor wir uns geküsst haben. Deine Knie sind jetzt was anderes.«

Es tat so gut, zu flirten und zu wissen, dass es demjenigen am anderen Ende der Leitung so ging wie ihr. »Lass dir sagen, es sind immer noch dieselben Knie.«

»Nicht für mich.«

Ohne darüber nachzudenken, rieb sich Parker besagte Körperstelle. »Stehst du darauf?«

»Auf Knie?«

»Ja.«

»Nein. Ich steh auf dich.«

Na gut, damit machte er seine Scherze von vorher mehr als wieder gut. »Es hört dir doch hoffentlich niemand zu, oder?«

»Ich bin rausgegangen, um mit dir zu reden.«

»Ich will aber nicht, dass du wegen mir etwas verpasst.«

»Ich bin freiwillig rausgegangen.«

»Du weißt schon, was ich meine. Geh zu deinem Spiel zurück. Du kannst mich heute Abend noch mal anrufen, um mit mir zu flirten und über meine Knie zu reden.«

»Bist du sicher?«

»Geh nur. Ich hab noch Dinge zu erledigen und Geld zu sparen.«

»Na gut.«

»Ach und frag bitte deine Mom, was ich an Thanksgiving mitbringen kann.«

»Sie sagt sicher, dass du nichts mitbringen sollst«, erwiderte Colin.

»Frag sie trotzdem.«

»Ich rufe dich später an.«

»Ich kann es jetzt schon kaum erwarten.«

Kapitel 17

Die Woche verging mit vielen Textnachrichten und Telefonaten bis spät in den Abend hinein, aber erst am Freitag, als alle Männer gegangen waren, kam Colin zum Haus.

»Darf ich dich zur Happy Hour einladen?« Er winkte mit einem Sixpack Bier in der einen und einer Flasche Wein in der anderen Hand.

»Sieht nach mehr als einer Happy Hour aus.«

Er stieg die Stufen zur überdachten Veranda herauf. »Hier, halt mal.« Er gab ihr das Bier und die Weinflasche, und als sie beide Hände voll hatte, nahm er ihr Gesicht und küsste sie ganz ohne Vorwarnung.

»Oh …« Sie musste sich sehr konzentrieren, um nicht die Flaschen fallenzulassen, während er es ausnutzte, dass sie keine Hand frei hatte.

Sie hatte sich die ganze Woche vorgestellt, ihn wieder zu küssen. Insgeheim hatte sie gehofft, er würde eine Ausrede finden, um schon eher zu ihr zu kommen.

Als er sie wieder losließ, fiel sie ihm fast entgegen.

»Das wollte ich schon die ganze Woche machen.«

»Zwei Dumme, ein Gedanke.«

Mit den Fingern fuhr er sanft über ihre Arme, dann nahm er ihr die Getränke wieder ab und folgte ihr ins Haus. Drinnen entkorkten sie den Wein.

Anschließend setzten sie sich mit Gläsern auf die Veranda und genossen die letzten Sonnenstrahlen, die langsam hinter dem Horizont verschwanden. Die Luft wurde kühler.

»Ich hätte mir das Wochenende für dich freihalten sollen«, meinte er.

»Aber du hast ja letzte Woche schon erzählt, dass du deinem Bruder helfen willst, einen Zaun oder so was zu bauen.«

»Ja, durch seine Schichtpläne bei der Feuerwehr haben wir leider nicht sehr oft an denselben Tagen frei.«

Sie nippte an ihrem Wein. »Das verstehe ich. Ist nicht schlimm. Am Donnerstag ist sowieso schon Thanksgiving. Außerdem haben Erin und ich für heute einen Mädelsabend geplant.«

Parker machte es sich auf dem Zweiersofa bequem und setzte sich auf ihre Füße.

»Schon, aber ich habe dich die ganze Woche über kaum gesehen.«

»Vor einem Monat hast du mich noch gar nicht gekannt.«

»Stimmt. Da warst du noch Annie Oakley auf der Ranch.«

Sie guckte ihn verdutzt an. »Wie bitte?«

Er rutschte zur Seite und legte seinen Arm auf ihren. »Na ja, als du am ersten Tag mit deinem Gewehr kamst und mit mir die Auswaschung entlanggelaufen bist, hab ich dich heimlich Annie Oakley getauft. Was nach wie vor gut zu dir passt.«

»Ach, daher kommt der Traum von mir im Kleid auf einem Pferd.«

»Gut möglich.« Sein Blick wanderte zu ihrem Schoß, und seine freie Hand berührte durch die Jeans hindurch ihr Knie. »Immer noch sexy.«

Bevor sie weiter über ihre Knie sprechen konnten, ging die Tür auf und Austin kam heraus.

Colin zog die Hand fort.

»Hi«, sagte Austin und nickte Colin zu.

»Wo gehst du hin?«, wollte Parker wissen.

»Wir schrauben an den Autos, meine Kumpels und ich. Hab mir gedacht, ich genieße noch mal meine letzten Stündchen Freiheit, die mir bleiben.«

Parker rollte mit den Augen.

»Was soll das heißen?«, fragte Colin.

»Austin hat einen Job bei einem Weihnachtsbaumverkauf«, erklärte sie.

»Ja, mein Kumpel hat letztes Jahr da gearbeitet und zwischen Thanksgiving und Weihnachten allein tausend Dollar an Trinkgeld verdient. Aber das heißt auch, dass ich dann jedes Wochenende arbeiten muss.«

»Klingt trotzdem gut.«

Austin zuckte mit den Schultern. »Muss ja irgendwo anfangen.«

»Viel Spaß heute Abend«, sagte Parker.

»Ciao.« Austin war schon auf halbem Weg nach unten.

»Vergiss nicht, schön brav bleiben, und wenn du was trinkst …«

»Ja, ja, dann übernachte ich da oder ruf an«, rief Austin, während er weiter zu seinem Auto ging. »Colin, sag meiner Schwester, dass sie voll paranoid ist.«

Parker rief ihm hinterher: »Teenager trinken Alkohol, ich lebe doch nicht hinterm Mond.«

»Aber ich nicht. Und wenn, dann bin ich nicht so doof und fahre mit dem Auto.«

Sie musste grinsen. »Ich hab dich lieb.«

»Ich dich auch, Schwesterherz.«

Dann war er im Auto und ließ den Motor aufheulen.

»Läuft das immer so ab, wenn er mit seinen Freunden ausgeht?«

Sie nickte. »Ja, fast immer.«

»Hat er dich denn schon mal angerufen, damit du ihn abholst?«

»Nein.«

»Ist er mal betrunken nach Hause gekommen?«

Beide sahen sie Austins Auto nach, wie es die Zufahrtsstraße hinabfuhr. »Nein, aber er übernachtet manchmal bei seinen Freunden.«

»Mehr kannst du eigentlich nicht verlangen.«

»Ich weiß. Er ist echt anständig. Meine Eltern wären stolz auf ihn und auch auf Mallory.«

Colin drückte ihren Arm, damit sie zu ihm hinsah. »Deine Eltern wären vor allem sehr stolz auf dich.«

»Du hast meine Eltern gar nicht gekannt.«

»Trotzdem, nicht sehr viele Vierundzwanzigjährige hätten ihr eigenes Leben zurückgestellt, um die Geschwister großzuziehen.«

»Auf sie aufzupassen. Sie waren beide schon Teenager.«

»Du weißt, was ich meine.«

»Willst du damit sagen, dass du das nicht getan hättest?« Sie konnte seinem Gesichtsausdruck entnehmen, dass es so war. »Die Alternative wäre gewesen, dass man die beiden in eine Pflegefamilie gesteckt hätte. Ich habe nur gemacht, was ich tun musste. Das ist so, wie wenn man einen Platten hat. Den muss man auch reparieren.«

Colin runzelte die Stirn. »Hast du gerade das Großziehen deiner Geschwister mit einem Reifenwechsel verglichen?«

Sie merkte, dass sie mit seiner Hand spielte. »Ich weiß schon, dass es mehr ist als das. Aber das habe ich mir bei jedem Schritt gesagt. Wenn Leute sterben, muss man sie begraben.

Wenn man Rechnungen offen hat, muss man sich einen Job suchen und sie begleichen. Wenn ein Junge zur Schule muss, fährt man ihn hin. Wenn er Autofahren lernen soll, übt man mit ihm. Hätte ich angefangen, darüber nachzudenken, wäre ich verrückt geworden.«

Er sah sie bestürzt an. »So hast du das gemacht? Eine Aufgabe nach der anderen?«

Sie wandte den Blick ab. »Am Anfang habe ich mich von einer Minute zur nächsten gehangelt, dann von Stunde zu Stunde und irgendwann von Tag zu Tag. Und jetzt sind wir hier. Ich kann selbst nicht glauben, dass ich aufgehört habe, so zu denken. Doch dann ist das hier passiert.« Sie zeigte zur verbrannten Erde in der Ferne. Sie war dabei, sich wieder in ein Loch zu begeben. »Tut mir leid.«

Er stupste ihr Kinn nach oben. »Bitte, du darfst dich niemals für deine Gefühle entschuldigen. Ich kann deine Gedanken nicht lesen und ich kann dich nur verstehen, wenn du mit mir redest.«

Die meisten Typen, mit denen sie sich in den letzten Jahren eingelassen hatte, hätten nach ihren Äußerungen von eben die Flucht ergriffen. »Von welchem Planeten kommst du?«

Colin grinste. »Ich habe nur verwaschene Erinnerungen an meine ersten Lebensjahre, ich weiß es nicht genau.«

Jetzt musste sie doch wieder lachen. »Bei mir ist so viel im Argen. Bist du sicher, dass du mit mir zusammen sein willst?«

»Ich bin sieben Jahre älter. Bist du sicher, dass du mit so einem alten Mann ausgehen willst?«, entgegnete er.

Sie schmunzelte. »Frauen reifen schneller als Männer.«

Erins Auto kam die Auffahrt herauf.

Colin stand auf und half Parker hoch. »Ich fahre jetzt, damit ihr zwei in Ruhe euren Mädelsabend genießen könnt. Ich werde heute Nacht von dir träumen.«

Sie liebte es, seine Arme um sich zu fühlen. »Von mir im Ganzen oder nur von meinen Knien?« Sie kam näher an ihn heran.

Er beugte sich vor und sprach, indem seine Lippen direkt über ihren schwebten: »Ich habe dich noch nicht im Ganzen gesehen.«

»Das könnte sich wahrscheinlich arrangieren lassen.«

»Ein Körperteil nach dem anderen.« Er küsste sie so, dass er dabei ihren Verstand ausschaltete. Manche Frauen brauchten eine halbe Flasche Tequila, bis sie sich freiwillig auszogen. Bei Parker reichte weniger als ein Glas Wein.

Dieser Mann allein reichte, um ihr die Sinne zu vernebeln, und so, wie er sie küsste, konnte man davon ausgehen, dass noch viele große Talente in ihm schlummerten.

»Mmmh. Du schmeckst mir«, murmelte er.

Sie summte, öffnete die Augen. »Du küsst so gut.«

Er streichelte mit dem Daumen über ihre Unterlippe. »Und du bist nicht so eingerostet, wie du meinst.«

»Klopf, klopf …«, kündigte sich Erin auf der Treppe an. »Oh sorry, ich kann auch später wiederkommen.«

Colin trat einen Schritt zurück. »Nein, ich wollte gerade gehen.« Er drehte sich zu Parker. »Ich wünsche euch viel Spaß. Und falls Austin abgeholt werden muss und dein Wein einfach zu gut geschmeckt hat, ruf mich an.«

Ihr Mund blieb offen stehen. »Du musst doch nicht …«

»Ich will aber. Ruf mich an, okay?«

Sie wusste nicht, was sie erwidern sollte. »Okay.«

Er hüpfte die Stufen hinab und winkte, bevor er in seinen Wagen stieg und wegfuhr.

»Ihr zwei versteht euch wohl ganz gut«, meinte Erin, als sie sich setzte.

Parker biss sich auf die Lippe. »Ich bin ihm total verfallen.«

Erin lachte. »Das merkt man, so versonnen, wie du lächelst.«

»Er ist ein sehr anständiger Kerl. Schwiegersohnmaterial.«

Erin blickte in die Ferne. »Hat er denn keinen Haken?«

Parker stieß Erin mit der Schulter an. »Das frage ich mich auch schon die ganze Zeit.«

»Na ja, wenn du es herausfindest, sag mir Bescheid.«

Parker begann zu frösteln. »Lass uns reingehen. Es wird langsam frisch hier draußen.«

Sie hatten alles, was man für einen Mädelsabend brauchte. Tortillachips mit Salsa, Schokoladenkekse und einen Salat, damit sie behaupten konnten, sie hätten auch etwas Anständiges gegessen.

»Es ist schon sehr lange her, dass mich jemand geküsst hat, geschweige denn, dass ich Sex hatte«, gestand Parker beim zweiten Glas Wein.

»Du wirst dich schon noch erinnern, wie es geht.«

»Mein Körper läuft sowieso auf Autopilot, wenn ich mit Colin zusammen bin.« Parker warf sich einen Chip in den Mund. »Es ist großartig.«

»Eine schöne Vorstellung, dass es vielleicht auch gute Männer gibt.« Erin hielt ihr Glas mit beiden Händen. »Beschissene gibt es, weiß Gott, genug.«

Parker wusste nicht, ob Erin gerade dabei war, sich zu öffnen. Sie stellte lieber eine Spaßfrage: »Okay, was war dein schlimmstes Date?«

»Meins?«

»Ja. Mit wem hattest du dein schlimmstes Date?«

Die Frage schien Erin aus dem Gleichgewicht zu bringen. »Ich habe nicht so oft irgendwelche Dates.«

»Aber ein paar hattest du sicher. Du musst doch irgendeine Geschichte zu erzählen haben.«

Erin rutschte nachdenklich auf dem Sofa herum. »Na gut. Also, in der Highschool, da musste mein Date mal seine kleine Schwester auf den Jahresball mitnehmen.«

»Warum?«

»Seine Eltern hatten darauf bestanden, weil der Tanzpartner der Schwester auf den letzten Drücker abgesagt hatte.«

»Und dann hast du den ganzen Abend mit beiden getanzt?«

»Wir haben gar nicht getanzt. Er war sauer, hat sich mit seinen Freunden volllaufen lassen und ich musste in hohen Schuhen nach Hause laufen.« Erin stellte das Glas ab. »Und dein schlimmstes Date?«

»Das war im ersten Collegejahr, aber ich habe auch erst mit zwanzig angefangen zu studieren …«

Erin runzelte die Stirn.

»Ich weiß, ich weiß. Ich war spät dran. Na ja, jedenfalls war ich in San Diego, wo man an Tagen mit gutem Wellengang fast allein in der Vorlesung saß. Ich habe die Uni geschwänzt und den Tag mit einem Typen verbracht, der mir zeigen wollte, wie schön so ein Leben am Meer ist.«

»Klingt jetzt gar nicht so übel.«

Parker schnaubte. »Bist du schon mal gesurft?«

»Ich kann kaum schwimmen.«

»Im Ernst? Na ja, also ich kann schon schwimmen, aber auf dem Surfbrett zu stehen, während einen das Meer umspült, ist echt nicht leicht. Bis ich endlich zu den Wellen hingepaddelt war, hatte ich schon kaum noch Kraft. Mein Date hat versucht, mir das Surfen beizubringen, aber ich habe es einfach nicht gerafft. Immer, wenn ich versucht habe, aufzustehen, bin ich ins Wasser gefallen und jedes Mal hat mir noch mehr wehgetan. Stan, so hieß der Typ, war frustriert, weil Welle um Welle ohne ihn vorbeigerauscht ist. Schließlich hat er es aufgegeben und seine eigene Sache gemacht. Und schwups, schon steht er auf dem Brett und surft, während ich da draußen auf so einem Glasfaserbrett herumtreibe und mir den Hintern abfriere. Dann bin ich auch noch in eine Strömung gekommen, die mich immer weiter rausgezogen hat, während er am Strand stand und wie ein Idiot mit den Armen gewedelt hat.«

Erin riss die Augen auf. »Was hast du gemacht?«

»Ich bin ewig parallel zum Ufer gepaddelt, bis ich an einer Stelle war, wo ich stehen konnte. Aber was mach ich? Ich steig direkt auf einen Stachelrochen.«

»O Gott. Aber er hat dich nicht wirklich gestochen, oder?«

»Nein, aber ich bin total erschrocken und gleich wieder aufs Brett gesprungen, bis irgendwann ein älterer Herr mit Bierbauch daherkam und mir gezeigt hat, wie man beim Gehen im Wasser den Sand so aufwirbelt, dass man die Viecher vertreibt.«

»Au weia.«

»Ja, das war furchtbar. Als ich endlich wieder bei Stan war, hat er bloß gelacht. So ein Depp. Dass wir danach nicht mehr miteinander ausgegangen sind, brauch ich wohl nicht zu erwähnen.«

Erin lehnte sich zurück. »Dann nehm ich lieber meinen verkorksten Ball, als im Meer herumzutreiben.«

Sushi, die sich nur selten blicken ließ, sprang auf die Couch, um sich ein paar Streicheleinheiten abzuholen. »Hast du eigentlich an Thanksgiving schon was vor?«, wechselte Parker jetzt das Thema. »Ich bin sicher, dass Colins Eltern nichts dagegen hätten, wenn noch einer mehr kommt.«

»Nein, schon gut. Ich wollte sowieso wegfahren.«

Parker war nicht überzeugt, dass das tatsächlich stimmte. »Sicher? Es wäre wirklich kein Problem, wenn …«

»Ja, sicher.«

»Na gut. Aber vielleicht kannst du mir helfen, eine gute Flasche Wein als Mitbringsel auszusuchen.«

Erin lächelte wieder. »Ja, das kann ich.«

Kapitel 18

Die Hudsons wohnten auf der anderen Seite der Stadt, was bedeutete, dass man je nach Verkehr zwischen fünfzehn und vierzig Minuten einplanen musste. Auch wenn sie manchmal dachte, es sei eine Übertreibung, doch leider stimmte es wirklich.

Colins Jeep stand in der Einfahrt seines Elternhauses. Sie waren also am richtigen Haus angekommen. Daneben stand ein Motorrad. Sie stellte ihr Auto hinter dem Jeep ab, weil dieser sicher nicht bewegt wurde, bis sie wieder heimfuhren. Austin hielt einen Strauß Blumen, auf die er bestanden hatte. Parker hatte es ihm nicht ausreden wollen. Ihr gefiel der Gedanke, dass sie die gute Erziehung der Eltern weiterführte. Austins schwierige Zeiten schienen überwunden zu sein.

»Wenn sich irgendwer nicht wohlfühlt, lassen wir uns eine Ausrede einfallen und fahren heim«, erklärte Parker.

»Alle für einen«, begann Mallory, »und einer für alle«, ergänzte Austin.

Geräusche drangen vom Haus nach draußen. Die Tür stand offen, nur das Fliegengitter war geschlossen.

Parker klingelte und trat einen Schritt zurück.

Colins Familie. Alle würden da sein.

Und sie war richtig nervös.

»Ich mach auf«, hörten sie jemanden rufen.

Parker warf ihren Geschwistern einen Blick zu.

Eine zierliche Frau öffnete die Fliegengittertür. »Parker!«

Parker hatte Colins Schwester einmal gesehen, aber damals hatte sie alles andere als einen klaren Kopf gehabt, weshalb sie sich kaum an Grace erinnerte.

»Kommt rein.«

»Hallo. Du bist Grace, oder?«

Die junge Frau lächelte warmherzig. »Richtig. Und ihr seid Mallory und Austin. Ich habe schon viel von euch gehört.«

Grace winkte alle hinein und rief dann durchs ganze Haus: »Colin! Parker ist da … Kommt rein.«

Sie kamen in einen Raum, der wie eine Art Empfangszimmer war, das keiner nutzte. Von dort traten sie ins große Wohnzimmer.

Colin erschien mit einem Geschirrtuch in den Händen. »Entschuldigt, ich habe gerade in der Küche geholfen.« Sein Lächeln schien allein Parker zu gelten. Seine Augen blitzten, was ihr Herzklopfen bereitete.

»Kein Problem.«

Colin gab ihr einen kurzen Kuss.

Der Raum war voller Leute. Darunter ein paar Männer, manche waren noch jünger. Einer war in Austins Alter oder vielleicht ein kleines bisschen älter.

Nora und eine Frau in deren Alter waren in der Küche zugange. Als Nora sie sah, wischte sie sich die Hände an der Schürze ab. »Ihr seid gekommen!«

Colin nahm Parker die Weinflasche ab, als seine Mutter kam und Parker umarmte. »Du siehst bezaubernd aus.«

Dann ging Nora zu Mallory und umarmte sie ebenfalls.

Austin überreichte seinen Blumenstrauß. »Vielen Dank für die Einladung.«

Durfte man als Schwester so stolz auf den eigenen Bruder sein? Parker war es jedenfalls. »Die sind wunderschön, vielen

Dank, Austin.« Nora nahm die Blumen und legte einen Arm um seine Schultern. »Emmitt, komm mal und lern Colins Freundin und ihre Geschwister kennen.«

Als Parker diese Bezeichnung hörte, warf sie Colin einen fragenden Blick zu.

Er rollte nur mit den Augen und schmunzelte, während Grace ihr zuzischte: »Keine Sorge, sie macht das bei jedem, den wir zu Hause anschleppen.«

Ein Date und zwei Küsse reichten wohl kaum, um als Freundin zu gelten, aber ihr gefiel der Titel.

Parker wurde mit Colins Vater bekannt gemacht, dann mit Colins Bruder, der Tante, zwei Onkeln und drei Cousins. Tatsächlich war der eine Cousin nur ein Jahr älter als Austin und die beiden unterhielten sich sofort angeregt. Es half auch, dass gerade ein Spiel im Fernseher lief und sich das Gesprächsthema sofort darum drehte, während in der Küche noch die letzten Vorbereitungen getroffen wurden.

Nora winkte Mallory zu sich und fragte, ob sie schon mal russische Eier gemacht habe. Als Mallory den Kopf schüttelte, begann Nora sogleich mit der Lektion.

»Magst du Weißwein oder lieber einen Roten?«, fragte Grace.

»Gerne Weißwein.«

»Du bist also Parker«, stellte Emmitt fest, nachdem Grace gegangen war, um die Getränke zu holen.

»Jawohl.«

»Sie ist hübsch«, wandte er sich über die Schulter hinweg an Colin.

»*Sie* steht direkt hier, Dad.«

Parker musste lachen.

»Im Gegensatz zu dieser Rothaarigen, die du vor ein paar Jahren mitgebracht hast.« Colin hatte offensichtlich seine Größe vom Vater geerbt. Nur ohne Bierbauch. Emmitt sagte, als ob es sonst keiner hören würde: »Sie hatte so weit auseinanderstehende Augen.«

Parker guckte zu Colin. »Stimmt das?«

»Ja. Eigentlich hat sie niemand von uns gemocht.«

Parker lachte noch mehr.

»Das kannst du laut sagen«, mischte sich Matt ein. »Sie hatte Katzen.«

Emmitt machte schmale Augen. »Ihr habt aber keine Katzen, oder?«

»Doch, eine«, gestand Parker. »Aber sie ist die meiste Zeit draußen.«

Emmitt blinzelte ihr zu. »Na, dann ist es okay. Und was ist mit Hunden?«

»Sie haben einen schwarzen Labrador, Dad.«

Das schien erfreulicher zu sein, denn Emmitts Gesicht leuchtete auf.

Grace kam mit dem Wein. »Jetzt hast du sie genug ausgequetscht.«

»Vielleicht hätte ich dich vorwarnen sollen«, flüsterte Colin.

»Ja, vielleicht.« Die Unterhaltung war überwältigend, aber doch sehr charmant. Wichtiger aber war die Tatsache, dass sich Parker bei den Hudsons wie zu Hause fühlte.

Mallory kam mit der Platte russischer Eier an. »Hier, probiert mal.«

* * *

Colin wusste nicht, was genau in Parkers Kopf vorging, aber ihre Augen waren groß und ihr Lachen beruhigte ihn.

Seit sie da war, wirkte sie recht entspannt, und das bewirkte etwas in ihm, das er nicht ganz benennen konnte. Gegen das Gespräch über seine Ex-Freundin, das ihn zur Zielscheibe des

Gespötts machte, hatte er auch nicht protestiert, weil Parker es lustig fand.

Sie und Grace verstanden sich auf Anhieb.

Grace war nur zwei Jahre älter als Parker und sie erinnerten sich an Footballspiele, bei denen die Mannschaften ihrer Highschools gegeneinander angetreten waren.

Colin überließ den anderen gerne den Vortritt, er würde schon noch seine Zeit mit ihr kriegen.

Als das Essen auf dem Tisch stand, wurde der Fernseher auf Pause gestellt und das Spiel unterbrochen. Es gab, wie oft bei den großen Familienessen, einen Tisch, an dem die Älteren saßen, und einen für die Jüngeren. Der Jüngste der Runde war Austin, doch er unterhielt sich sehr angeregt mit Colins jüngstem Cousin. Mallory schien dagegen mit Jase zu flirten, seinem mittleren Cousin, der gerade einundzwanzig geworden war.

Colin saß neben Parker und ließ während des Essens seine Hand zu ihr hinüberwandern. Dann berührte er mit dem kleinen Finger ihre Hand, was sie rot werden ließ. Den Blick, den sie ihm dann schenkte, wollte er immer wieder sehen.

Nach dem Abendessen halfen alle vom Jugendtisch beim Abräumen.

Dann ließen sie das Spiel weiterlaufen und langsam stellte sich nach dem Truthahnbraten eine gewisse Trägheit ein, sodass den erzielten Punkten nur noch beiläufig Beachtung geschenkt wurde.

Die Verandatür war weit geöffnet.

Vor Jahren hatte Colins Vater Gasheizungen für die Terrasse installiert, die in der kühleren Jahreszeit für Wärme sorgten.

»Es kommt selten vor, dass Matt an einem Feiertag bei uns ist und wir nicht das Essen zu ihm bringen«, sagte Nora zu Parker.

»Ich habe entweder an Thanksgiving frei oder an Weihnachten, aber normalerweise nicht an beiden Feiertagen«, erklärte Matt.

»Letztes Jahr hast du sogar an beiden Tagen gearbeitet«, erinnerte sich Grace.

»Ich mach das für später«, meinte Matt und streckte seine langen Beine aus, die am meisten Platz von allen wegnahmen. »Irgendwann habe ich mal eine eigene Familie und da will ich meine Kinder an Weihnachten schon sehen.«

Nora hakte nach: »Aber wann ist es denn endlich so weit? Ich werde schließlich auch nicht jünger.«

Matt tat, was jeder jüngere Bruder tun würde. Er zeigte auf Colin. »Frag lieber deinen Ältesten.«

So etwas hätte zu einem kleinen Streit führen können, wenn Parker nicht dabeigesessen hätte.

Zum Glück mischte sich Grace ein. »Es gibt keine Vorschrift, die besagt, dass Colin der Erste sein muss, der Kinder in die Welt setzt.«

»Großartig. Du hast ja auch eine Gebärmutter, dann mach du doch!«

Und als dann noch seine Tante fragte: »Wie läuft es denn zwischen dir und Robert?«, stöhnten Mutter und Vater gleichzeitig auf.

Eine Stunde später verschwanden Colins Mom und seine Schwester in der Küche, um die nächste Runde vorzubereiten, in der es Zucker in allen erdenklichen Varianten geben würde. Er selbst nutzte die Gelegenheit, um Parker in den Garten zu entführen. »Meine Familie nimmt kein Blatt vor den Mund.«

»Es ist wirklich lustig bei euch.«

»Selbst die Story von Matts Ex-Freundin, die wie ein Fernfahrer gerülpst hat?«

Parker wusste nicht, was sie sagen sollte.

»Tja, zu viel Info, oder?«

»So schlimm ist es nicht. Und ihr habt gar nicht den Quotenonkel, der sich bei allen Familienfesten besäuft.«

»Na ja, das hatte Grandpa Larry übernommen. Aber der lebt schon seit fünf Jahren nicht mehr.«

Das fröhliche Lächeln auf Parkers Lippen verschwand plötzlich. »Es ist das dritte Thanksgiving ohne meine Eltern und das dritte Weihnachten. Das erste haben wir komplett ausfallen lassen.«

»Ihr habt kein Weihnachten gefeiert?«

Sie schüttelte den Kopf.

Er konnte sich ein Leben ohne seine Eltern nicht vorstellen. Schon der Gedanke war so schmerzlich, dass er ihn kaum zu ertragen vermochte.

»Das letzte Jahr war auch beschissen, aber nicht ganz so schlimm wie das erste. Wenigstens hatte sich Austin wieder beruhigt.«

»Was war denn mit Austin?«

»Das ist eine lange Geschichte. Hast du so viel Zeit?«, fragte sie grinsend.

»Alle Zeit der Welt.«

»Austin hatte am meisten von allen zu kämpfen. Er hat die Schule geschwänzt, hat öfter gefehlt, als er hingegangen ist. Er war frech zu den Lehrern, hat sich mit den falschen Leuten umgeben. Seine Noten sind so schlecht geworden, dass er fast sitzen geblieben wäre, und dann hat das Jugendamt gedroht, ihn in eine Pflegefamilie zu stecken.«

Colin blickte zum Haus zurück. »Das wusste ich gar nicht.«

»Einmal bin ich früher nach Hause gekommen und habe ihn mit einem Freund beim Jointrauchen in der Garage erwischt. Da bin ich ausgetickt.«

Er kannte viele, die das in ihrer Highschoolzeit gemacht hatten. »Was war die Konsequenz?«

»Ich habe die Eltern seines Freundes angerufen und gewartet, bis sie gekommen sind, um ihn abzuholen. Er war schon älter, hatte ein eigenes Auto. Seine Eltern waren nie zu Hause und verwöhnten ihren Sohn. Sie schienen eher verärgert zu sein, dass ich sie mit einbezog.«

»Das ist verrückt.«

»Ich war ja eigentlich gar nicht wegen des Joints sauer, sondern vor allem, weil er blau gemacht und nichts gesagt hat. Ich bin seine ältere Schwester, nicht die Mutter. Ich habe immer dieselbe Litanei gepredigt. ›Wenn wir zusammenhalten, kriegen wir das schon hin‹, aber er hat sich nur weiter von mir distanziert. Wir hatten die Auflage, zu einem Psychologen zu gehen. Der meinte, wenn ich nicht will, dass mein Bruder in einer Pflegefamilie oder gar im Jugendgefängnis landet, muss ich die große Schwester bleiben und nicht sein Vormund sein wollen. Er brauchte durchaus Regeln und Grenzen. Ich habe ihm das Handy weggenommen und ihn jeden Tag zur Schule gebracht und abgeholt. Ich habe mit seinen Lehrern geredet und dann haben wir einen Vertrag geschlossen, nämlich, dass ich jeden Freitag seine Arbeiten kontrolliere und unterschreibe. Er ist samstags zur Nachhilfe gegangen und erst als seine Noten besser wurden, habe ich ihm das Handy zurückgegeben.«

Kein Wunder, dass Parker älter wirkte, als sie war. »Offensichtlich hat er dein Vertrauen zurückgewonnen.«

»Ja. Er hat sich verändert. Er hat seine neuen Freunde aufgegeben und ist wieder zu den alten von früher zurückgekehrt. Ich habe ihm das Autofahren beigebracht und ihm gesagt, ich würde ihm den Wagen sofort wegnehmen, wenn es erneut Probleme gebe. Wir haben unsere Eltern verloren, da sollten wir Geschwister uns nicht auch noch verlieren.«

Colin strich ihr über die Arme. »Ich weiß nicht, was ich sagen soll.«

Sie senkte den Blick, schüttelte den Kopf. »Tut mir leid, ich will dich nicht mit meinen Geschichten belasten.«

Er hob mit dem Finger ihr Kinn an. »Mir tut es nicht leid. Ich bin froh, dass du mir das erzählst. So sehe ich die Seite von Parker, die ich noch nicht kenne.«

Sie waren im hinteren Teil des Gartens. Parker begann zu zittern.

Eigentlich hätte er sie zum Haus zurückbringen müssen, aber er war noch nicht bereit, sie wieder mit den anderen zu teilen. »Ich freue mich sehr, dass du gekommen bist.«

»Ich mich auch. Und Mallory und Austin haben anscheinend schon neue Freunde gefunden.«

Er sah zum Haus. »Hast du das mit Mallory und Jase gemerkt? Jase hat nur Augen für sie.«

»Ja. Keine Ahnung, wo das noch hinführt.«

»Sie ist zwanzig, er einundzwanzig. Ist doch klar, wo das hinführt.«

Parker bedachte ihn mit einem Blick, der weiser wirkte, als sie in ihrem Alter eigentlich sein konnte.

»Oh, das kannst du aber gut.«

»Was denn?«

»Diesen Mom-Blick.«

Sie wiederholte ihn.

Colin musste lachen. »Ich rede mit ihm. Und sorge dafür, dass er sich anständig benimmt.«

»Gut.« Sie schüttelte den Kopf. »Ich weiß, dass Mallory schon ihr erstes Mal erlebt hat, aber …«

»Sie ist deine kleine Schwester.«

»Mehr als das.«

Das hatte er schon mitbekommen.

Er strich ihr über die Arme, zog sie an sich. »Ich weiß nicht, ob es heute noch mal eine Gelegenheit ohne Zuschauer für das hier gibt.«

Parker hob das Kinn. »Hast du mich in den Garten gelotst, um mit mir zu knutschen?«

Er wackelte mit den Augenbrauen. »Daran hatte ich noch gar nicht gedacht«, log er. »Aber wenn du darauf bestehst.«

»Ach nö, lass mal.« Parker drehte sich weg.

Colin hielt sie fest.

»Also gut, meinetwegen.«

Er drückte ihr einen Kuss auf den Mund, aber beide grinsten zu sehr, um sich richtig küssen zu können.

Jetzt musste sie so arg lachen, dass er mitlachte.

Immer noch berührten sich ihre Lippen, selbst als sie sagte: »So klappt das aber nicht.«

Er entfernte sich ein paar Zentimeter. »Hör auf zu lachen, dann klappt es durchaus.«

Sie holten beide tief Luft und dann trafen sie wieder aufeinander.

Diesmal war er derjenige, der zu glucksen begann, und schon vergrub sie ihren Kopf an seiner Schulter. Ihr ganzer Körper bebte, während sie vor Lachen gackerte.

Sie so lachen zu hören, machte ihn glücklich. »Es ist hoffnungslos mit uns«, gluckste sie.

»Finde ich nicht.« Er lehnte sich ein Stück zurück, um ihr in die Augen zu sehen. »Es gefällt mir, dich so lachen zu hören.«

»Ich bin aus der Übung. Vielleicht kann ich es deswegen nicht kontrollieren.«

Er legte eine Hand auf ihre Wange und wartete, bis sie auf seine Lippen blickte. Es dauerte nicht lange.

Jetzt hörte sie endlich auf zu glucksen.

Parker kam ihm näher und er nahm sanft ihren Kopf, um eine lange, herrliche Kostprobe von ihr zu nehmen.

Als sie sein Hemd packte, schaltete sich sein Verstand aus.

Parker bewegte den Kopf in eine Position, die ihren Kuss vertiefte. Nun ließ sie ein leises Stöhnen vernehmen, so sehr genoss sie den Kuss.

Die Kälte schien jetzt keine Rolle mehr zu spielen. Er wollte nie wieder damit aufhören.

Parkers Zungenspitze spielte mit seiner.

Unterhalb seiner Gürtellinie wurde schweres Geschütz aufgefahren. Mist, er hatte keine Jeans, sondern eine weiche Stoffhose an. Er sollte besser sofort aufhören. Aber er wollte nicht.

Wenn er weitermachte, würde es peinlich werden. »Parker …«, flüsterte er, als sie mit den Zähnen an seiner Unterlippe knabberte.

»Verdammt …« Egal. Nur noch ein bisschen länger. Seine Hand wanderte ihren Rücken hinab, fächerte die Finger auf, rutschte weiter hinunter.

Sie stöhnte, fühlte seine Brust, glitt ebenfalls hinab.

Er hielt ihre Hand zurück, bevor sie entdecken würde, dass er für viel mehr bereit war als nur einen heimlichen Kuss im Garten. »Wir müssen aufhören …«

»Tut mir leid.«

»Leid? Oh, hüte deine Zunge«, murmelte er in ihr Haar.

»Ich würde lieber *deine* Zunge hüten«, neckte sie ihn.

Ihre Worte fuhren direkt in sein bestes Stück.

Als Parker versuchte, sich von ihm zu lösen, hielt er sie an den Hüften fest. »Warte, ich brauche noch eine Minute.«

Parker blickte hinab. »Oha.«

»Ja…« Er versuchte, nicht an die zarte Frau in seinen Armen zu denken.

»Sollen wir lieber über Grandpa Larry reden?«

Der Gedanke half tatsächlich. »Er war immer gut drauf, wenn er was getrunken hat. Dann hat er sämtliche

Familiengeheimnisse ausgeplaudert und unanständige Witze erzählt.«

»Zum Beispiel?«

»Ich erinnere mich nicht mehr. Meistens hat er sowieso die Pointe verpatzt.« Okay, gut, das Blut entzog sich seinen Lenden.

Sie blickte an ihm hinab. »Wirkt es schon?«

»Nicht, wenn du hinsiehst«, schimpfte er.

Tja … und ihr Lachen half auch nicht gerade.

Kapitel 19

Am Tag nach Thanksgiving wurde es stürmisch. Die Santa-Ana-Winde begannen, ihr Unheil anzurichten. Der Swimmingpool sah aus wie ein Sumpfgebiet. Auf allen Wegen und den Treppen zum Haus, überall lag eine zentimeterdicke Schicht aus Asche und Dreck. Dort, wo die Arbeiter Brotzeit machten, waren die Tische umgekippt, das Pavillonzelt rollte über den Boden und landete im Pfefferbaum.

Am meisten aber beunruhigte Parker, dass sich Dachschindeln vom Gästehaus und Schuppen lösten und dass Riesenäste von den vorgeschädigten Bäumen hinabfielen. Selbst die immergrünen Flaschenbäume, die das Feuer überstanden hatten, drohten durch die Windböen entwurzelt zu werden.

Colin kam, weil er Parker eigentlich abholen wollte, um mit ihr nach Ventura zu fahren und salzige Pazifikluft zu schnuppern. Aber jetzt würde sie auf keinen Fall das Haus verlassen.

»Die Santa-Ana-Winde gehen oft mit weiteren Waldbränden einher.«

»In den Nachrichten wurde aber nichts dergleichen berichtet.« Er guckte zum Himmel, als würde er nach Rauchschwaden Ausschau halten.

»Ein einzelner Funke genügt schon.« Vielleicht klang sie paranoid, doch es war ihr egal. »Das Feuer könnte auch von der anderen Seite kommen«, meinte sie. »Ich kann nicht weg, wenn es vielleicht irgendwo zu brennen anfängt.«

»Du weißt aber schon, dass nichts mehr übrig ist, was noch brennen könnte. Außerdem bläst der Wind in die andere Richtung.«

Egal. »Es könnte wieder einen Stromausfall geben. Oder einer der Bäume fällt auf die Zufahrtsstraße. Ich kann nicht weg.« Bei der Erinnerung an die brennenden Berghänge begannen ihre Hände zu zittern.

Colin hatte Verständnis und legte den Autoschlüssel auf der Kücheninsel ab. »Also gut. Mit was kann ich dir dann hier helfen?«

Er hatte keine Arbeitsklamotten an, weil er für den Ausflug gekleidet war. »Du musst nichts machen.«

»Es gibt viel, was ich nicht muss, aber da ich den Tag mit dir verbringen will, kann ich dir auch helfen.« Er gab ihr einen Kuss. »Gib mir Anweisungen.«

»Bist du dir sicher?«

Hatte Colin soeben mit den Augen gerollt?

»Also gut. Könntest du nachsehen, wie viel Benzin noch für das Stromaggregat da ist? Die Kanister sind im Generatorraum und in der Garage. Ich habe keine Ahnung, wie viele davon leer sind. In der Zwischenzeit schaue ich zum Pool und binde die Liegestühle fest, damit der Wind die nicht auch noch im Garten verteilt.«

Sie gingen in verschiedene Richtungen auseinander. Doch Parker war genau eine Windböe zu spät. Drei der sechs Stühle landeten im Wasser.

Als Colin zu ihr kam, war sie gerade dabei, den ersten wieder aus dem Wasser zu fischen.

»Ich fahre zur Tanke und fülle die zwei Kanister hier auf.«

Die herumwirbelnde Asche flog einem in die Augen, sodass man sie kaum offenhalten konnte. »Danke.«

»Lass die Stühle sein, ich kümmere mich darum, wenn ich zurückkomme.«

»Ich mach das schon.«

»Parker!«

Sie lächelte ihn an und winkte ihn fort. »Danke fürs Benzinholen.«

Keine halbe Stunde später hatte sie die Stühle aus dem Wasser gezogen und festgebunden, um sie vor einem erneuten Bad zu bewahren. Sie drehte die Poolpumpe ab, damit sie nicht überhitzte. Parker hatte dreimal so viel zu tun wie sonst am Wochenende. Und da sowohl Austin als auch Mallory ihren Teilzeitjobs nachgingen, musste sie alles allein erledigen. Ein Gedanke, der für einen kurzen Moment Selbstmitleid auslöste. Doch dann fiel ihr ein, dass Colin half.

Auf halbem Weg zum Haus kam ihr Erin entgegen. »Verrückt, oder?«

»Willkommen in meinem Leben. Komm doch mit zu uns rein.«

Scout begrüßte sie an der Tür.

»Wo sind die anderen?«, wollte Erin wissen.

»In der Arbeit. Und Colin ist zur Tankstelle gefahren, um die Kanister aufzufüllen. Bei so starkem Wind haben wir oft Stromausfall«, erklärte sie. »In dem Fall kannst du gern unser Gästezimmer beziehen.«

»Das ist nicht nötig.«

»Ich bestehe aber darauf. Im Gästehaus heult der Wind so laut, dass selbst Freddy Krueger Angst bekäme. Ohne Strom wird es um diese Jahreszeit außerdem sehr kalt, wenn man nicht heizen kann.« Im Haupthaus gab es drei Kamine und den Generator, im Gästehaus nicht.

Der Wind rüttelte an den Fenstern, als wollte er unterstreichen, was sie gerade gesagt hatte.

»Außerdem finde ich es überhaupt nicht so prickelnd, wenn ich bei diesem Wetter allein bin.« Obwohl es während des Waldbrands nicht so stark geweht hatte, konnte es durchaus wieder brennen. Selbst ein Hausbrand würde sich bei diesen Bedingungen in der ganzen Gegend ausbreiten. Parker wusste, dass sie wegen ihres Traumas vielleicht übertrieben ängstlich war, aber sie konnte es nicht ändern. Der Wind war einfach nicht ihr Freund.

»Du hast doch Colin hier.«

»Dann kann er auf uns beide aufpassen. Bitte. Ich kann den Gedanken kaum ertragen, dass du da unten allein bist, wo es kalt und dunkel ist und der Sturm peitscht.«

Erin grinste. »Na gut. Ich hole meinen Laptop und versuche, etwas zu arbeiten, solange wir noch Internet haben.«

»Guter Plan.«

Erin ging zum Gästehaus zurück und Parker suchte nach dem Schmortopf für das Fleisch, das heute im Angebot gewesen war. Sie befolgte das Rezept von Nora, für das nur fünf Zutaten nötig waren. Als sie fertig war und den Deckel auf den Topf legte, klopfte Colin an.

»Du musst doch nicht klopfen«, sagte sie zu ihm.

Scout hob den Kopf, aber als er sah, wer es war, döste er weiter.

»Ich habe die Kanister zum Generator gestellt.«

Er ging zur Spüle und wusch sich die Hände.

»Ich habe Erin gesagt, sie soll zu uns raufkommen. Ich hoffe, das ist okay.«

»Natürlich.«

Plötzlich blieb sie mitten in der Küche stehen. »Ich habe die Meldung für das Tor gar nicht gehört.«

Er schnappte sich ein Küchentuch und trocknete sich die Hände. »Als ich reingefahren bin?«

»Ja. Ist es ganz normal aufgegangen?«

»Ich habe nichts Ungewöhnliches festgestellt.«

Wieder eine Sache, um die sie sich würde kümmern müssen, wenn der Wind aufhörte.

Jetzt klopfte Erin an. Als Parker öffnete, sagte sie zu ihr dasselbe wie vorher zu Colin: »Komm einfach rein.«

Sie unterhielten sich in der Küche. Parker öffnete den Kühlschrank. »Zum Abendessen gibt es einen Schmorbraten, aber möchtet ihr jetzt vielleicht etwas zu Mittag?«

Kurze Zeit später hatten sie und Erin einen Salat und mit den Resten vom Truthahn, die Nora ihnen mitgegeben hatte, Sandwiches gemacht.

Colin stellte Musik an und es war wie eine kleine zweite Thanksgivingfeier, nur ohne Kuchen.

Sie aßen alles auf, fühlten sich danach aber nicht so vollgestopft wie am Vortag.

»Und was machen wir jetzt, während wir darauf warten, dass uns der Himmel auf den Kopf fällt?«, fragte Colin.

»Ich sollte eigentlich noch ein bisschen arbeiten«, meinte Erin.

»Wie langweilig«, fand Parker. »Wollen wir nicht lieber ein Brettspiel spielen?«

Erin zuckte mit den Schultern. Colin zeigte auf ein paar Kisten mit Weihnachtsdeko, die Mallory am Tag zuvor geholt hatte. »Was ist eigentlich da drin?«, wollte er wissen.

»Das sind zwei von einer Million Kisten mit Lichterketten fürs Haus.«

»Eine Million?«, fragte er.

»Meine Eltern haben Weihnachten geliebt.«

Colin stieß sich vom Tisch ab. »Eine Million Kisten. Da gibt es richtig was zu tun, wenn man alles aufhängen will.«

»Willst du jetzt das Haus dekorieren?«

Colin grinste sie an. »Ich bin eh total schlecht in Monopoly.«

Und schon war Colin dabei, weitere Kisten von der Garage ins Haus zu schleppen.

Parker zeigte die Stellen, an denen die Lichter angebracht werden sollten, und zu dritt verwandelten sie das Haus in ein leuchtendes Weihnachtsmärchen.

Als die letzte Glitzerlicht-Girlande an der Wand hing, spürte Parker plötzlich einen Kloß im Hals. Sie erinnerte sich daran, wie früher ihre Eltern das Haus dekoriert hatten.

Colin stellte sich neben sie und legte ihr den Arm über die Schulter. »Alles okay bei dir?«

»Sieht wunderschön aus. Meine Eltern wären begeistert.«

Er gab ihr einen Kuss auf den Kopf. »Ist sicher schwer ohne sie.«

»Es ist das dritte Weihnachten ohne sie. Letztes Jahr haben wir nur ein kleines bisschen dekoriert und uns dazu gezwungen, zu feiern.«

»Eure Eltern würden wollen, dass ihr euer Leben normal weiterführt.«

Sie lehnte sich an Colin. »Ja, mit Sicherheit.«

Da rief Erin aus dem Wohnzimmer: »Warum hören wir eigentlich keine Weihnachtsmusik?«

Parker fand ihr Lächeln wieder. »Gute Idee.«

Ein paar Stunden später, als die Sonne unterging, nahm der Wind weiter zu. Während jeder in einer anderen Tonart ein Lied mitträllerte, flackerte das Licht, und dann war es schlagartig dunkel und still.

»Ach Mann!«

Colin ging ans Fenster und sah hinaus.

»Warten wir erst mal ein paar Minuten, vielleicht kommt der Strom gleich wieder«, meinte Parker.

»Ich mach mal einen Wein auf, oder?«, schlug Erin vor.

Der Braten brauchte eigentlich noch eine Stunde, doch der Ofen wurde wie alles im Haus mit Strom betrieben. Sie würden wohl den Generator anwerfen müssen, wenn sie etwas zu essen haben wollten.

»Sehr praktisch«, meinte Erin, als Colin zwanzig Minuten später nach draußen ging, um den Generator anzuwerfen.

»Nicht nur der Generator, auch Colin«, murmelte Parker. »Daran könnte ich mich gewöhnen.«

Erin schnaubte. »Sei bloß vorsichtig mit so was.«

»Mit was? Damit, mich auf ihn zu verlassen?«

»Ja …«

Colin kam mit dem Handy in der Hand zurück. »Anscheinend hat es einen Transformator erwischt. Sie schätzen, dass es noch sechs Stunden dauert, bis wir wieder Strom haben.«

»Gut, dass ihr noch Benzin geholt habt.«

Colin ging zur Stereoanlage und drehte die Musik wieder an.

Parker nahm den großen Schlüsselbund, an dem sich die Schlüssel für jedes erdenkliche Schloss befanden, und ging zur Haustür.

»Wo willst du hin?«, fragte Erin.

»Ich muss das Tor öffnen und die Automatik ausschalten. Die vielen Stromausfälle machen es noch kaputt. Nicht, dass es sich gerade schließt, wenn Mallory oder Austin mit dem Auto durchfahren.«

Colin hielt die Hand auf. »Gib sie mir.«

»Ich kann …«

»… mir meine Männerarbeit wegnehmen? Nein, trinkt Wein und redet über mich, während ich draußen bin.«

Sie schmunzelte und reckte ihm den Kopf für einen Kuss entgegen.

Er folgte ihrer Aufforderung, dann rief er den Hund. »Komm, Scout. Leiste mir Gesellschaft.«

Als er draußen war, drehte sich Erin zu ihr und sagte: »Ich habe gar nicht gewusst, dass es solche Männer gibt.«

»Ich auch nicht.«

* * *

Austin und Mallory kamen beide erst nach neun nach Hause, aßen etwas und zogen sich anschließend in ihre Zimmer zurück.

Nachdem sich auch Erin verabschiedet hatte und im Gästezimmer verschwunden war, hatten Colin und Parker endlich Zeit füreinander.

»Jetzt sind wir allein.«

Sie machten es sich auf der Couch gemütlich, gut gesättigt vom leckeren Essen und gewärmt vom Wein. Das Brummen des Generators war trotz der Musik zu hören.

Parker trommelte mit den Fingern auf den Oberschenkeln. »Was sollen wir jetzt machen?«, fragte sie, plötzlich etwas nervös.

»Flaschendrehen oder im Schrank verstecken, das sind meine Lieblingsspiele.«

»Zum Flaschendrehen braucht man mehr als zwei Leute.«

Colin stoppte ihr Trommeln, indem er ihre Hand zu seinen Lippen führte. »Dann also im Schrank verstecken.«

Sie lehnte den Kopf an seine Arme und neigte sich zu ihm, damit er sie küsste.

Was er mehr als gern tat, denn er war süchtig nach ihr. Sie begannen langsam, ein Vortasten der Lippen, der Zungen, bis er Parkers Hand in der Nähe seines Schoßes spürte.

Colin zog sie an sich und legte seine Hand auf ihre, damit sie dortblieb.

»Du willst mehr.«

Er nickte. »Erwischt.«

Er schob ihre Hand gefährlich nahe zu seiner Erektion und sah, wie sich ihre Augen weiteten.

»Colin, ich …« Sie senkte den Blick. »Ich habe in diesem Haus noch nie mit einem Mann …«

Es dauerte eine Sekunde, bis ihre Worte in seinem Gehirn ankamen. »Aber mit einer Frau?«, scherzte er, um ihre Nerven, die offenbar in Aufruhr geraten waren, zu beruhigen.

Was er auch schaffte, denn jetzt musste sie lachen. »Es ist nur, weil Austin und Mallory nebenan sind und Erin …«

»Du musst dich nicht rechtfertigen, Parker. Ich verstehe schon.«

Sie kniff die Augen zu. »Ich habe das Schlafzimmer meiner Eltern übernommen und es fühlt sich irgendwie komisch an.«

Er legte einen Finger auf ihre Lippen. Klar war er enttäuscht, doch er verstand sie natürlich. »Schon gut. Dann bleiben wir eben hier auf der Couch«, sagte er und küsste sie erneut.

Parker zog sich zurück und grinste schelmisch. Und schon entspannte sich die kleine Faust neben seinem besten Stück und fächerte sich darüber. »Vielleicht *heavy petting*?«, fragte sie.

Er zog sie auf seinen Schoß und hielt ihre Pobacken fest im Griff. »Ja, so *heavy*, dass wir es kaum noch aushalten.«

Und schon begann die süßeste Tortur, die er je erlebt hatte. Sie endete damit, dass er eine Stunde später recht breitbeinig zum Auto ging. Während der Fahrt legte er eine kühle Wasserflasche, die Parker ihm mitgegeben hatte, zwischen die Beine, um seine Hormone zu beruhigen.

Kein einziges Licht brannte in der Gegend.

Es war dunkel und fast ein bisschen unheimlich. Dort, wo die Häuser dichter beieinanderstanden, wirkte ein Stromausfall weniger bedrohlich. Aber hier draußen, an der Grenze zwischen Stadt und Land, herrschte eine dunkle Weite der Stille. Jetzt verstand Colin auch, dass Parkers Vater Zäune mit Toren errichtet, Gewehre besessen und Betreten-verboten-Schilder aufgestellt hatte. Vielleicht gab es Verbrecher, die auf dumme Gedanken kamen, wenn sie so ein abgelegenes, dunkles Haus sahen.

Zum Glück konnte seine kleine Annie Oakley mit dem Gewehr umgehen.

Trotzdem machte er sich Sorgen.

* * *

Bei diesen Läden, wo man alles in großen Mengen kaufen konnte, hatte man das Problem, dass man zwar immer vollbepackt rauskam, aber das, was man eigentlich kaufen wollte, vergessen hatte. Parker hatte aber nun gelernt, dass Großpackungen billiger waren als kleine Mengen.

Sie stieg gerade zum dritten Mal mit den Armen voller Lebensmittel die Treppen hoch, als Erin den Kopf zur Garage hineinstreckte. »Brauchst du Hilfe?«

»Unbedingt.«

»Und, wie gefällt dir die Lektoratswelt?«, erkundigte sich Parker, während sie in der Küche die Vorräte verstaute.

»Sehr gut. Ich lese jetzt mehr Bücher als in den letzten zehn Jahren.«

»Ich kann mich gar nicht erinnern, wann ich das letzte Mal etwas aus reinem Vergnügen gelesen habe. Nur Bücher für Studienkurse oder Anleitungen, wie man etwas repariert.« Sie entfernte gerade aus dem Gemüsefach die Stücke mit Pelzbesatz.

»Wenn du mal wieder Zeit zum Lesen hast, kann ich dir gute Bücher empfehlen.«

Parker tauchte aus dem Kühlschrank auf und guckte Erin an. »Als ob das jemals der Fall sein würde.« Sie hatten drei Tage lang mit dem Kärcher Veranda, Gartenmöbel und den Swimmingpool gesäubert.

Scout stand an der Glastür und bellte.

Parker ging zu ihm, um nachzusehen, was los war. Am untersten Ende des Grundstücks stieg gerade der letzte Baggerfahrer von seinem Fahrzeug. Die Arbeiter vom Bauamt waren schon heimgefahren. Aber die Subunternehmer blieben oft länger, um ihre Fahrzeuge zu ölen oder an irgendetwas herumzuschrauben, bevor sie Feierabend machten.

»Warum bist du so aufgeregt?« Sie streichelte Scout, der erneut bellte.

Eine der großen Eichen in der Nähe der Einfahrt versperrte ihr die Sicht auf den Teil, wo früher einmal die Pferde gestanden hatten. Seit dem Brand befand sich dort kein Zaun mehr. Als Parker die Tür öffnete, schoss Scout sogleich hinaus.

»Hey!«

Aber er war bereits auf und davon.

»Was ist denn mit ihm los?«, wunderte sich Erin.

Parker ging zum anderen Ende der Veranda und sah jetzt ein kleines Cabrio unweit der Stelle, wo die Arbeiter parkten. Sie entdeckte einen anderen Hund, aber sonst niemanden.

Manchmal kam jemand von der Behörde, doch eigentlich nur während der offiziellen Arbeitszeit, nicht erst, wenn schon alle nach Hause gefahren waren.

»Keine Ahnung«, sagte Parker zu Erin. »Ich geh mal nachsehen.«

Sie lief die Stufen hinab und durchquerte den Garten. Als sie näher zu dem Auto kam, sah sie, dass es ein Mercedes war. Sie kannte niemanden, der so einen Wagen fuhr.

Scout war schon außerhalb des Maschendrahtzauns, denn seit Beginn der Arbeiten stand das Zauntor dort ständig offen. Man musste es eigentlich auch nicht schließen, denn nur ihre Familie und Colins Mannschaft durften dort herumlaufen.

Scout und der andere Hund beschnupperten sich und tanzten umher. Weiter oben am Hügel stand ein Mann, den sie nicht kannte. Er drehte sich zu ihr und winkte.

»Hallo«, grüßte sie ihn in der Hoffnung, dass er doch zum Bauamt gehörte.

Er guckte zu den Bauarbeiten, stemmte die Hände in die Hüfte. »Ganz schön großes Projekt.«

»Ja, das stimmt.«

»Schaut aus, als rechneten sie mit größeren Überschwemmungen.«

Okay, keiner vom Bauamt. Parker wurde vorsichtig.

»Man will wohl kein Risiko eingehen.«

Die Hunde bellten und es sah ganz so aus, als würde sich Scout ein bisschen zu sehr mit der Hündin anfreunden.

»Ist das ein Rüde?«, fragte der Mann.

»Ja.«

»Ist er kastriert? Meine ist nämlich reinrassig. Nicht, dass sie noch Mischlinge kriegt.«

Parkers Kinnlade fiel herunter. »Entschuldigung, aber wer sind Sie eigentlich?«

»Ich bin Bill. Wohne in der Gegend, nicht weit von hier. Hab mir gedacht, ich fahre mal her und schau mir alles an.«

Ihr Herz begann schneller zu klopfen. »Haben Sie das Schild, auf dem ›Betreten verboten‹ steht, nicht gesehen? Genau genommen sind es sogar fünf Schilder.«

Sein Gesichtsausdruck verriet, dass er nicht kapierte, was sie sagte. »Ich wollte nur mal schauen, was hier los ist.«

Jetzt besprang Scout die Hündin, die sich auf den Boden kauerte, weil sie offenbar keine Lust auf Paarung hatte.

»Moment mal, Sie sind an den Betreten-verboten-Schildern vorbeigefahren, parken auf meinem Grundstück, lassen ihren Hund ohne Leine herumlaufen und tun so, als dürften Sie das? Verstehe ich das richtig?« Parkers Hände begannen vor Wut zu zittern. Wo war ihr Gewehr, wenn sie es brauchte?

Er hatte tatsächlich den Nerv, sich zu echauffieren. »Ich bin doch Ihr Nachbar.«

»Wissen Sie überhaupt, wie ich heiße?« Die Frage war fast geschrien.

»Ich glaube Sinclair oder so ähnlich.«

Sie zeigte zur Straße. »Verlassen Sie jetzt meinen Privatgrund!«

»Wie bitte?«

»Und zwar sofort!«

»Sie müssen sich ja nicht gleich so aufregen.«

»Zu spät.«

Endlich kapierte er es. Er rief den Hund, der Scout abschüttelte und seinem Herrchen zum Auto folgte.

Mit finsterem Blick ließ der Mann den Motor an.

»Und kommen Sie bloß nicht noch mal her!«

Dieser Bill ließ sich zu keiner Entschuldigung herab.

Parker legte Scout die Hand auf den Kopf. »Übrigens, mein Hund ist nicht kastriert.« Was natürlich nicht stimmte, aber das Entsetzen auf seinem Gesicht war die Lüge wert.

Sie wartete, bis das Auto verschwunden war, dann lief sie zum Haus zurück.

Erin stand in der Tür. »Was war denn?«

Voller Wut marschierte Parker ins Schlafzimmer, und während sie auf allen vieren unters Bett guckte, rief sie: »Dieser Idiot hat gemeint, dass er hier einfach rumspazieren darf. Lässt seinen Hund laufen und besitzt auch noch die Dreistigkeit, zu fragen, ob mein Hund kastriert sei. So ein Volldepp!« Jetzt zog sie das Gewehr hervor und vergewisserte sich, dass es geladen war.

Erin bekam große Augen, als Parker wieder an ihr vorbeistürmte.

»Was hast du vor?«

»Ich gehe das Zauntor schließen. Dem zeig ich's, wenn er noch mal zurückkommt!«

Sie war wie eine Furie und Scout fand ihre Energie ansteckend. Er begleitete sie aufgeregt, als sie voller Wut zum Tor stampfte. Der letzte Arbeiter des Tages rief ihr im Vorbeifahren zu: »Alles okay, Parker?«

Sie ging zum Nummernpad und gab eine Zahlenkombination ein, mit der sie das Zauntor verschloss.

Zumindest hatte sie sich jetzt so weit beruhigt, dass sie ihren Ärger verbergen konnte. »Wenn alle Laster weg sind, hätte ich gerne, dass das Tor geschlossen bleibt, okay?«

»Kannten Sie den Mann?«

»Nein.« Sie winkte mit dem Gewehr. »Konnte wohl auch nicht lesen, weil ihn die Betreten-verboten-Schilder gar nicht interessiert haben. Vielleicht versteht er die Sprache meines Gewehrs besser.«

»Ich sage es den Kollegen weiter«, meinte er.

»Danke.«

»Sorry, ich habe gedacht, er ist ein Bekannter oder so.«

»Klar. Der ist mit seinem schicken Auto und dem Hund ja auch so selbstverständlich hier rumgelaufen, diese Dumpfbacke.« Sie rief Scout. »Das Tor öffnet automatisch, wenn Sie näher kommen«, erinnerte sie ihn.

»Okay. Tut mir echt leid. Ich hätte den Mann sonst für Sie zurechtgepfiffen.«

Sie grinste. »Zurechtpfeifen kann ich selbst ganz gut, aber vielen Dank.«

Als sie zurück im Haus war, hatte ihr Adrenalinpegel wieder ein normales Level erreicht. Sie stellte das Gewehr neben die Tür und ging zur Spüle, um sich die Hände zu waschen.

Erin starrte sie an. »Das war … du bist … ich weiß gar nicht, was ich sagen soll.«

»Nichts regt mich mehr auf, als wenn jemand denkt, er hätte das Recht dazu, meinen Privatgrund zu betreten, bloß weil er auf der Welt ist.«

»Das war echt eine Nummer. Ich kann kaum glauben, dass du mit dem Gewehr da raus bist.«

»Hätte ich gleich machen sollen, mein Fehler.« *Und passiert mir nicht noch mal.* »Ich dachte erst, es sei jemand vom Amt.«

»Du bist echt radikal.«

Sie schüttelte den Kopf. »Nein, nur sauer.«

Erin schielte zum Gewehr an der Wand. »Ich habe noch nie geschossen.«

»Echt nicht?«

»Ne. Vielleicht kannst du mir mal zeigen, wie das geht.«

»Klar. Wenn hier mal wieder etwas mehr Ruhe eingekehrt ist.«

»Das wäre klasse.«

Kapitel 20

Colin kam Mitte der Woche zu Ed ins Büro, um die aktuellen Projekte zu besprechen, die Colin leitete.

»Wie läuft alles?«, wollte sein Boss wissen.

»Nächste Woche bringen wir das Creek-Canyon-Projekt zu Ende.«

»Also plangemäß.«

Colin setzte sich gegenüber von Ed an den Schreibtisch und lehnte sich in seinem Stuhl zurück. »Ich bin allerdings nicht gänzlich überzeugt davon, dass die Maßnahmen ausreichend sind.«

»Unser Konstruktionsteam hat alles haarklein berechnet.«

»Ist das Team mal den Canyon entlanggewandert und hat gesehen, welche Erdmassen da nur auf das kleinste bisschen Feuchtigkeit warten?«

Ed nahm die Füße von der Tischplatte und war, wie immer, wenn man die Arbeit seines Teams infrage stellte, nicht erfreut. »Du kennst die Antwort auf diese Frage.«

»Ich war jedenfalls da und muss sagen, die Hügel sind beeindruckend.«

Und das nicht im positiven Sinne.

»Unsere Berechnungen basieren auf den Daten der vorangegangenen Waldbrände. Die Maßnahmen werden ausreichen.

Vor allem, wenn man sich die durchschnittliche Regenmenge der letzten sieben Jahre ansieht.«

»Laut Vorhersage gibt es in zwei Wochen den ersten Regen.«

»Und in einer Woche werden von diesem angekündigten Regen nur Wölkchen am Himmel übrig bleiben, bei Temperaturen von siebzehn Grad.« Ed setzte die Füße auf dem Boden ab. »Wie sieht die Flussmündung aus?«

»Wir haben gemacht, was ging.« Dann unterhielten sie sich über andere Projekte, die Colin leitete. »Viele Männer haben in der Weihnachtszeit Urlaub. Da können wir nur hoffen, dass es bis Neujahr nicht regnet.«

Sie beendeten ihre wöchentliche Besprechung. Als Colin gehen wollte, meinte Ed: »Ah, noch was … es geht das Gerücht um, dass du was mit der Grundstückseigentümerin hast.«

»Du gehst wohl oft zum Wasserspender, um den neuesten Tratsch von den anderen zu hören, was?« Sein Privatleben war, wie man dem Wort entnehmen konnte, privat.

Ed klopfte mit dem Bleistift auf den Schreibtisch. »Irgendwie komisch, dass der Rechtsanwalt von Miss Sinclair da so ein paar Passagen hinzugefügt hat, laut derer das Bauamt für alles aufkommen muss, was das Klima in den nächsten fünf Jahren bei ihr anrichtet.«

Colin bekam eine Gänsehaut. »Was willst du damit sagen?«

»Ich will gar nichts damit sagen. Ich finde es nur ein bisschen merkwürdig, dass eine junge Frau ohne Erfahrung genau weiß, welche Bedingungen sie zu stellen hat.« Eds Augen wurden zu schmalen Schlitzen. »Du weißt nicht zufällig, woher ihr Wissen in Sachen Erdrutschmaßnahmen kommt, oder?«

Colin versuchte, ruhig zu bleiben. »Parker ist sehr intelligent und vor allem besonders klug, wenn es um ihr Grundstück geht. Ich kann weder Lob noch Schuld auf mich nehmen für das, was ihr Anwalt geschrieben hat.«

»Das habe ich auch gar nicht gesagt.«

»Nein. Aber du hast es angedeutet«, presste Colin hervor.

Ed warf seinen Bleistift auf den Tisch und setzte sich aufrecht hin. »Nimm dich in Acht, Hudson. Nicht, dass uns am Ende noch eine Klage wegen Fehlverhaltens oder falscher Versprechen ins Haus steht.«

»Verstanden.«

Als Colin bei Parkers Haus ankam, hallten Eds Worte noch in seinem Kopf nach. Es war ganz klar, dass Colin bei Ed fortan unter genauester Beobachtung stand. Dass Ed Parkers Intelligenz und ihre Fähigkeiten unterschätzte, zeigte nur, dass er sie nicht kannte. Auf das Eigentum ihrer Familie passte Parker auf wie ein Schießhund.

Eds Bedenken wegen Fehlverhaltens konnte er zwar verstehen – wäre jemand aus Colins Team in einer ähnlichen Situation gewesen, hätte Colin mit ihm dasselbe Gespräch geführt.

Aber es ging hier um Parker.

Mit einer Klage wegen Fehlverhaltens war von ihrer Seite sicher nicht zu rechnen, denn ungewollte Übergriffe jeglicher Art wusste sie sehr wohl selbst zu vermeiden.

Was ihm eine halbe Stunde später bestätigt wurde, denn anscheinend hatte Parker einen Unbefugten mit Hilfe ihres Gewehrs vertrieben. Zumindest wurde ihm das von seinen Kollegen berichtet.

Ich habe gehört, du bringst wieder deine Knarre zum Einsatz. Er schickte Parker eine Textnachricht, weil er nicht wusste, ob sie in der Arbeit oder zu Hause war.

Da sie nicht gleich antwortete, war sie wohl in der Schule. Er steckte das Handy wieder ein.

Es verging fast eine Stunde, bis eine Antwort von ihr kam. Hast du nichts Besseres zu tun, als in der Arbeit über mich zu reden?

Colin stand an der Mündung des Canyons und sah in das tiefe Loch, das seine Leute gegraben hatten, um Schlamm und Geröll aufzufangen. Warum hast du mir nichts erzählt?

Das war gestern. Wir haben uns seitdem nicht mehr gesehen. Ich wollte es dir am Samstag erzählen. Sie hatten sich fürs Wochenende bei ihm zum Abendessen verabredet.

Wann hast du heute Schluss?

Er blickte auf Parkers Antwort. Spät. Heute Abend ist Weihnachtsspiel in der Schule.

Ich ruf dich später an. Er schickte die Nachricht ab und steckte das Handy wieder ein. Den Rest des Tages versuchte er, seine Gereiztheit in den Griff zu bekommen, offenbar vergeblich, denn seine Männer setzten alles daran, ihm aus dem Weg zu gehen.

* * *

Parker fuhr gleich nach der Schule zum Weihnachtsbaumverkauf. Sie hatte Austin versprochen, einen Baum zu besorgen. Letztes Jahr hatten sie sich einen billigen aus dem Baumarkt geholt, aber Austin wollte, dass sie einen bei ihm kauften, weil sie frischer waren und sein Chef ihm einen guten Preis machen würde.

Aus den Lautsprechern tönte Weihnachtsmusik. Kinder rannten herum und spielten zwischen den Bäumen Fangen, ganz aufgedreht von den Zuckerstangen, die am Eingang verschenkt wurden. Sie entdeckte Austin sofort und winkte ihm zu. Er sprach gerade mit einem Pärchen und hielt einen Baum fest, während die Frau die Tanne von allen Seiten inspizierte.

Parker sog den Duft der Bäume ein und schlenderte umher. Sie hatte noch kein einziges Weihnachtsgeschenk besorgt. Für die Bauarbeiter hatte sie Kekse gebacken, das war aber auch schon alles.

Als ihr Handy klingelte und Colins Name auf dem Display erschien, legte sich die Weihnachtsmelancholie, die sie soeben beschlichen hatte. »Hallo.«

»Hi.«

Sie blieb stehen. »Alles okay bei dir?«

»Ja, klar.« Doch seine Stimme klang nicht so. »Bist du zu Hause? Ich wollte noch kurz vorbeischauen.«

»Ich bin beim Christbaumverkauf. Austin wollte mit mir einen Baum aussuchen. Was ist denn, du klingst so komisch?«

»Du suchst gerade einen Baum aus?«

Warum überraschte ihn das? »Ja, das macht man um diese Jahreszeit so. Obwohl die hier eigentlich mein Budget sprengen.«

»Wie willst du denn den Baum transportieren?« Es klang, als wäre er sauer.

»Na, oben auf dem Autodach wie die anderen Leute auch. Was ist los, Colin?«

Sie hörte ihn seufzen. »Ich bin auf dem Weg.«

»Was? Aber ich kann doch …«

»Bleib da, ich bin in zehn Minuten bei dir.«

Er legte auf.

Sie starrte ihr Telefon an, als hätte es gerade Hörner bekommen. Was zum Henker war mit ihm los?

Parker beobachtete Austin aus der Entfernung, wie er den Baum für das Pärchen zu dem Mann brachte, der ihn mit der Kettensäge frisch anschnitt und anschließend durch dieses Netz-Ding schob, was einen Extradollar kostete. Dann nahm er den eingewickelten Baum, trug ihn zum Parkplatz und war aus Parkers Sichtfeld verschwunden. Als er zurückkam, steckte er gerade etwas in die Hosentasche. Colin lief an seiner Seite.

»Tut mir leid, dass es so lange gedauert hat«, entschuldigte sich Austin. »Frauen können sich aber auch nie entscheiden.«

Colin lachte schnaubend auf.

»Hey!« Parker gab Colin einen Klaps und tat entrüstet.

»Hast du schon einen ausgesucht?«, fragte Colin.

»Nein. Ich habe auf Austin gewartet.«

Colin blickte zu Austin, als hätte sie damit seine Aussage von eben bestätigt.

»Er weiß, wo die Frischesten stehen.« Sie erwiderte Colins Blick. »Und schau mich nicht so an.«

Austin ging voraus. »Die sind hier.«

Colin legte die Hand auf ihren Rücken, während sie Austin folgten, der jetzt stehen blieb und eine ausladende Geste machte. »Die Lieferung von heute, die ich eigenhändig abgeladen habe.«

Parker berührte die Äste. »Das sind Douglastannen. Die sind teuer.«

Austin warf Colin einen Blick zu, dann schaute er zum Stand mit der Kasse. »Ich hab doch gesagt, dass ich einen guten Preis bekomme. Sie werden es mir einfach vom Lohn abziehen.«

»Aber die kosten mehr, als du am Tag verdienst«, entgegnete Parker.

»Such einfach einen aus. Ich übernehme den Rest. Es kostet mich fast nichts. Mein Chef liebt mich.«

Sie legte den Kopf schief. »Austin. Lüg mich nicht an.«

»Wenn er sagt, er übernimmt es, dann tut er das auch«, mischte sich Colin ein.

Ihr Bruder guckte sie triumphierend an. »Genau.«

Parker ließ die Schultern hängen. »Also gut.«

Jetzt grinste Austin. »Da sind neue Kunden. Such dir in der Zwischenzeit einen aus, ich bin gleich zurück.« Er rieb sich die Hände. »Die sehen mir nach großzügigen Trinkgeldgebern aus.«

Parker sah ihm nach, dann wandte sie sich dem ersten Baum zu.

»Hattest du wirklich vor, den Baum auf dem Autodach zu transportieren?«

Parker wusste nicht, ob das tatsächlich als Frage gemeint war. »Das war der Plan, ja.«

»Warum hast du mich denn nicht gefragt?«

Sie ging einmal um die Tanne herum. Sie war schön gewachsen, nicht zu ausladend, nicht zu dünn. »Wonach gefragt?«

»Dass ich dir mit dem Baum helfe.«

»Und dann hättest du ihn aufs Dach von deinem neuen Jeep geladen?« *Wo ist denn da der Unterschied?*

»Erstens ist mein Jeep vier Jahre alt und zweitens habe ich doch den Pritschenwagen.«

»Ich dachte, der ist von deiner Arbeit.« Es war ihr tatsächlich nicht eingefallen, ihn um Hilfe zu bitten.

»Parker?«

Colins Tonfall sorgte dafür, dass sie den Blick vom Baum abwandte und sich zu ihm drehte. »Was?«

Zwei Kinder rannten vorbei. »Du kannst mich für so was anrufen. Ich will, dass du das tust.«

»Es ist mir nicht in den Sinn gekommen.« Sie wandte sich wieder zum Baum.

Jetzt stellte sich Colin vor sie. »Dann lass es dir nächstes Mal in den Sinn kommen!«

Seine Worte lenkten ihre Aufmerksamkeit vom Baum weg. Sie war zwar müde und platt, aber jetzt kapierte sie endlich, was los war. »Du bist wütend auf mich.«

Colin holte hörbar Luft und atmete so laut aus, als wollte er hundert Geburtstagskerzen auf einmal ausblasen. »Nein, sauer. Beziehungsweise gekränkt, weil du gar nicht daran denkst, mich um Hilfe zu bitten.«

»Ich bin es einfach nicht gewohnt, andere um Hilfe zu bitten.«

Bevor er etwas darauf erwidern konnte, war Austin zurück. »Habt ihr einen ausgesucht?«

Sie ließ den Blick nicht von Colin, zeigte auf den einzigen Baum, den sie sich angesehen hatte. »Den hier.«

Austin zögerte. »Bist du sicher?«

»Ja.«

»Ist der auf der einen Seite nicht vielleicht ein bisschen kahl?«

»Na gut, dann suchst du eben einen aus.«

Austin holte andere Bäume her, während sie und Colin sich schweigend anstarrten.

»Wie findet ihr den hier?«

Parker unterließ das Starren, um einen flüchtigen Blick auf den Baum zu werfen. »Der ist gut.«

»Wirklich?«

Sie zwang sich zu einem Lächeln. »Der ist perfekt.«

Zufrieden mit dieser Aussage hob Austin die Tanne aus dem Wassereimer und trug sie nach vorn.

Während der nächsten zehn Minuten sah Parker zu, wie der Baum zurechtgeschnitten und eingepackt wurde. Dabei schielte sie immer wieder zu Colin.

Austin stellte sie ihrem Chef vor, der kein Geld von ihr annehmen wollte. Es war ihr unangenehm, aber sie nahm es an und ging neben ihrem Bruder und Colin, die den Baum trugen, zum Parkplatz.

Austin warf ihn auf die Ladefläche von Colins Wagen. »Wir sehen uns zu Hause.«

Parker umarmte ihren Bruder. »Danke.«

Colin und Austin gaben sich die Hände.

»Ich kümmere mich um den Rest«, sagte Colin.

Austin winkte ihnen nach und ging zu den Bäumen zurück.

Die Fahrt nach Hause dauerte zwanzig Minuten. Zwanzig Minuten, während derer sich Parker den Kopf zerbrach, wie sie es nur geschafft hatte, Colin zu verärgern, bloß weil sie ihn nicht um einen Gefallen gebeten hatte. Sie hatte gar nicht gewusst, dass so etwas überhaupt möglich war.

Colin fuhr hinter ihr durchs Tor. Sie parkte in der Garage und traf ihn draußen. Er war noch nicht einmal an der Ladefläche, als sie ihn schon fragte: »Was habe ich denn eigentlich verbrochen?«

»Egal. Vergiss es.«

»Nein.«

»Es ist nicht wichtig.«

»Bist du sauer oder nicht?«

»Ja.« Er zog den Baum vom Wagen.

»Dann ist es doch wichtig.«

Mit einer Hand hielt er den zusammengebundenen Baum, mit der anderen stützte er sich am Laster ab und sah sie finster an. »Du hast gestern einen Mann mit deiner Knarre vom Grundstück vertrieben und es mir nicht gesagt.«

»Das war nicht ganz so.«

Er rollte mit den Augen. »War ein Typ auf deinem Grundstück, der da nicht hingehört?«

»Schon, aber …«

»Hast du das Gewehr geholt, bist damit losgezogen und hast das Tor geschlossen?«

»Ja, aber …«

»Danke, keine weiteren Fragen.«

»Er war da schon weg. Ich war angepisst und habe mich angegriffen gefühlt, weil er einfach so hier reinspaziert ist. Ich habe das Gewehr nur für den Fall geholt, dass er mich von der Straße aus sieht.«

Parker merkte, wie Colin sich verkrampft am Wagen festhielt. »*Angegriffen* ist ein Wort, das ich nicht noch mal hören will. Wenn du dich angegriffen fühlst, rufst du mich so schnell an, wie dein Handy wählen kann.«

Er schulterte den Baum mit – wie es ihr vorkam – wütender Energie und stapfte die Stufen zur Eingangstür hoch.

Sie eilte ihm nach. »Und dann?«

»Dann bin ich derjenige, der diese Idioten wissen lässt, dass du hier nicht allein wohnst.«

»Ich wohne nicht allein.«

Colin stellte den Baum auf die Vorderveranda und wischte sich die Hände an der Jeans ab. »Wo sind denn die anderen?«

»Du weißt, wo Austin ist. Mallory ist auch in der Arbeit. Vielleicht ist Erin zu Hause, aber das weiß ich nicht genau.«

»Also doch allein. Mit einem Alarmsystem, das nicht richtig funktioniert, und einem Hund, der die Leute lieber ableckt als beißt«, zischte er vorwurfsvoll.

»Du glaubst also, dass ich nicht auf mich aufpassen kann.«

»Das habe ich nicht gesagt.«

»Du hast es *nicht* nicht gesagt.«

»Ich weiß, dass du eine Frau bist, die alles allein macht, Parker.«

Langsam wurde es ihr zu bunt. »Das klingt ja, als wäre das ein Problem.«

»Nein. Es ist … Können wir vielleicht reingehen, um das drinnen zu besprechen?«

Am liebsten hätte sie ihm gesagt, er solle ihr den Baum geben und heimfahren. Aber sie öffnete die Tür und ließ ihn hinein.

»Du hast nicht abgesperrt?«

Anscheinend machte sie jetzt alles verkehrt.

Sie ging voran und zeigte ihm die Ecke im Wohnzimmer, wo sie früher immer den Baum aufgestellt hatten. »Da hin. Ich hole den Baumständer aus der Garage.«

»Gut.«

Es war überhaupt nicht gut.

Sie wühlte im Schrank und fand den Ständer. Ihren eigenen Schritten hörte sie an, dass sich Colins Missstimmung auf sie übertragen hatte.

Im Wohnzimmer stellte sie den Ständer an die entsprechende Stelle.

Scout, der von der Anspannung im Raum offenbar nichts ahnte, beschnupperte schwanzwedelnd den Baum.

Gemeinsam stellten sie den Baum auf und sagten nur so etwas wie »Ein bisschen weiter rechts« und »Nicht ganz so weit«, bis die Tanne nicht gerader stehen konnte.

Mit dem Taschenmesser öffnete Colin das Netz und die Äste sprangen auf.

»Danke«, murmelte sie und verkniff sich die Bemerkung, dass sie das auch allein geschafft hätte. Oder dass sie sonst eben auf Austin gewartet hätte.

Colin ging zur Spüle und wusch sich die Hände.

Er blieb stehen und stützte sich auf der Arbeitsfläche ab, als versuche er, sich zu beherrschen. »Ich weiß, dass du allein auf dich aufpassen kannst.«

»Gut.«

Er hob das Kinn und sah sie von der anderen Seite der Kücheninsel aus an.

»Aber du sollst wissen, dass ich dir eine Stütze sein will.«

»Warum?«

Colin blinzelte. »Wie *warum*?«

»Ich meine warum? Warum willst du mir eine Stütze sein?«

»Damit ich dir ein bisschen Last von den Schultern nehmen kann.«

Parker ließ sich seine Worte durch den Kopf gehen. »Ich empfinde es nicht als Stress, einen Christbaum zu kaufen. Aber es stresst mich, wenn ich für so etwas auf jemanden angewiesen bin.«

»Verdammt, Parker. Lass mich doch helfen.«

Sie blickte ihn an, als wäre er verrückt geworden. »Du hast doch geholfen. Drinnen und draußen.«

»Ich will noch mehr machen.« Seine Stimme klang gepresst.

»Und ich bin es gewohnt, alles allein zu machen.«

Er fuhr sich durchs Haar. »Warum streitest du mit mir darüber?«

»Ich streite mich nicht. *Du* hast doch angefangen. Mir kommt es eher so vor, als würdest du mit dir selbst im Clinch liegen. Ich habe einfach erledigt, was zu tun war.« So wie sie es seit dem Tod ihrer Eltern jeden Tag tat. Sie nahm das Tuch, das er zur Seite geworfen hatte, und wischte sich damit den Dreck von den Händen. »Ich muss dir leider sagen, dass es mit uns nicht klappen wird, wenn du jedes Mal sauer bist, bloß weil ich was alleine mache.« Noch während ihr die Worte über die Lippen kamen, schnürte sich ihr der Hals zu.

»Parker …« Seine Wut schien verraucht zu sein. Er nahm ihre Hand. Sie wusste nicht, ob sie sie wegziehen oder sich entschuldigen sollte.

Da packte er sie an der Taille und hob sie auf die Arbeitsfläche. Die Bewegung war so plötzlich, dass sie völlig perplex war. Er kam näher, hielt sie immer noch fest und sah ihr in die Augen. »Ich habe mir Sorgen gemacht. Okay? Jemand ist einfach so auf euer Grundstück gekommen, und ich war nicht da, um ihn zu verjagen. Nach dem Stromausfall neulich habe ich erst gemerkt, wie einsam es hier ist. Ich hatte einfach Angst um dich.«

Er klang aufrichtig besorgt, und bei diesem Blick konnte sie nicht länger auf ihn wütend sein. »Ich wohne schon mein ganzes Leben lang hier.«

»Ich weiß. Aber das war, bevor du mich hattest. Jetzt sind wir zusammen und da darf ich mir Sorgen um dich machen.«

»Ich bin es nicht gewohnt, dass jemand mit mir streitet, weil er mir helfen will.«

Er lehnte die Stirn gegen ihre. »Und ich bin es nicht gewohnt, dass jemand mit mir streitet, weil er meine Hilfe ablehnt.«

»Dann können wir beide noch dazulernen.«

Er nickte und küsste ihre Stirn.

Sie legte die Hände auf seine Arme, merkte, dass er bebte. »Ich weiß allerdings, wie du mir jetzt helfen kannst«, sagte sie und grinste.

»Was immer du brauchst.«

Sie schlang ein Bein um ihn und zog ihn näher zu sich heran, um an seine Lippen zu gelangen.

Er schien für ihre Vorschläge offen zu sein. Auf der Küchentheke sitzend öffnete sie die Beine, woraufhin er sich gegen sie drückte und sie so innig küsste, dass sie alles vergaß. Es war, als würde die Anspannung in seinem Inneren nachlassen, während der Kontakt ihrer Lenden große Wärme erzeugte.

Seine Lippen berührten ihren Hals. Parker legte den Kopf in den Nacken. »Oh, ja.«

»Ich will für dich da sein.« Er knabberte an ihr.

»Mach das noch mal.«

Er folgte ihrer Aufforderung. Ihr ganzer Körper wollte mehr von ihm.

Parker ließ die Hände unter sein Hemd wandern, fuhr mit den Fingernägeln sanft über seine Haut. »Das ist doch zu unbequem«, murmelte sie und zog ihm das Hemd hoch.

Er hob die Arme und schon fiel das erste Kleidungsstück zu Boden.

Sie betastete die definierten Muskeln an seinen Schultern und Armen.

Colin beobachtete sie, während sie seinen Körper erforschte und mit den Zähnen seine Brustwarze neckte.

Er stöhnte, drückte sich noch enger an Parker.

Ihre Hüften bogen sich seinen Lenden entgegen, wollten mehr Reibung. Sie wollte ihn in sich spüren, wollte, dass er so lange in sie stieß, bis sie seinen Namen rief. Wenn Colin die Kontrolle über ihren Körper übernehmen wollte, würde sie ihn nur allzu gern gewähren lassen.

Sie fächerte die Finger über seinen Pobacken auf. »Parker?«, raunte er.

Doch statt einer Antwort lehnte sie sich zurück, um ihre Blusenknöpfe zu öffnen.

Zum Glück hatte sie an diesem Morgen einen BH mit Spitze angezogen, obwohl sie eigentlich nicht damit gerechnet hatte, dass ihn jemand sehen würde. Colins Blick wurde glasig, als ihre Bluse über die Arme zu Boden glitt.

Sein Atem ging stoßweise, seine Lippen waren geöffnet und verrieten ihr auch ohne Worte, welche Wirkung sie auf ihn hatte. »Was möchtest du mir damit sagen?«

»Soll ich es buchstabieren?«, scherzte sie.

»Aber wir sind doch hier, im Haus deiner Eltern.«

»Und ganz allein.« Sie schmiegte sich an ihn, spürte, wie sich ihre Brüste gegen seinen Körper drückten. »Ich will nicht länger warten.« Es wurde Zeit, die Vorbehalte wegen der Eltern zu überwinden und endlich wieder zu leben.

Er leckte zart über ihre Lippen. »Bist du sicher?«

Statt einer Antwort schlang sie die Beine um seine Hüfte und hielt sich an ihm fest. »Mein Schlafzimmer ist da hinten.« Sie nickte zur Tür.

Colin hielt sie mit einer Hand unter dem Gesäß, mit der anderen an der Hüfte. Er hob sie hoch.

Genau dafür brauchte sie ihn jetzt.

Mit dem Fuß stieß er die Tür hinter sich zu und stellte Parker neben dem Bett ab. Sein zärtlicher Kuss wurde immer inniger, bis sie schließlich kaum noch Luft bekam. Colin drehte sie um, sodass sie mit dem Rücken zu ihm stand, strich ihr das Haar von der Schulter, küsste ihren Nacken.

Mit geschlossenen Augen ließ sie den Kopf zur Seite fallen. Colins Hand streichelte ihre Taille, glitt über ihren flachen Bauch. Als seine Finger unter den BH krochen und mit ihren festen Knospen spielten, wurden ihre Knie weich.

Sein sanftes Lachen dicht an ihrem Ohr sagte ihr, dass er sich darüber freute, wie sehr sie seine Berührungen genoss.

»Du quälst mich.«

»Genau das ist mein Plan.«

Sie hob die Arme, lehnte sich nach hinten gegen seine Brust und machte ihm den Weg für seine süße Qual frei.

»Rächst du dich jetzt, weil ich deine Hilfe nicht angenommen habe?«

Er massierte ihre Brüste, die noch im BH steckten, und knabberte an ihrem Hals. »Das würde Stunden dauern.« Seine Hände rutschten zu ihren Schenkeln und waren nun dicht an ihrer Scham, doch er berührte sie noch nicht.

Parker drückte ihre Pobacken gegen seine Erektion, die sie durch die Hose spürte. Sie würde ihm ebenfalls eine süße Qual bereiten und griff nach hinten, um über die Wölbung seiner Jeans zu streichen. »Herausforderung angenommen.«

Er öffnete den oberen Knopf ihrer Hose und fuhr in den Bund.

Gütiger Herr im Himmel! Seine Hand fühlte sich dort, wo sie war, so gut an. Sie selbst konnte nicht annähernd erreichen, was Colin bewirkte. Er erkundete ihren Körper und fand schnell heraus, was ihr gefiel.

Doch nun drehte er Parker um und drückte sie aufs Bett. Seine Knie drängten ihre Beine auseinander. Sie fing seine Lippen mit offenem Mund auf und rieb sich an seinem Knie. Schon spürte sie die erste Welle hereinbrechen, ihre Hüften bewegten sich jetzt wie von selbst. Parker war kurz davor, zu kommen. Doch es waren noch viel zu viele Klamotten im Weg.

»Hör nicht auf«, murmelte er.

»Ich brauche mehr.«

Die Hand an ihrem Schritt, umschloss er ihr Geschlecht.

»Oh ja.«

Dann endlich öffnete er den Reißverschluss und fuhr mit der Hand in die Hose. Mit zwei Fingern glitt er in sie.

»O Gott, mehr.«

Sie bäumte sich zurück, sah Sterne.

Colins Mund fand ihre Brüste. Irgendwie hatte er ihr den BH ausgezogen, ohne dass sie es gemerkt hatte. Sein Mund und seine Hand sorgten dafür, dass sie sich nicht mehr beherrschen konnte. Es schien ihm zu gefallen, sie halb nackt vor sich zu haben, mit seinen Fingern in ihr zu sein, ihre Klitoris zu massieren, mal hart, dann wieder sanft.

Sie wollte kommen, brauchte den Orgasmus so dringend wie die Luft zum Atmen. »Zu viel Kleidung«, stöhnte sie, als sie wieder so knapp davor war und doch nicht kam.

Colin zog die Hand zurück und rutschte vom Bett. Er streifte ihr die Hose und auch gleich den Slip ab.

Als Parker die Augen öffnete, sah sie, wie er seine Hose auf den Boden warf und etwas aus dem Geldbeutel holte. Seine Erektion war so beeindruckend wie der Mann selbst. Jetzt war Colin wieder bei ihr, ließ die Hände über ihre Schenkel nach oben wandern und stimulierte ihre Mitte mit beiden Daumen. »So besser?«

Sie konnte nur noch nicken und die Augen schließen.

»Du bist so wunderschön«, sagte er. »Alles an dir.«

Dann fuhr sein Mund mit dem fort, was gerade noch die Daumen getan hatten.

Die Empfindung war so intensiv, dass Parker aufstöhnte und ihn bei den Schultern packte. Alles, was seine Finger versprochen hatten, erfüllte er jetzt mit der Zunge.

»Dafür brauchst du mich«, sagte er, bevor er auch noch die Zähne zum Einsatz brachte.

Sie packte seinen Kopf. »Ich revanchiere mich nachher.«

»Ladies first«, murmelte er, bevor er sich weiter seiner Aufgabe widmete.

Parker mochte vielleicht keine Vielzahl an Liebhabern gehabt haben, doch wusste sie ganz genau, was ihr gefiel. Colin lernte, was ihre Lust verstärkte, während er leckte, saugte und knabberte.

Dass er ihr ohne Pause solche Lust bereitete, sorgte für die nächste heiße Welle. Seine Bewegungen waren mal sanft, mal fest und schnell, dann wieder langsam … Verdammt, er war so gut darin. Als er erst einen, dann zwei Finger dazunahm, wurde die Welle größer und größer und endlich überschlug sie sich. Parker kam.

Als sie nach einer kurzen Weile die Augen öffnete, blickte Colin sie von seinem Platz zwischen ihren Beinen an. Hatte sie geschrien? War sie zu fordernd gewesen?

Nein. Colin strahlte sie an.

»Jetzt weiß ich, wie es klingt, wenn du kommst. Du wirst jetzt nie mehr einen Orgasmus vorgaukeln können.«

»So einen Wahnsinnsorgasmus kann kein Mensch vorgaukeln.«

Er holte den Geldbeutel und zog ein Kondom hervor. »Und jetzt kommt Nummer zwei.«

* * *

Colin wusste gar nicht, was er mehr liebte. Parker zuzuhören, wenn sie kam, sie währenddessen zu beobachten oder für ihren Orgasmus zu sorgen. Er konnte das Kondom gar nicht schnell genug überstreifen, denn schon rollte sie ihn auf den Rücken und setzte sich auf ihn. Als er in ihr war und sie auf ihm ritt, musste er sich so sehr beherrschen, dass es fast schon schmerzte. Sie war so eng und heiß. Und noch feucht von ihrem Orgasmus.

Gegen ihren angeblichen Rost hatte er wohl das richtige Mittel gefunden. Er hauchte ihren Namen an ihren Lippen. Als sie schneller atmete und schließlich ein zweites Mal kam, spürte er, wie die heftigen Kontraktionen seinen Schwanz melkten. Jetzt konnte er sich nicht länger zurückhalten.

Er hielt sie, bis sie wieder normal atmete. Dann stand er kurz auf, um das Kondom loszuwerden. Als er zurückkam, bedeckte ein Laken ihre Hüften. Sie sah aus wie eine Sirene, eine Brust spitzte hervor, die Hälfte ihres Schenkels war zu sehen, ein seliges Lächeln lag auf ihren Lippen.

»Das war unglaublich«, sagte sie, als er wieder bei ihr lag.

»Besser geht's nicht.« Seiner Erfahrung nach zumindest. »Obwohl wir es natürlich versuchen könnten, schließlich sind wir beide ziemlich ehrgeizig.«

Parker schmiegte sich an seine Schulter und legte den Arm auf seinen Bauch. »Ich glaube, heute packe ich kein weiteres Mal.«

»Mich könnte man zwar schon zu einer zweiten Runde überreden, aber ich will nicht, dass du am Ende wund bist.«

»Und ich will nicht, dass uns meine Geschwister hören.«

Er küsste ihr Haar. »Dann heben wir uns das nächste Mal fürs Wochenende auf.«

Sie schlang ein Bein um ihn. »Auf die Gefahr hin, dass ich jetzt rüberkomme, als hätte ich gar kein Selbstbewusstsein …« Die Pause war so lang, dass er glaubte, Parker werde nicht weitersprechen.

»Was denn?«

»Es war … also ich meine, wir waren …« Sie sah ihn an. »Das letzte Mal ist schon so lange her. Ich hatte schon Sex, aber so was wie eben habe ich noch nie erlebt.«

Sie hätte ihn nicht glücklicher machen können. Er zog sie an sich und küsste sie. »Ja, es war nicht einfach nur Sex, Parker.«

Ganz langsam verzog sich ihr Mund zu einem Lächeln. Er war noch nicht so weit, Worte für das zu finden, was zwischen ihnen geschah. Aber sie war mit diesem besonderen Gefühl nicht allein.

»Okay …« Sie kuschelte sich an ihn und seufzte.

Keine fünf Minuten später verkündete das Sicherheitssystem, dass das Zufahrtstor geöffnet wurde.

Parker sprang aus dem Bett. »Schluss mit der Zweisamkeit.«

Kapitel 21

»War's das?«

»Ja. Alles fertig.«

Parker, Colin, Fabio und Scout standen auf dem Nordhügel und sahen hinunter. Das erste Becken war so groß wie die Grundfläche eines zwanzigstöckigen Hochhauses. Der südliche Ablauf war mit Felsblöcken gesäumt. Man hatte die Erde verdichtet und eine schräge Fläche geschaffen. So wurde das Wasser zu den lamellierten Vorrichtungen gelenkt, die Schutt und Geröll auffingen, aber das Wasser durchließen. Das zweite Becken war viel kleiner, aber auch dort würde noch einiges an Erdmaterial aufgefangen werden. An der flacheren Nordseite hatte man Betonschutzwände aufgestellt. Der Bereich dahinter war etwas problematischer. Die Vegetation, die sich von dem Waldbrand wieder erholt hatte, war entfernt worden, aber innerhalb des eingezäunten Bereichs konnte man die Ablaufrinne nicht vertiefen, weil man sonst unter das Niveau des betonierten Wasserdurchlasses gekommen wäre, über dem sich Parkers Zufahrtsstraße befand. Die Senke an der Stelle über der Auswaschung diente dazu, dass das Wasser weiter abfließen konnte, falls der Durchlass mit Steinen und Geröll blockiert war. Parker erinnerte sich, dass genau das schon zweimal vorgekommen war. Aus diesem Grund gab es den erhöhten Holzsteg, damit man zu Fuß über den Fluss kam, wenn die Straße überschwemmt wurde.

»Wie geht es jetzt weiter?«, wollte Parker wissen.

»Morgen holen wir die Fahrzeuge.«

Sie sah zu den parkenden Baggern und Radladern. »Lasst ihr den Winter über irgendwas hier?«

Fabio schüttelte den Kopf. »Wir bringen die Gerätschaften zurück, sobald wir sie wieder brauchen.«

Das klang nicht gerade gut. »Für Ende der Woche ist Regen vorhergesagt.«

»Wir behalten das genau im Auge, Parker.«

Colin hatte tatsächlich immer alles sehr genau im Auge behalten. Aber jetzt würde er nicht mehr jeden Tag hier arbeiten.

»Keine piependen Laster mehr, um mich zu wecken«, witzelte sie.

»Ob Sie das überhaupt aushalten?«, scherzte Fabio.

Sie musste trotz des Unbehagens, das sie gerade beschlichen hatte, schmunzeln. »Wahrscheinlich gibt es Baustellengeräusche auch als Klingelton zum Downloaden, falls ich sie zu arg vermisse.«

Das fanden beide lustig.

Langsam stiegen sie den Hügel zum flacheren Teil des unteren Grundstücks hinab.

»Und was ist mit dem Baustellenklo?«

»Das holen wir am Freitag als Letztes ab.«

»Gut. Wenn ich nie wieder zusehen muss, wie die Männer ihr Hosentürchen schließen, wenn sie aus dem Häuschen kommen, könnte ich das gut verkraften.«

»Tut mir leid«, entschuldigte sich Colin stellvertretend.

»Ach Quatsch, ich hatte nichts anderes erwartet. Aber traurig bin ich auch nicht, wenn das Klo weg ist.«

Sie begleitete die beiden zu den Wagen. Der Pausenpavillon wurde gerade abgebaut und die Picknickbänke auf einen Laster verladen.

»Ich bin morgen nicht hier«, sagte Fabio. »Wir sehen uns dann erst wieder, wenn wir den Schutt aus den Dingern rausholen.«

Was, so hatte man ihr gesagt, spätestens Ende des Winters sein würde. Doch das war äußerst optimistisch. Parker war realistischer, denn in Anbetracht der Größe der verbrannten Waldflächen waren die Maßnahmen, um Erdrutsche und Überschwemmungen zu kontrollieren, nur ein kleines Pflaster auf einer klaffenden Wunde. Aber vielleicht irrte sie sich.

Parker umarmte Fabio zum Abschied. »Vielen Dank für alles.«

»Ich habe nur meinen Job gemacht.«

Nein. Keiner der Männer hatte *nur* seinen Job gemacht. Sie hatten viel Herzblut in die Arbeit gesteckt und dabei stets an die Menschen gedacht, denen sie damit halfen.

Das merkte man.

Nun waren Parker und Colin allein. Er legte ihr die Hand auf den Arm. Obwohl Colins Männer von ihnen wussten, hatten sie sich vor den anderen stets zurückgehalten. »Wie geht's dir?«

»Ich bin nervös.«

»Deinem Haus wird nichts passieren.«

»Ich weiß.«

»Dem Gästehaus auch nicht.« Es lag zwar etwas tiefer als das Haupthaus, aber sie hatten es mit Sandsäcken geschützt. Wie auch den Schuppen. Colin hatte oben einen Graben schaufeln lassen, um auch das Wasser, das von den Hügeln hinter dem Haus kam, abzuleiten. Alle anderen Senken und Gräben auf dem Gelände waren ebenfalls vertieft worden.

»Ich kann es mir nicht leisten, meine Mieterin zu verlieren.«

»Es lässt sich alles reparieren, egal was passiert.«

Sie hoffte inbrünstig, dass dem so war.

Colins Telefon klingelte. »Ich muss da kurz rangehen.«

»Mach du ruhig, ich hab auch noch zu tun.«

Er strich ihr eine Haarsträhne hinters Ohr und nahm das Gespräch an.

Sie hauchte ihm einen Kuss zu und ging.

* * *

Der erste Pressewagen kam, als der letzte Laster das Grundstück verließ. Die Reporter suchten nach einem geeigneten Platz, um über das Wetter in Südkalifornien zu berichten. Deshalb kamen sie zum engen Canyon, der im Sommer von Waldbränden heimgesucht worden war. Parker hatte eigentlich schon darauf gewartet. Eine Frau, dünn wie ein Bleistift, sprang heraus, bevor der Wagen vollständig zum Stehen kam.

»Sind Sie die Eigentümerin?« Ihr knallrot geschminkter Mund lächelte freundlich.

»Ja.«

»Dürften wir ein Interview mit Ihnen führen?«

Parker musste an den Mann von neulich denken und wie neugierig alle waren, weil sie wissen wollten, was hier los war. Wenn in den Nachrichten gezeigt wurde, welche Maßnahmen die Behörden ergriffen, wussten selbst diejenigen Bescheid, die nicht zu den Informationsabenden gegangen waren. Vielleicht würde dann niemand mehr die Betreten-verboten-Schilder missachten.

»Klar, kommen Sie rein.«

Der Wagen fuhr auf das Grundstück und schon wurden die Antennen aufgestellt.

Parker machte ein Foto und schrieb an ihre Geschwister: Ratet mal, wer in den Nachrichten sein wird.

Sie steckte das Handy wieder ein und erst jetzt wurde ihr bewusst, wie sie aussah. Sie hatte sich an diesem Morgen nicht die Mühe gemacht, sich zu schminken. Die Haare steckten in einem Pferdeschwanz, die Fleecejacke mit dem bunten Weihnachtsmuster war warm, aber ziemlich hässlich.

Egal. Jeder, der sie kannte und in den Nachrichten sah, würde wissen, dass sie sich keinen Modetrends unterwarf.

Die Nachrichtendame stellte sich vor. Lisa Irgendwas von Kanal 2.

»Mein Kameramann sorgt dafür, dass wir eine stabile Verbindung für die Übertragung haben«, sagte sie zu Parker.

»Okay.«

»Wer hat denn die Arbeiten verrichtet?«

Parker erzählte der Frau ein paar Fakten zu dem Projekt. Lisa machte sich Notizen und ließ sich Parkers Namen buchstabieren. Sie erkundigte sich auch nach dem Waldbrand. Der Mann erschien mit einer ziemlich großen Kamera auf der Schulter. Er ging um sie herum, bis er den Hintergrund richtig im Bild hatte, dann stellte er ein Stativ auf.

»Während wir reden, schauen Sie einfach nur zu mir und nicht direkt in die Kamera.«

»Gut.« Jetzt hätte sich Parker doch besser gefühlt, wäre sie geschminkt gewesen.

Auf ein Zeichen des Kameramanns hielt sich Lisa das Mikrofon vor den Mund und begann, Fragen zu stellen.

Parker beantwortete sie so gut und ehrlich es ging. Als sie nach der drohenden Gefahr gefragt wurde, antwortete sie, dass die Behörden zwar alles ihnen Mögliche getan hätten, doch die Anwohner müssten sich trotzdem darüber im Klaren sein, dass man Mutter Natur nicht zähmen konnte. Bei sehr starken Regenfällen war mit Überschwemmungen zu rechnen, für die man entsprechende Vorkehrungen treffen sollte.

Als Lisa fragte, warum Parker das glaubte, antwortete sie: »An den steilen Hängen sind große Flächen an Wald verbrannt. Wenn es regnet, wird das Wasser die Erde wegspülen, der Schlamm kann nur an wenigen Stellen abfließen. Die Hauptarterie verläuft direkt durch mein Grundstück. Hier stehen überall Häuser, nicht nur oberhalb, sondern auch unterhalb der Auswaschung, in der das Wasser abfließt. Gerade die tiefer gelegenen Häuser sind der Überschwemmungsgefahr viel stärker ausgesetzt als mein eigenes Haus. Wenn es keine Bedrohung gäbe, würde das Fernsehen nicht darüber berichten. Darüber sollte man sich im Klaren sein.«

»Denken Sie, dass die anderen Anwohner die drohende Gefahr nicht ernst genug nehmen?«

Parker schüttelte den Kopf. »Viele Leute unterhalb des Wasserlaufs scheinen sich nicht angemessen auf einen regenstarken Winter vorzubereiten.«

»Warum nicht?«

»Vielleicht glauben sie, dass sich schon irgendwer darum kümmern wird. Aber die Möglichkeiten der Notfallhelfer sind nun mal begrenzt.«

»Ein Appell mit großer Leidenschaft.«

»Seit vier Monaten werde ich tagtäglich damit konfrontiert. Man kann sogar die Asche noch in der Luft schmecken. Wahrscheinlich ist mein Appell deshalb so leidenschaftlich.«

Lisa senkte das Mikrofon und lächelte. »Das war super. Vielen Dank.«

Parker merkte, wie sich ihre Schultern wieder entspannten.

Der Kameramann machte noch ein paar weitere Aufnahmen von der Gegend und filmte Lisa vor dem Hintergrund des Canyons, während sie in die Kamera sprach.

Als sie abfuhren, winkte Parker ihnen nach und schloss das Tor.

Sie blieb stehen und ließ die Blicke über die riesige Landfläche schweifen, die seit Oktober stets bevölkert gewesen war. Jetzt lag sie leer vor Parker, abgesehen von der Bautoilette.

Parker rief Scout zu sich und ging auf die Knie, um ihn zu streicheln. »Na, mein Kleiner, jetzt sind nur noch wir zwei übrig.« Parker lief zu der Stelle, wo die Zufahrtsstraße über den noch leeren Wasserlauf führte. Sie setzte sich und ließ die Beine über den Durchlassrohren baumeln. »Kann man nur hoffen, dass alles funktioniert.«

* * *

Am fünfzehnten Dezember, genau zehn Tage vor dem ersten Weihnachtsfeiertag, setzte der Regen ein.

Colin rief an, als die ersten Wolken aufgezogen waren. »Laut Vorhersage soll es nicht sehr stark regnen«, sagte er.

»Ich weiß.«

»Es dauert also, bis sich die Becken füllen.«

Hoffentlich. »Ich weiß.«

»Ich könnte kommen.«

»Es ist schon okay, Mallory und Austin sind beide hier. Wir haben ein Auto jenseits der Auswaschung geparkt, falls der Durchlauf blockiert wird.«

»Sehr klug.«

Sie unterhielten sich noch ein bisschen. Colin flirtete mit ihr und sorgte dafür, dass sie für kurze Zeit von den Regentropfen abgelenkt war, die nun zart aufs Dachfenster klopften. Nicht einmal das Windspiel gab nennenswerte Geräusche von sich.

Am nächsten Morgen schien die Sonne, der Himmel war wieder wolkenklar.

Und die Becken waren voll.

Kapitel 22

»Ich weiß, es sieht schlimm aus, aber das Wasser fließt ab und die Sedimente setzen sich.« Colin versuchte, Parkers Angst mit sachlichen Fakten zu begegnen.

Ein Mann lud die Mobiltoilette auf die Ladefläche eines Lasters, während Colin mit Parker am Ufer des Wasserlaufs stand.

Die Konstruktionen hatten gehalten und wie geplant ihre Aufgaben erfüllt. Allerdings hatte sich bei noch nicht einmal sechzig Millimeter Niederschlag schon so viel Erde und Geröll angesammelt, dass man eine Woche brauchen würde, um alles herauszuholen. Das war beunruhigend. Auch wenn Parker es nicht gern hörte, er musste ehrlich sein. »Falls es nächstes Mal stärker regnet, müssen wir mit der ganzen Mannschaft anrücken.«

Ihre Augen wurden groß. »Ich kann gar nicht glauben, wie viel runtergekommen ist.«

»Solange es so regnet wie gestern, sollte alles okay sein. Ein bisschen Regen, dann Pause, wieder ein bisschen, dann Pause.«

»Du meinst also normalen Regen.«

Das Problem war allerdings, dass Parkers Haus genau dort lag, wo sich wegen der Berghänge zu allen Seiten die Wolken aufstauten, die für lang anhaltenden Starkregen sorgen konnten.

Seit Parker allein für das Haus verantwortlich war, hatte es jedoch keine starken Unwetter mehr gegeben.

Er legte ihr den Arm um die Schulter. »Es wird normal regnen, ich versprech's dir.«

Sie schlang die Arme um ihn. »Ich nehm dich beim Wort.«

»Wie ist es oben am Haus?« Er war noch nicht weiter als bis zur südlichen Seite der Auswaschung gekommen.

»Nur kleine Rinnsale. Nicht allzu viel.«

»Und beim Gästehaus?«

»Bis jetzt alles okay.«

Das waren gute Nachrichten. Er gab ihr einen Kuss auf den Kopf und löste sich aus der Umarmung. »Ich hol dich um sechs ab.« Sie wollten in das Viertel fahren, in dem viele verrückte Leute horrende Stromrechnungen in Kauf nahmen, um ihre Häuser mit bunten Lichtern zu schmücken.

»Ich nehme heiße Schokolade mit.«

»Kommt Austin auch?«

Parker rollte mit den Augen. »Für so was ist er zu cool, er ist siebzehn.«

»Aber Mallory schon, oder?«

»Klar. Ich frage auch Erin, ob sie mitwill. Sie kommt nicht so oft raus.«

Das hatte er sich auch schon gedacht.

»Dann frage ich noch Grace und Matt. Wenn Erin meine Geschwister kennenlernt, kommt sie an Weihnachten vielleicht mit zu uns.«

Die Idee gefiel ihm.

* * *

»Jetzt stell dich nicht so an und komm mit.« Parker stand im Gästehaus und redete mit Engelszungen auf Erin ein.

»Ich will euch wirklich nicht stören.«

»Quatsch, hol deinen Mantel. Du verlässt sonst nur deine Wohnung, wenn du nichts mehr zu essen hast.« Parker zeigte in die Ecke des kleinen Wohnzimmers. »Außerdem ist dein Baum echt ein bisschen mickrig.«

»Ich sehe ja die Lichter von deinem Haus, das reicht.«

»Erin, jetzt hol deinen Mantel. Es beißt dich keiner.«

Erin gab nach. »Also gut.«

Parker war es egal, dass Erin nur widerwillig mitkam. Hauptsache, sie hatte es geschafft.

Erst Lichter anschauen, dann würde es vielleicht auch mit Weihnachten klappen.

Sie sah auf die Uhr. »Colin kommt in zehn Minuten. Wir treffen uns in der Einfahrt.«

Auf die Minute pünktlich fuhr Colin vor. Mallory holte noch Schal und Handschuhe und Parker tat es ihr nach. Schließlich hatte man in Kalifornien nicht oft die Gelegenheit, sich warm einzupacken. Zumindest nicht in ihrer Gegend. Nach dem Regen war es abgekühlt und Parker freute sich, Klamotten anziehen zu können, die sonst meistens zu warm waren.

Sie gingen Colin entgegen.

Er begrüßte sie mit einem Kuss. »Du siehst so weihnachtlich aus.«

»Es ist nur ein warmer Schal.«

»Ein roter Schal – mit grünen Punkten.«

»Na gut«, erwiderte sie kichernd. »Ein warmer Weihnachtsschal.«

Colin nahm beide Enden davon und zog sie zu sich. »Sieht süß aus.« Dann küsste er sie erneut.

»Mir wird gleich schlecht«, stöhnte Mallory.

Jetzt kam Erin im schicken langen Mantel mit Fellbesatz an Kragen und Ärmeln.

Mallory war mit ihrem Kompliment schneller als Parker. »Dein Mantel gefällt mir.«

»Ach, den habe ich schon ewig, aber danke.«

»Das ist, wie wenn man sagt, ›Was, das alte Ding?‹«, zog Mallory sie auf.

»So ungefähr.«

»Schön, dass du mitkommst«, grüßte Colin Erin.

»Da war jemand ziemlich unnachgiebig.« Sie warf Parker einen besonderen Blick zu.

»Wenn sie stur und unnachgiebig ist, hast du einfach keine Chance.«

Colin öffnete hinten die eine Fahrzeugtür, dann ging er ums Auto herum. »Was ist das da?« Er zeigte auf die Sandsäcke, mit denen Parker den Großteil ihres Tages zugebracht hatte.

»Der Zaun hilft zwar ein bisschen, aber er hält nicht alles von der angeschwemmten Erde ab. Deswegen habe ich die Zufahrtsstraße noch mit Sandsäcken geschützt, damit sie frei bleibt.«

»Du weißt schon, dass du fragen kannst, ob …«

»Ob was? Ob du deine Arbeit, die Tausenden von Leuten zugutekommt, stehen lässt, bloß um mir zu helfen? Das ist doch lächerlich.«

»Parker!«

»Colin!«

Er wusste, dass sie recht hatte, das konnte sie an seinem Blick ablesen. »Wie du meinst.«

»Also, Miss Sturkopf und Mr Lächerlich, fahren wir jetzt oder nicht?«

Parker hätte ihre Schwester dafür umarmen wollen. »Ja, sonst wird der Kakao noch kalt.«

Sie fuhren zur anderen Seite der Stadt und parkten in einer Straße, wo Santa Claus und seine Elfen ihr Unwesen getrieben hatten. Viele Leute spazierten hier herum, weil auch sie sich die bunten Häuser ansehen wollten.

Sie warteten, während Colin seinem Bruder textete. »Sie kommen gleich.«

Mallory blickte ihrerseits vom Handy auf und guckte sich suchend um. Dann winkte sie jemandem.

»Wir sind hier!«

Parker dachte, dass es Matt und Grace waren, aber dem war nicht so.

»Jase?«, fragte Colin verwundert.

»Ja, ich habe ihn gefragt, ob er auch mitkommen will.« Mallory lief ihm entgegen und umarmte ihn. Es wirkte recht vertraulich.

Colin zischte Parker zu: »Hast du was davon gewusst?«

»Ich hatte keinen blassen Schimmer.«

Mallory stellte Erin den jüngeren Cousin von Colin vor.

»Hallo, ihr Lieben.«

Jetzt waren auch Grace und Matt angekommen.

Als sich alle begrüßt hatten, sagte Mallory: »Grace, Matt, das ist Erin. Sie ist unsere Mieterin.«

Grace gab ihr die Hand, während Matt offenbar plötzlich vergessen hatte, wie man redete. Er brachte gerade so ein »Hallo« heraus.

»Parker hat erzählt, dass du freischaffende Lektorin bist.«

»So klingt das sehr glamourös, aber das ist es gar nicht.«

»Weißt du, was noch weniger glamourös ist? Ingenieurin zu sein, glaub mir.«

Jetzt hatte Matt seine Stimme wiedergefunden. »Meine kleine Schwester hat einen ziemlich langweiligen Beruf gewählt.«

»Na ja, und meiner ist auch nicht viel besser. Ich buddle Löcher in die Erde«, meinte Colin.

»So nennst du das, was du bei mir gemacht hast? Löcher buddeln?«

Sie lachten.

Grace wandte sich wieder an Erin: »Der wahre Held der Familie ist natürlich Matt.«

Wurde Erin rot?

Parker beobachtete Matt.

»Du bist Feuerwehrmann, oder?«, fragte Erin.

Jetzt bekam Matt mehr Farbe ins Gesicht. »Ich habe den spaßigsten Job von allen.«

»Und er arbeitet meistens an Weihnachten. Weshalb wir möglichst oft etwas in der Adventszeit unternehmen. Ich hoffe, es macht euch nichts aus, dass wir uns anschließen«, sagte Grace.

»Je mehr, desto besser«, zirpte Mallory.

Colin nahm Parkers Hand. »Dann wollen wir mal.«

Sie gingen voraus.

Als Parker einen Blick über die Schulter nach hinten warf, wusste sie nicht, was interessanter war – die Tatsache, dass Mallory und Jase sich benahmen, als hätten sie seit dem ersten Kennenlernen ständig Kontakt gehabt oder dass Erin und Matt sich andauernd schüchterne Blicke zuwarfen.

Grace schien dagegen nichts zu bemerken und lief plaudernd in der Mitte zwischen den beiden.

»Ich glaube, ein Weihnachtszauber liegt in der Luft«, raunte Parker Colin zu.

»Ist mir auch schon aufgefallen«, flüsterte er zurück.

* * *

Der Pausenraum war mit so viel Zucker und Kalorien vollgestopft, dass man damit ein ganzes Land hätte ernähren können. Trotzdem brachten die Eltern nur noch mehr. Es war der letzte Schultag vor den Weihnachtsferien.

»Ich frage dich jetzt lieber nicht, ob du in den Ferien irgendwas Schönes vorhast«, meinte Jennifer.

»Das wäre unnötige Wortverschwendung. Und ihr?«

»Wir feiern Weihnachten bei meiner Mutter und bleiben da eine Woche.«

»Wie schön.«

Sie sahen auf, als Janice durch den Raum marschierte. Erst als sie wieder gegangen war, redeten sie weiter. »Gab es eigentlich noch mal Probleme?«, erkundigte sich Jennifer.

»Mit Janice?«

»Ja.«

»Sie hat mich schon auf vier Stunden oder weniger am Tag reduziert. Als nächstes kann sie mich nur noch feuern, aber die anderen Helfer sind auch nicht gerade scharf auf meinen Job.«

»Meinst du, es ist etwas Persönliches?«

»Keine Ahnung. Sie hat mich schon auf dem Kieker, wenn ich nur zwei Minuten zu spät komme.« Parker plante zwar viel Reservezeit ein, doch manchmal waren zehn Muldenkipper vor ihr, die mit einer Geschwindigkeit von fünf Meilen pro Stunde die Straße entlangfuhren.

»Hoffentlich hast du bald alles hinter dir.«

Parker hatte ihr Sandwich aufgegessen und packte die gebrauchte Serviette in den Plastikbeutel. »Zwischen Weihnachten und Neujahr soll es Dauerregen geben. Da bin ich zwar zu Hause, aber wenn es so weitergeht, muss ich die Arbeit absagen. Die paar Groschen, die ich pro Stunde hier verdiene, sind das Risiko nicht wert, am Ende des Tages vielleicht nicht mehr nach Hause zu kommen.«

Parkers Handy klingelte. Mallorys Name erschien auf dem Display.

»Hi, Schwesterherz, was gibt's?«

»Mein Auto springt nicht an.«

»Was?«

»Es klickt nur, aber dann passiert nichts.«

»Vielleicht waren die Scheinwerfer an und jetzt ist die Batterie leer.«

Mallory schnaubte ins Telefon. »Mein Auto ist zwar alt, aber so alt jetzt auch wieder nicht. Es schaltet doch das Licht nach ein paar Minuten von allein ab. Ich hab die Motorhaube aufgemacht, um nachzusehen.«

Parker lachte auf. »Und? Hast du gedacht, du weißt plötzlich, wie man Autos repariert?«

»Nein. Ich habe Jase angerufen. Er hat gemeint, dass ich an der Batterie wackeln soll. Leider habe ich dabei so ein komisches Nest entdeckt.«

Das klang nicht gut. »Was für ein Nest?«

»Keine Ahnung. Mäuse. Oder Ratten. Die De Lucas reden seit Monaten davon, dass sie seit dem Waldbrand ein Rattenproblem haben.«

Herrje. »Ich komme in ein paar Stunden. Vielleicht ist es doch etwas Harmloses.«

»Aber ich schreibe heute meine Abschlussklausur. Ich muss zur Uni.«

Parker kniff die Augen zu. Das hatte sie ganz vergessen.

»Dann komm her und nimm mein Auto.« Sie würde für sich schon eine Mitfahrgelegenheit organisieren können.

»Super Idee. Dann flieg ich mal eben mit dem Besen zu dir, oder?«

Ach, Mist! Kurz mal jemanden aus der Nachbarschaft fragen, ob er sie mitnahm, war nicht möglich. Und auf ein Uber-Taxi würde Mallory mindestens zwanzig Minuten warten.

»Es ist die Abschlussklausur. Ich darf echt nicht zu spät kommen.«

Parker sah auf die Uhr. Sie hatte noch fünf Minuten. Schon schnappte sie ihre Tasche. »Ich bin auf dem Weg.«

»Danke, Parker.«

Sie musste sich beeilen. »Mallory hat Ratten im Auto und jetzt springt es nicht mehr an. Sie braucht meins, um zur Uni zu fahren.«

Ohne Stau dauerte es acht Minuten nach Hause. Sie rannte den Gang entlang, streckte den Kopf in Janice' Büro. »Janice, meine Schwester hat ein Problem mit dem Auto. Ich muss schnell heim, aber ich komme gleich wieder.«

Janice blickte auf die Wanduhr. »In drei Minuten gongt es.«

»Es geht nicht anders. Ich bin in einer Viertelstunde zurück.« Das war optimistisch gerechnet. Sie würde eben ihr Rennfahrerkönnen auspacken müssen.

Janice legte beide Hände auf den Schreibtisch und starrte sie an. »Wer soll dann die Pausenaufsicht machen?«

»Nur eine Viertelstunde, Janice. Vielleicht kann eine von den Lehrerinnen …«

Janice stieß den Stuhl zurück. »Wissen Sie was? Ich übernehme die Aufsicht. Fünfzehn Minuten ist sowieso schon die halbe Pause. Kümmern Sie sich nur um Ihre Schwester.«

Parker war erleichtert.

»Und eigentlich können Sie dann auch gleich ganz zu Hause bleiben.«

Oder doch nicht so erleichtert. »Ich kann wirklich gleich wieder zurück sein.«

»Schon gut, Parker. Ich mach das. Und während der Ferien nehmen Sie sich Zeit, um Ihre Prioritäten neu zu setzen. Wenn Sie zurückkommen, sollte die Arbeit wieder an oberster Stelle stehen.«

Fehlte nur noch *oder sonst* …

»Janice, ich kann …«

Der Gong ertönte.

Ihre Chefin ging wortlos an ihr vorbei und verließ das Büro.

Kapitel 23

»Sieht ganz so aus, als ob sie an die Kabel gegangen wären.« Colin tauchte noch tiefer unter die Motorhaube von Mallorys Auto.

»Kannst du das reparieren?«

»Tut mir leid, meine Liebe. Das übersteigt meine Kompetenz.«

Parker ließ den Kopf hängen, denn eigentlich hatte sie kein Budget für so etwas. »Ich brauch echt mal wieder eine Katastrophenpause.«

»Ich kenne einen guten Mechaniker, der dich nicht abzockt.«

Immerhin.

»Aber wir müssen es abschleppen lassen.«

»Was mindestens hundert Dollar kostet.«

Colin ließ die Motorhaube zuschnappen. »Ich bin Mitglied im Automobilclub.«

»Aber was ist, wenn du dein Abschleppkontingent selbst mal brauchst?«

Parker kannte jetzt langsam diesen Blick, wenn Colin die Lippen aufeinanderpresste und sie von unten ansah, als würde er durch eine tief sitzende Lesebrille gucken. Nur hatte er keine Brille auf. Es war der beste Blick seines Repertoires.

»Also gut.«

Bevor er das Handy zückte und wählte, umarmte er sie. »Ein Fortschritt.«

Sie schnaubte zwar, umarmte ihn aber zurück.

Eine halbe Stunde später fuhren sie dem Abschleppwagen hinterher.

* * *

»Ich freu mich über die Einladung. Wirklich. Aber ich fahre zu meiner Tante und ihrer Familie.«

Es war das erste Mal, dass Parker überhaupt von der Existenz einer Tante hörte. »Ich dachte, deine Familie wohnt gar nicht hier in der Nähe.«

»Sie wohnt in Arizona.«

»Oh.«

Parker konnte schlecht sagen, es sei besser, die Weihnachtstage mit Freunden als mit der Familie zu verbringen. »Solange du nicht allein bist.«

»Natürlich nicht. Ist ja Weihnachten.« Erin nahm wieder die Schaufel und machte sich weiter an die Arbeit. Parker hielt den Sack auf, bald hätten sie alle gefüllt.

»Wie findest du eigentlich Matt?«, fragte Parker.

»Matt?« Eine Schaufel voller Sand landete im Sack.

»Ja, du weißt schon. Dieser gut aussehende Feuerwehrmann, bei dem du gestern Abend so rot geworden bist.«

»Ich bin überhaupt nicht rot geworden. Es war nur kalt.«

Parker hielt den nächsten Sack auf.

»Ihm schien es ja regelrecht die Sprache verschlagen zu haben.«

Erin grinste. »Und ich dachte schon, es liegt daran, dass er Anabolika nimmt.«

Parker lachte auf. »Ja, er ist ganz schön muskulös.«

»Zu muskulös für mich«, sagte Erin so leise, dass Parker es fast nicht gehört hätte.

Matt war tatsächlich einer, der viel Sport trieb. »Er sieht ziemlich gut aus.«

»Ich bin nicht an ihm interessiert.«

Das hatte anders ausgesehen, als sie zwischen den beleuchteten Häusern herumspaziert waren.

»Echt? Es hat aber gewirkt, als …«

»Er ist nicht mein Typ.«

Sie tauschten und Parker übernahm jetzt die Schaufel, während Erin den nächsten Sack aufhielt.

»Was ist denn dein Typ?«

»Weniger …«

»Weniger was?«

»Ich weiß nicht. Einfach weniger.« Erin machte den Sack eine Schaufel zu früh zu. »Wann kriegt ihr eigentlich Mallorys Auto zurück?«

»In ein paar Tagen.« Wieder eine Schaufel voller Sand in den Sack. »Netter Versuch, das Thema zu wechseln.«

Erin sah kurz auf. »Tut mir leid. Ich kann es nur gerade nicht gebrauchen, wenn ein Mann ein Auge auf mich wirft. Das passt nicht in mein Leben.«

Parker ließ das Thema lieber gut sein. Erin öffnete sich ihr gegenüber endlich und da wollte sie es sich nicht gleich mit ihr verscherzen. »Wann fliegst du eigentlich?«

Erin schloss den Sack, nahm den nächsten. »Wohin?«

»Zu deiner Tante?«

»Ach so, ja. Ähm, am dreiundzwanzigsten.«

»Hoffentlich geht dein Flug schon in der Frühe. An dem Tag soll es regnen.«

»Ja, ich bin weg, bevor ihr aus den Betten seid.«

»Ich werde vielleicht bei dir nachsehen müssen, ob es reinregnet.«

Erin zögerte. »Äh, okay. Klar.«

Parker merkte, dass die Vorstellung für Erin unangenehm war. Wenn irgendwer das Bedürfnis nach Privatsphäre kannte, dann Parker. Doch es führte kein Weg daran vorbei, das Gästehaus nach Schäden zu überprüfen.

Sie füllten die letzten beiden Säcke und betrachteten schließlich ihr Werk.

»Den Rest kann ich allein machen«, sagte Parker.

»Wo sollen die hin?«

»Hinter dein Häuschen.«

»Ich hole die Schubkarre.«

»Du hast schon so viel geholfen.«

Erin ging über die Wiese, um die Schubkarre von dort zu holen, wo sie noch vom Vortag stand. »Ist ein gutes Fitnesstraining, das kann ich gebrauchen. Sonst sitze ich den ganzen Tag nur vor dem Computer.«

»Na, wenn du drauf bestehst.« Sie konnte Erin leider keinen Mietnachlass dafür gewähren.

Sie konnte Erin gar nichts gewähren.

* * *

Colin stand auf der Leiter und half seinem Dad, die Extratische zu holen, die seine Mutter an Weihnachten immer brauchte, damit alle Platz hatten.

»Es wird bald regnen«, meinte sein Vater.

»Ja, ich hab den Wetterbericht gesehen.«

»Ich brauche keinen gebräunten Wettermann, der mir das sagt.«

Sein Vater hatte sich vor einem Jahrzehnt während eines Motorradunfalls den Oberschenkel gebrochen und war seitdem der Familienmeteorologe. Wenn das Barometer fiel, spürte es sein Dad.

»Du könntest selbst Wettermann werden, Dad.«

Colin reichte ihm den Klapptisch und stieg ein zweites Mal hoch, um den nächsten zu holen.

»Deine Freundin kann sich also auf Probleme einstellen, oder?«

Colin wischte eine Spinnwebe weg und beugte sich über den staubigen Sperrholzboden, um den Tisch an einer Ecke zu sich heranzuziehen. »Wir sind vorbereitet.«

»Dann kümmere dich gut um alles. Mein Bein hat seit dem Unfall nicht mehr so wehgetan.«

»Werde ich machen.« Er hustete wegen des aufgewirbelten Staubs.

Nachdem er von der Leiter gestiegen war, half Colin seinem Dad, die Tische aufzustellen und zu säubern, bevor sie ins Haus kamen.

»Ist bei euch beiden alles in Ordnung?«, wollte sein Vater wissen.

»Bei mir und Parker?«

»Hast du vielleicht noch 'ne andere Freundin?«

Sein Dad wusste genau, dass es so etwas bei ihm niemals gäbe. »Ja, alles gut. Wir haben beide viel zu tun …«

»Du hast hoffentlich nicht versucht, ihr Leben zu übernehmen.«

Colin richtete sich auf. »Ich habe noch nie versucht, das Leben von irgendwem zu übernehmen.«

»Na ja, vielleicht ist das Wort *übernehmen* nicht das richtige …«

Colin hatte einen Lappen gefunden und ging damit nun zum Waschbecken in der Garage.

»… denn es ist eigentlich noch nett ausgedrückt, wenn man für das, was du machst, *übernehmen* sagt.«

»Dad!«

»Es geht um die Balance, mein Sohnemann. Frauen wollen zwar, dass ihnen was abgenommen wird, aber es gibt auch Dinge, die sie selbst erledigen müssen. Doch du willst immer alles richten. Was man auch *übernehmen* nennen könnte.«

»Ich habe von den Besten gelernt.« Was seine beiden Geschwister bestätigt hätten.

»Also, übernimmst du ihr Leben?«

»Nein.« Er dachte an den Abend, als sie den Weihnachtsbaum geholt hatten. Er hatte Austin heimlich Geld gegeben, der die Sache mit dem Preisnachlass und dem Abzug vom Lohn nur vorgeflunkert hatte. Und Colin dachte daran, wie er rot gesehen hatte, als er von dem Fremden erfuhr, der ihr Grundstück betreten hatte. Die Sandsäcke … das Problem mit dem Tor … der Stromausfall. »Sie lässt mir keine Chance, ihr Leben zu übernehmen«, gab er schließlich zu.

»Aber du hast es versucht.«

»Ein bisschen.« Er seufzte.

»Deine Mom und ich mögen dieses Mädel. Sie ist nicht so ein Püppchen, das ohne dich nicht klarkäme, was auf lange Sicht genau richtig so ist.«

Colin wrang den nassen Lappen aus und ging zum Tisch. »Klingt, als würdest du schon die Gästeliste schreiben.«

Als sein Vater gar nicht lachte, sah Colin ihn scharf an. »Dad!«

»Ich nicht, deine Mom.«

»Wir kennen uns noch nicht sehr lange.«

»Deine Mom und ich haben ein halbes Jahr, nachdem wir uns kennengelernt haben, geheiratet.«

»Und sieben Monate später bin ich zur Welt gekommen.«

»Du warst ein Frühchen.«

Colin rollte mit den Augen. »Ein Baby, das mehr als vier Kilo wiegt, kann kein Frühchen sein. Aber netter Versuch.«

»Nimmt sie die Pille?«

Colin hielt inne. »Du fragst mich das nicht gerade allen Ernstes, oder?«

»Ja, ja, du hast recht. Es geht mich nichts an.«

Ganz genau.

Colin schrubbte die Oberfläche so kräftig, dass die Tischbeine auf dem Garagenboden quietschten.

»Will sie denn mal Kinder haben?«, fragte sein Vater ein paar Sekunden später.

»Nachdem ich noch nicht einmal ihre Lieblingsfarbe weiß, kann ich dir nicht sagen, ob sie sich vermehren will.« Und tatsächlich wusste er nicht, ob sie die Pille nahm. Sie hatten Kondome verwendet, wie man das als verantwortungsbewusste Erwachsene so machte, weshalb die Frage noch nicht aufgekommen war. Von sich aus hatte Parker nichts darüber gesagt.

Colin war mit dem einen Tisch fertig und ging zum nächsten über.

Sein Dad klappte den sauberen zusammen und nahm ihn, um ihn ins Haus zu bringen. »Jedenfalls musst du sie vor dem Regen warnen. Mein Bein bringt mich echt um.«

Manchmal führten sie in seiner Familie allzu vertrauliche Gespräche.

Heute war so ein Tag.

Als er eine Stunde später vom Haus seiner Eltern losfuhr, ging ihm die Frage, ob Parker mal Kinder haben wollte, einfach nicht mehr aus dem Kopf.

Kapitel 24

Die Unterhaltung mit seinem Dad hatte ihn durcheinandergebracht. Um sich abzulenken, war er anschließend zu Matt gefahren, sonst hätte er womöglich noch Parker angerufen, sie nach ihrem Kinderwunsch gefragt und ihr damit nur Angst eingejagt.

Matt erinnerte ihn an zwei Dinge: »Mom will Enkel und Dad hasst das Ungewisse.«

Eigentlich wusste Colin das.

Er und Matt hatten sich noch ein Bier geteilt, während Colin auf der Wetter-App seines Handys nachsah. Die grünen Flecken zeigten die Stellen, wo Regenwolken hereinzogen. Dahinter waren rote, die es eventuell über die Berge schaffen würden, vielleicht aber auch nicht. So oder so würde er am nächsten Morgen genug zu tun haben.

Er hoffte nur, dass es nicht auf Parkers Grundstück war.

Gegen neun fuhr er nach Hause, eine Stunde nachdem die ersten Regentropfen gefallen waren.

Just als Colin zu Hause den Autoschlüssel ablegte, klingelte das Telefon. Es war sein Kollege Glynn. »Ich bin gerade am Flussbett vorbeigefahren. Bis jetzt sieht alles gut aus.«

»Warst du auch beim Creek Canyon?«

»Nein. Ich wusste nicht, ob du dort bist.«

»Nein, heute nicht. Ich rufe Parker an und sage ihr, dass du Wache hältst.«

»Okay, Chef.«

Er legte auf und schrieb Parker eine Nachricht. Bist du noch wach?

Drei Punkte erschienen auf dem Display, die ihm sagten, dass sie bereits antwortete.

Bin ich.

Colin wählte ihre Nummer.

»Hallo«, flötete sie.

»Du klingst so fröhlich.«

»Mallory und ich haben Eggnog gemacht. Ist gar nicht so schlecht geworden. Vielleicht haben wir ein bisschen zu viel Brandy reingekippt.«

Er zuckte zusammen. »Ihr nehmt den Vorschlag meiner Mutter, alles selber zu machen, aber wirklich sehr ernst.«

»Na ja. Heute fährt niemand mehr weg und ich muss auch keinen irgendwo abholen.«

»Schön, dass du dich so entspannst.«

»Ich versuche es zumindest.«

Eigentlich wollte er sie nicht auf den Boden der Tatsachen zurückholen, doch es ließ sich leider nicht vermeiden. »Hör mal, Glynn ist heute Nacht unterwegs, um den Wasserlauf zu beobachten.«

»Ich habe den Wetterbericht gesehen. Glaubst du, dass es sehr schlimm wird?«

»Es wird zumindest sehr nass.«

Sie fand das lustig. »Ich habe das Auto auf der anderen Flussseite geparkt, falls wir morgen nicht mehr rüber können.«

»Miss Parker Praktisch. Das mag ich an dir.«

Sie kicherte. »Ja, die praktische Parker denkt halt mit.«

Au weia, sie hatten wirklich sehr viel Brandy in ihrem Getränk.

Er hätte sie gerne gesehen in dieser guten Stimmung. Jetzt hörte er auch Mallory lachen.

»Ich störe euch jetzt nicht länger. Ich wollte nur eben Bescheid geben, dass jemand vorbeikommt und aufpasst.«

»Du meinst Glynn.«

»Genau. Ich komme am Morgen, es sei denn, ich werde schon früher rausgerufen.«

»Okay.« Er hörte, dass sie die Hand übers Telefon legte. »Nur noch ein kleines bisschen für mich … 'tschuldigung, Mallory schenkt gerade nach.« Noch mehr Knistern in der Leitung. »Nächstes Mal, wenn ich so was trinke, musst du hier sein«, flüsterte Parker mit kehliger Stimme.

»Warum?«

Sie kicherte. »Das Gesöff macht mich ganz wuschig.«

Es war, als hätte sein Schwanz sie gehört. »Soll ich gleich kommen?«, scherzte er.

»Das wäre viel zu auffällig.«

»Ich glaube, dein Bruder und deine Schwester können sich schon vorstellen, was für eine Art Beziehung wir haben.«

Sie versuchte ein Flüstern, was ihr nicht wirklich gelang. »Hast du schon mal mit einer Frau geschlafen, wenn ihre Geschwister nebenan waren?«

Wenn sie es so ausdrückte … »Nein.«

»Tja, siehst du.«

Parker war wirklich lustig, wenn sie betrunken war.

»Ist das Knutschbäckchen?«, hörte er Mallory.

Knutschbäckchen?

»Ja, aber du musst gerade reden, du immer mit ›Jase ist ja sooo süß. Jase hat mir zum Einmonatigen eine Rose geschenkt. Jase ist der beste Küsser aller Zeiten.‹«

Colin hörte zu, wie sich Parker und ihre Schwester gegenseitig aufzogen, und wünschte sich, live dabei zu sein.

»Er ist ja auch der beste Küsser.« Mallory klang genauso beschwipst wie ihre Schwester.

»Wahrscheinlich hat Colin ihm Tipps gegeben.« Parkers Stimme wurde wieder lauter. »Du hast ihm Tipps gegeben, gell?«

»Für die Kusstechniken meines Cousins bin ich nicht verantwortlich.«

»Du bist doch der Ältere. Also liegt es an dir.«

Das Gespräch wurde langsam extrem albern.

»Sicher, dass ich nicht vorbeikommen soll?« Dann hätte er zeigen können, wie gut seine eigenen Kussqualitäten waren. Er drückte die Handfläche zwischen die Beine.

»Meine Schwester ist direkt neben mir!« Sie flüsterte wieder so laut, dass es nur ein Gehörloser nicht gehört hätte.

Er sah auf seinen Schoß und wusste dabei leider ganz genau, dass er an diesem Abend nirgends mehr hinfahren würde. »Du hast recht. Außerdem schlafe ich grundsätzlich nicht mit betrunkenen Frauen.«

»Ich bin nicht betrunken«, rief sie entrüstet auflachend. »Höchstens ein klitzekleines bisschen.«

Colin wäre wirklich gerne bei ihr gewesen.

»Ich sehe dich morgen wieder«, sagte sie schließlich.

»Habt noch viel Spaß.«

»Werden wir haben. Gute Nacht, Colin.«

Sie hatte schon aufgelegt, bevor er noch etwas sagen konnte.

* * *

Colins Handy läutete um halb fünf Uhr morgens.

Er fuhr aus dem Schlaf hoch, hörte schon den Regen, bevor er dranging. »Ja.«

»Hier ist Glynn.«

»Wie schlimm ist es?«

Glynn atmete hörbar aus. »Bring eine große Thermoskanne mit und zieh Gummistiefel an.«

Colin setzte sich auf, die Decke glitt auf seinen Schoß hinab.

»Ich komme, so schnell ich kann.«

Glynn legte auf und Colin ging wie ferngesteuert zur Dusche.

Fünfundvierzig Minuten später war Colin an der Kreuzung, wo sich die Privatstraße und die Hauptstraße, die entlang des Canyons verlief, kreuzten. Unter der großen Brücke floss schlammiges Wasser im Flussbett. Hier war noch keine Überschwemmung in Sicht. Als er weiterfuhr, schaffte er noch drei Viertel des Weges, bevor er das Problem entdeckte.

Überall waren Schlamm und Felsbrocken auf der Straße. Und die stammten nicht von der Seite ihres Projekts. Er hatte einen Verdacht, wo es herkam, bevor er den Wagen abstellte und den Rest des Weges zu Fuß zu Parkers Tor lief.

Da sah er schon Glynn.

»Ein Erdrutsch vom Sutter Canyon.«

Colin leuchtete in Richtung der Häuser der De Lucas und Sutters. Sie hatten zwar gewusst, dass auch dieser kleine Canyon, den sie wegen der Lage so nannten, ein Problem darstellen könnte, doch so etwas hatte er nicht erwartet. Mehr als einen Meter hoch türmten sich Schlammmassen und Steine auf, die durch die schmale Schlucht gekommen waren und dabei den Maschendrahtzaun an der Stelle, wo alle Zufahrtsstraßen zusammenkamen, umgelegt hatten. Als die Erdrutschmassen an der überlebenden Bärentraube auf Parkers Seite angekommen waren, hatte sich ein Teil des Schlammes zur Auswaschung geschoben, aber der andere Teil machte einen Umweg zum

Zufahrtstor. Von dort breitete sich der Schlamm auf der Straße aus, sodass man weder rein- noch rausfahren konnte.

»Sind die Anwohner schon auf?«

»Ja, sie haben gehört, wie sich der Hang gelöst hat.«

Das glaubte Colin sofort.

»Wie sieht es auf der Seite von unserem Projekt aus?« Colin lief weiter, Glynn kam mit.

»Die Becken sind voll, aber so weit funktioniert alles.«

»Laufen sie schon über?«

»Ja, und ich bin mir ziemlich sicher, dass danach Reparaturen nötig sind.«

Der Regen ließ nach und nun begann auch die Sonne langsam aufzugehen. Er hörte das Wasser schon rauschen, bevor er es sah.

Der Durchlass unter Parkers Überquerung war verstopft, das Wasser floss darüber, wie es die Konstruktion vorsah. Er entdeckte ihr Auto, das auf dieser Seite der Auswaschung geparkt war. Allerdings würde das Parker wenig nützen, bis der Weg freigeräumt war.

Er und Glynn gingen zu den kritischen Stellen und sahen dem braunen Wasserfluss zu. Steine schlugen laut gegeneinander, die Wassermassen machten es fast unmöglich, sich zu verständigen. »Wie war es zum schlimmsten Zeitpunkt?«

»Ich bin gekommen, als sich gerade der Hang vom Sutter Canyon gelöst hat. Du kannst dir gar nicht vorstellen, wie das war.«

Colin nahm sein Handy und begann mit den Telefonaten. »Hoffentlich sind nicht alle über die Feiertage weggefahren.«

Um sechs Uhr kam Keith mit dem Frontlader und räumte den Weg zu Parkers Straße frei. Colin hatte glücklicherweise zwei weitere Subunternehmer auftreiben können, die auch am nächsten Tag mit ihren Gerätschaften kommen würden. Aber die meisten Leute waren bis zum sechsundzwanzigsten oder länger im Urlaub.

Mr Sutter winkte und kam herüber. »Unsere Vorkehrungen haben wohl nicht ganz ausgereicht.«

Das konnte man laut sagen. Bei Parker lag der Schlamm über einen Meter hoch, doch bei den Nachbarn war es stellenweise doppelt so viel. Sie liefen über braunen, steinigen Schlamm zu Sutters Grundstück.

Im Swimmingpool, der einmal kristallklar gewesen sein musste, lagen Felsbrocken. Die Erde hatte sich an der hinteren Hausmauer hochgeschoben.

»Ist etwas ins Haus gelangt?«

»Nicht viel.«

»Es kommt noch Verstärkung. Das hier ist vor dem nächsten Regen unsere Priorität.« Er klopfte Sutter aufmunternd auf den Rücken. »Wir werden alles tun, was wir können.«

* * *

»Parker. Parker!«

Sie rollte sich zur Seite, deckte die Augen mit der Hand ab. »Was?«

»Das musst du dir anschauen.« Mallorys Stimme.

»Was ist? Ist der Weihnachtsmann einen Tag früher gekommen?« Sie schlief noch halb.

»Ne, aber der Regengott.«

Jetzt riss sie die Augen auf. »Oh nein.«

Mallory hatte schon Jeans und Jacke an, die Haare waren nass vom Regen.

Parker warf die Decke zurück und ging zum Schlafzimmerfenster.

»Von hier aus siehst du es nicht.«

Doch, sie sah Wasser, wo eigentlich der Weg sein sollte, und weiter unten war Schlamm. Nur wie viel es war, konnte man von hier aus nicht einschätzen. »Gib mir fünf Minuten.« Sie guckte zum Radiowecker, doch sah sie keine Leuchtziffern. »Wir haben keinen Strom.«

»Stimmt.«

»Na super.«

Mallory ging und Parker verschwand kurz im Bad. Sie zog Jeans und Sweatshirt an, bürstete sich schnell die Haare und putzte die Zähne. Dann holte sie eine warme Jacke aus dem Schrank.

»Austin ist auch schon draußen.«

Was erstaunlich war, denn wenn er keine Schule hatte, war er selten vor zehn Uhr auf.

Scout folgte ihr die Treppe hinunter.

Der Schlamm war an den Sandsäcken vorbeigeflossen und bedeckte ihre Wiese. Nicht sehr viel, aber genug. Sie wollte sich alle vier Teile des Grundstücks ansehen.

»Der Durchlauf unter der Brücke ist verstopft«, meinte Mallory.

Das sah man auf den ersten Blick. Das Wasser quoll über die geteerte Überquerung, man konnte nicht mehr zur anderen Seite hinüberfahren. Zum Glück hatten sie den Holzsteg, um wenigstens zu Fuß über den Fluss zu gelangen. Parker dankte ihrem Dad im Stillen dafür und hoffte, er würde sie hören.

Scout blieb auf der Hausseite stehen, als Parker den Holzsteg überquerte. Sie sah in die Richtung, aus der mit ohrenbetäubendem Rauschen das braune Wasser kam.

Mallory zog sie weiter.

Zwei weiße Fahrzeuge vom Bauamt parkten nun wieder an der Stelle, wo sie während der Bauarbeiten immer gestanden hatten. Und das vertraute Piepen eines Radladers war zu hören, bevor sie ihn sahen.

»Heilige Scheiße.« Überall war Schlamm!

Auch die Nachbarn waren auf und genauso fassungslos wie Parker und Mallory.

Austin sprang von einem Felsblock und kam zu ihnen. »Krass, oder?«

Man sah, wo der Radlader schon einen Weg freigeschaufelt hatte, damit der Weg vor der Zufahrtsstraße wieder frei wurde. »Wann ist das denn passiert?«

»Laut Colin vor halb fünf.«

»Echt verrückt.«

»Wir sind noch glimpflich davongekommen, im Vergleich zu den Sutters. Ihr Garten ist total ruiniert.«

Eine Nachbarin kam mit dem Handy in der Hand durchs Tor und machte Bilder. »Das ist vielleicht was.«

»Wie sieht es vorn an der Straße aus?«

»Auch überall Schlamm«, sagte die Nachbarin. »Aber die Leute vom Bauamt haben das meiste schon zur Seite geräumt.«

Sie wandten sich um, als sie einen Sattelzug hörten. Dann kam ein Bagger, an dessen Kühlergitter ein Weihnachtskranz befestigt war.

»Da sind sie ja alle wieder.«

»Morgen, Parker.« Es war Colins Stimme.

Es war ihr egal, ob es jemand sehen würde. Sie lief zu ihm und umarmte ihn.

»Das lässt sich alles wieder richten«, sagte er sanft.

Sie schloss die Augen, nickte an seiner Brust. »Ich weiß.«

»Ich kümmere mich darum, dass alles wieder normal wird.«

»Ich verlasse mich darauf.«

Kapitel 25

Am Abend war der Strom zurück. Der Regen hatte sich in ein leichtes Nieseln verwandelt und schließlich ganz aufgehört.

Colin hatte dafür gesorgt, dass wenigstens die Notfallbesatzung kam, denn es war ein Tag vor Weihnachten und die meisten Arbeiter hatten Urlaub. Bis drei Uhr nachmittags war die Hauptzufahrt freigeräumt und Schlamm und Geröll zu einem Haufen geschoben, den die anderen der Mannschaft beseitigen würden, wenn sie aus dem Urlaub zurückkämen.

Zum Glück war kein Schlamm ins Gästehaus gelangt. Den Schuppen hatte es dagegen stärker erwischt und innen war alles nass geworden. Während Colin seine Mannschaft dirigierte, schleppte Parker Kisten vom Schuppen in die trockene Garage.

Um achtzehn Uhr war Austin in seinem Zimmer, Mallory hatte sich zum Telefonieren in ihres zurückgezogen.

Parker setzte sich vor den Fernseher, um den Wetterbericht zu sehen.

Doch sie machte den Fehler, sich entspannt zurückzulehnen, und für einen kurzen Moment die Augen zu schließen.

Zum zweiten Mal an diesem Tag wurde sie geweckt, weil jemand ihren Namen rief. Sie fuhr hoch.

Es war Colin, der durch die Schiebetür hereinschlüpfte. »Hast du geschlafen?«

Sie rieb sich die Augen. »War ein langer Tag.«

Er streifte an der Tür die Stiefel ab und kam zu ihr.

»Ich wollte nur nach dir schauen, bevor ich gehe.«

Sie klopfte auf den Platz neben sich.

»Ich bin für heute erledigt.«

»Kann ich mir vorstellen.«

Parker rollte sich an seiner Seite zusammen. »Du bist sicher auch müde. Du bist ja schon länger auf als ich.«

»Aber ich habe mir gestern kein Eggnog einverleibt.«

»War das erst gestern?«

Die blinkenden Lichter des Weihnachtsbaums erinnerten sie wieder an das Datum.

»Hast du den Wetterbericht gesehen?«

Sie schaute auf die Uhr. »Den habe ich verschlafen.«

»Laut Wetter-App ist für nächste Woche noch mehr Regen vorhergesagt. Bis dahin sollten wir schon eine große Menge Schlamm entfernt haben.«

»Damit es sich wieder auffüllen kann, und dann geht es so weiter?«

Er streichelte ihren Arm. »Und so weiter und so weiter. Bis es ganz zu regnen aufhört.«

»Was für ein frustrierender Job. Da bist du endlich fertig, dann kommt Mutter Natur, bringt alles wieder durcheinander, und du darfst erneut klar Schiff machen.«

»Abteilung für Hochwasserschutz, das sagt alles.«

»Ist das Tor noch offen?«

»Ja. Ich glaube, der Motor hat auch zu viel Wasser abbekommen.«

»Ich weiß, wen ich anrufen kann, aber wahrscheinlich kann derjenige auch erst im neuen Jahr kommen.«

»Ich frag mal einen meiner Jungs, ob er es sich ansieht.«

Sie kuschelte sich an ihn und gähnte. »Ihr habt doch Wichtigeres zu tun.«

»Schon, aber es ist auch wichtig, dass du das Tor wieder schließen kannst. Ihr seid hier allein. Nicht, dass du wieder jemanden wegjagen musst.«

Seine Stimme war so beruhigend, dass Parker die Augen erneut schloss.

»Ich stelle noch mehr Schilder auf.«

Plötzlich fuhr sie hoch, weil ihr der Nacken schmerzte. Sie hatte den Kopf auf Colins Schoß gelegt, der im Sitzen ebenfalls tief und fest schlief. Die Uhr zeigte an, dass es schon nach Mitternacht war.

Sie klopfte auf sein Bein. »Colin?«, flüsterte sie.

Nichts.

»Colin?«

Er brummte, bewegte sich, fasste sich in den Nacken.

»Komm, lass uns ins Bett gehen«, sagte Parker.

»Ich sollte heimfahren.«

»Das ist doch albern. Es ist schon nach Mitternacht.«

»Aber deine Geschwister?«

Sie stand auf und nahm seine Hand. »Wir schlafen nur. Für alles andere bin ich eh zu müde.«

»Sicher?«

Und genau das taten sie auch.

* * *

»Frohe Weihnachten, Miss Oakley.« Colin war in die Küche geschlichen und umarmte Parker von hinten, während sie Kaffee machte. Er küsste ihren Nacken und freute sich über das Stöhnen, das sie von sich gab.

»Frohe Weihnachten.«

Er gab ihr einen kurzen Kuss und ließ sie weitermachen.

»Ist sonst schon wer auf?«

»Nein.«

Colin lehnte sich gegen die Theke und betrachtete Parkers Beine, die unter dem kurzen Bademantel hervorguckten. Mit ihren verstrubbelten Haaren und dem verschlafenen Lächeln war sie einfach zum Anbeißen. »Soll ich heimlich abhauen, bevor jemand merkt, dass ich hier geschlafen habe?«, fragte er.

Sie füllte Wasser in die Kaffeemaschine und blickte über die Schulter zu ihm. »Als wäre einer von uns verheiratet und wir hätten eine heimliche Affäre?«

Er grinste. »Ja, so ähnlich. Obwohl ich noch nie verheiratet war und ich auch nichts mit verheirateten Frauen anfangen würde.«

»Ich bin sicher, dass Austin und Mallory wissen, was zwischen uns läuft.«

Er ging zum Kühlschrank und holte die Sahne, weil er wusste, dass Parker sie gerne in den Kaffee gab. »Ich wollte nur …«

Mit einem Kuss nahm sie ihm die Sahne ab. »Danke. Aber ich glaube, es passt schon so.«

Als Parker die Kaffeetassen aus dem oberen Regalfach holte, blitzten ihre Pobacken unter dem kurzen Morgenmantel hervor. Er hätte ihr gern geholfen, aber der Anblick war einfach zu schön.

Parker drehte sich um, hielt inne, und schmunzelte. »Hast du etwa gerade meinen Hintern angestarrt, Mr Hudson?«

Er leckte sich über die Lippen. »Jawohl, Ma'am. Ich habe gestern Abend dieses rote Höschen gar nicht bemerkt.«

Da hob sie doch glatt den Saum ihres Morgenmantels und zeigte ihm den Slip von vorn.

Was ihn dazu veranlasste, sie an der Hüfte zu packen und zu sich zu ziehen.

Kichernd versuchte sie, sich ihm zu entwinden.

»Oh nein, meine Liebe.«

Er hob sie hoch und setzte sie so auf die Theke, wie er sie gern vor sich hatte.

Sie gab ihren gespielten Widerstand auf und küsste ihn richtig.

»Es gefällt mir, neben dir aufzuwachen«, sagte er.

»Auch wenn ich dir die ganze Nacht die Decke wegnehme?«

Er nickte. »Du hast mir wirklich die Decke weggezogen. Dafür hast du dich wie ein warmes Brötchen um ’nen Hotdog an mich gekuschelt und es wiedergutgemacht.«

Ihr Gesicht bekam mehr Farbe. »Tut mir leid.«

»Das braucht dir ganz und gar nicht leidzutun.«

Hätte Colin einen Weihnachtswunsch frei gehabt, wäre es mehr von Momenten dieser Art gewesen. »Ich will dir dein Geschenk geben, bevor die anderen aufwachen.«

»Kommst du dafür wie der Weihnachtsmann durch den Kamin?«

»Wenn ich gewusst hätte, dass ich über Nacht bleibe, hätte ich es noch hübsch verpackt.«

Ihre Augen verengten sich. »Was hast du denn für mich?«

Er löste sich von ihr, holte den Geldbeutel aus dem Schlafzimmer, zog das Geschenk heraus und kam damit in die Küche zurück.

Parker hatte für sie beide Kaffee eingeschenkt und rührte in ihrer Tasse um, als er die Tickets vor sie auf die Theke legte.

Sie nahm die Papiere. »Flugtickets? Nach Cabo San Lucas?«

»Ja. Nur du und ich. Fünf Tage Sonne und Margaritas. Wenn deine Schule im Frühling Ferien hat, sollte hier alles überstanden sein. Da können wir dann beide Urlaub vertragen.«

»Colin … Ich weiß gar nicht, was ich sagen soll. So etwas hat mir noch nie jemand geschenkt.«

»Doch, jetzt hat’s dir jemand geschenkt. Sag einfach, dass du mitkommst, ich kümmere mich um den Rest.«

Sie umarmte ihn so stürmisch, dass es schon jetzt jeden Penny wert war. Dicht an seinem Ohr murmelte sie: »Und ich habe für dich nur Bodenmatten für deinen Jeep.«

»Die werden super sein.«

»Warte mal.« Sie löste sich von ihm.

»Was denn?«

Sie guckte auf die Tickets, dann schüttelte sie den Kopf. »Ach nichts. Das ist echt toll, vielen Dank.«

Als sie sich nach ihrem Kaffee umdrehte, gab Colin ihr einen Klaps auf den Po. »Ich kann es kaum erwarten, dich ganze fünf Tage für mich allein zu haben.«

»Irgendwie habe ich das Gefühl, dass wir dann nie den Strand sehen.«

Er nahm die Kaffeetasse, die sie ihm hinhielt. »Auch diese Vorstellung gefällt mir.«

»Dachte ich mir schon.«

* * *

»Darüber dürften wir gar nicht diskutieren, denn wenn wir oben nicht das Geschiebe entfernen, spült es uns der nächste Regen nur entgegen.« Es war zwei Tage nach Weihnachten und Colin lieferte sich gerade eine hitzige Debatte mit seinem Chef.

»Das Budget ist für die Hauptauswaschung, nicht für die kleinen Nebenproblemchen.«

Ed ging ihm allmählich ganz schön auf die Nerven.

»Wie wäre es, wenn wir unsere Konstruktionen gleich von Anfang an richtig berechnen? Dann hätten wir auch genug Geld im Budget, um dafür zu sorgen, dass die Straße frei bleibt und wir so ohne Probleme die Retentionsmaßnahmen funktionsfähig halten können«, feuerte Colin zurück.

Nachdem der Wasserspiegel gesunken war und seine Männer begonnen hatten, Schlamm und Geröll zu entfernen, wurden dort, wo Felsbrocken die Sperren durchschlagen hatten, riesige Löcher sichtbar. Ganz offensichtlich waren die Konstruktionen nicht richtig berechnet worden. Colin hatte gegenüber Ed schon seine Bedenken geäußert, aber sein Chef hatte nicht hören wollen.

Ed war sauer, weil er ganz genau wusste, dass Colin recht hatte.

»Also meinetwegen, räumt es weg. Aber wenn die Hausbewohner dann auch noch Betonbarrieren wollen, müssen sie sie selber kaufen oder mieten. Die können wir ihnen nicht auch noch stellen.«

Damit konnte Colin leben. Er hatte bekommen, was er wollte, und wandte sich jetzt zum Gehen.

»Und keine Extrawünsche für deine Freundin.«

Colin blieb mitten in der Bewegung stehen. Doch er beherrschte sich, ging weiter und murmelte, als ihn keiner mehr hören konnte: »Vollidiot.«

Bis weit in den Nachmittag hinein war Colin nur damit beschäftigt, Probleme zu beheben.

Es war schon nach fünfzehn Uhr, als er die Straße hinaufging, um zu sehen, ob Parker daheim war. Sie hatte auf seine Textnachrichten nicht geantwortet, was normalerweise bedeutete, dass sie irgendwo draußen zugange war.

Er fand sie in der Nähe der Zufahrtsstraße vor einem Loch kniend. Neben ihr lag eine Schaufel.

»Was machst du?«

Als sie aufblickte, fielen ihr die Haare ins Gesicht.

Sie sah jeden Tag ein bisschen erschöpfter aus.

»Als ich heute Morgen aufgewacht bin, hat es aus dem Boden rausgesprudelt.«

Jetzt sah er das PVC-Rohr, den Spezialkleber, das Werkzeug. »Versuchst du, die Sprinkler zu reparieren?«

»Ja, aber das Rohr hier ist echt 'ne harte Nuss. Der Boden ist so hart, dass man kaum drankommt.«

Hier war eine Düse, weil früher der Rasen einmal bis zur Scheune gereicht hatte.

Bei genauem Hinsehen merkte er, wie viel Schaden dieser Teil des Grundstücks genommen hatte. Die Sandsäcke hatten nicht alles abgehalten, und fast der ganze Abschnitt, der ihren Garten bildete, war von einer zentimeterdicken Schlammschicht bedeckt. Dort, wo sich das Rohrstück befand, das sie sich zur Brust nehmen wollte, hatte der Matsch auch den Rasensprenger ruiniert.

»Shit!« Sie wischte sich den Finger am schmutzigen Shirt ab und steckte ihn in den Mund.

»Was ist?«

»Hab mich geschnitten.«

Colin kniete sich neben sie und rüttelte an der Leitung. »Mit so etwas kann ich dir doch helfen.« Das Rohr bewegte sich kaum.

»Klar, und ich kann auch 'ne Torte backen, aber wir haben beide was anderes zu tun. Ich muss das machen, damit ich das Wasser wieder anstellen kann.«

Er stand auf und half ihr hoch.

»Kannst du wirklich eine Torte backen?«

Sie sah ihn herausfordernd an. »Natürlich.«

Aber das Funkeln in den Augen verriet sie.

»Halt diese Fertigdinger, die man nur vierzig Minuten in den Ofen schiebt.«

Er lachte, während sie den schmerzenden Finger ausschüttelte.

Als er die Schaufel nehmen wollte, kam sie ihm zuvor. »Gib sie mir wieder.«

»Ich kann …«

»Schon, aber jetzt ist es was Persönliches zwischen mir und dem Rohr. Ich mach hier schon seit zwei Stunden rum und das Ding hat mir gerade den ersten Hieb verpasst. Jetzt zeig ich's ihm.«

Er kannte dieses Gefühl. »Darf ich dir wenigstens einen Rat geben? Oder sagen wir lieber, eine Strategie verraten, wie du es dem Rohr zeigen kannst?«

»Klar.«

»Grab circa dreißig Zentimeter darunter und daneben aus, dann hast du mehr Platz, um das Rohr zu flicken.«

»Das wollte ich eigentlich vermeiden.«

Er wusste warum, so hart wie die Erde hier war.

»Ich hoffe übrigens, dass deine Tetanusimpfung noch frisch ist.«

Als er sie damit zum Schmunzeln brachte, grinste auch er. »Hast du dir schon Gedanken wegen Silvester gemacht?« Er hatte sie bereits an Weihnachten gefragt, nachdem sie mit seiner Familie alle zusammen Karten gespielt hatten.

Sie schüttelte den Kopf und guckte zum Rohr. »Ich kann nicht, Colin. Es soll Regen geben und …«

»Okay, dann sage ich ab.«

»Nein, bloß nicht.«

Er wollte mit Matt und seinem Cousin zum Campen fahren und das neue Jahr mit einer Rallye durch die Wüste starten. Das war ihre Tradition, wenn Matt an Silvester frei hatte.

»Ich habe kein gutes Gefühl, dich allein hierzulassen.«

»Ich bin nicht allein, Erin bleibt hier. Und Austin hat auch nichts vor. Außerdem ist es ganz gut, dass du dabei bist, wenn Mallory mit Jase zusammen ist. Dann kannst du meine kleine Schwester im Auge behalten.«

»Sie ist erwachsen.«

»Du bist aber erwachsener als sie.«

Er musste lachen.

»Fahr ruhig, Colin. Das war schon geplant, bevor es mich und mein Drama gegeben hat. Sei bloß nicht so einer, der für ein Mädel aufgibt, was er liebt.«

»Aber ich will, dass mein Mädel mitkommt.«

»Und das Mädel würde ja auch gerne mitkommen, nur eben nicht dieses Jahr.«

»Parker …«

Sie unterbrach ihn, indem sie ihm die Hand auf die Brust legte. »Ich mache an Silvester einen Mädelsabend und du bist nicht eingeladen. Mach was mit deinem Bruder und pass auf, dass sich meine Schwester nichts bricht. Sie kann nicht Motorradfahren, und was das Campen angeht, hat sie so wenig Erfahrung wie ich, falls ein Lagerfeuer am Pool und das Zelt im Garten nicht zählt.«

Er nahm ihre Hand, zog Parker an sich. »Ich bin also nicht eingeladen, was?«

Sie reckte ihm den Kopf entgegen. »Nein. Jetzt küss mich und dann geh. Ich habe zu tun.«

»Ich kann das Rohr wirklich gern für dich reparieren.«

»Du kannst wirklich gern deinen Hintern wieder zu deiner Arbeit bewegen.«

»Oh, es gefällt mir, wenn du so dominant bist.«

Parker versuchte, streng dreinzublicken. »Wenn du brav folgst, bin ich das vielleicht auch im Bett.«

Mist, sein Unterleib hatte das gehört.

Da packte er sie und küsste sie. *Ich kann das auch.*

Sie war sprachlos und das gefiel ihm.

Noch ein kleiner Klaps auf den Hintern, dann gab er sie wieder frei. »Bei diesem Spiel kann ich mithalten.«

Er ging. Aber nach zwanzig Metern blieb er stehen. »Aber jetzt sag, muss deine Tetanusimpfung aufgefrischt werden?«

Kapitel 26

Austin hatte für Silvester einen Freund eingeladen und die beiden verschwanden mit einem Sixpack Bier in der Garage. Wenn zwei gesunde Jungs, die gute fünfundsiebzig Kilo wogen, sich zur Jahreswende mit einem einzigen Sixpack begnügten, konnte Parker damit leben. Sie kannte die Mutter des anderen Jungen, die die Sache ähnlich sah. So lange sie nicht mit dem Auto fuhren, war alles gut.

An jedem anderen Abend hätte Parker um diese Uhrzeit den Pyjama angehabt oder wäre gar schon im Bett gewesen. Aber jetzt war sie mehr als bereit dazu, das alte Jahr zu verabschieden und einen Neuanfang zu begrüßen. Das bedeutete, dass sie länger aufbleiben musste, um 2016 den Mittelfinger zu zeigen.

Sie und Erin hatten eine sündhaft kalorienreiche Sahnesoße zur Pasta gekocht und als Ausgleich einen Salat dazu gemacht. Die erste Flasche Wein war schon leer, nun wurde die zweite geöffnet.

Dabei war es erst zehn Uhr.

»Du hast mir noch gar nicht erzählt, was dir Colin zu Weihnachten geschenkt hat.«

Parker kniff die Augen zu und drückte mit einer Grimasse den Kopf gegen die Sofalehne.

»So was Schlimmes?«

Sie schüttelte den Kopf. »Eine Reise nach Cabo.«

»Warum das lange Gesicht?«

»Cabo ist in Mexiko.«

»Ja … und es ist warm, entspannend und *trocken*!«

Parker hob den Kopf und setzte das Weinglas an die Lippen. »Mexiko ist ein anderes Land.«

Erin nickte langsam und sprach noch viel langsamer: »Ja … dessen bin ich mir bewusst.«

»Ich habe keinen Reisepass.«

Jetzt verflog Erins Grinsen. »Oh …«

»Genau: oh.«

»Besorg dir einen.«

»Klar. Ganz einfach.« Parker schüttelte den Kopf. »Ich habe keine Geburtsurkunde. Ich habe alles abgesucht, aber nur die von Mallory und Austin sind da, meine nicht.«

»Vielleicht haben deine Eltern sie in einem Schließfach aufbewahrt, oder so?«

»Die habe ich schon längst alle geleert.«

Erin zuckte mit den Achseln. »Dann besorg dir eben erst eine Geburtsurkunde und danach den Pass.«

»Die Behörden sind bis zum dritten Januar geschlossen und mit viel Glück erhalte ich die Geburtsurkunde frühestens zwei Wochen nach Antrag. Danach dauert es noch sechs bis acht Wochen, um den Reisepass zu kriegen.«

»Für wann hat Colin denn die Reise gebucht?«

»April.«

»Dann sollte es ja kein Problem sein.«

»Doch, weil ich erst für Mitte Februar einen Termin beim Passamt bekommen habe.«

»Ach, Mist.«

»Ganz genau. Verstehst du jetzt mein Dilemma?«

Erin zog die Beine auf die Couch. »Was sagt Colin dazu?«

»Ich habe es ihm noch nicht erzählt.«

»Warum nicht?«

Parker dachte an das Leuchten seiner Augen, als er ihr die Bilder vom Hotel gezeigt und sich so gefreut hatte, dass er sie von der Überschwemmung und dem Stress im Creek Canyon wegholen würde. »Ich wollte seine Seifenblase nicht platzen lassen.«

»Wie willst du das denn vermeiden, wenn du deinen Reisepass nicht rechtzeitig bekommst?«

»Weiß nicht. Ich versuche, es zu beschleunigen und wenn das nicht geht, muss ich mir was anderes einfallen lassen.«

* * *

Er fror sich den Hintern ab. Mittags waren Wolken aufgezogen und seitdem nieselte es, während sie durch die Wüste gedüst waren, dass der Dreck nur so spritzte. Jetzt war es fast elf Uhr abends, ein riesiges Lagerfeuer prasselte vor ihnen, aber es war trotzdem nicht warm genug.

Matt liebte solche Sachen.

Colin hatte Spaß daran, wenn das Wetter mitspielte, aber bei Regen schwand seine Lust.

Das Bier wärmte ihn auch nicht mehr und außerdem musste er sich immer wieder vom Feuer entfernen, um pinkeln zu gehen.

Trotzdem hatten sie sich fest vorgenommen, bis Mitternacht auszuhalten, ihr verbotenes Feuerwerk anzuzünden und aufs neue Jahr anzustoßen.

Jase und Mallory hatte er, wie versprochen, im Auge behalten und es war mehr als klar, dass sich die beiden nicht zurückgehalten hätten, wenn sie im Campingbus allein gewesen wären. Was aber nicht zutraf. Sie würden sich den Bus mit Tante, Onkel und dem anderen Cousin teilen, die alle schon um zehn schlafen gegangen waren. Heute Nacht lief also bei niemandem etwas.

Was ihn Parker noch mehr vermissen ließ.

Er hätte sich sehr gewünscht, dass sie mitgekommen wäre. In dem Fall hätte er sich ein eigenes Wohnmobil gemietet und die ganze Warterei bis Mitternacht wäre dann ausgefallen. Selten hatte er so sehr auf richtigen Regen gehofft wie jetzt. Wenn es schüttete, würden auch die anderen nicht länger draußen sitzen bleiben.

Colin zitterte schon vor Kälte, obwohl er versuchte, nicht so ein Weichei zu sein. Er stand auf, drehte sich, um seinen Hintern am Feuer zu wärmen.

»War an Weihnachten eigentlich irgendwas los?«, wandte sich Jase an Matt.

»Ein paar medizinische Notfälle und ein Küchenfeuer, das aber schon gelöscht war, bevor wir gekommen sind.«

»Na, wenigstens hat's irgendwo gebrannt.«

»So was habe ich auch noch nie wen sagen hören«, meinte Mallory.

Wie ein Marshmallow über dem Feuer drehte sich Colin, damit alle Seiten von ihm warm wurden. »Matt lebt vom Feuer und ich vom Regen. Das ist so eine kranke Familiensache.«

»So habe ich das noch gar nicht gesehen.«

»Schade, dass Parker nicht mitgekommen ist«, meinte Matt.

»Sie liegt wahrscheinlich schon komatös auf der Couch«, vermutete Mallory. »Aber vielleicht schafft es Erin, sie bis Mitternacht wachzuhalten.«

»Erin kommt mir aber auch nicht wie 'ne Partymaus vor.« Matt hatte seit dem Weihnachtsspaziergang Parkers Mieterin nicht mehr erwähnt.

»Ja, sie ist eher ruhig.«

»Ist mir auch aufgefallen«, sagte Matt. »Was ist mit ihr?«

Aha, sein Bruder war doch interessiert, dachte Colin.

»Kann ich nicht sagen. Parker kennt sie besser, aber sie redet nicht viel.«

»Du magst also stille Frauen«, zog Colin ihn auf.

»Ich mag Frauen, die nicht ständig rummeckern.«

»Dann ist es ja gut, dass du nicht mit meiner Schwester zusammen bist«, warf Mallory ein.

»Parker ist keine, die meckert«, entgegnete Colin.

»Bei dir vielleicht nicht. Aber Austin und ich müssen uns echt viel anhören.«

»Du bist ihre Schwester. Das ist ganz normal«, sagte Jase zu Mallory.

»Ihre Probleme verrät sie niemandem außer uns.«

»Mit mir redet sie schon.« Zumindest hatte Colin gedacht, dass Parker offen mit ihm war.

»Ach ja? Und was hat sie zu deinem Weihnachtsgeschenk gesagt?«

Colin, der noch mit dem Rücken zum Feuer stand, drehte sich jetzt zu Mallory um.

»Was ist damit?«

»Was hast du ihr denn geschenkt?«, unterbrach Matt.

»Eine Reise nach Cabo«, antwortete Mallory für ihn.

»Was ist damit?« Colin spürte ein Prickeln am Rücken. Jetzt würde gleich etwas Unerwartetes kommen. Es hatte aber eigentlich so ausgesehen, als hätte sich Parker über die Reise gefreut.

»Kommt dir meine Schwester wie jemand vor, der oft ins Ausland reist?«

Jase lachte. »Mexiko ist für uns doch kein Ausland.«

Mallory schnaubte. »Aber man braucht einen Pass, um einzureisen.«

»Genau genommen brauchst du den Reisepass nur, um zurückzukommen«, widersprach Jase.

»Scherzkeks«, rief Matt, der den Kommentar lustig fand.

Mallory rollte die Augen genau wie ihre Schwester. »Was willst du damit sagen, Mallory?«

»Dass Parker keinen Reisepass hat. Keiner von uns hat einen. Wir sind in den Ferien höchstens ins Disneyland gefahren oder zum Strand.«

Daran hatte er überhaupt nicht gedacht. Er war einfach davon ausgegangen, dass Parker einen hätte.

»Und jetzt versucht Parker erst mal, eine Geburtsurkunde zu besorgen, damit sie dann den Pass beantragen kann. Nur ist die Terminvergabe noch schlimmer als bei der Autozulassung. Und so wie du jetzt guckst, hat dir Parker nichts davon erzählt, stimmt's?«

Nein, das hatte sie tatsächlich nicht.

»Wenn Parker es ihm nicht sagen wollte, warum plauderst *du* es dann aus?«, wollte Matt wissen. »Solltet ihr Frauen nicht zusammenhalten? Besonders Schwestern.«

»Weil es nicht so was wie ein hässlicher Pulli ist, den dir jemand schenkt. Da kannst du einfach sagen, du findest ihn super und ziehst ihn halt nicht an. Aber es geht hier um eine Reise und es wird Parker viele Nerven kosten. Am Ende hat sie entweder den Pass und graue Haare oder sie muss dir in letzter Minute absagen … und hat trotzdem graue Haare bekommen. Ich habe ihr gesagt, sie soll dir einfach von ihrem Problem erzählen und ihr könnt euch gemeinsam eine Lösung überlegen. Entweder die Reise um ein paar Wochen verschieben oder doch irgendwie die Sache mit dem Pass beschleunigen oder was weiß ich. Irgendwas halt.«

»Sie hätte es mir einfach sagen sollen.«

»Aber so ist Parker nicht. Falls es dir nicht aufgefallen ist, sie will immer alles allein schaffen. Es wäre schade, wenn das mit der Reise nicht klappt, bloß weil sie so stur ist. Ihr findet sicher auch, dass niemand einen Urlaub mehr vertragen könnte als meine Schwester. Außerdem bist du das Beste, was meiner

Schwester je passiert ist. Ich will nicht, dass du es dir mit ihr versemmelst.«

Das war schön zu hören. »Ich gebe mein Bestes.«

»Ich werde dir schon sagen, wenn du was falsch machst und Austin wird da auch kein Blatt vor den Mund nehmen. Aber im Ernst, seit dem Tod unserer Eltern ist Parker das reinste Nervenbündel. Seit du auf der Bildfläche bist, kommt es mir vor, als würde ich langsam wieder meine alte Schwester zurückkriegen.«

»Klingt, als hättest du ihren Segen«, scherzte Matt.

»Kümmer dich also um diese Cabo-Geschichte und bring sie so entspannt und locker wie eine Nudel zurück.«

»Du bist ja genauso forsch wie deine Schwester«, sagte Colin zu Mallory.

»Was meinst du, wo ich das wohl herhabe?«

Alle lachten.

Der Wind nahm zu und blies den Rauch direkt in Colins Gesicht. »Ich kümmere mich darum.«

»Gut. Aber sag bloß nicht, dass *ich* es dir verraten habe.«

Matt stöhnte auf. »Immer diese Spielchen.«

»Ich muss mit ihr unter einem Dach wohnen. Wage es ja nicht, Colin, sonst kriegst du keine Du-kommst-aus-dem-Gefängnis-frei-Karte mehr von mir.«

»Meine Lippen sind versiegelt.«

In der Ferne blitzte ein Licht am Himmel, woraufhin Colin auf seine Uhr sah. Schon zwölf?

Dann rollte ein Donner.

»Na, großartig.«

Und schon öffnete der Himmel die Schleusen. Sie stoben auseinander wie Ameisen.

* * *

Noch eine Viertelstunde.

Parker hatte Mühe, die Augen offen zu halten.

Die aufgezeichneten Aufnahmen vom Times Square füllten den Bildschirm.

Austin und seine Freunde hatten sich schon hingelegt. »Irgendwo ist ja schon zwölf«, hatte er gemeint.

»Ich hoffe, das nächste Jahr wird besser.«

»Ich auch«, sagte Erin, während sie ihr Sektglas hob.

Seit die ersten Regentropfen aufs Dachfenster gefallen waren, trank Parker keinen Alkohol mehr. Erin hätte am nächsten Morgen sicher einen kleinen Kater. »Ich weiß, warum mein Jahr besser werden soll. Was ist mit deinem?«

Erin antwortete mit einer Gegenfrage. »Willst du auch manchmal die Vergangenheit vergessen?«

Interessante Frage. »Ich will manchmal die Vergangenheit ändern.« Sie zu vergessen hätte bedeutet, dass sie auch ihre Eltern vergäße.

Erin schüttelte den Kopf. »Ich will einfach nur vergessen. Mit Amnesie aufwachen und keine Angst mehr haben.«

Parkers Nackenhärchen richteten sich auf. »Angst vor was?«

Erins nervösem Lachen war anzuhören, dass es der Alkohol war, der sie zum Sprechen brachte. »Ihn.«

»Deinen Ex?«

»Ja.« Plötzlich merkte Erin, was sie gerade gesagt hatte. Sie setzte sich auf, stellte das Glas ab. »Ich hätte das nicht sagen sollen. Vergiss es wieder.« Panik lag in ihren Worten.

Parker holte tief Luft. Einatmen, ausatmen.

Erin sah aus, als wolle sie fortrennen.

Parker zog die Knie an die Brust, schlang die Arme um sich. »Ein halbes Jahr, nachdem meine Eltern gestorben waren … da saß ich hier auf dieser Couch. Ich hatte was getrunken. Mallory war endlich ins Bett gegangen, nachdem sie wie jeden Abend wegen unserer Eltern geweint hatte. Austin war wütend, in sich zurückgezogen. Und ich hatte genug. Ich war so damit beschäftigt, auf sie aufzupassen, dass ich selbst gar nicht verarbeiten konnte, was passiert war. Ich habe Tequila in großen Schlucken direkt aus der Flasche getrunken. Und plötzlich habe ich meine Klamotten in eine Tasche geschmissen und bin ins Auto gestiegen.«

Erin starrte sie an.

»Ich wollte abhauen. Der Druck … ich konnte einfach nicht mehr.«

»Und dann?«

»Bin ich bis zum Ende der Straße gefahren und habe angehalten. Ich war betrunken. Ich wollte zwar abhauen, aber ich konnte es meinen Geschwistern nicht antun, noch mal jemanden aus der Familie zu verlieren.«

Erin nahm Parkers Hand. »Es tut mir so leid.«

Parker blickte ihr direkt in die Augen. »Ich habe es ihnen nie erzählt und ich wäre dir dankbar, wenn es unter uns bleiben würde.«

»Natürlich.« Erin lächelte schief, dann zog sie die Stirn kraus. »Mein Ex war kontrollsüchtig. Wenn ich etwas gemacht habe, was ihm nicht passte, hat er mich mit aller Gewalt in meine Schranken verwiesen.«

»Mit aller Gewalt?«

Erin sah aus, als müsse sie sich gleich übergeben. »Er war groß und kräftig. Aufbrausend. Das erste Mal, als er die Hand gegen mich erhoben hat, waren wir beide schockiert. Oder zumindest hat er so getan.«

Parker schluckte schwer.

»Ich wäre damals besser gleich abgehauen. Bin ich aber nicht.«

»Gott, Erin. Das tut mir so leid.«

Erin kniff die Augen zu. »Ich glaube, ich hätte dir das besser nicht erzählen sollen.«

Parker versuchte zu lächeln. »Ich werde es niemandem weitersagen«, versprach sie. »Wenn du wen zum Reden brauchst …«

Erin schüttelte den Kopf. »Ich habe eh schon zu viel gesagt.«

Parker spürte, dass Erin es bereute, sich geöffnet zu haben.

»Drei, zwei, eins …«

Sie schauten zum Fernseher, wo die Kugel auf dem Times Square den Beginn des neuen Jahres verkündete.

Parker nahm ihr Glas und reichte Erin ihres. »Auf einen Neubeginn für uns beide.«

Erin seufzte. »Auf einen Neubeginn!«

Kapitel 27

Das neue Jahr begann für Parker damit, dass sie von der Schulleiterin zur Schnecke gemacht wurde.

»Sie bekommen hiermit eine Abmahnung.« Janice' Gesichtsausdruck zeigte kein Fünkchen Mitleid. »Ich habe während der Ferien lange darüber nachgedacht und weiß, dass ich jetzt eine Grenze ziehen muss. Außerdem teile ich Sie jetzt mittags bis zur Abholstunde am Nachmittag ein, da Sie frühmorgens in Ihrer momentanen Situation Schwierigkeiten haben, rechtzeitig zum Dienst zu kommen.«

Parker versuchte, diese Zurechtweisung nicht persönlich zu nehmen. »Ich verstehe.«

»Das hoffe ich, Parker. Es ist ja nicht so, dass ich kein Verständnis hätte, aber wir müssen uns hier auf Sie verlassen können und …«

»Ich habe schon verstanden«, unterbrach Parker.

»Gut.«

Parker stand auf, und als sie ging, versuchte sie, die Anspannung abzustreifen. Parker lächelte den Sekretärinnen zu, die sogleich in die andere Richtung guckten.

Na spitze, alle sind sauer auf mich.

Da ihr Dienst noch nicht begonnen hatte, ging Parker ins leere Pausenzimmer und nahm sich eine Zeitung. Sie suchte nach der Seite mit den Sparcoupons und setzte sich damit an einen der Tische. Da summte ihr Telefon.

Wie ist es gelaufen? Eine Nachricht von Colin.

Ich habe meinen Job noch, aber er hängt am seidenen Faden.

Halte durch. In einer Woche sind wir fertig.

Lasst euch Zeit. Ich fühle mich besser, wenn ihr da seid. Als Parker die Nachricht losschickte, konnte sie selbst kaum glauben, dass das, was sie geschrieben hatte, tatsächlich stimmte. Wenn Colin, Fabio, Glynn, Russ, Ray und wie sie alle hießen ein Problem sahen, würden sie sofort versuchen, es zu beheben. Sie kamen zwar nicht zum Haus hoch, aber Erin war die meiste Zeit da und sie hatte Colins Nummer, um ihm Bescheid zu geben, falls etwas im Argen war.

Du bist weit gekommen, Annie. Zu seiner Nachricht hatte er noch einen Smiley mit Cowboyhut hinzugefügt.

Für Sie immer noch Miss Oakley, Cowboy.

Er schaffte es immer wieder, sie zum Grinsen zu bringen. Und mehr.

Das Wasser war so weit zurückgegangen, dass Colins Mannschaft in der breiten Rinne des Wasserlaufs nun die zerbrochenen Planken ersetzen und mit Metall verstärken konnte. Auch wurde eine neue Ladung Steine für den Untergrund und die Erde neben der Rinne verdichtet, damit diese beim nächsten Regenguss nicht wieder fortgespült wurde. Abgesehen von der nie enden wollenden Aufgabe, den allgegenwärtigen Schlamm zu beseitigen, konnte Parker nichts tun.

Austin hatte an diesem Tag nur fünfeinhalb Stunden Schule, die schon um sieben Uhr morgens begonnen hatte. Nachdem die Arbeit beim Christbaumverkauf nun vorüber war, bewarb er sich bei verschiedenen Firmen in der Gegend. Er hatte Gefallen daran gefunden, sein eigenes Geld zu verdienen. Mallorys Stundenplan war mehr oder weniger unverändert. Montags und mittwochs musste sie von zehn bis vierzehn Uhr zum College, dienstags und donnerstags von dreizehn bis sechzehn Uhr. Wenn sie nicht in der Uni war, jobbte sie als Kellnerin oder lernte.

Parker hatte in einem Kalender von allen die Termine eingetragen, um zu sehen, wann sie gleichzeitig zu Hause waren.

Was nicht oft der Fall war und was noch seltener vorkäme, wenn auch Austin wieder einen Job hatte.

Trotzdem hatten sie sich fest vorgenommen, ein- bis zweimal pro Woche gemeinsam zu essen. Irgendwie hatte ihnen die Zeit mit den Hudsons während der Feiertage gezeigt, dass das wichtig war.

Parker war mit den Coupons fertig und schrieb jetzt mithilfe des Prospekts eine Einkaufsliste. Seit dem ersten Treffen mit Nora hatte sie es geschafft, die Ausgaben für Lebensmittel um dreißig Prozent zu reduzieren, worauf sie ziemlich stolz war.

Fünf Minuten vor dem Gong ging Parker zur Aula, in der die Schüler Mittagessen bekamen. Als die Kinder hereinstürmten, lächelte Parker und freute sich über die Umarmungen der Kleinen.

Sie mochte ihren Job. Zumindest die Schüler. Klar, manchmal musste sie die Wilderen im Zaum halten, aber die Kleinen waren wirklich süß. Parker versuchte, sich aufs Positive zu konzentrieren, und dachte daran, dass es für sie das letzte Jahr sein würde. Im Sommer wollte sie sich etwas Neues suchen, mit verlässlichen Arbeitszeiten. Einen Job, der sie weiterbringen würde.

»Miss Parker, kannst du mir helfen? Ich krieg das nicht auf.«

»Klar. Strohhalme in Safttüten zu piksen, ist meine Spezialität.«

* * *

Colin gefiel es sehr, wenn Parker zu ihm kam. Vielleicht war es egoistisch, dass er sie nicht mit anderen teilen wollte, aber das war ihm egal.

Sie war bereits auf dem Weg zu ihm. So sprang er gleich, nachdem er zur Tür hinein war, unter die Dusche.

Seit dem nassen Campingtrip war genügend Zeit vergangen, um endlich die Reise nach Cabo anzusprechen, ohne dass der Verdacht auf Mallory fiel.

Colin drehte das Wasser aus, nahm ein Handtuch, und rubbelte sich die Haare ab, als ein Geräusch aus der Küche kam.

»Parker?«, rief er hinunter.

»Ja, ich bin's. Die Tür war offen.«

Er schlang das Handtuch um die Hüften. Die Versuchung war groß, einfach so, wie er war, in die Küche zu gehen. Vielleicht ließ sie sich zu einer kleinen Gymnastik vor dem Abendessen überreden? Es war schon mehr als eine Woche vergangen, seit Parker so entspannt gewesen war, dass sie Sex gehabt hatten. Sieben lange Tage. Er hatte nur ein einziges Mal mit ihr eine ganze Nacht verbracht, und zwar an Weihnachten, als sie nur gekuschelt hatten, weil beide so erschöpft gewesen waren.

Aber auch das hatte ihm gefallen.

Er verbrachte einfach nicht genug Zeit mit ihr. Jetzt freute er sich auf den Abend. Es war Freitag. Bis Montag war kein Regen vorhergesagt. Hoffentlich würde er sie überreden können, über Nacht zu bleiben.

Colin wollte neben ihr aufwachen, verschlafenen Sex am nächsten Morgen haben. Er guckte an sich hinab und versuchte, etwas anderes zu denken.

Er zog sich nun doch lieber an, dann lief er die Treppe hinunter. Parker lachte. Zuerst dachte er, sie sei am Telefon, aber er hörte noch eine weitere Stimme.

»Gut, dass ich nicht nackt runtergekommen bin«, sagte Colin zur Begrüßung, als er in die Küche kam.

»Stimmt, das würde hier niemand sehen wollen.« Matt lehnte mit einem Bier in der Hand an der Küchentheke.

Parker meldete sich wie in der Schule. »Ich schon.«

Colin rempelte seinen Bruder an. »Hau mir bloß ab«, scherzte er.

Matt lachte und blieb genau dort stehen, wo er war.

Parker gab Colin einen Kuss.

»Matt sagt, am Freitag ist hier immer Happy Hour.«

Colin holte sich ebenfalls ein Bier und stellte sich neben seinen Bruder. »Ja, aber eigentlich ruft er vorher an.«

»Ich hab dir 'ne SMS geschickt. Du hast nicht geantwortet.« Matt blickte zu Parker. »Nachrichten zu beantworten, ist nicht seine Stärke.«

»Das Problem hatte ich bei ihm noch nie.«

»Weil du ein Mädchen bist«, meinte Matt.

Parker nickte. »Aha, der Busenfaktor, verstehe.«

»Ein Busen hat immer Vorrang.«

»Hörst du dir eigentlich manchmal selber zu?«, stöhnte Colin.

»Wenn ich es vermeiden kann, nicht.«

»Du Neandertaler.«

Die Haustür ging auf. Absatzklackern. »Ich habe Matts Motorrad gesehen.« Es war Grace.

Colin blickte zu Parker und sagte tonlos: *»Sorry.«*

Sie schien es aber lustig zu finden und sagte, ebenfalls tonlos, »Macht nichts« zurück.

Grace schwenkte eine Weißweinflasche in der Luft. »Ich habe gehofft, dich hier anzutreffen.« Sie ging als Erstes zu

Parker und umarmte sie. »Ich habe genug von dem Bier, was ja das Einzige ist, das es bei Colin gibt.«

»Beschwerst du dich gerade über mein Gratisbier?«

Grace ging nun auch zu ihm und gab ihm einen Kuss auf die Wange. »Nein, ich beschwere mich, dass sich die Gratisauswahl auf Bier beschränkt. Jetzt, da es eine Frau in deinem Leben gibt, könntest du mal aufstocken.«

Matt zeigte mit dem Finger auf ihn. »Sie hat gesprochen.«

Grace öffnete die Besteckschublade. »Moment, hast du überhaupt einen Flaschenöffner?«

»Klar.« *Oder?*

Er wühlte in der Schublade, bis er einen herausfischte, den mal ein Mädel, mit dem er eine Zeit lang ausgegangen war, bei ihm gelassen hatte. Colin nahm seiner Schwester die Flasche ab.

»Ich habe ihm vor ein paar Jahren Weingläser geschenkt, deshalb weiß ich, dass er welche hat«, zischte Grace Parker zu.

»Ein gut ausgestatteter Junggeselle.«

Parker setzte sich auf einen der Barhocker an der Kochinsel.

»Wie läuft es mit dem Projekt?«, wandte sich Grace an ihn.

»Wir kommen langsam wieder zum Ende. Wir haben jetzt fast achtzehntausend Kubikmeter rausgeholt.«

»Eine Menge Schlamm«, staunte Matt.

»Das kannst du laut sagen. Und angeblich sind in den nächsten Wochen auch keine langen Regenpausen in Sicht«, fügte Parker hinzu. »Ich glaube, jetzt kann man wirklich behaupten, dass die Dürreperiode vorüber ist.«

Grace holte die Gläser heraus. »Noch traut sich niemand, das offiziell zu verkünden. Sonst würde das nämlich bedeuten, dass die Wasserbegrenzung, die im Sommer noch gegolten hat, aufgehoben wird. Dann würde das Wasser wieder billiger werden.«

Klar, die Gemeindewerke waren schnell dabei, die Preise anzuheben, ließen sich aber viel Zeit, sie wieder zu senken.

»So grün, wie jetzt alles ist, war es schon jahrelang nicht mehr. Nur schade, dass die Berghänge so beschissen aussehen«, meinte Parker.

»Ich wollte schon längst mal vorbeikommen.« Grace reichte Colin ein Glas, damit er einschenken konnte, sobald er die Flasche entkorkt hatte.

»Klar, jederzeit.«

Colin reichte Parker ein Glas und hob seine Bierflasche: »Auf diesen Abend, an dem wir uns keine Gedanken darüber machen müssen, ob die Arche Noah groß genug für alle ist.«

Parker musste lachen. »Prost.«

Grace setzte sich neben sie auf den anderen Hocker. »Wahrscheinlich kannst du es gar nicht mehr erwarten, nach Cabo abzuhauen.«

Colin hielt die Luft an und guckte zu Parker.

Sie nippte am Wein, aber Colin merkte, wie sich bei ihr die Rädchen zu drehen begannen. »Ja, ich freu mich schon drauf.«

Seine Schwester schloss genießerisch die Augen. »Sandstrände, Sonnenschein.«

»Und kein Schlamm«, ergänzte Matt.

Plötzlich riss Grace die Augen auf und drehte sich zu Parker. »Warte mal. Bist du eigentlich schon nach Mexiko gereist, seit man einen Reisepass braucht, um wieder in die USA zurückzukommen?«

Parker schüttelte den Kopf. »Genau genommen, nein.«

»Aber du hast einen Pass, oder?«, fragte jetzt Grace.

Colin blickte zu Matt, der ebenso bedeutungsvoll zu ihm schaute.

»Tja, also …« Parker schielte vorsichtig zu Colin. »Leider nicht. Aber ich kümmere mich schon darum.«

Er öffnete den Mund, um etwas zu sagen, doch Grace war schneller. »Ja klar, weil du gerade nichts Besseres zu tun hast, als dich mit dem Einwohnermeldeamt herumzuschlagen, wo wir doch alle wissen, dass man da ewig warten muss.«

»Ich hatte angenommen, dass du einen hast«, sagte Colin leise.

Grace winkte ab. »Männer denken nie alles durch.«

»Hey!«, rief Matt entrüstet.

»Wann ist noch mal die Reise?«

Colin nannte die Daten.

Da gab Parker zu, dass der Termin beim Passamt erst sehr spät sein werde.

Grace übernahm jetzt die Führung des Gesprächs. »Das ist viel zu knapp, wenn sich da auch nur irgendwas verzögert, sitzt du in der Patsche. Da wirst du wohl das Reisedatum um ein paar Wochen nach hinten schieben müssen, Bruderherz.«

»Klar, das ist kein Problem.«

Parkers Gesicht leuchtete auf, als hätte man ihr eine zentnerschwere Last von den Schultern genommen.

Als Grace aufstand und sich hinter Parker stellte, durchbohrte seine Schwester ihn mit ihrem Blick und mimte ein »Du schuldest mir was«.

Colin sah zu Matt, der nur grinste und jetzt schnell das Thema wechselte.

Wie er seine Geschwister doch liebte.

Kapitel 28

Hitze schlug ihr ins Gesicht, die Haare peitschten im Wind. Parker bekam kaum Luft. Alles war dunkel. Sie sah nichts, hörte keine Rufe, keine Schreie mehr.

Wenn nur der Rauch nicht so dicht gewesen wäre, dann hätte sie nicht am Boden kriechen müssen.

Sie hustete, spuckte Asche aus, die ihr in den Mund fiel. Austin, Mallory … wo seid ihr?

Doch sie brachte keinen Ton hervor.

Sie konnte nur weiterkriechen.

Panik umklammerte ihr Herz, sodass es fast aufhörte, zu schlagen.

Austin!

Mallory!

Ihre Hand berührte einen Arm.

Sie wollte nicht hinsehen, doch sie musste es wissen.

Es war Colin, der dort lag, bewegungslos, die Augen starr.

Da schrie Parker.

»Wach auf. Parker, wach auf.«

Sie fuhr aus dem Schlaf hoch, das Herz pochte, die Stirn war von Schweißperlen bedeckt. »O Gott.«

Colin zog sie in seine Arme. »Es ist alles gut, du hast nur schlecht geträumt.«

Sie konnte nicht aufhören zu zittern. »Du warst tot. Das Feuer … überall Rauch.«

»Ist schon gut, meine Kleine.«

»Ich habe sie nicht gefunden. Es hat sich alles so echt angefühlt.«

»Es war nur ein Traum. Ich bin hier.«

Ihr Atem wurde ruhiger. »Ich hatte eigentlich gedacht, die Albträume seien vorbei.«

Colin streichelte ihren Kopf und zog sie zum Liegen zurück. Sein Zimmer war dunkel, nur die Leuchtziffern des Weckers verrieten, dass es erst drei Uhr morgens war.

»Hast du die öfters?«

»Vor einiger Zeit hatte ich viele. In den letzten zwei Monaten nicht mehr. Ich dachte schon, es sei ganz vorbei.«

»Willst du darüber reden?«

Sie kniff die Augen zusammen. »Es ist immer dasselbe. Es brennt. Ich sehe das Feuer nicht, aber ich rieche es, fühle es … höre es. Mein Mund ist voller Asche, ich kann nicht schreien. Am Anfang höre ich Austin und Mallory, dann nicht mehr. Ich krieche am Boden, habe Angst, dass ich sie verloren habe. Und dann finde ich sie. Nur manchmal sind es gar nicht die beiden, sondern meine Eltern.«

Sie spürte Tränen aufsteigen.

»Dann denke ich, ich habe sie nicht rechtzeitig herausgeholt. Wenn ich nur früher gekommen wäre.«

»Oh, Parker.«

»Der Traum ist so verdreht, wie eine alternative Realität, wie es auch hätte sein können.«

»Es ist nur ein Traum, Schatz. Er kann dir nichts anhaben.«

»Warum ist das alles passiert, Colin?«

»Ich weiß nicht. Aber jetzt bin ich hier und es wird nicht ein zweites Mal geschehen.«

Sie spürte, dass er ihren Kopf küsste. »Es tut mir leid, dass ich dich geweckt habe.«

»Es braucht dir nicht leidzutun. Ich bin froh, dass ich bei dir bin und dich trösten kann. Wir zwei schaffen das schon, Parker. Es wird alles wieder gut. Komm, jetzt mach die Augen zu, damit ich dich in ein paar Stunden für eine weitere Runde Sex wecken kann.«

»Na gut.« Als er über ihr Haar streichelte, fielen ihr wieder die Augen zu.

* * *

Sie hatte ein schlechtes Gewissen, weil Colin wegen ihr nun auch am Sonntag arbeitete. Für die kommende Woche waren weitere Unwetter angekündigt und das Dach des Gästehauses war undicht.

Matt war gerade erst von einer vierundzwanzig Stunden langen Arbeitsschicht heimgekommen, aber stand jetzt trotzdem mit Colin zusammen auf dem Dach, um die durchlässige Stelle wenigstens mit einer Plane abzudichten.

Es war recht unterhaltsam, wenn man Matt beobachtete, wie er um Erins Aufmerksamkeit buhlte.

Parker und Erin waren unterdessen dabei, die Wege vom Schlamm zu befreien. Sie unterhielten sich mit gedämpften Stimmen. »Es ist so was von offensichtlich, dass er auf dich steht.«

»Daraus wird nichts, Parker.«

»Ich weiß aber, dass du ihn gut findest.« Was man vom anderen Ende des Universums aus sehen konnte.

»Heißt aber trotzdem nicht, dass daraus etwas wird. Ich bin nicht bereit.«

Eine Schaufel voller Schlamm landete in der Schubkarre. »Liegt es am Ex?«

»Ja.«

Parker drängte nicht weiter.

Colin und Matt waren mit der Plane fertig und stiegen nun wieder vom Dach.

»Im Frühjahr hat das die erste Priorität«, meinte Colin.

»Die Unterschicht hat durch das Feuer gelitten. Das sieht man nicht auf den ersten Blick, aber es ist der Grund, warum die Dachschindeln wegfliegen.« Matt grinste, offensichtlich stolz auf sein Wissen, was Feuer und Dächer betraf.

»Wie teuer wird das?« Alles kostete so viel Geld.

»Man muss die Sperrholzschicht freilegen, weil es eben an der Dachpappe liegt. Das wird mindestens so um die sechstausend Tacken kosten, wenn du jemanden dafür anheuerst.«

Immerhin weniger, als Parker gedacht hätte. »Ja, da muss ich jemanden kommen lassen. Vom Dachdecken habe ich nicht den blassesten Schimmer.«

»Ich könnte ein paar Jungs von der Feuerwache anrücken lassen und Colin weiß auch was über Dächer. Wir können das an einem Wochenende machen und dann kostet es dich nur das Material. Und das ist, wie viel, Colin, zweitausend?«, wandte sich Matt an seinen Bruder.

»So um den Dreh.«

»Ich könnte euch doch nicht um so etwas bitten.«

Colin sah zu seinem Bruder. »Ich habe auch kein ›bitte‹ gehört. Du?«

»Nö.«

»Bitte, Jungs …«

»Okay, machen wir, da du uns ja so nett bittest«, gluckste Colin.

»Nein, das ›Bitte, Jungs‹ war sarkastisch gemeint.«

»Die Antwort ist trotzdem ja. Wir müssen nur warten, bis der Regen aufgehört hat.«

Colin drehte sich zu Erin. »Ich würde gerne nachsehen, wie es von drinnen aussieht.«

Erin stellte die Schaufel an der Wand ab und ging mit ihnen zum Eingang. Auch Parker kam mit ins offene Wohnzimmer mit der kleinen Küchenzeile und von dort gingen sie ins Schlafzimmer. Nur sehr wenige persönliche Gegenstände waren zu den vorhandenen Möbeln dazugekommen. Kein einziges Bild hing an den Wänden, was Parker seltsam fand. Es war alles sehr aufgeräumt und sauber, fast schon steril. An einer Außenwand sah man die Stelle, wo Wasser hineingelangt war, weil sich während des Sturms an Weihnachten die Schindeln gelöst hatten.

»Hast du einen Bleistift?«, fragte Matt.

Erin gab ihm einen.

Matt markierte an der Wand den Umriss des Wasserflecks. »Falls der Fleck beim nächsten Regen wächst, wird er über diese Markierung hinausgehen. In dem Fall funktioniert die Sache mit der Plane nicht und dann müssten wir schon vor dem Frühjahr etwas machen, sonst wird der Schaden hier drin noch größer.«

Colin ging zum Schalter an der Wand. »Lass am besten den Ventilator an, damit es trocknen kann. Wenn du irgendwo Schimmel entdeckst …«

»Dann sage ich es Parker.«

Matt reichte den Stift zurück. »Nicht, dass du noch krank wirst.«

Erin wurde rot.

»Für so was brauche ich einen Trockenbaumonteur«, überlegte Parker laut.

»Beim Niederreißen kann ich helfen«, sagte Colin. »Aber eine neue Wand sollte jemand bauen, der sich damit auskennt.

Und bevor du fragst, ich weiß nicht, was das kostet. Der Schaden, den man von hier drinnen sieht, entpuppt sich normalerweise als doppelt so groß, wenn man die Wand erst mal öffnet.«

»Wenn es zu viel wird, dann lass noch mal jemanden von der Versicherung kommen und mache eine neue Schadensmeldung.«

Daran hatte sie auch schon gedacht. Bald würde es sich nicht mehr vermeiden lassen.

Colin ging wieder hinaus.

Matt wollte ihm folgen, doch er schlug sich versehentlich an der Kommode an. Es musste ziemlich wehtun, so wie er hüpfte. Vor Schmerz ballte er die Hand zur Faust und just in diesem Moment wich Erin erschrocken zurück und hielt erstarrt die Luft an. Fast wäre sie aufs Bett gefallen. Entsetzen stand in ihrem Gesicht.

Parker sah, dass Erin zitterte.

Und Matt stand wie vom Donner gerührt da.

Auch Colin traute sich nicht, sich zu bewegen.

Erin war wie versteinert.

»Wann hast du das letzte Mal etwas gegessen?« Es war das Erste, was Parker einfiel, um ihre Freunde abzulenken, damit sie die Angst in Erins Augen nicht bemerkten. Sie ging zu ihr und zog sie zum Sitzen hinab. »Sie bekommt schnell Unterzucker«, schwindelte Parker. »Nicht wahr, Erin?«

Stummes Nicken.

»Colin, kannst du mal nachsehen, ob in Erins Kühlschrank noch Saft oder so was ist?«

»Klar.«

Matt hatte seine Faust wieder gesenkt. »Hast du Diabetes?«

Erin schüttelte den Kopf. »Nein.« Sie sah zu Parker. »Mir wird manchmal nur etwas schwindlig, wenn ich nichts gegessen habe.«

Parker fuhr mit der Lüge fort. »Im Sommer war es am schlimmsten.«

Colin kam mit einem Glas Orangensaft. »Bitte schön.«

Erins Hände zitterten. Parker half ihr, es an die Lippen zu setzen. Ein paar tiefe Atemzüge und schon kam die Farbe wieder ins Gesicht zurück. »Jetzt geht es mir schon besser. Danke.«

»Geht ihr nur raus. Ich bleibe noch bei ihr«, lenkte Parker den Verkehr nach draußen.

»Bist du sicher, dass es wieder geht?«, fragte Matt.

»Es passt schon.«

Parker wartete, bis die Tür geschlossen wurde, dann nahm sie Erin das Glas aus der Hand.

Erin atmete hörbar aus. »Danke, Parker.«

Sie legte die Hand auf Erins Arm. »Jederzeit.«

* * *

Colin ging mit Matt hinaus, während Parker noch eine Weile mit Erin im Gästehaus blieb.

»Du hast das auch gesehen, oder?«, fragte Matt.

»Habe ich, ja.«

»Sie hat gedacht, dass ich sie schlage.«

So hatte Colin die Situation auch interpretiert.

Sein Bruder spannte die Muskeln an. »Das ist doch eine verdammte Scheiße, wer hat sie geschlagen? Wer macht so was und schlägt Frauen?«

»Ich weiß es nicht, Bruderherz. Aber ich wette, dass sie es niemals zugeben würde, wenn du sie fragst.«

Matt blieb stehen, er war richtig wütend. Gewalt war etwas, was man im Hause der Hudsons nicht kannte. Das einzige Mal, als sich seine Eltern angeschrien hatten, war kurz nach dem Unfall seines Vaters gewesen, weil seine Mutter den Motorradschlüssel in den Garten der Nachbarn geworfen hatte.

Dort gab es einen Pitbull Terrier und keiner von ihnen hatte sich getraut, über den Zaun zu steigen und den Schlüssel zurückzuholen.

Der Streit seiner Eltern war aus Liebe und Angst um den anderen entstanden und endete damit, dass die Schlafzimmertür geschlossen blieb und die drei Geschwister den Fernseher lauter stellen mussten, um nicht zu hören, wie sich die Eltern versöhnten.

Die Regeln, die sein Vater aufgestellt hatte, waren ganz einfach. »Man darf Mädels nicht schlagen. Niemals! Verteidige dich gegenüber anderen Jungs, aber sei nie der Erste, der zuschlägt. Wenn du siehst, dass man einer Frau etwas antut oder dass man einen Schwächeren angreift, und du machst nichts dagegen, dann kriegst du es mit mir zu tun.« Sein Vater hatte eine Dienstmarke besessen, die besagte, dass er schützte und dem Staat diente, aber er pflegte immer zu sagen, dass man keine Marke brauchte, um das Richtige zu tun.

Colin verstand die Wut seines Bruders, spürte sie selbst. Nur schien Matt etwas für Erin übrig zu haben und das machte es noch schwerer für ihn.

»Du musst mich wieder auf andere Gedanken bringen«, sagte Matt.

»Lass uns ein bisschen entlang der Auswaschung hochlaufen.«

Kapitel 29

»Warum ist Parker nicht mitgekommen?«

Colin hatte langsam das Gefühl, seine Mom wollte seine Freundin öfter sehen als er.

»Es regnet«, war seine Erklärung.

Matt hatte den üblichen Platz auf der Couch neben seinem Dad bezogen und guckte ein Spiel. »Parker hat Angst, dass sie im Regen schmilzt«, witzelte Matt.

»Sie verlässt das Haus nicht so gern, wenn es regnet, weil sie Angst hat, dass sie nicht zurückkann«, erklärte Colin. Er hatte am letzten Abend eine halbe Stunde lang mit ihr telefoniert und sie überreden wollen, dass sie mit zum Essen kam. Ohne Erfolg.

»Tritt das Wasser denn wirklich übers Ufer und überschwemmt alles?«, wollte Nora wissen.

»Ja.«

Man hörte, wie die Haustür zugeknallt wurde. Ein normales Geräusch, wenn Grace kam. Ihre Tennisschuhe quietschten auf den Fliesen. »Tut mir leid, dass ich spät dran bin. Wenn es regnet, wissen die Leute nicht mehr, wie man Auto fährt.«

»Du aber schon, oder?«, neckte Matt sie.

Grace gab ihm einen Klaps auf den Hinterkopf und begrüßte ihren Vater mit einem Kuss. Dann kam sie zu Colin und ihrer Mom. Während sie ihren großen Bruder umarmte, fragte sie: »Wo ist Parker?«

»Sie schmilzt im Regen«, antworteten Matt und ihr Vater gleichzeitig.

Grace sah Colins Augenrollen. »Ist alles okay bei euch beiden?«

»Könnte nicht besser sein.« Aber wenn er ehrlich war, hätte er es besser gefunden, wenn sie öfters das Haus verlassen hätte.

»Ich kenne doch diesen Blick«, sagte Grace.

»Welchen Blick?«

Sie winkte mit dem Zeigefinger vor seinem Gesicht. »Diesen hier. Dir passt irgendwas nicht, aber du rückst es nicht raus.«

»Mir passt alles.« Er setzte sich auf den Küchenhocker und warf sich ein Gurkenstückchen in den Mund.

Seine Mutter stand an der Kücheninsel hinter der Theke und bereitete Salat zu.

Grace guckte ihn nur herausfordernd an.

Selbst die Kommentarfraktion auf der Sportcouch schwieg und wartete.

»Also gut. Ich kann an einer Hand abzählen, wie oft Parker ihr Haus verlassen hat, seit wir miteinander ausgehen«, gab er jetzt zu. »Egal wie oft ich ihr versichere, dass ich es schon schaffe, sie wieder zurückzubringen. Sie kann es auch nicht verhindern, dass der Berghang abrutscht und in ihrem Garten landet, wenn sie zu Hause bleibt. Aber sie will trotzdem nicht weg.«

»Sie hat Angst«, lautete die einfache Erklärung von Grace.

»Das verstehe ich ja. Aber ich würde mir einfach wünschen, dass sie mir mehr vertraut.«

Seine Mom ließ das Gemüse von der Schneideplatte in die Salatschüssel rutschen. »Ich glaube nicht, dass es mit dir zu tun hat.«

»Hoffentlich. Aber sie sollte wissen, dass sie auf mich zählen kann.«

Grace holte eine Wasserflasche aus dem Kühlschrank. »So was kann man einer Frau nicht sagen, man muss es ihr zeigen. Besonders so einer wie Parker. Sie ist ja quasi alleinerziehend. Sie hat das Haus, ihre Geschwister, alle Verpflichtungen und keinen Mann, der ihr dabei hilft. Sie macht alles allein und bis jetzt hat das gut funktioniert.«

»Aber genau darum geht es ja. Sie muss es nicht mehr allein machen. Sie hat jetzt mich.«

Grace schüttelte den Kopf. »Ihr geht miteinander aus, Colin. Ihr seid nicht verheiratet. Frauen sind so lange allein, bis sie es nicht mehr sind. Wenn wir gerade angefangen haben, uns auf einen Mann zu verlassen, haut er wieder ab und lässt uns ohne Rettungsring im großen, weiten Meer zurück.«

Es schien, als hätte Grace gerade ihr eigenes Gepäck abgeladen.

»Ein Grund, warum ich lieber die Finger von alleinerziehenden Müttern lasse.« Matt war von der Couch aufgestanden, um mitzureden.

Sein Dad hatte nun auch den Fernseher leiser gestellt.

»Je älter du wirst, desto schlechter stehen die Chancen, eine Frau zu finden, die noch keine Kinder hat«, meinte Nora.

Matt griff in die Schüssel mit den Kartoffelchips. »Es ist eben so, wie du immer sagst: ›Gehe nur mit einer Frau aus, wenn du es aushältst, dich in sie zu verlieben.‹«

»Das habe ich anders formuliert und außerdem hat sich das auf den Job bezogen. Ich bin mit deinem Vater ausgegangen und musste dreißig Jahre lang Angst haben, dass er nicht von der Arbeit zurückkommt.«

»Dabei bin ich jeden Abend heimgekommen«, mischte sich Emmitt ein.

Keiner brachte den Motorradunfall zur Sprache, nach dem er zwei Wochen im Krankenhaus gelegen hatte.

»Und wenn ich mich recht erinnere, habe ich das gesagt, als du mit dieser Flugbegleiterin ausgegangen bist.«

An die konnte sich Colin auch noch erinnern. »Die Blonde.« Sie hatte wie ein Model ausgesehen und war sich dessen auch bewusst gewesen.

Matt grinste. »Mit ihr hatte ich eine Menge Spaß.«

Grace stieß Matt an und brachte ihn aufs Thema zurück. »Worum es hier geht … deine Blondine wäre weiterhin in der ganzen Weltgeschichte unterwegs gewesen und so eifersüchtig, wie du bist, hätte dich das verrückt gemacht.«

»Deine Schwester hat recht«, tönte Emmitt von der Couch.

»So schlimm bin ich nicht.«

Colin schmunzelte. »Da kann dir leider keiner beipflichten.«

Matt wedelte mit einem Chip in der Luft. »Warum dreht sich das Gespräch jetzt plötzlich um mich? Wir haben doch eigentlich über Parker und Colin geredet.«

»Parker ist keine Flugbegleiterin. Und auch keine Polizistin.«

»Und keine alleinerziehende Mutter«, ergänzte Grace.

»Aber so gut wie«, meinte Matt.

Colin schüttelte den Kopf. »Das wäre alles egal. Ich würde trotzdem mit ihr ausgehen.«

»Dann hab Geduld mit ihr«, riet ihm seine Mom. »Sie hat viel durchgemacht. Sie wird es dir schon sagen, wenn sie dich braucht. Und dann sei einfach für sie da.«

* * *

»Ich glaube, wir müssen heute Abend alle auf der anderen Seite parken.« Parker ließ die Autoschlüssel baumeln.

Auf Colins Wetter-App hatte man orangefarbene und rote Flecken gesehen, die zu ihnen herzogen. Da ihr Job Spitz auf Knopf stand, konnte Parker es nicht riskieren, von der Arbeit fernzubleiben, bloß weil sie mit dem Auto nicht mehr über den Fluss kam.

Austin und Mallory machten gerade den Abwasch, weil Parker für alle gekocht hatte. »Mein Schlüssel liegt auf meinem Schreibtisch«, sagte Austin.

»Ich fahre meins nachher selber runter, wenn ich hier fertig bin«, kam es hingegen von Mallory.

Parker holte den Autoschlüssel ihres Bruders und zog sich einen Pulli an. Es hatte noch nicht zu regnen begonnen, aber es war kalt.

Sie fuhr sein Auto über die Überquerung und parkte jenseits des Tores, fern der Gefahrenzone. Austins Auto war tiefergelegt, weshalb man damit auf keinen Fall über Steine und Geröll fahren konnte. Ihr eigenes Auto und das von Mallory waren etwas robuster. Parker sperrte das Auto ab und stellte fest, dass auch die Nachbarn vorgesorgt hatten. Es war stockdunkel und still. Und man spürte regelrecht, dass etwas im Anmarsch war. Es roch nach Regen.

Parker genoss die ruhige Nacht. Sie verriegelte das Zufahrtstor in geöffneter Position, dann zog sie eine Mülltonne heran und legte sie vor den Verstellmotor des Tores, um ihn damit vor Schlamm und Steinen zu schützen, die wieder vom Sutter Canyon kommen konnten. Vielleicht konnte sie so die allgemeinen Reparaturkosten verringern. Anschließend stellte sie Schilder auf – eines mit der Aufschrift »Zutritt nur für Befugte«, auf dem anderen stand »Betreten verboten«.

Zwei Männer von Colins Mannschaft würden am nächsten Morgen kommen und weiterhin dafür sorgen, dass der Durchlass unter der Brücke frei blieb. Letztes Mal hatte es mehrere Tage gedauert, bis sie alle in den Rohren eingeklemmten Steine und Felsbrocken von Hand gelöst hatten. Es war harte Arbeit, für die es kein Werkzeug gab.

Nach der letzten Leerung hatten die Männer vier Räumfahrzeuge zurückgelassen. Parker fand es beruhigend, die Gerätschaften zu sehen, und hoffte, dass die Mannschaft schneller arbeiten konnte, als es Mutter Natur tun würde.

Parker stellte sich in der Senke ans Geländer, das eher der Zierde diente, als eine tatsächliche Funktion zu erfüllen. Unter ihr floss Wasser. Es plätscherte friedlich, der letzte Regenguss lag ein paar Tage zurück. Sie schloss die Augen, stellte sich vor, es sei ein richtiger Fluss. Ein echter Fluss, nicht nur eine Auswaschung, in der das Wasser von den Berghängen abfloss. Sie hatte sich immer gewünscht, in einem Häuschen an einem Fluss zu wohnen, in dem an dreihundertfünfundsechzig Tagen im Jahr Wasser floss. Doch wenn sie jetzt daran dachte, kamen die Bilder der Flammen zurück und der Fluss schnitt ihr den Fluchtweg ab.

Wahrscheinlich sollte sie mal bei einem Psychotherapeuten auf der Couch liegen, aber so ein Vorhaben würde warten müssen.

Parker fuhr ein zweites Mal die Straße hinab. Diesmal mit ihrem eigenen Auto, das sie jenseits der Auswaschung und entfernt von der Gefahrenzone, doch diesseits des Tores, abstellte. Bis sie am Morgen fahren musste, würde jemand von der Mannschaft da sein und sie vertraute darauf, dass dann die Straße, sofern nötig, freigeräumt war.

Als Parker wieder nach oben lief, fuhr Mallory gerade ihren Wagen hinab. »Ich habe Austins Auto ein ganzes Stück weiter weg abgestellt. Die anderen haben es ebenso gemacht«, sagte sie ihrer Schwester. »Wie früh musst du morgen los?«

»Wir treffen uns mit der Lerngruppe. Also recht zeitig.«

»Dann park lieber auf der anderen Seite des Tores.«

Mallory zeigte ihr den Daumen nach oben und fuhr weiter.

Parker ging zum Gästehaus hinauf. Sie klopfte an der Tür.

Erin war schon im Schlafanzug. »'tschuldige die Störung.«

»Kein Problem.«

Es sah aus, als hätte Erin geweint.

»Musst du morgen irgendwohin?« Parker berichtete ihr von der Parksituation, doch Erin schüttelte den Kopf.

»Ich werde mich hier verkriechen und arbeiten.«

Parker lächelte ihr aufmunternd zu. »Ist alles okay bei dir?«

»Ja, mir geht's gut.«

»Du weißt, wo ich bin, wenn du mich brauchst.«

»Danke, Parker.«

Parker ging ins Haus und drehte fast überall die Lichter aus.

Mallory hüpfte die Stufen aus der Garage herauf und guckte um die Ecke.

»Fertig?«

Mallory nickte und blieb stehen. »Danke, Schwesterherz.«

»Für was?«

»Dass du dich so um alles kümmerst. Ich weiß, dass es nicht leicht ist, und ich habe nicht oft genug danke gesagt.« Mallory ging zu ihr und umarmte sie.

Parker drückte ihre Schwester. »Das bedeutet mir viel. Danke.«

»Ich hab dich lieb.«

»Ich dich auch.«

Mallory ging in ihr Zimmer.

Scout war nirgends zu sehen und Austins Zimmertür war geschlossen.

Sushi miaute und schaute zur Tür.

»Oh nein, meine Liebe. Nicht heute.«

Die Katze beschwerte sich noch zehn Minuten lang lautstark, weil sie nicht raus durfte, bis sie sich schließlich mit ihrem Schicksal abfand und sich neben Parker auf die Couch gesellte.

Parker blickte zum Bild ihrer Eltern auf dem Kaminsims. Sie hatte schon lange nicht mehr mit ihnen geredet.

»Könnt ihr glauben, dass Austin bald mit der Highschool fertig ist?«

Sie starrten zurück, ihr Lächeln in der Vergangenheit festgefroren.

»Er hat sich zu einem richtigen Mann entwickelt. Erinnert mich an dich, Dad. Hat deinen Humor. Ich dachte, ich sei schlagfertig, aber er toppt mich. Und Mom, keine Ahnung, was mit der Weitervererbung deiner Kochkünste passiert ist. Jedenfalls hat Mallory mehr von dir abbekommen. Ich bemühe mich zwar, aber ich kann es einfach nicht richtig. Wenigstens hat mir Nora ein bisschen was beigebracht. Du würdest sie mögen. Ich glaube, du würdest die ganze Familie mögen.« Sie seufzte. »Colin ist unglaublich. Er kommt ganz gut mit mir und meinem ganzen Drama hier klar.«

Jetzt kamen ihr die Tränen. »Dieses Jahr war echt schwer für mich. Ich frage mich oft, was ihr an meiner Stelle getan hättet. Aber es ist nicht leicht. Ich hoffe, bei euch da oben läuft es gut und ihr habt Spaß. Macht mir bloß keine Sperenzchen, ihr zwei.«

Sushi kam auf ihren Schoß, drehte sich zweimal im Kreis und ließ sich nieder.

»Aber sorgt dafür, dass es den beiden gut geht, okay? Passt auf sie auf. Zusammen schaffen wir das schon. Wir haben es nach eurem Unfall geschafft und jetzt werden wir das, was kommt, auch schaffen.«

Sie wischte sich die Tränen fort, die ihr über die Wangen rannen.

Ihr Handy surrte und kündigte den Erhalt einer Textnachricht an.

Mach dir keine Sorgen wegen heute Nacht. Ich komme morgen gleich nach der Besprechung.

Ein warmes Gefühl entstand in ihrem Bauch.

Hast du mein Haus verwanzt und spionierst mich aus?

Ha! Nicht nötig, ich weiß auch so, dass du dir Sorgen machst. Egal was passiert, wir reparieren es wieder!

Sie sind ein guter Mann, Mr Hudson. Ich weiß gar nicht, warum Sie noch Single sind.

Parker schmunzelte.

Bin ich ja nicht mehr.

Sie freute sich über das, was er da schrieb.

Wir sehen uns morgen.
Gute Nacht, Miss Oakley. Schlaf gut.

Parker blickte wieder zu ihren Eltern. Irgendwie kam es ihr vor, als lächelten sie jetzt mehr als vorher. »Habt ihr die Sache mit ihm eingefädelt?«

Sie blieben stumm.

»Ich liebe euch«, sagte sie ins stille Wohnzimmer hinein.

* * *

Bis zwei Uhr morgens lag Parker wach im Bett. Es hatte zu regnen begonnen und jeder Windstoß hielt sie davon ab, zusammen mit dem letzten Schäfchen ins Traumland hinüberzuspringen.

Und jetzt sprang Sushi aufs Bett und weckte sie. Die Sonne war aufgegangen, aber kaum zu sehen.

Scout, der die Schnauze auf die Matratze gelegt hatte, schnaubte Parker an.

»Was machst du denn hier?«

Sein ganzer Körper bewegte sich, weil er mit dem Schwanz wedelte.

Austin war wohl schon gegangen. Es war sieben Uhr.

Na, immerhin hatten sie Strom, denn der Wecker ging noch.

Sie tappte zum Fenster. Draußen war es nass.

Neben ihrem Auto auf der anderen Seite der Auswaschung stand ein Wagen. Von einem aus der Mannschaft. Aber noch waren keine weißen Geländewagen vom Bauamt zu sehen.

Sie blickte zum dunklen Himmel. Er wirkte bedrohlich. Aber trotzdem konnte man vorher noch eine Tasse Kaffee trinken und ein Frühstücksei essen.

Scout winselte an der Tür, sie ließ ihn hinaus.

Er würde schon klug genug sein, sich von den kommenden Wassermassen fernzuhalten. Er sprang ja noch nicht mal einem Ball hinterher, der im Pool gelandet war.

Mallory hatte vor der Uni Kaffee gemacht und Parker konnte sich gleich einen einschenken.

Keine fünf Minuten später bettelte Scout bereits, wieder hereingelassen zu werden, und Parker folgte seiner Aufforderung.

Anschließend klickte sie durch ein paar E-Mails, aber es war nichts Wichtiges dabei.

Nachdem sie sich die Jeans vom Vortag, ein Sweatshirt und den Regenmantel angezogen hatte, der ein Weihnachtsgeschenk von Mallory gewesen war, putzte sie sich flugs die Zähne und schon war sie draußen.

Parker drängte diesmal den Hund wieder ins Haus zurück. Sie wusste nicht, was sie erwartete. Noch hatte sie ein paar Stunden, um den nächsten Schaden in Augenschein zu nehmen, bevor sie zur Arbeit losmusste.

Aber schon nach dem ersten Schritt auf der Straße wusste sie, dass an diesem Tag alles anders sein würde.

Schlamm und Geröll quollen unter dem halb verbrannten Zaun hervor, den sie dort hatte stehen lassen, damit er die Erde vom Hügel dahinter abhalten würde. Doch beim Blick über den Zaun wurden Parkers Augen groß. Mindestens einen Meter hoch war der Schlamm aufgestaut, floss von dort auf die Zufahrtsstraße und bedeckte, was vom angelegten Rasen noch übrig war. Die gesamte Wiese, wo früher Stall und Scheune gewesen waren, stand unter Wasser, aber man konnte noch darüberlaufen. Der Maschendrahtzaun an der Ostseite hatte immerhin die Steine zurückgehalten, nicht aber Schlamm und Wasser. Es war überall, weit verteilt und floss langsam zum tiefsten Punkt.

Zur Auswaschung.

Sie ging über die Senke der Straße. Die Wasserhöhe war stark angestiegen. Noch funktionierten die Durchlassrohre, doch bald würden sie sicher vollständig blockiert sein. Es war ohrenbetäubend laut. Steine und Felsbrocken schlugen gegen die Schutzkonstruktionen, das Wasser war bereits ein reißender Strom.

Vor dem Tor ertönte das Piepen eines Frontladers. Sie erkannte den Fahrer, der versuchte, der Schlammmassen Herr zu werden, die ohne Unterlass nun auch wieder vom Sutter Canyon herbeiströmten.

Alle Nachbarn waren draußen. Einer saß auf seinem eigenen Traktor und versuchte, den Schlamm wegzuschaffen, während sein Sohn die Erdmassen vom Zaun wegschaufelte.

Trotz des vielen Schlamms schienen wenigstens die Wassermassen noch einigermaßen gut unter Kontrolle zu sein. Ihre Nachbarin Tracy kam zum Tor. »Das ist echt verrückt.«

»Langsam reicht es, oder?«

Ihre Nachbarin schien der Sache ebenso überdrüssig zu sein wie Parker.

»Wie sieht's oben aus?« Tracy zeigte zur Hauptauswaschung.

»Habe noch nicht nachgesehen.«

Gemeinsam gingen sie zu den höheren Lagen des Geländes, als die Wolkendecke über ihnen nun alles hergab, was sie zu bieten hatte.

Tracy hatte einen Regenschirm dabei, doch Parker hatte sich nicht mal die Mühe gemacht, einen mitzunehmen. Der Regenmantel musste reichen. Vor der Arbeit würde sie ohnehin noch duschen müssen und da war es egal, dass sie nass wurde. Was man selbst mit Schirm nicht vermeiden konnte, denn der Wind kam aus allen Richtungen.

Sie gingen am ersten Retentionsbecken, das bereits überquoll, vorbei. Die durchlässige Lamellenkonstruktion bog sich unter dem Wasserdruck.

»Das hält nicht mehr lange«, meinte Parker.

»Ja, sieht nicht so aus.«

Ein kleines Pflaster auf einer klaffenden Wunde. Wasser rauschte den Berghang hinab wie Kinder auf einer Wasserrutsche. Parker konnte nur hoffen, dass die Leute, die unterhalb von hier wohnten, gut vorbereitet waren. Wenn der Damm brach, waren die Häuser nicht mehr zu retten.

Als sie zur Straße zurückkamen, hatte Keith die Baggerschaufel am Lader angebracht und arbeitete jetzt am Wasserdurchlass, bevor die Rohre gänzlich mit Geröll verstopft sein würden.

Parker winkte ihm und lief mit ihrer Nachbarin weiter.

Da hörten sie Rufe von den Sutters. Mindestens acht Leute waren dort mit Schaufeln zugange und arbeiteten gegen die Zeit.

Das Wasser strömte vom Berg dahinter zu ihnen und drohte, direkt ins Haus zu laufen.

Parker erkannte, wie groß die Not war. Sie eilte zu ihrem Haus, holte so viele Schaufeln, wie sie finden konnte, und schloss sich dem Kampf an.

»Hinten brauchen wir noch mehr Hilfe«, rief Mr Sutter.

Parker rannte zur Rückseite und begann zusammen mit den anderen, Schlamm und Steine wegzuschaufeln, bevor die Masse das Haus erreichen würde.

Doch egal, wie schnell sie arbeiteten, der Schlammstrom ließ nicht nach.

Noch schafften sie es, ihn im Zaum zu halten, und selbst als der Regen abermals zunahm, waren sie erfolgreich dabei, die nassen Erdmassen umzulenken. Mithilfe der größeren Steine, die angeschwemmt wurden, bauten sie Dämme. Auch mit Pflanzentöpfen aus dem Garten und den Sperrholzplatten, die in weiser Voraussicht gekauft worden waren.

Parker verlor jegliches Zeitgefühl.

Und es regnete ohne Unterlass.

Irgendwann blitzte es, was sie für einen kurzen Moment aus ihrer Arbeitstrance riss. Parker sah auf die Uhr. Jetzt hätte sie losgemusst zur Arbeit. Aber es ging einfach nicht.

Parker drückte ihre Schaufel jemandem in die Hand, der keine hatte. »Ich muss mal kurz bei meinem eigenen Haus nachsehen.«

»Klar, geh nur.«

Sie rannte die Einfahrt der Nachbarn hinab, durch ihr Zufahrtstor, doch dann hielt Keith sie auf.

Der Regen floss jetzt wie aus Kübeln. »Die Brücke ist weg!«

»Was?«

»Weggeschwemmt. Die ganze Brücke.«

Parkers Nasenflügel blähten sich. »Sie meinen, ich kann nicht über die Auswaschung?« Sie nahm an, dass der Durchlauf jetzt gänzlich verstopft war. Was sie sowieso fast erwartet hatte.

Aber warum stand Keith mit aufgerissenen Augen da und wirkte so schockiert?

»Nein, ich meine den Holzsteg.«

Jetzt lief Parker ein Schauder über den Rücken.

Und zwar nicht von der guten Sorte.

Sie ging um die Kurve und verlor ihr Sprachvermögen.

Nicht nur war der Durchlass verstopft, nein, das Wasser kam auch mit solcher Gewalt, dass eine drei Meter hohe Welle an den Seiten entstanden war. Der Zaun war hopsgegangen und der Holzsteg weggespült, als hätte es ihn nie gegeben.

»O Gott.«

Sie kam näher.

»Ogottogott!«

Parker stand auf der erhöhten Seite, wo für sie keine Gefahr herrschte, und blickte aufs vorbeirauschende Wasser.

Ihr Herz pochte heftig gegen den Brustkorb. In der Ferne sah sie ihr Haus, von dem sie nun völlig abgeschnitten war. Fast hätte sie aufgeschrien.

Aber der Lärm übertönte ohnehin jedes andere Geräusch. Felsblöcke, so groß wie ein Kleinwagen, wurden angespült.

Als Parker wieder ruhiger atmen konnte, lief sie am Fluss entlang. Das Wasser strömte auch über die Betonbarrieren, die Colin und seine Leute zur seitlichen Abdichtung aufgestellt hatten. Man konnte deutlich sehen, wo das Geröll Löcher in die Dammwände geschlagen hatte.

Als sie ein zweites Mal auf die Uhr blickte, war es eine halbe Stunde nach der Zeit, zu der sie schon längst in der Schule hätte sein müssen.

Aber das spielte jetzt keine Rolle mehr.

Denn der Autoschlüssel war im Haus und sie wäre gar nicht hingekommen, um ihn zu holen.

Sie blieb am Rande des Wasserstroms stehen, ein paar Minuten lang, während ihr ins Bewusstsein sank, dass es das Ende ihres Jobs in der Schule bedeutete.

Janice würde sie feuern.

Und Parker war es egal.

Sie verließ den reißenden Fluss wieder und ging zu ihren Nachbarn zurück, die weiter darum kämpften, ihr Haus zu retten.

Das hier war wichtiger.

Hier wurde sie wirklich gebraucht.

Kapitel 30

Als Colin zum Creek Canyon fuhr, kam ihm ein Polizeiauto entgegen, rückwärts, mit blinkendem Blaulicht.

»Heilige Scheiße.«

Schlamm quoll die Straße entlang und schob Steine und Geröll mit sich. Normale Fahrzeuge kamen hier nicht mehr durch.

Colin stellte jetzt das Blinklicht seines eigenen Wagens an und fuhr langsam weiter. Er ließ das Fenster hinab und wartete, bis der Sheriff neben ihm war.

»Wir sperren hier ab«, rief der Polizist vom anderen Auto herüber.

Braunes Wasser strömte über den Uferrand der Auswaschung.

»Ich hole Verstärkung.«

Der Beamte nickte. »Hier muss für alle Einsatzfahrzeuge freigeräumt werden.«

»Ich kümmere mich darum.« Colin ließ die Fensterscheibe wieder hoch und fuhr im Schritttempo weiter.

Er wählte Eds Nummer, stellte ihn auf Lautsprecher. »Wir haben hier eine Notsituation. Wir brauchen im Creek Canyon alle Mann und alle Gerätschaften, die zur Verfügung stehen.«

»Die Polizei hat sich auch schon gemeldet. Haben die Konstruktionen gehalten?«

»Ich bin nicht mal bis dorthin vorgedrungen.« Colin hielt an. Es war noch ein ganzes Stück bis zu Parkers Grundstück. Hier gab es ebenfalls eine Niedrigwasserüberquerung. Der reißende Fluss war so gewaltig, dass das Wasser bis zur Straße lief, die zu Parkers Tor führte.

»Halte mich auf dem Laufenden.«

Colin legte auf.

Zwei seiner Leute räumten vor Parkers Tor und vor dem der Nachbarn, aber so schnell, wie der Schlamm floss, kamen sie gar nicht nach.

Colin parkte auf der Seite und sprang hinaus.

Keith stellte kurz den Motor seines Baggers aus, damit man ihn hören konnte.

»Kannst du vorne die Straße für die Einsatzfahrzeuge räumen?«

»Mach ich.«

»Wie sieht es oben aus?«

Keith zuckte mit den Achseln. »Da ist die Kacke am Dampfen, aber wie erwartet.«

»Es kommt Verstärkung. Machen wir für alle den Weg frei.«

Keith stellte den Motor wieder an.

Colin stieg ins Auto und fuhr weiter. Seine Männer hatten es geschafft, Parkers Straße einigermaßen freizuräumen. Zumindest waren die größeren Steine beseitigt worden.

Die Querung, die bei Parker über die Auswaschung führte, war nicht mehr zu sehen. Es dauerte einen Moment, bis Colin kapierte, dass auch Parkers Holzsteg nicht mehr da war. Ihr Auto stand hier geparkt. War sie im Haus und sah von oben zu? Auf seine beiden Nachrichten hatte sie nicht geantwortet. Er blickte erneut aufs Handy. Immer noch nichts von ihr. Sicher verlor sie jetzt völlig die Nerven.

Laut Wetter-App würde die Regenintensität bald nachlassen, die roten Flecken waren verschwunden. Allerdings blieben die Wolken oft in den Bergen hängen, was zu weiteren lokalen Regenschauern führen würde.

Er stellte den Wagen ab und ging zu Fuß zum höher gelegenen Teil der Auswaschung.

Beide Konstruktionen hatten Schaden genommen. Man sah es an der Art und Weise, wie das Wasser sprudelte und rauschte. Beide Becken quollen über, die schiere Wassermenge überstieg deren Fassungsvermögen.

Aber jetzt konnte man nichts mehr daran ändern.

Zwei seiner Männer waren an der Zufahrt angekommen.

»Entfernt den Maschendrahtzaun und haltet alles frei.« Er zeigte zum Zaun zwischen den Grundstücken, den sie schon einmal erneuert hatten. Doch jetzt staute sich dahinter der Schlamm so, dass er zur Einfahrt der Nachbarn floss. Von dort verteilte er sich überall und riss alles nieder, was ihm im Weg war. Am besten, sie kümmerten sich gleich darum.

»Geht klar, Boss.«

Colin suchte eine Stelle, wo er mit dem Handy Empfang hatte, um alle Leute abzutelefonieren.

Er versuchte es zuerst bei Parker, doch sie ging immer noch nicht ans Telefon.

Wie ein Schauder kroch die Sorge über seinen Rücken.

Mr De Luca erschien und winkte ihn herbei.

»Wie sieht es auf Ihrem Grundstück aus?«

»Da ist so viel Schlamm, dass wir das ganze nächste Jahr noch räumen werden. Aber wenigstens hat das Haus bis jetzt nichts abbekommen.«

»Sehr gut. Haben Sie zufällig Parker gesehen?«

»Sie war vor ungefähr einer Stunde noch bei den Sutters.«

Dass man sie irgendwo gesehen hatte, beruhigte Colin etwas.

Nun trafen auch die ersten Nachrichtenreporter mit ihren Funkwagen ein. Colin hätte gut auf sie verzichten können, doch er konnte es leider nicht verhindern, dass sie kamen.

Endlich entdeckte er Parker mit einer Schaufel in der Hand in der Einfahrt der Sutters.

Ihr Lächeln überraschte ihn. »Wie nett von dir, dass du auch mal vorbeischaust«, zog sie ihn auf.

Er musste lachen. »Ich hatte halt diesen Maniküretermin schon vor einem Monat vereinbart.«

Sie breitete die Arme aus. Er umarmte sie und drückte sie fest. »Wie geht es dir?«

»Mein Steg ist futsch.«

»Habe ich gesehen.«

»Ich bin jetzt auf dieser Flussseite gefangen.«

»Das habe ich mir auch zusammengereimt.«

»Und ich werde gefeuert.«

Er drückte sie noch fester. »Es gibt noch andere Jobs.«

»Es ist keiner gestorben.«

Ja, manchmal war das der einzige Punkt auf der Bewertungsskala. »Gute Einstellung, Miss Oakley.«

Mit einem Schulterzucken entgegnete sie: »Es ist, wie es ist. Was will man da schon machen?« Eine rhetorische Frage.

Ich liebe dich.

Die Worte hallten in seinem Kopf nach und es dauerte einen Moment, bis er merkte, dass er sie nicht laut ausgesprochen hatte.

Sein Lächeln wurde größer.

Richtig. Er liebte diese Frau.

Wann war es dazu gekommen?

* * *

Der Regen hatte aufgehört und tatsächlich begann nun die Sonne hinter den Wolken hervorzublitzen. Ein Regenbogen über dem Gelände brachte Parker zum Schmunzeln.

Sie hatte zwei verschiedenen Nachrichtensendern Interviews gegeben und hielt nun einen Moment inne, um alle Aktivitäten zu beobachten. Jeder Wagen, den das Amt zur Verfügung hatte, war hier. Selbst drei Feuerwehrwagen standen auf ihrem Grundstück. Einer war von Matts Wache, die beiden anderen von der Wache aus ihrem Viertel. Überall fuhren Polizeiautos herum.

Erin war gekommen und stand jetzt im pelzbesetzten Mantel gegenüber von ihr auf der anderen Flussseite.

»Ganz schön krass!«

»Ja, hier ist was los.« Parker musste schreien, um den Lärm der Wassermassen und der Einsatzfahrzeuge zu übertönen. »Haben wir Strom?«

»Ja, aber kein Wasser.«

»Shit.« Parker drehte sich um. »Bleib, wo du bist.«

Matt kam zu ihr und winkte zu Erin hinüber.

»Was ist los?«

»Erin sagt gerade, dass wir kein Wasser mehr haben. Weißt du, ob das bei allen Häusern der Fall ist?«

»Habe noch nichts dergleichen gehört.«

Es gab nur einen Wasserauslass auf dieser Seite der Auswaschung, und die Geröllmassen vom Sutter Canyon hatten ihn schon zwei Mal getroffen. Parker ging zu den PVC-Rohren, die aus dem Boden guckten und auf denen man noch die Klebstoffspuren der letzten Reparaturen von vor ein paar Wochen sah. Sie öffnete das Ventil. Wasser strömte heraus.

Die gute Nachricht war, das Problem betraf nicht das ganze Viertel.

Die schlechte: Es war ihr eigenes Problem.

Matt stand neben ihr. »Hier läuft es. Bedeutet also, dass das Leck irgendwo zwischen hier und dem Haus ist.«

Beide blickten nach oben.

»Das sind mindestens zweihundert Meter.«

Parker drehte das Ventil ab.

Sie ging wieder zum Flussufer und rief Erin zu: »Dreh mal das Wasser für den Gartenschlauch an, dort unter dem Baum.«

Erin ging zu dem Schlauch und drehte an der Auslassstelle den Hahn auf.

Nichts.

»Ich würde jetzt mal behaupten, dass der Rohrbruch mitten in der Auswaschung liegt.«

»Du bist aber auch der Klügste aus eurer Familie, oder?«, scherzte Parker.

Matt rollte mit den Augen.

»Für die Hauptleitung auf der Straße gibt es ein Spezialwerkzeug, aber das liegt in der Garage.« Eine Art Schlüssel, den man brauchte, um das Wasser abzudrehen.

Matt winkte einen seiner Kollegen zu sich.

Parker zeigte dem Mann, wo der Anschluss an die Hauptleitung war, außerhalb des Tores unten an der gemeinsamen Zufahrtsstraße, ungefähr siebzig Meter weit weg.

»Ich muss auf die andere Seite hinüber«, sagte Parker zu Matt.

»Warum?«

»Um die Ventile im Verteilerkasten zu schließen, damit es keinen Rücklauf von Schmutzwasser ins Haus gibt.«

Matt kniff fragend die Augen zusammen. »Was passiert sonst?«

»Das ganze Haus hat eine Sprinkleranlage in der Decke. Würde dreckiges Wasser durch die Leitungen fließen, würde alles verkeimen. Deshalb gibt es einen Sensor, der bei einem

Rücklauf automatisch die Feuerwehr alarmiert.« Sie klopfte Matt auf den Arm. »Und vorerst kann man die Leitungen nicht wieder auffüllen, bis man weiß, wo das Leck ist …«

Matt nickte, jetzt verstand er das Problem. »Wo ist das Hauptventil?«

»Im Raum mit dem Wasserboiler. Gleich neben der Glasschiebetür hinter dem Fernseheck. Ich würde ja Erin schicken, nur wenn man das Ding falschrum dreht, wird alles geleert. Und es gibt sehr viele Absperrventile in dem Raum.«

Matt klopfte ihr auf den Rücken. »Okay, ich versuche, rüberkommen.«

Das Wasser im Flussbett rauschte. »Wie denn?«

»Große Jungs haben große Fahrzeuge.« Matt ging und ehe man sichs versah, kam ein Löschfahrzeug angefahren, das neben dem Flussbett stehen blieb. Die lange Leiter wurde ausgefahren und jetzt dämmerte es Parker, was Matt vorhatte.

»Was macht er?«, rief Erin.

»Er kommt zu dir rüber. Zeig ihm, wo der Wasserboiler ist.«

Matt sprang auf die Leiter und kletterte darauf zur anderen Seite, wo er wieder heruntersprang.

Alle Leute sahen zu und mindestens einer der Journalisten hielt es mit der Kamera fest.

Colin kam zu ihr. »Gibt mein Bruder mal wieder an?«

Sie erklärte ihm das Wasserproblem, während sie Erin und Matt zusahen, die jetzt gemeinsam den Weg zum Haus hinaufliefen.

Colin fuhr sich durchs Haar. »Bei so einer langen Leitung ist es schwierig, die Leckage zu finden.«

Parker hatte mehr Vertrauen. »Leider weiß ich viel zu viel über Klempnerarbeiten.«

»Ach ja?«

»Ja. Oben am Haus ist die Hauptleitung, die Matt jetzt abdreht. Es gibt einen weiteren Hahn zum Abdrehen beim Rasensprenger unten am Weg. Das ist der große Holzkasten da unter der Eiche. Dann gibt es noch einen beim Pool und beim Gästehaus. Und einen da drüben.« Sie zeigte zu dem, den sie von der Straße aus geprüft hatten. »Wenn uns nichts anderes übrig bleibt, dann schließen wir uns an das Stadtwasser an der Ecke an.«

Colin bekam große Augen. »Warum so viele Anschlüsse?«

»Weil es eben ein verdammt großes Grundstück ist. Nur leider hatte derjenige, der die Hauptleitung verlegt hat, von Tuten und Blasen keine Ahnung. Wir haben immer wieder irgendwo einen Rohrbruch. Immer wenn wir graben, finden wir Rohre mit lilafarbenen Verbindungsstücken.«

»Lila?«

»Genau. Lila wie der Haftgrund. Wer auch immer das war, jedenfalls hat der Kerl anstelle von Kleber eine Grundierung verwendet. Und im Gegensatz zu jedem anderen normalen Haus liegt die Hauptleitung viel tiefer im Boden, weil sie ja unter der Auswaschung durchmusste. Manchmal wussten wir gar nicht, dass wir eine undichte Stelle hatten, bis die Wasserrechnung kam.«

»Oh Mann, das ist ja wirklich blöd.«

»Genau. Nach jedem Rohrbruch hat mein Dad einen weiteren Absperrhahn installiert, damit man die undichte Stelle isolieren kann und es einfacher ist, sie zu reparieren.« Aber egal von welcher Seite aus man es betrachtete, in naher Zukunft würde man hier bald mal baggern müssen.

Colin legte Parker den Arm um die Schulter. »Du hältst dich wirklich wacker.«

»Sonst würde ich zusammenbrechen, was ja auch niemandem hilft.«

»Du bist echt unglaublich«, sagte er.

»Von diesem Spruch kann ich mir nur was kaufen, wenn du mir noch fünf Dollar dazugibst.«

Er musste lachen.

Für einen kurzen Moment schmiegte sie sich an ihn und lehnte den Kopf an seine Schulter.

Colin seufzte. »Haftgrund …«

Parker schloss die Augen. »Ja, so ein Idiot.«

Kapitel 31

Colins Mom begrüßte sie alle bei ihm zu Hause an der Tür.

Ein köstlicher Geruch strömte ihnen entgegen. Was auch immer seine Mutter gekocht hatte, er konnte es kaum erwarten, sich darauf zu stürzen.

»Da seid ihr ja endlich!«, rief sie.

Sie zogen die Schuhe aus und ließen sie vor der Treppe stehen.

»Hi, Nora.« Mallory umarmte sie als Erste, dann Austin.

»Ihr seht vielleicht erschöpft aus.«

Colin überließ Parker und Erin den Vortritt, bevor er selbst hineinging.

»Es war ein langer Tag.« Parker umarmte Nora. »Vielen Dank, dass du für uns gekocht hast.«

»Das ist ja wohl das Mindeste, das ich für euch tun kann«, antwortete sie. »Und Sie sind also die Mitbewohnerin, von der ich so viel gehört habe.«

Erin lächelte und gab ihr die Hand. »Die Mieterin, besser gesagt. Ich bin Erin«, sagte sie.

»Mieterin klingt so unpersönlich, Mitbewohnerin finde ich besser. Ich bin Nora.«

Parker legte Erin den Arm um die Schulter, um zu zeigen, dass sie ganz Noras Meinung war.

»Wo ist denn die Dusche?«, kam Austin gleich zur Sache.

Nachdem der Regen aufgehört hatte, war es Colins Mannschaft gelungen, die Überquerung so weit freizulegen, dass man wenigstens mit einem Geländewagen hinüberfahren konnte. Aber ohne fließend Wasser hatten sie keine Möglichkeit gehabt, sich den Dreck abzuwaschen.

Colin hatte alle eingeladen, auch gleich über Nacht zu bleiben, was Parker allerdings dankend abgelehnt hatte. »Das Tor steht sperrangelweit offen. Und wir waren heute überall in den Nachrichten. Ich kann das Haus nicht allein lassen, bis sich der ganze Wirbel gelegt hat.«

Colin hätte gern widersprochen, nur leider hatte Parker recht.

»Ich zeig dir die untere Dusche«, sagte Nora.

Colin winkte den Mädels, ihm nach oben zu folgen. Er zeigte Mallory und Erin das Gästebad und zog Parker ins Hauptschlafzimmer.

Sobald die Tür geschlossen war, streifte sich Parker das T-Shirt ab. »Ich kann's kaum erwarten, den Schlamm loszuwerden.«

»Ich lasse dir einen Vorsprung von zwei Minuten, dann leiste ich dir Gesellschaft«, raunte er ihr zu.

Sie grinste ihn schief an. »Aber deine Mutter ist unten.«

»Ich will ja nur Wasser sparen, aber wenn du länger drinbleiben willst, dann lasse ich mich natürlich gern überreden.«

»Du bist so unartig, Colin Hudson.«

»Sehr unartig, ich weiß.«

Sie verschwand im Bad. Nach der Toilettenspülung hörte er das Wasser in der Dusche laufen.

Schnell zog er sich die eigenen Klamotten aus, dann wartete er noch einen kurzen Augenblick, bis er sie unter dem warmen Wasserstrahl aufseufzen hörte. Und endlich schlüpfte er zu ihr.

Sie war so unglaublich schön. Das Wasser rann ihre Haare hinab, hing ihr in den Wimpern. »Hast du noch Platz für mich?«

Parker trat zur Seite.

Sie hatte ein blumig duftendes Shampoo mitgebracht, das Colin ihr jetzt abnahm. »Dreh dich um.« Er gab eine großzügige Menge davon in seine Hand und massierte es ihr in die Haare.

Sie stöhnte, stützte sich an der Kachelwand ab. »Oh, fühlt sich das gut an.«

Als er mit mehr Druck massierte, wurde ihr Stöhnen lauter. Was es schwer machte, seinen Unterleib im Zaum zu halten.

»Du bekommst den Job.«

Liebend gern würde er das gerne jeden Tag machen, wenn sie ihn ließe. »Ich kann noch viel mehr, wovon du noch nichts weißt.«

»Ach ja?«

Mit den Fingern fuhr er nun ihren Nacken entlang und ließ den Schaum über ihren Rücken hinabgleiten. Er massierte ihre steifen Muskeln in den Schultern und am Rücken, während der ganze Dreck fortgespült wurde.

»Aaaaah.«

Er strich ihre Arme entlang, zum Rücken zurück, über die Kurven ihrer Hüften. Und weil er mehr als nur leicht erregt war, griff er nach vorn, um sich zu vergewissern, dass auch ihre Brüste sauber wurden.

Parker lehnte sich zurück und drückte ihren Körper an ihn. Jetzt war seine Erektion nicht mehr zu verheimlichen.

»Keine gute Idee«, stöhnte sie.

Er massierte ihre Brustwarzen zu harten Knospen. »Wenn ich aufhören soll, sag es mir.«

Aber sie signalisierte das Gegenteil, indem sie seine Hand nahm und sie zwischen ihre Beine führte. Sie drückte sich gegen seine Hand, während er die Finger in sie hineingleiten ließ.

Colin küsste ihren Hals. »Mehr?«, wollte er wissen.

Sie nickte. »Schneller. Gib mir mehr …«

Er fand den Nippel ihrer Klitoris, reagierte auf die Zeichen ihres Körpers.

Mit abwechselnd starkem Druck massierte er sie, bis sich ihre Welle anbahnte, bis sie die Hand auf seine legte, ihn schneller werden ließ. »Ich hab dich«, flüsterte er ihr ins Ohr.

Sie ließ los und verbarg ihren Aufschrei in seinem Arm.

Er hielt sie so lange, bis ihr Atem wieder ruhiger wurde.

»Jetzt kommst du dran«, sagte sie und drehte sich um.

»Du musst nicht …«

Schon berührten ihre Fingerspitzen seinen Schwanz. Egal. Er war zu schwach, sie aufzuhalten.

Sie nahm das Duschöl, das er eigentlich nur für diesen Zweck hatte. Aber verdammt, mit ihren kleinen Händen fühlte es sich so viel besser an. Am liebsten wäre er tief in sie eingedrungen, aber er gab sich auch damit zufrieden.

Er drückte die Lenden gegen ihre Hände, fühlte schon seinen Höhepunkt kommen.

Ihr Körper war eng an seinem, ihre Hände massierten sein Glied, während er sich an der Wand abstützte.

»Halte dich nicht zurück«, flüsterte sie.

Was auch nicht geklappt hätte, wenn er es versucht hätte.

Ihre Finger schlossen sich um ihn, pumpten und schon explodierte er.

Colin hielt sie fest, während sich sein Orgasmus über ihren Bauch ergoss.

Sie mussten beide lachen.

»Wir sind so unanständig.«

»Furchtbar unanständig.«

»Gott, das habe ich gebraucht«, stöhnte Parker.

»Ich auch.«

Sie wuschen sich schnell und schafften es noch aus der Dusche, bevor das Wasser kalt wurde.

Parker konnte nicht aufhören zu grinsen, während sie die nassen Haare kämmte, ein Handtuch um den nackten Körper geschlungen. Ihr Po guckte unter dem Tuch hervor und er konnte einfach nicht anders, er musste ihr einen Klaps geben. Sie gab es ihm zurück, indem sie ihm das Handtuch wegzog. Aber er zuckte nur mit den Achseln und kämmte sich nackt weiter.

»Du schämst dich gar nicht«, neckte sie ihn.

»Nicht vor dir.«

Sie fing seinen Blick im Spiegel auf. »Guck nicht so zufrieden, sonst wissen alle, was wir getrieben haben.«

Er versuchte, ein grimmiges Gesicht aufzusetzen.

»Vergiss es.«

Oh nein … das würde er so bald nicht vergessen.

* * *

Als sie in die Küche kamen, hatte Nora den Fernseher mit den Nachrichten laufen. Die Teller standen auf dem Herd bereit. Austin saß schon am Tisch und schaufelte Essen in sich hinein.

Erin hatte die nassen Haare zu einem Pferdeschwanz zusammengebunden. Mallory war noch unter der Dusche.

Offenbar hatte sich Parker umsonst Sorgen gemacht, dass jeder wissen würde, warum es bei ihnen so lange gedauert hatte. »Das sieht köstlich aus, Nora. Vielen Dank.«

»Sehr gerne, meine Liebe.«

Colin umarmte seine Mutter. »Danke, Mom.«

»Überall wird von der Überschwemmung berichtet«, sagte Nora jetzt.

Erin brachte ihren Teller zum Tisch. »Es war echt unglaublich.«

»Wie lange dauert es, bis alles aufgeräumt ist?«

Parker wollte gar nicht daran denken.

»Erst muss es aufhören, zu regnen, bevor ich eine Schätzung abgeben kann«, antwortete Colin.

Er stellte sich hinter Parker, umfasste ihre Taille.

Sie lächelte ihn an. »Ich glaube, wir werden noch im Sommer schaufeln«.

»Wirklich?«, fragte Nora.

»Das Bauamt arbeitet im Sommer nicht mehr am Projekt, aber Parker meint die Schlammmassen, die auf ihrem Grundstück gelandet sind«, erklärte Colin.

»Die sind überall«, mischte sich Austin ein. »Eine Schicht von einem halben Meter … und das überall.«

»Das tut mir leid. Und kein fließendes Wasser?«

Mallory gesellte sich jetzt ebenfalls mit nassem Haar und aufgehellter Stimmung zu ihnen.

»Darum muss ich mich morgen kümmern. Hoffentlich gibt es eine provisorische Lösung, damit wir wenigstens etwas Wasser haben.«

»Falls die undichte Stelle unter der Auswaschung liegt, kann man erst ran, wenn der Fluss versiegt ist«, meinte Austin.

»Vielleicht aber auch schon, wenn es einfach nur ein bisschen weniger geworden ist und das Wasser wieder ruhiger fließt«, überlegte Colin, der sich nun auch an den Tisch setzte.

Parker nahm neben ihrem Bruder Platz und begann zu essen, was Nora gekocht hatte. Sie stöhnte. »Super lecker.«

»Wirklich köstlich«, stimmte Erin zu.

»Freut mich, dass es euch schmeckt.«

Sie ließen die Strapazen des Tages Revue passieren, als Austin plötzlich zum Fernseher zeigte. »Hey, wir sind in den Nachrichten!« Er sprang auf, nahm die Fernbedienung, stellte lauter.

»Der Creek Canyon ist im Sommer von schweren Waldbränden heimgesucht worden. Jetzt ist es dort zu

Erdrutschen gekommen, mehrere Häuser wurden beschädigt. Parker Sinclair wohnt mitten in der Gefahrenzone.«

Parker sah sich auf dem Bildschirm, größer als im echten Leben. »Die Schlammmassen, die von den Berghängen runterkommen, sind gewaltig. Für die gelten keine Tempolimits. Wenn die Erde zu rutschen beginnt, muss man zusehen, dass man schleunigst fortkommt.«

»Gut gesagt«, meinte Erin.

Jetzt wurde ein Auto gezeigt, das im Wasser stecken geblieben war, weil der Fahrer den Warnhinweis übersehen hatte, auf dem »Achtung Überschwemmung« stand. Dann sah man die Feuerwehr, die gerade die Leiter über der Auswaschung ausfuhr, damit Matt zur anderen Flussseite kam, um den Hauptwasserhahn abzudrehen.

»Schau, da bist auch du, Erin.«

Ihre Gesichtszüge entgleisten. »Sind das etwa die landesweiten Nachrichten?«

»Ist das Matt?«, fragte Nora.

»Klar, mein kleiner Bruder kommt mit *meinem* Projekt in die Nachrichten.«

Austin goss noch mehr Öl ins Feuer. »Da hat er dir jetzt wohl wieder die Show gestohlen, was, Colin?«

Alle lachten. Nur Erin sah aus, als müsse sie sich gleich übergeben.

Parker blickte wieder zum Fernseher. Es wurden weitere Stellen des Canyons gezeigt, dann kamen andere Nachrichten.

Colin stand auf. »Ich packe schnell ein paar Sachen zum Mitnehmen ein«, sagte er.

Parker guckte ihn verdutzt an. Sie hatten gar nicht abgemacht, dass Colin bei ihr schlafen würde.

»Es macht euch nichts aus, wenn ich bei euch übernachte, oder?«, fragte er alle, die zuhörten.

»Mir ist das völlig wurscht«, war Austins Kommentar.

»Mir auch«, murmelte Mallory, deren Augen immer noch am Bildschirm klebten.

»Ich finde, es ist eine super Idee.«

Parker wandte sich zu Erin, überrascht von ihren Worten.

»Dann ist es wohl beschlossene Sache.«

Colin gab Parker einen Kuss auf die Wange, bevor er aufstand.

»Kommt, wir helfen beim Abwasch.«

»Nein, nein, ich mach das schon. Ihr habt ja alle genug gearbeitet. Entspannt euch einfach mal«, meinte Nora.

Parker brachte trotzdem ihren Teller zum Becken und ließ Wasser darüber laufen, bevor sie ihn in die Spülmaschine räumte.

Erin kam zu ihr. »Es ist schon okay, oder?«, flüsterte sie.

»Dass Colin bei uns übernachtet?«

»Ja.«

Ihr Kopf nickte wie der eines Wackeldackels. »Gut. Wir können uns darauf gefasst machen, dass Unbefugte aufs Grundstück kommen.«

Parker sagte lieber nicht, dass die Unbefugten von Colin deutlich weniger zu befürchten hatten als von ihr.

»Bleib doch ein paar Nächte in unserem Gästezimmer. Wenigstens bis wir wieder Wasser haben.«

»Das wäre … okay, gute Idee.«

»Sehr schön.« Parker grinste.

In Erins Gesicht kehrte wieder ein bisschen Farbe zurück.

Kapitel 32

Parker hielt das Telefon mit zittriger Hand. Sie hatte sich vor diesem Moment gefürchtet, gewusst, dass er kommen würde.

»Hallo, Parker.«

»Guten Morgen, Janice.«

»Sie haben meine E-Mail erhalten?«

Die, in der stand, dass Parker anrufen solle, bevor sie zur Arbeit fuhr. »Habe ich, ja.«

»Sie wissen, was ich Ihnen jetzt sagen werde.«

Parker schluckte. »Nach dem Erdrutsch bin ich nicht mehr durchgekommen.« Sie sah zu Colin auf, der sie mit der Kaffeetasse in der Hand beobachtete.

»Ich habe mir schon gedacht, dass Sie das sagen würden. Die anderen Kollegen haben es aber auch rechtzeitig zur Arbeit geschafft.«

Die anderen Kollegen wohnen ja auch nicht im Epizentrum! Doch die Worte schrie sie nur im Kopf.

»Es war einfach nicht möglich. Wenn ich frühmorgens losgefahren wäre, hätte ich es vielleicht schaffen können. Aber als meine Schicht losgegangen ist, konnte nicht einmal mehr die Polizei die Straße passieren.«

Colin nahm ihre Hand.

Sie lächelte ihn an, merkte, wie sich ihre Nerven beruhigten.

»Wie Sie selbst sagen, Sie hätten es rechtzeitig geschafft, wenn Sie früher losgefahren wären. Was Sie aber nicht getan haben.« Janice seufzte laut, als wolle sie damit ein Ausrufezeichen setzen.

Parker würde nicht um Gnade winseln.

»Haben Sie sonst nichts zu sagen?«, fragte Janice.

Was konnte sie noch sagen? Dass es ihr leidtat? Was aber gar nicht der Fall war. Dass es nicht wieder vorkäme? Auch das konnte sie nicht versprechen. »Nein.«

»Nun gut. Sie können Ihren letzten Lohnscheck heute im Laufe des Tages abholen. Wenn Sie noch persönliche Dinge hier haben, wäre ich Ihnen recht dankbar, wenn Sie sie bald entfernen würden.«

Parker schloss die Augen, stieß langsam die Luft aus. »Okay.«

»Schön. Auf Wiederhören, Parker.«

Janice hatte schon aufgelegt, bevor Parker noch etwas erwidern konnte.

Parker legte das Telefon auf den Tisch. Colin nahm ihre Hände.

»Und?«, fragte er.

Sie zuckte mit den Achseln. »Ich hole später meinen letzten Lohnscheck ab.«

Colin schüttelte den Kopf. »Das ist lächerlich.«

»Es ist, wie es ist.«

»Dasselbe Wasser ist doch auch an der Schule vorbeigeflossen«, argumentierte Colin.

»Es ist egal. Sie hat mich gewarnt.«

Er hob ihre Hände, küsste die Handknöchel. »Wie geht es dir?«

Sie spürte nach, wie sich ihr Körper anfühlte, vom Kopf bis zu den Zehen. Sie hatte aufgehört zu zittern. Wie ein Damoklesschwert hatte die drohende Kündigung monatelang über ihr gehangen und jetzt, da sie endlich ausgesprochen war, empfand es Parker fast als Erleichterung. »Wahrscheinlich habe ich später noch eine kleine Krise. Aber jetzt brauchen wir hier im Haus erst mal wieder fließend Wasser.«

Sie schob den Stuhl zurück, stand auf.

»Du bist unglaublich«, sagte er zu ihr.

»Schön, dass du so denkst. Du bist jetzt nämlich mit einer arbeitslosen Versagerin zusammen.«

Er stand auf, zog sie an sich. »Arbeitslos mag sein, aber Versagerin? Niemals!«

* * *

Es war genial, wie Parker mitdachte.

Zuerst füllte sie ein paar Eimer mit Poolwasser und schleppte sie zu den Badezimmern im Haus, damit man wenigstens die Toilette spülen konnte. Außerdem hatte sie Babyfeuchttücher und Desinfektionsmittel für die Hände gekauft, sowie Pappteller, Einmalbesteck und Papierhandtücher. Sie verband mehrere Gartenschläuche miteinander, schloss den langen Schlauch an dem funktionierenden Wasserauslass unten am Tor an und führte ihn zum nächsten Anschluss am Haus, um die Stelle mit der Leckage zu umgehen. Spätestens da wurde Colin klar, dass Parker die richtige Frau für ihn war.

»Und das soll funktionieren?«, fragte Fabio.

»Zweifelt ihr etwa daran?«

Während Fabio nickte, schüttelte Colin den Kopf,

Parker drehte den Hahn auf und *tadaaaaa*, schon gab es wieder Wasser im Haus.

Stolz sah sie dem Wasser zu, das aus dem Hahn floss. »Der Druck lässt etwas zu wünschen übrig und es kann nur einer duschen oder Wäsche waschen, wenn sonst kein Wasser läuft. Aber wenigstens können wir wieder die Toilette spülen.«

Man sah Parker an, wie zufrieden sie mit ihrem Werk war. Kaum zu glauben, dass ihr Tag mit der Nachricht ihrer Chefin begonnen hatte, Parker brauche nie wieder in der Arbeit aufzukreuzen.

Parker hatte weder geweint, noch gejammert. Sie hatte sich gleich im Anschluss an das Telefonat darum gekümmert, dass es im Haus wieder Wasser gab, und das noch vor dem Nachmittag geschafft.

Colin war wie Parker wieder an die Arbeit gegangen.

Immer wenn er nach ihr Ausschau hielt, war sie an einer anderen Stelle auf dem Gelände, schaufelte Schlamm fort oder füllte Sandsäcke.

Einer seiner Männer lehnte sich aus dem Laster und deutete hinter sich. »Deine Lady arbeitet härter als jede andere Frau, die ich kenne«, rief er Colin zu.

»Stimmt.« Es gefiel ihm sehr, wenn man Parker als *seine Lady* bezeichnete.

Er hatte drei Nächte in Folge bei ihr übernachtet, bevor sie ihn nach Hause schickte.

Drei Nächte, in denen er sie beim Einschlafen im Arm gehalten hatte, drei Morgen, an denen er neben ihr aufgewacht war.

Es gefiel ihm. Sehr sogar.

»Willst du gelten, mach dich selten«, sagte sie zu ihm, als er vor seinem Wagen stand und eigentlich gar nicht fahren wollte.

»Aus den Augen, aus dem Sinn«, entgegnete er.

Der Mund blieb ihr offen stehen. »Glaubst du etwa, ich bin dir morgen schon aus dem Sinn?«

»Nein, weil ich morgen wiederkomme.«

Er lehnte sich gegen sein Fahrzeug und umfasste ihre Taille.

»Du musst mal wieder in deinem Bett schlafen und deine Blumen gießen.«

»Ich habe nur Plastikblumen.«

»Eine Happy Hour mit deinen Geschwistern feiern.«

»Schon gut. Ich verstehe, was du mir sagen willst.«

Sie gab ihm einen kurzen Kuss. »Außerdem muss ich kein schlechtes Gewissen haben, wenn du heimfährst und ich dich dafür am Wochenende wieder rufe, wenn es regnet.«

Er küsste ihre Nasenspitze. »Du hast bewiesen, dass du mit Regen umgehen kannst.«

Sie warf einen Blick zum Gästehaus. »Schon, aber wir müssen den Zaun entfernen und das Tor offen lassen.«

Die Lichter aus dem Inneren des Gästehauses spiegelten sich im Pool. »Was Erin nervös macht, oder?«

Parker begann zu nicken, dann hörte sie wieder auf. »Es macht uns alle nervös.«

»Aber Erin ganz besonders. Warum eigentlich?«

»Ich weiß es nicht genau. Aber ich würde es dir sowieso nicht sagen. Also frag nicht weiter.«

Er fand es gut, dass sie ein Geheimnis für sich behalten konnte. »Du bist echt ein seltenes Stück, Parker.«

»Ich bin nur loyal. Aber wenn sich alles wieder beruhigt hat, werde ich mich um eine Alarmanlage fürs Gästehaus kümmern.«

»Du meinst so eine, wie du im Haus hast, aber nicht benutzt?«

»*Touché.* Zu meiner Verteidigung muss ich aber sagen, dass ich besser schießen kann als Erin.«

»Mit 'ner Schrotflinte kann man sein Ziel kaum verfehlen.«

Sie grinste. »Jedenfalls steht eine Alarmanlage auf der To-do-Liste.«

Jetzt fiel ihm sein Bruder ein. »Matt hat bei sich eine Alarmanlage installiert.«

»Echt?«

Colin nickte. »Mit seinem Job ist er manchmal ein paar Tage am Stück weg. Ich kann ihn fragen, ob er es sich ansieht und sagt, was es kosten würde.« Außerdem würde sich Matt sicher freuen, wenn er etwas für Erin tun konnte.

»Ich kann ihn doch nicht darum bitten …«

»Musst du nicht. Das mach ich. Hier ist es nachts so still und ihr liegt sehr abgeschieden. Ich verstehe durchaus, warum eure Eltern eine Anlage eingebaut haben. Sie wären auch dafür gewesen, dass ihr sie verwendet. Ich frage Matt, ob er sich deine ansieht und dann kann er dir sagen, wie schwierig es ist, eine im Gästehaus zu installieren.«

Parker schmiegte sich an ihn, von den Knien bis zur Brust. »Ich verlasse mich schon viel zu viel auf dich.«

»Na, das hoffe ich doch.«

»Warum denn?«

»Je mehr du dich auf mich verlässt, desto schneller kann ich dich in mein Netz ziehen und nicht mehr loslassen.«

Sie war sprachlos. »Ich weiß gar nicht, was ich darauf antworten soll.«

»Zu viel?«, fragte er. Für ihn war es genau richtig.

»Ich weiß nicht.«

Sie wollte sich aus seinen Armen lösen, doch er ließ nicht locker und versuchte, ihr Unbehagen zu beseitigen. »Soll ich dich lieber erst fragen, ob du mit mir gehen willst?«

»Ich dachte, das tu ich schon.«

»Ob du meine feste Freundin sein willst. Meine *einzige*.«

Ihr Lächeln verflog. »Ich war davon ausgegangen, dass ich deine einzige Freundin bin.«

»Gut, dann sind wir beide auf demselben Stand.« Er liebte es einfach, sie zu necken.

Sie verengte die Augen. »Du willst mich nur foppen.«

Er gab ihr einen Kuss auf die Nase. »Ich definiere unsere Beziehung, damit es keine Missverständnisse gibt. Am liebsten würde ich ja einen auf Neandertaler machen und allen zeigen, dass du mein bist.«

Jetzt schmunzelte sie. »Und wie würde das aussehen?«

»Keine Ahnung, aber da würde mir schon was einfallen.«

Sie lachte laut auf.

Er küsste sie, setzte sie aber schnell wieder ab, bevor sein Körper auf falsche Ideen kam.

»Ich sehe dich morgen.«

Als er den Weg hinabfuhr und sie zum Haus zurückging, verspürte er den starken Drang, wieder umzudrehen. Es fühlte sich nicht richtig an, von ihr wegzufahren. Selbst das Wort »Freundin« war zu schwach. Sein Neandertalerimpuls sagte ihm, er solle sie einfach über die Schulter legen und mitnehmen. Aber womöglich würde sie da nicht so begeistert sein.

Zumindest noch nicht.

* * *

Am nächsten Morgen ging die Toilettenspülung nicht.

Parker stöhnte. »Was in aller Welt ist jetzt schon wieder los?«

Ein Zettel am Kühlschrank teilte ihr mit, dass Austin in aller Frühe bereits auch kein Wasser gehabt hatte.

Sie zog sich die Klamotten vom Vortag an und schlüpfte in eine warme Jacke.

Auf halbem Weg blieb sie stehen, betrachtete ihren Atem, der in der kalten Luft sichtbar wurde.

Die kleinen Wasserpfützen auf dem Weg waren von einer Eisschicht überzogen.

Statt zum Absperrhahn zu gehen, stieg sie über die Reste der Blumen, die vormals den Weg gesäumt hatten, um nach dem Schlauch zu sehen, der provisorisch die Hauptwasserleitung ersetzte. Sie hob ihn hoch, drückte zu.

Eingefroren.

Erleichtert lachte sie auf. »Ich hätte nie gedacht, dass es in Südkalifornien so was wie eingefrorene Leitungen geben würde.«

Zurück im Haus schrieb sie eine Nachricht an ihre Geschwister. Der Schlauch ist zugefroren, das war das Problem. Ab jetzt füllen wir die Badewanne, dann haben wir Wasser für die Spülung, wenn es kalt ist.

Austin antwortete mit einem Emoji: ein Klo.

Du kannst auch draußen pinkeln, schrieb sie.

Hab ich gemacht. Gern geschehen.

Es sollte eigentlich nur ein Scherz sein. Aber egal.

Mallory schrieb jetzt auch. Zu viel Info, Austin.

Neidisch, Schwesterlein?

Der Chat brachte Parker zum Grinsen. Dass sie sich wieder wie Geschwister verhielten, nahm ihr einige Last von den Schultern. Zum Glück rebellierte Austin nicht mehr, auch wenn er weiß Gott genug Grund dafür hatte. Auch wenn Parker immer noch alles zusammenhielt, fühlte es sich jetzt nicht mehr so an, als würde sie Mom und Dad spielen. Was ein Riesenfortschritt war.

Der Vormittag verging und Parker stellte fest, dass sie Colin mehr vermisste, als sie gedacht hätte.

Er war in den letzten Tagen vor ihr aufgewacht und hatte Kaffee ans Bett gebracht. Genau genommen hatte er darauf bestanden, dass sie liegen blieb, während er den Kaffee zubereitete, wie sie ihn mochte. Dann hatte er sich wieder zu ihr gelegt und mit ihr zusammen die erste Tasse des Tages getrunken.

Es gefiel ihr sehr.

Sie putzten die Zähne nebeneinander und danach setzte Colin sie neben das Waschbecken und küsste sie zur Kontrolle, ob sie auch wirklich gründlich geputzt hatte.

Auch das gefiel ihr sehr.

Er aß alles, was sie kochte und beschwerte sich nie, selbst wenn es ein bisschen angebrannt war.

Er war wirklich süß.

Sie trank Kaffee, aß ein Müsli und dann ging sie nach draußen, um sich mal wieder eine Schaufel zu schnappen.

* * *

»Matt kommt in einer Stunde«, informierte Parker Erin. Sie hatte ihr schon von der Alarmanlage erzählt, die Erin nicht nur dringend wollte, sondern sogar bezahlen würde. »Ich dachte, ich warne dich lieber vor, damit du noch abhauen kannst, wenn du willst.«

Auf dem ganzen Grundstück waren ständig irgendwelche Männer, große, kleine, dicke, dünne, Männer verschiedener Religionen, verschiedener Hautfarben. Doch Erin schien einzig und allein Angst vor Matt zu haben.

Egal wie unbegründet es auch sein mochte, es war Tatsache und Parker würde ihre Freundin vor dieser Angst bewahren, wenn sie konnte.

»Ich bin echt lächerlich, oder?«

Parker stand vor dem Gästehaus. Ihre Stiefel waren voller Dreck, weshalb sie nicht eintrat. Sie hatte mit dem Hochdruckreiniger die Schmutzschicht von allen Oberflächen des gesamten Grundstücks entfernt. Nun ja, vielleicht nicht des *gesamten* Grundstücks, aber wenigstens von einem Großteil in Hausnähe, am Pool und am Gästehaus. Je sauberer es draußen war, desto weniger musste Parker drinnen wischen und saugen.

Es fühlte sich fast so an, als hätte sie ihren Job aufgegeben, um Vollzeit als Putzfrau, Gärtnerin, Klempnerin und Köchin zu arbeiten. Aber das war okay. Sie machte alles, was sie selbst erledigen konnte. Und wenn sie auch nichts dabei verdiente, so sah sie wenigstens ein Ergebnis ihrer Arbeit.

»Du bist gar nicht lächerlich. Du hast ein Recht auf deine Gefühle.«

Erin trug eine stylische Jeans und einen langen Pulli. Sie sah frisch aus, schick, ohne aufgetakelt zu sein. Kein Make-up, die Haare waren mit einer Spange zurückgehalten. Parker beneidete sie um diesen Look.

Und vor allem war Erin sauber.

Parker hatte schon vergessen, wie sich das anfühlte.

»Danke«, murmelte Erin.

»Matt würde sich lieber den rechten Arm abhacken, als dir einen Grund zu geben, warum du vor ihm Angst haben müsstest.«

Erin nickte. »Ich bleibe hier.«

Das freute Parker.

»Aber wenn es doch nicht geht, erfinde ich eine Ausrede und hau ab.«

Damit konnte Parker leben. »Richtig, du hast ja da noch diesen Termin … Was war es noch mal, ein Zahnarzttermin?«

Erins Lächeln erreichte jetzt auch ihre Augen. »Du bist die Beste.«

»Ich mache heute Tacos mit Hühnchen zum Abendessen. Colin bleibt über Nacht und ich habe Matt eingeladen, zum Essen zu bleiben. Du bist auch herzlich willkommen …«

»Eins nach dem anderen.«

Parker hob beide Hände in die Luft. »Schon gut.«

Fünfundfünfzig Minuten später kam Matt und parkte neben Erins Auto.

Parker lief über den Teil ihres Gartens, der keinen Schlamm abbekommen hatte, weil er durch das Haus geschützt worden war.

Matt kam winkend auf sie zu. Am Gartenschlauch blieb er stehen und guckte verdutzt. »Ist das etwa eure Wasserleitung?«

»Ja, die funktioniert wenigstens.«

»Der Feuerwehrmann in mir findet das nicht gut.«

»Warum, weil es hier wieder brennen könnte? Schau dich doch um, hier sieht's aus wie in Irland.« Alles, was nicht von Schlamm bedeckt war, leuchtete grün.

»Hattest du nicht gesagt, dass es einen Wasserverteiler beim Haus gibt?«

Sie winkte ihm, ihr zu folgen.

Als er in den Kasten guckte, rieb er sich das Kinn. »Weißt du, wie die Hauptleitung verläuft?«

»Nicht hundertprozentig. Es gibt keine Karte, auf der so etwas eingezeichnet wäre und mit jedem Rohrbruch ist sowieso wieder etwas verändert worden.« Sie lief mit Matt weiter, zeigte ihm, wo ihrer Meinung nach die Rohre verlaufen mussten. Bis jetzt hatten ein paar hundert Meter lange Gartenschläuche geholfen. In solchen Nächten, wie sie nun wieder kommen würden, drehten sie das Wasser ab, weil der Schlauch über die Auswaschung ging. Wenn das Flusswasser in der Auswaschung abnahm, schloss sie den Schlauch erneut an.

Sie liefen zum Wasserverteiler beim Tor. Er war dort, wo die Picknickbänke der Arbeiter gestanden hatten und wo die Schlammmassen vom Sutter Canyon herübergekommen waren.

Colin gesellte sich zu ihnen und gab seinem Bruder die Hand. »Was macht ihr?«

»Matt guckt sich meinen hinterwäldlerischen Wasseranschluss an.«

»Wie hoch ist die Wahrscheinlichkeit, dass es wieder einen Rohrbruch gibt?«, fragte Matt seinen Bruder.

»Neunundneunzig Komma neun Prozent.«

Parker runzelte die Stirn. »Echt?«

»Der Anschluss liegt über der Erde und wurde schon zweimal geflickt.«

»Wenn es noch mal passiert, würde ich sagen, wir verlegen ihn«, meinte Matt.

Sie schüttelte den Kopf. »Im Moment funktioniert es ja auch so. Heute kümmern wir uns nur um die Alarmanlage, okay?«

Kapitel 33

»Das wird kein großer Aufwand«, meinte Matt zu Parker und Erin, nachdem er sich eine halbe Stunde lang alles im Gästehaus angesehen hatte. »Das Wichtigste ist eine Telefonleitung, aber die habt ihr ja schon.«

»Kann mir die Anlage auch sagen, ob das Tor geöffnet wird, so wie im Haupthaus?«, wollte Erin wissen.

»Das weiß ich nicht.«

»Das Tor gab es, bevor das Gästehaus gebaut wurde«, sagte Parker.

»Wenn man irgendwie die Leitung mit der anderen verbinden kann, dann mach ich es.« Matt bemühte sich sehr, einen großen Abstand zu Erin einzuhalten. Sie hielt sich auch stets im Hintergrund und vermied direkten Blickkontakt.

»Wie bald können wir damit anfangen?«, fragte Parker.

»Eigentlich so bald wie möglich, wenn der Preis keine Rolle spielt.«

Erin beeilte sich zu sagen: »Nein, der spielt keine Rolle, ich bezahle alles.«

Parker schüttelte den Kopf. »Aber das wäre nicht gerecht, Erin.«

»Du hast mir nie eine Alarmanlage versprochen.«

»Aber ich habe dir versprochen, dass du hier deine Ruhe hast, was ja leider ganz und gar nicht gestimmt hat.« Nicht, dass sie es hätte ändern können.

»Ich bestehe darauf.«

Parker wollte vor Matt keine Diskussion anfangen, also ließ sie es damit gut sein.

Matt ging zur Rückseite des Häuschens. »Was ist mit Sicherheitsbeleuchtung? Licht, das angeht, wenn sich draußen etwas bewegt?«

Erins Augen leuchteten auf. »Finde ich gut.«

»Ich habe oben am Haus auch zwei Lampen«, sagte Parker. »Aber sei gewarnt, die gehen die ganze Zeit an. Wenn es stürmt oder die Kojoten Fangen spielen, können solche Bewegungsmelder einen mehr nerven als beruhigen.«

»Man kann die Sensitivität ein bisschen einstellen«, meinte Matt.

»Ich finde die Idee wirklich gut.«

Matts Lächeln wurde breiter. »Ich könnte schnell zum Baumarkt fahren und gleich welche besorgen. Die sind nicht schwer zu installieren.«

»Ich hole meinen Geldbeutel.« Erin wollte ins Gästehaus zurückgehen.

»Du kannst gerne mitkommen«, schlug Matt vor.

Immerhin wurde Erin nicht gleich wieder leichenblass. Aber ein bisschen konsterniert wirkte sie dennoch.

»Hattest du heute nicht einen Zahnarzttermin oder so?«, warf Parker ein.

»Ja, richtig! Das hätte ich beinahe vergessen.« Unglück abgewehrt. »Kann ich dir einfach das Geld geben? Oder du sagst mir, was ich kaufen soll, und ich hole die Lampen selbst.«

Matt winkte ab. »Ich besorge welche und sage dir, was sie gekostet haben.«

»Sicher?«

»Ganz sicher.«

Erin lächelte ihn zaghaft an. Parker meinte fast, aus Matts Augen Funken sprühen zu sehen, so wie er strahlte. »Danke, Matt. Ich weiß es wirklich zu schätzen.«

»Ich bin ein großer Fan von Brownies oder von diesen Keksen mit weißer Schokolade und Macadamianüssen. Nur so, falls du überlegst, wie du dich bei mir revanchieren sollst.«

Jetzt musste Erin lachen. Etwas, was in Gegenwart eines Mannes bei Erin noch nie geschehen war.

Parker freute sich darüber.

»Zur Kenntnis genommen.«

»Dann fahre ich jetzt. Wann gibt es Abendessen?«, wandte sich Matt an Parker.

»Gegen sechs.«

Matt schaute zu Erin. »Kommst du auch zum Essen?«

»Also, eigentlich wollte ich … aber okay. Ich komme.«

»Super.« Grinsend ging er die ersten Schritte rückwärts. »Dann sehen wir uns später wieder.«

Fast wäre er gestolpert, bevor er sich umdrehte und zum Auto lief.

Als er außer Hörweite war, meinte Parker: »Der verknotet sich noch wegen dir.«

»Das merke ich.«

Parker klopfte Erin auf den Rücken. »Du fährst jetzt besser zu deinem Termin. Und vergiss nicht, die Zähne zu putzen, bevor du zurückkommst.«

* * *

Sie aßen nur zu viert. Mallory war mit Jase unterwegs und Austin bei Freunden.

Wieder einmal mussten sie sich auf schlechtes Wetter gefasst machen. Parker hatte alle Badewannen und Waschbecken gefüllt und vor dem Schlafengehen würde sie wieder die Schläuche entfernen. Jetzt aber tranken sie Bier und Wein und hörten Colin und Matt zu, die Schwänke von ihren weniger ruhmreichen Momenten aus Highschoolzeiten erzählten. Sie saßen im großen Wohnzimmer, ein Couchtisch trennte Matt und Erin, während sich Parker und Colin eng aneinanderkuschelten.

»Matt war früher ein ziemlicher Weiberheld.«

»Hey, so was kannst du doch nicht sagen.« Matt wollte entrüstet wirken, was ihm nicht ganz gelang.

»Wenn's doch stimmt. Du hast nie zweimal dasselbe Mädel zum Ball mitgenommen.«

»Ich bin halt wählerisch«, erklärte Matt in Erins Richtung.

»Mom hat irgendwann mal kein Geld mehr für offizielle Fotos ausgegeben. Das war Geldverschwendung, weil so ein Bild schon nach zwei Monaten nicht mehr aktuell war.«

»Ich kann das gar nicht glauben. Seit ich Colin kenne, bist du mit keiner einzigen Frau ausgegangen.«

Matt legte theatralisch die Hand auf die Brust. »Ich erkannte meine Fehler.«

»Du meinst, du bist beim Betrügen erwischt worden?«, fragte Erin nach.

»Zu meiner Verteidigung möchte ich sagen, dass ich damals dachte, im College hätte man nur offene Beziehungen.«

»Nur, wenn es beide Seiten so sehen«, meinte Parker.

»Ich dachte, eine feste Beziehung hat man nur, wenn man es ausdrücklich erwähnt. Misty hat das damals leider anders gesehen.«

Erin lachte. »Hieß sie wirklich Misty?«

»Ich kann nichts dafür, das war ihr echter Name.«

Colin mischte sich ein. »Gepasst hat er aber, so wie sie sich verhalten hat, als sie dahintergekommen ist, dass es noch dieses andere Mädel gab … Wie hieß sie noch gleich?«

Matt legte sich die Hand an die Wange. »Weiß ich nicht mehr. Ich erinnere mich aber durchaus noch daran, wie Misty mir eine reingehauen hat. Zum Glück mit offener Handfläche und nicht mit der Faust.«

Erin sah ihn entsetzt an. »Sie hat dich geschlagen?«

Matt nickte. »Ich habe ihre Gefühle verletzt und das habe ich ja auch verstanden.«

Parker spürte, dass Colin ihr aufs Knie tippte. Jetzt dämmerte es ihr, was dieses Gespräch bei Erin auslöste. »Was hast du gemacht, als sie dich geschlagen hat?«

»Ich bin zurückgewichen, damit ich keine zweite Ohrfeige kriege. Ich habe mich entschuldigt und gesagt, dass ich ihr nicht wehtun wollte.« Er guckte Erin an und hielt inne. »Ich bin echt kein schlechter Mensch, danach habe ich das nicht mehr gemacht, gleichzeitig mit zwei Frauen auszugehen. Es war besser für meine Gesundheit.«

»Was ist mit dir, Erin? Hast du es früher auch krachen lassen?«, fragte Colin.

»Nein! Ich würde gar nicht wissen, wie das geht.«

»Ich auch nicht«, erzählte Parker. »An der Uni kannte ich ein paar Leute, die solche Dating-Apps auf dem Handy hatten. Manche haben sich mittags mit einem Typen getroffen, zum Kaffee mit dem nächsten und zur Happy Hour kam der dritte. Heutzutage ist das fast schon normal.«

»Hast du auch mal so eine App ausprobiert?«, wollte Colin wissen.

»Wann hätte ich für so was Zeit gehabt? Ich habe mich um zwei Teenager gekümmert.«

»Hast du eigentlich manchmal das Gefühl, dass du was verpasst hast?«, fragte Matt.

»Mit diesen Dating-Apps? Nein.«

»Im Leben, mein ich.«

»Bevor meine Eltern gestorben sind, hatte ich ein Leben.«

»Und danach?«, hakte Matt nach.

»Danach war es nicht immer leicht.«

Colin strich über Parkers Schulter.

»Willst du eigentlich selbst mal Kinder haben?«, wollte jetzt Erin wissen.

»Nein, ich glaube nicht.« Wenn man sie danach fragte, antwortete sie immer dasselbe.

»Ich zieh den Hut vor Leuten, die Jugendliche adoptieren. Als unsere Eltern starben, war Austin noch sehr jung und Mallory mit siebzehn noch nicht ganz aus der Pubertät raus. Über Nacht wurde ich von der coolen Schwester zur Diktatorin. Mit Austin war es echt ein Albtraum. Ihn wieder auf die richtige Bahn zu bringen, hat mich um ein paar Jahre älter gemacht. Fast wäre ich selbst daran zugrunde gegangen. Jetzt sehe ich endlich ein Licht am Ende des Tunnels. Auf gar keinen Fall will ich wieder ins Feuer zurückzuspringen.« Sie schnaubte. »Lustiges Wortspiel, oder?«

Parker bemerkte Erins gezwungenes Lächeln, mit dem sie zu Colin hinüberschielte.

Erst jetzt wurde ihr klar, welche Wirkung ihre Worte auf ihn haben mussten.

»Das kann man schon nachvollziehen«, sagte Matt schließlich.

Parker drehte sich langsam zu Colin.

Auch sein Lächeln wirkte etwas gestelzt.

Aber sie konnte sich nicht zurückhalten und fragte Colin: »Willst du denn Kinder haben?«

»Ich habe mir meine Zukunft immer mit Kindern vorgestellt.«

Sie musste schlucken, ihre Brust wurde eng.

Ein Windstoß draußen untermalte das Schweigen im Raum.

Matt stand auf, ging zum Fenster, von dem aus man einen guten Blick aufs Grundstück hatte.

Colin setzte sich anders hin, aber er sagte nichts weiter.

»Da braut sich ganz schön was zusammen«, murmelte Matt.

Colin klopfte Parker auf die Schulter, dann stand er auf und stellte sich neben seinen Bruder. »Besser, du fährst bald. Wenn die Rohre unter der Brücke wieder verstopfen, kommst du nicht über die Auswaschung, bis morgen jemand räumt.«

»Ich muss noch das Wasser ausstellen und den Schlauch entfernen.« Parker schälte sich von der Couch.

»Darum kümmern wir uns«, sagte Colin zu ihr.

Matt zog seine Regenjacke von der Stuhllehne.

»Noch mal vielen Dank für das Montieren der Lampen«, sagte Erin.

»Es war mir ein Vergnügen. Ich komme wieder wegen der Alarmanlage.«

Parker und Erin warteten, während sich Colin und Matt die Jacken anzogen.

»Vielen Dank fürs Essen«, sagte Matt und umarmte Parker.

»Fahr vorsichtig.«

»Mache ich doch immer.« Er guckte zu Erin, lächelte und winkte ihr zu. »Bis bald, Erin.«

»Gute Nacht.«

Als sie die Tür öffneten, sprang Scout begeistert auf, doch Parker hielt ihn zurück. »Oh nein. Ich habe keine Lust, dich schon wieder sauber zu machen.«

Sie blickte den Männern nach, bis sie den Hund wieder loslassen konnte. Schließlich stieß Parker einen lauten Seufzer aus. »Das war jetzt aber eine unangenehme Situation.«

»Habe ich auch bemerkt. Colin hat nicht gewusst, dass du keine Kinder willst, oder?«

»Wir haben noch nie darüber geredet.«

»Mann, es tut mir leid, dass ich das Thema aufgebracht habe«, entschuldigte sich Erin.

»Es ist nicht deine Schuld.«

Aber wie würde es jetzt weitergehen?

* * *

Der Regen prasselte schon gegen die Windschutzscheibe, als Matt an der Stelle hielt, wo Colin das Wasser an den Anschlussstellen abdrehen wollte. Man musste den Schlauch entfernen und beiseiteziehen, damit das Wasser ihn nicht fortriss, wenn in der Auswaschung wieder ein Fluss entstanden war.

Doch Colin blieb neben seinem Bruder sitzen, die Scheibenwischer untermalten den Rhythmus des Heavy-Metal-Songs.

»Die Sache mit den Kindern hast du nicht gewusst, oder?«, wollte Matt wissen.

»Nein.«

»Shit, Colin. Das tut mir leid.«

Sein Gehirn hatte die Information gar nicht so schnell verarbeiten können, wie das Wort Nein über ihre Lippen gekommen war.

»Ist es ein K.-o.-Kriterium?«

»Ich weiß nicht«, antwortete Colin wahrheitsgetreu. »Vielleicht ändert sie ihre Meinung noch.«

Matt seufzte. »Vielleicht. Vielleicht aber auch nicht.«

Ein Leben ohne Kinder? Wäre er bereit dazu? *Geh nur mit einer Frau aus, wenn du es aushältst, dich in sie zu verlieben.*

»Verdammt, ich will da jetzt nicht drüber nachdenken.« Colin sprang aus dem Auto, ging zur Wasserleitung und machte sich an die Arbeit.

Kapitel 34

Eine Wolke schwebte über ihnen, im wörtlichen wie im übertragenen Sinne. Wie konnte eine einfache Unterhaltung über Parkers Vergangenheit dazu führen, dass zwischen ihnen plötzlich eine Kluft entstanden war?

Colin gefiel das ganz und gar nicht.

Matt war gefahren, Erin ins Gästehaus zurückgekehrt und jetzt waren sie allein.

Er wollte mit ihr darüber reden, doch er musste sich erst über seine eigenen Gefühle klar werden.

Parker war im Bad, während er auf dem Bett saß und gegen die Wand starrte. Der Raum war fast doppelt so groß wie sein Schlafzimmer. Dafür war das Bett schmaler, was ihm gefiel. In seinem war viel zu viel Platz, da konnte sie von ihm wegrücken.

Die Badezimmertür ging auf. Parker erschien in einem Nachthemd, das bis zur Mitte der Oberschenkel reichte. Obwohl es nicht zu der Sorte gehörte, die man gemeinhin als sexy einstufte, sah Parker trotzdem sehr süß darin aus.

»Ich habe eine schlechte Nachricht«, sagte sie, während sie zu ihrer Bettseite tappte.

»Was denn?«

»Ich habe meine Tage gekriegt.«

Nun war er wirklich verwirrt. Sie wollte doch keine Kinder haben.

Aber anscheinend merkte sie, was er dachte, weil sie erklärend hinzufügte: »Heute Abend läuft also nichts.«

»Ach so, sorry, ich bin ein bisschen langsam.« Er schlug die Decke für sie zurück. »Ich genieße es im gleichen Maß, einfach nur mit dir zu kuscheln.«

Parker knipste die Lampe aus und legte sich neben ihn. »Im gleichen Maß?«

»Zu neunundneunzig Komma neun Prozent.«

Sie blickte auf, streckte sich ihm für einen Kuss entgegen. Dann lehnte sie den Kopf an seine Schulter. »Ich bin froh, dass du hier bist«, sagte sie.

»Ich auch.«

»Gute Nacht.«

Er gab ihr einen Kuss auf den Kopf. »Gute Nacht.«

Aber seine Gedanken ließen sich einfach nicht abschalten. Bisher hatte er sich noch nie dafür interessiert, ob eine Frau Kinder haben wollte. Was war bei Parker anders?

Er schloss die Augen, versuchte, seine Atmung zu kontrollieren und sein Gemüt zu beruhigen.

Bei Parker war es anders, weil er sie liebte.

Alles an ihr war anders als bei den Frauen, mit denen er früher ausgegangen war. Parker war unabhängig, meistens wollte sie noch nicht mal seine Hilfe annehmen. Wenn er sich aufdrängte, weil er etwas für sie tun wollte, wehrte sie ihn ab, um es selbst zu erledigen. Wollte sie sich etwas beweisen oder wollte sie es *ihm* beweisen? Obwohl er sich manchmal darüber geärgert hatte, bewunderte er es gleichzeitig sehr an ihr.

Ihre Atemzüge wurden gleichmäßig, ihr Arm, der auf ihm lag, wurde schwer.

Er sah seine Zukunft an der Seite dieser Frau.

Und wieder hallten Matts Worte in seinem Kopf. *»Ist es ein K.-o.-Kriterium?«*

Oh Mann, er hoffte, nicht.

* * *

»Wir haben schon ewig nicht mehr gemeinsam zu Mittag gegessen.« Jennifer und Parker saßen in ihrem Lieblingsrestaurant.

»Gut, dass du heute nur den halben Tag arbeitest. Wie läuft es in der Schule?«

Jennifer nippte an ihrem Eistee. »Gerade geht die Grippe um. Und die Kids drehen durch, weil sie wegen des Regens zu viel drinnen sind. Wie geht's dir und deinem Traumprinzen?«

»Uns geht es gut. Wirklich gut.«

Jennifers Lächeln verrutschte. »Oh nein. Was ist los?«

»Nichts.«

»Du schwindelst mir doch was vor. Beim letzten Mal hast du gekichert und bist ganz rot geworden, aber jetzt bilden sich Falten auf deiner Stirn. Was ist los?«

Parker stocherte im Salat herum. »Er will Kinder.«

Jennifer spuckte fast ihren Tee wieder aus.

Parker reichte ihr wortlos eine Serviette.

»Warn mich nächstes Mal vor, okay? Kinder? Warum in Gottes Namen redet ihr denn jetzt schon über Kinder?«

»Keine Ahnung. Das Thema kam halt auf.«

»Wie lange seid ihr zusammen?«

»Seit zwei Monaten.«

Jennifer schüttelte den Kopf. »Nach zwei Monaten redet ihr über Babys? Vielleicht bin ich ja altmodisch, aber habt ihr nicht einen Schritt ausgelassen? Wenigstens erst mal zusammenwohnen?«

»Es ging ja nicht um jetzt gleich, es war eher eine generelle Frage. Jedenfalls will Colin mal Kinder haben.«

»Hat er gesagt, dass du seine Babys auf die Welt bringen sollst?«

»Nein.« Parker gab die Unterhaltung des letzten Wochenendes wieder und erzählte, wie angespannt das Verhältnis seitdem war. Zuerst hatte sie gedacht, es liege an den Hormonen, weil sie ihre Tage hatte. Aber nachdem sie wieder vorbei waren, wurde klar, dass es eben nicht nur daran gelegen hatte.

»Liebst du ihn?« Jennifer kam gleich auf den Punkt.

»Ich weiß nicht. Ich meine, ich mag ihn schon sehr. Es gibt kaum einen Tag, an dem wir nicht miteinander reden.«

»Ja klar, er arbeitet ja auch bei dir vor der Haustür.«

»Nein, ich meine, wir reden richtig, über Gefühle, über Probleme und so. Er versteht mich.«

»Aber du willst keine Kinder.«

»Ich will wieder richtig leben. Die Ersatzmutter für zwei trauernde Teenager zu sein und nie selbst mal heulen zu dürfen, war echt furchtbar. Manchmal sehe ich noch meine Augenringe, wenn ich in den Spiegel schaue. Ich habe das so lange gemacht. Dass sich das bald ändert, finde ich sehr befreiend. Wenn ich eigene Kinder hätte, wäre ich wieder stark eingeschränkt. Du bist selbst Mutter, du weißt es am besten.«

Jennifer nickte. »Ich stimme dir da völlig zu.«

»Siehst du.« Parker spießte ein Salatstück auf, als hätte es sie beleidigt.

»Und ich würde es für nichts auf der Welt anders haben wollen.«

»Mann, du bist mir jetzt aber auch keine Hilfe.«

»Hör zu, ich meine ja nicht, dass du Kinder haben musst. Wenn sich mehr Leute vorher darüber Gedanken machen würden, gäbe es weniger verkorkste Kinder da draußen. Aber du sagst nicht, dass du keine willst, weil du Kinder nicht magst oder nichts mit ihnen anfangen kannst. Du magst ja selbst die kleinen Racker, die immer was anstellen. Du magst keine, weil du ein eigenes Leben haben willst. Dann erzähl mal, wie soll dieses Leben aussehen?«

Das war eine leichte Frage. »Ich will einen richtigen Job haben und wieder studieren. Und vielleicht auch mal irgendwohin reisen.«

»Zum Beispiel nach Cabo?«

Die Frage war wie eine kleine Ohrfeige.

»Genau.«

»Und was für einen Job willst du? Oder welches Studium?«

»Ich weiß nicht. Angeblich verdient man als Protokollführer beim Gericht gutes Geld. Oder ich könnte eine Ausbildung machen, zur Rechtsanwaltsgehilfin oder so.«

»Siehst du dich denn im Büro arbeiten?«

»Vielleicht. Keine Ahnung.«

»Immer, wenn ich dich frage, kommt dieselbe Antwort. *Keine Ahnung.*«

Der Verlauf des Gesprächs missfiel Parker langsam.

»Was ist mit Colin. Siehst du ihn in dieser recht vage geschilderten Zukunft?«

»Schon, aber irgendwie kann ich nur sehen, was direkt vor mir liegt. Tag für Tag, Stunde für Stunde.«

Jennifer schüttelte den Kopf. »Das ist deine Strategie, so lange ich dich kenne.«

»Ja, und leider sogar mehr noch seit dem Waldbrand.«

»Verständlich. Aber wahrscheinlich kennst du Mallorys und Austins Pläne besser als *deinen* nächsten Zug auf dem Schachbrett des Lebens. Du hockst bloß am Rand und schaust zu.«

Parker öffnete den Mund, um zu widersprechen, doch dann schloss sie ihn wieder. »Colin führt ein ganz anderes Leben. Ich will ihn nicht ausbremsen.« Ihr Leben war wie Treibsand.

»Da bemitleidet sich jetzt aber jemand selbst. Es klingt nicht danach, als würdest du Colin ausbremsen. Er hat ja gesehen, dass ein entgleister Zug auf ihn zukommt. Trotzdem ist er gleich aufgesprungen. Hör einfach auf, dir ständig Sorgen zu machen. Wenn er wegen der Kinderfrage ein Problem hat, wird er es dir schon sagen. Streich es bis dahin einfach aus deinem Kopf.«

»Aber was, wenn ich ihn in die falsche Richtung lenke?«

»Du hast deutlich gesagt, dass du keine Kinder willst, und er, dass er schon welche möchte. Hier führt niemand irgendwen in die falsche Richtung. Genieß einfach mal für ein paar Minuten dein Leben, Parker. Dass du jemanden hast, an den du dich anlehnen kannst. Das ist der Unterschied zu früher. Bei mir ja auch, denn Sam ist mein Fels in der Brandung. Kinder mit einem Mann an der Seite großzuziehen, ist hundert Mal leichter. Ohne ihn könnte ich das gar nicht.«

»Könntest du schon«, widersprach Parker.

»Ja, du hast recht. Aber so Gott will, muss ich es nicht.«

»Danke, Jennifer.«

»Gern geschehen. Und jetzt erzähl mal von dem Zirkus bei euch. Habt ihr wieder Wasser?«

Parker schloss die Augen und stöhnte. »Nein.«

* * *

Genau drei Tage lang wurde das Wetter wieder besser. So hatte Colin die Möglichkeit, mithilfe seiner Kollegen die Wasserleitung, die durch die Auswaschung lief, zu reparieren. Sie arbeiteten dabei allerdings gegen die Zeit, denn schon war die nächste Sturmfront angekündigt.

Die Arbeiter füllten die Zwischenräume der Steine, die zur Stabilisierung der Becken dienten, mit einer Art Spritzbeton aus, damit die Wassermassen die Steine nicht lösten, die sonst selbst wieder Schaden anrichten konnten. Beide Beckenkonstruktionen waren schon zweimal repariert worden. Mittlerweile war zur Befestigung doppelt so viel Metall an den Seiten wie anfangs. Zum Glück hatte bisher jedes Unwetter die

Konstruktionen zwar an die Grenzen, nicht aber zum Bersten gebracht.

Parker war nicht zu Hause und er hoffte, dass sie die Hauptleitung wieder in Gang gesetzt hatten, bevor sie heimkam. Zusammen mit vier seiner Männer stand er in der Auswaschung. Sie mussten sehr schnell arbeiten, denn für die Reparatur wurde oben das Wasser aufgestaut und es gab nur ein kurzes Zeitfenster, bis das Becken überlaufen würde. Jetzt verlegten sie für die Hauptwasserleitung ein massives Rohr, das hoffentlich widerstandsfähiger sein würde als das alte. Er hatte seinen besten Mann hier, der das Rohr mit großen Felsblöcken stabilisierte. Zehn Minuten, bevor Parker die Straße entlangfuhr, drehte er die Leitung auf und überprüfte, ob alles funktionierte.

Parker blieb nördlich der Auswaschung mitten auf der Straße stehen und sprang aus dem Auto. »Passiert hier das, was ich denke?«

»Genau das.«

Die Männer grinsten.

Parker sprang wie eine Zehnjährige herum, die vom Christkind ein Pony geschenkt bekommen hatte. Mit offenen Armen rannte sie zu Colin. »Danke, danke, danke!«

Anschließend umarmte Parker alle anderen Männer. »Ihr könnt euch gar nicht vorstellen, wie glücklich ihr mich macht.«

»Man kann es ein bisschen ahnen«, gluckste Colin.

»Ich meinte die anderen Jungs.« Sie blickte auf das dicke Rohr. »Und ihr seid sicher, dass es hält?«

Die Männer zuckten nur mit den Schultern.

Colin hatte etwas mehr Vertrauen. »Das ist bombenfest.«

»Sicher?« Die Arbeiter wirkten nicht sehr überzeugt.

Daraufhin schüttelte Colin schließlich auch den Kopf. »Wer weiß so was schon?«

»Okay, dann schließe ich lieber auch keine Wette ab. Vielleicht ist der schlimmste Regen schon vorbei.«

Auch darauf würde er nicht setzen. Wieder umarmte sie ihn und küsste ihn stürmisch.

»Wie fändet ihr es, wenn ich morgen Mittag Tacos für alle spendiere? Ich kann sie jetzt schon bestellen, dann werden sie pünktlich geliefert.«

»Das ist doch nicht nötig.«

»Vielleicht, aber ich will. Sagt mir einfach, wie viele Leute zum Essen da sind und ich kümmere mich um den Rest.«

»Okay, aber nur, weil es Sie glücklich macht.«

Sie zwinkerte. »Es gibt vieles, das mich glücklich macht.«

Einer der Männer machte ein unflätiges Geräusch, aber er drehte sich schnell weg, als sein Chef ihn scharf ansah.

Sie zupfte Colin am Arm, damit er mitkam. »Danke, Jungs.«

Als sie außer Hörweite waren, begann sie zu reden.

»Mallory hat vorhin geschrieben. Sie will, dass Austin und ich zu Hause sind, aber du sollst nicht dabei sein.«

»Für heute hatten wir doch sowieso nichts ausgemacht, oder?«

»Nein, wir hatten keine Pläne. Es ist aber doch eine komische Bitte. Vielleicht ist irgendwas mit ihr und Jase?«

»Nicht, dass ich wüsste.«

»Falls du etwas hörst …«

»Dann lass ich es dich wissen.«

Sie küsste ihn, aber nur kurz, weil sie eilig wieder ins Auto stieg. »Ich gehe jetzt Wäsche waschen.«

»Ich habe noch nie eine Frau gesehen, die sich so freut, dass sie Wäsche waschen darf.«

»Gewöhn dich lieber nicht daran.«

Immer wieder brachte sie ihn zum Schmunzeln. »Na gut.«

»Und jetzt husch, husch, wieder an die Arbeit!«

Kapitel 35

Parker hatte Erin gebeten, sich mit einem Notfallwein bereitzuhalten, falls Mallory schreckliche Nachrichten heimbrachte. Noch nie war sie so kryptisch gewesen. Parker betete nur, dass ihre kleine Schwester nicht schwanger war.

Das war ihr als Erstes in den Sinn gekommen.

Warum würde sie sonst ein Geschwistermeeting einberufen und darum bitten, dass Colin nicht anwesend sein sollte? Oder machte sie mit Jase Schluss und wollte nicht, dass Colin es erfuhr?

Die Spannung war kaum auszuhalten.

Austin kam von der Schule nach Hause und wollte gleich wieder los. Aber Parker hielt ihn auf.

»Deine Schwester will mit uns was Wichtiges besprechen. Du musst bitte noch hierbleiben.«

Austin stöhnte. »Wann kommt sie heim?«

»Jetzt gleich irgendwann.«

Er rollte mit den Augen. »Wenn sie in einer Stunde nicht da ist, fahre ich.«

Parker faltete Wäsche zusammen, als das Torsignal ertönte und Mallorys Heimkehr verkündete.

Ein paar Minuten später wurde das Garagentor geöffnet, geschlossen und schließlich kam ihre Schwester herein.

»Hi«, sagte Mallory und wollte vorbeihuschen.

»Hey, Moment mal …«

»Was denn?«, fragte Mallory.

»Wie *was denn*? Du hast doch gesagt, dass du was mit uns besprechen willst.«

»Ach so, ja. Lass mich nur kurz meine Sachen ablegen.«

Parker nahm einen tiefen Atemzug.

Mallory kam nur zwei Schritte weiter.

»Sag mir bitte, dass du nicht schwanger bist.« Parker hielt die Luft an.

Mallory drehte sich zu ihr um. »Nein, ich bin nicht schwanger.«

Erleichterung durchströmte Parker. »Okay. Hol Austin, wenn du kommst. Er will wegfahren und wartet nur auf dich.«

Zehn Minuten später saßen sie also zusammen auf der Couch. Parker und Austin warteten gespannt auf Mallorys Neuigkeiten.

»Ihr wisst ja, dass ich schon eine Weile mit Jase zusammen bin.«

»Ja, und?«, fragte Austin schlecht gelaunt.

»Na ja, langsam wird es eine ernstzunehmende Beziehung.«

»Zwei Monate, Mallory. Wie ernst soll man das denn nehmen?«, murmelte Austin.

Wenn irgendwer wusste, was zwei Monate in einer Beziehung bedeuten konnten, dann Parker. »Du bist zu jung zum Heiraten.«

»Oh Mann, Parker. Ich bin weder schwanger, noch will ich heiraten.«

»'tschuldigung. Ich war etwas voreilig.«

»Ja, das warst du.«

»Also gut. Sprich weiter.«

Mallory holte tief Luft. »Ich ziehe aus.«

Von allen Dingen, die aus Mallorys Mund kommen konnten, war »Ich ziehe aus« so ziemlich das Letzte, was Parker erwartet hätte.

»Wie bitte?«

»Während der Semesterferien. Jase und ich haben darüber geredet …«

»Okay, ich nehme Mallorys Zimmer.« Austin hatte noch nicht einmal mit der Wimper gezuckt.

Parker wedelte in der Luft, um die Bemerkung ihres Bruders abzuwimmeln. »Aber du kennst Jase doch kaum.«

»Nach der Überschwemmung und dem ganzen Schlammzeugs wohne ich ja eh schon fast bei ihm. Wir wollen jetzt den nächsten Schritt wagen.«

»Und dein Studium?«

»Ich studiere weiter. Und finanziell gesehen kriegen wir das auch hin – Jase hat einen Job, ich habe auch einen Job …«

»Wir hatten doch Pläne, dass wir alles gemeinsam schaffen«, stammelte Parker.

»Ja. Und nun musst du dich nicht mehr um mich kümmern, das übernehme ich jetzt selbst.«

Parker fühlte, wie etwas in ihr in tausend Stücke zersprang.

»Wenn's nicht klappt, komm ich wieder zurück.« Mallory sah sie durchdringend an.

»Aber ich nehm trotzdem dein Zimmer.«

»Mein Gott, Austin. Jetzt hör endlich auf«, schrie Parker ihn an.

Mallory legte den Kopf schief. »Ich hätte gedacht, dass du dich für mich freust.«

Parker war am Boden zerstört. »Ich bin schockiert.«

»Aber es hätte dir klar sein müssen, dass ich irgendwann mal ausziehe.«

Schon. Aber dieses *irgendwann* hätte in ferner Zukunft liegen sollen.

»Wir wollten doch unsere eigenen Wege gehen, wenn Austin mit der Highschool fertig ist«, fuhr Mallory fort. »Du erinnerst dich, oder?«

»Der Plan hat sich geändert. Seit dem Waldbrand.«

Mallory wurde ernst. »Ich weiß. Aber ich will das wirklich. Wenn du das Haus behältst, muss ich ein bisschen mehr arbeiten, damit das geht. Ich kann das. Wenn Mom und Dad noch leben würden, hätte ich ja auch kein Geld vom Hausverkauf, auf das ich mich verlassen könnte. Deshalb verlasse ich mich auch jetzt nicht darauf.«

Die verschiedensten Emotionen stürzten auf Parker herein. Unter dem Strich ging es darum, dass Mallory in ihrem Leben etwas anderes machen wollte als das, was Parker gut fand. Aber sie hatte kein Recht darauf, ihre Schwester daran zu hindern.

Sie versuchte, es aus der Perspektive der Eltern zu sehen. Was hätten sie gesagt, wie hätten sie reagiert?

Doch sie starrten nur schweigend vom Kaminsims herab.

Es war schmerzlich, es laut auszusprechen, was ihr durch den Kopf ging: »Ich halte es für einen Fehler. Es ist eine überstürzte Entscheidung, jetzt schon mit Jase zusammenzuziehen …«

Mallory wollte etwas entgegnen, aber Parker ließ sie nicht zu Wort kommen.

»Andererseits ist es mir wesentlich lieber, dass ihr zusammenzieht, als euch gleich permanent zu binden, indem ihr heiratet, oder so.«

Ganz langsam verzog sich Mallorys Mund zu einem Grinsen. »Es ist also okay?«

»Nein, okay finde ich es nicht.« *Nicht mal annähernd.* »Aber ich verstehe es. Und du hast immer ein Zuhause, in das du zurückkehren kannst, falls es doch nicht klappt.«

Mallory sprang von der Couch, um Parker zu umarmen.

Gleich würden dicke, hässliche Tränen kullern.

Bis Austin wieder die Klappe öffnete. »Falls du zurückkommst, behalte ich trotzdem dein Zimmer.«

Parker nahm das Sofakissen und bewarf ihn damit.

* * *

Es klopfte an der Tür.

Hatte er versehentlich innen verriegelt? Sowohl sein Bruder als auch seine Schwester hatten einen Schlüssel. Sonst kam um die Uhrzeit niemand mehr zu ihm.

»Ich komme ja schon ...«

Er hüpfte die Stufen hinab und riss die Tür auf. »Hast du den Schlüssel ... Parker?«

Sie weinte, stürzte sich in seine Arme.

»Was ist los?« Er hielt sie, dann schob er sie ins Haus. »Liebes, was ist?«

Wie eine Comicfigur sog sie mit zitternder Unterlippe laut schluchzend die Luft ein.

Colin bekam Angst. So aufgelöst hatte er Parker noch nie gesehen. Bei allem, was sich bisher ereignet hatte, war sie noch kein einziges Mal zusammengebrochen. »Parker?«

Doch sie klammerte sich nur noch fester an ihn.

»Alles ist gut, meine Kleine. Egal, was es ist, ich bin da für dich.«

Ihr Schluchzen wandelte sich in ein Stakkato um.

Langsam wurde sie ruhiger.

»Komm.« Er führte sie ins Wohnzimmer, setzte sich mit ihr auf die Couch.

»Erzähl, was los ist.«

Sie blinzelte ein paarmal, bis sie genug Mut gesammelt hatte, um zu reden. »Mallory.« Wieder holte sie tief Luft. »M-Mallory z-zieht aus.«

»Okay.« Er wartete auf das Schlimme, was noch käme.

Parker starrte ihn an. »Von zu Hause zieht sie aus.«

Das hatte er verstanden, ja. Aber hatte er etwas verpasst?

»Und … du weinst, weil Mallory auszieht?« Er brauchte irgendeinen Hinweis, um das Problem zu verstehen.

»Sie hat es mir vorhin gesagt. In den Semesterferien zieht sie mit Jase zusammen.« Erneut kullerten die Tränen.

Colin drehte sich um, auf der Suche nach einem Taschentuch, aber er hatte keines in der Nähe. Für einen Mann erfüllte ein Hemdsärmel manchmal auch seinen Zweck. Doch jetzt sprang er auf und ging ums Sofa herum zur Küche. Dort holte er die Rolle mit Krepppapier und brachte sie ihr.

Parker schnäuzte sich, faltete das Papier, blies ein zweites Mal hinein.

Er wartete, bis sie sich wieder etwas unter Kontrolle hatte, dann sagte er: »Parker, meine Liebe. Ich versuche sehr, nicht der Freund zu sein, der von nichts eine Ahnung hat. Bitte erklär es mir: Du bist traurig, weil deine Schwester von zu Hause auszieht?«

Sie nickte.

»Und sie ist nicht schwanger oder so was, richtig? Oder hat sich mit Jase verlobt?«

Parker schüttelte den Kopf und schluckte schwer.

»Sie zieht nur aus.«

Dabei zog sie die Augenbrauen zusammen. »Ich weiß, ich sollte deshalb nicht so herumheulen.« Der Tränenfluss wollte nicht versiegen.

Colin zog sie an sich. Jetzt, da er wusste, dass nichts Katastrophales geschehen war, entspannte er sich wieder.

Er hielt sie fest, während sie noch gute zehn Minuten weiterweinte. Wenn der Tag jemals käme, an dem er Frauen ganz verstand, würde er ein Buch schreiben und Millionär werden.

»Du machst gerade eine schwere Zeit durch.«

»Es hat mich so getroffen.«

»Das merkt man.«

Sie schniefte an seinem Hemd. »Aber sie will nur ihr Leben leben.«

»Genau.«

»Und Jase ist ja auch ein netter Kerl.«

Während der Highschool hatte sein Cousin mal eine Phase gehabt, während der er Joints rauchte, aber vielleicht war jetzt kein guter Zeitpunkt, das zu erwähnen. Außerdem war sich Colin sicher, dass diese Phase längst wieder vorbei war. »Er wird sie nie schlecht behandeln. Und falls doch, kriegt er es mit mir zu tun, auch wenn er zur Familie gehört.«

Sie gab ein zartes Glucksen von sich.

Jetzt blickte sie ihn an. »Warum fühle ich mich so?«

»Ich weiß es nicht.«

»Sie ist doch meine Schwester. Und sie zieht auch nicht nach Syrien oder so.«

»Zieht überhaupt irgendwer nach Syrien?«

»Nein. Egal, jedenfalls ist es nicht so«, meinte Parker. »Und sie geht nicht zur Armee oder in den Krieg … oder macht sonst was Gefährliches. Sie zieht bloß aus.« Sie fasste an ihren Brustkorb, als würde er schmerzen.

Dann dämmerte es ihm. »Weil sie nicht nur deine Schwester ist. Du hast sie mit großgezogen.«

Parker guckte ihn an. »Wie? Du meinst, ich habe so was wie das Empty-Nest-Syndrom? Ich bin erst sechsundzwanzig, ich kann doch nicht über ein leeres Nest trauern, dafür bin ich nicht alt genug.«

Er erinnerte sich daran, wie traurig seine Mutter damals gewesen war, als er auszog. Obwohl er da schon zweiundzwanzig war. »Es ist eine Empfindung, die mit dem Alter nichts zu tun hat, meine Liebe.«

Parker stülpte die Unterlippe hervor.

Und er verspürte den starken Drang, sie zu küssen.

»Du hast sehr viel Stress. Denk doch nur, wie du dich heute gefreut hast, dass du wieder waschen kannst.«

Das brachte ihm ein Schmunzeln von ihr ein.

»Ich bin albern.«

Ja, hoch drei. »Nein, nur emotional.«

»Emotional auf alberne Art.«

Jetzt musste er lachen. »Verdammt, ich liebe dich.«

Sie wurde ernst.

Mist, hatte er das laut gesagt?

»Es ist nicht fair«, jammerte sie nun. »Ich habe ein Empty-Nest-Syndrom und du kriegst nicht die Kinder, die du willst. Das darf doch nicht sein.« Sie wollte aufstehen, doch er zog sie sanft wieder zurück.

»Stopp mal. Wie kommst du jetzt darauf?«

»Mich kann man nicht lieben. Ich bin ein Wrack, schau mich doch an.«

»Ich schaue dich an. Und sehe ein sehr süßes, liebenswertes Wrack!«

Ihre Gesichtszüge entgleisten. »Ich weiß nicht, ob ich dir geben kann, was du haben willst.«

Er wollte ihr sagen, dass es ihm nichts ausmachte.

»Wir sind zum Glück alt genug, um das herauszufinden. Und auch noch jung genug dafür.«

Allein die Tatsache, dass sie zu ihm gekommen war, um Trost zu suchen, gab ihm Zuversicht für eine gemeinsame Zukunft. Vielleicht hatte er endlich ganz und gar ihr Vertrauen gewonnen.

Nichts auf dieser Welt wünschte er sich mehr als das.

Kapitel 36

Mallory blieb nun an den Wochenenden meistens bei Jase, dann rief sie an, um zu sagen, dass sie erst am Montag nach der Uni nach Hause käme. Sie würde ausziehen, wenn der Regen und die Überschwemmungen gänzlich vorbei waren. Parker war sich sicher, dass ihre Schwester ein schlechtes Gewissen hatte, sie mitten im Chaos sitzenzulassen.

»Macht es dir gar nichts aus?«, fragte Parker ihren Bruder.

»Nö. Ich meine, ich werde ja auch irgendwann ausziehen. Jetzt hat sie schon mal das Pflaster abgezogen, dann tut es nicht mehr weh, wenn es bei mir so weit ist.«

»Willst du etwa auch ausziehen?«

»Quatsch. Ich will ja nicht so viel arbeiten. Bin doch nicht blöd. Aber eines Tages mal.«

Parker atmete erleichtert aus.

An diesem Samstagabend, an dem Austin ausnahmsweise mal zu Hause war, schauten sie gemeinsam Nachrichten.

»Sieht nicht gut aus«, murmelte er mit Blick auf den Bildschirm.

»Ich kann mich nicht erinnern, dass es überhaupt schon mal im Winter so viel geregnet hätte.«

Eine Nachrichtenreporterin, die mit Parker schon zweimal ein Interview geführt hatte, stand gute fünf Meilen von ihrem

Grundstück entfernt. Hinter ihr rauschte der Santa-Clara-Fluss. »Wir erwarten hier im Süden einen Doppelschlag. Die Behörden haben mittlerweile offiziell das Ende der Dürreperiode verkündet, noch bevor die nächsten Unwetter hereinbrechen. In den Tälern wird am Dienstag eine Niederschlagsmenge von dreißig Millimetern erwartet, in den Bergen und der Gegend des vorangegangenen Waldbrands sogar von sechzig bis hundertfünfzig Millimetern. Der Bevölkerung wird dringend geraten, den Gebieten, in denen es zu Überschwemmungen kommt, fernzubleiben und dort besonders den Wetterbericht der Region zu verfolgen.«

»Heute kein Gastauftritt von dir?«, fragte Austin.

»Sie kommen erst, wenn es wieder richtig zur Sache geht.« Als Austin aufstand, um ins Bett zu gehen, stellte auch Parker den Fernseher aus.

»Ich fülle morgen die Benzinkanister für den Generator und kaufe Lebensmittel. Wenn du was brauchst, schreib es auf die Liste.«

»Okay, mache ich.«

»Und lass deine Badewanne volllaufen. Ich bin nicht hundertprozentig sicher, dass das Rohr der Hauptleitung überlebt.« Es hatte schon fast eine Woche gehalten, aber das nächste Unwetter würde es auf die Probe stellen.

Austin blieb stehen. Sein Blick fiel auf das Bild auf dem Kaminsims. »Macht es dich auch manchmal traurig, wenn du das Bild anschaust?«

»Immer«, antwortete Parker.

Er guckte zu ihr. »Warum ist es dann noch da?«

Was war es nur mit ihren Geschwistern, dass sie sie immer zum Weinen brachten? »Es hat sich nicht richtig angefühlt, es zu entfernen.«

Er zuckte mit den Achseln, so wie es eben seine Art war. »Ich finde, wir sollten es wegtun. Vielleicht können wir es in zehn Jahren wieder aufstellen und dann fühlen wir uns nicht mehr so, als würde uns was fehlen.«

Ihre Kehle schnürte sich zusammen.

»Ich habe dich lieb, Austin.«

»Ich dich auch, Schwesterherz.«

* * *

Die Klangstäbe des Windspiels schlugen gegeneinander und rissen sie aus tiefstem Schlaf.

Die Leuchtziffern zeigten vier Uhr morgens.

Sie rollte sich aus dem Bett und spürte vom Vortag jeden einzelnen Muskel. Und vom Vorvortag …

»Ich habe es so satt!«

Ihre Blase drückte und statt nur das Kissen auf die kühle Seite zu drehen, zwang sie sich aus dem Bett und tappte ins Bad. Dabei blickte sie aus dem Fenster. Die Lampen mit dem Bewegungsmelder an der Einfahrt waren angegangen, auch die beim Gästehaus.

Der Wind heulte.

Sie ging zur Toilette, ließ sich anschließend wieder ins Bett zurückfallen. Während der nächsten Stunde machte sie sich vor, sie könne wieder einschlafen. Doch dann gab sie es auf und ging in die Küche.

Sie wollte Kaffee machen, guckte aber erst noch auf die Wetter-App auf dem Handy. Als es in ihrer Hand klingelte, zuckte Parker erschrocken zusammen.

Es war Erin.

»Bist du wach? Ich habe Licht bei dir gesehen.«

»Ja, es stürmt furchtbar.«

»Ich weiß. Ich kann auch nicht schlafen.« Sie klang angespannt.

Parker wurde wach. »Ist alles okay? Du klingst, als hättest du Angst.«

»Die Lichter sind draußen angegangen. Ich, äh …«

»Komm doch hoch. Trink einen Kaffee mit mir. Ich mache die Flutlichter an.«

»Bist du sicher?«

Erin war total panisch, das hörte Parker.

»Klar, aber nur, wenn du willst.«

Parker ging zum Schalter für das Flutlicht. Jetzt war der Gartenanteil des Grundstücks beleuchtet. Meistens waren Kojoten unterwegs und das Flutlicht half, sie zu vertreiben. Als Parker die Schiebetür öffnete, fror sie. Sie trat auf die hintere Veranda, von dort hatte man den Blick aufs Gästehaus. Mit dem Telefon in der Hand winkte sie Erin. »Ich bin hier.«

»Und ich auf dem Weg zu dir.«

Sie wollte zwar ins Haus zurück, wartete aber dann doch lieber auf Erin.

In einen dicken Mantel gehüllt rannte Erin um den Pool herum und den steilen Pfad hoch, der die beiden Häuser miteinander verband. Als sie die letzten Stufen erreicht hatte, eilten beide ins Haus.

»Mann, ist das vielleicht kalt und nass.«

Parker stellte das Thermostat höher. »Ich weiß nicht, wie es dir geht, aber ich habe allmählich echt die Schnauze voll von diesem ganzen Mist.«

»Ja …« Erin stand am Fenster, guckte hinaus.

»Ich habe dich gewarnt, der Bewegungsmelder geht an, wenn es stürmt.«

»Aber ich habe gedacht, ich hätte was gehört und dann haben die Lampen geleuchtet und sind nicht mehr ausgegangen.«

Parker füllte Wasser in die Kaffeemaschine. »Der Wind ist echt fies.«

»Ja …« Erin starrte immer noch hinaus.

Sie hatte die Tür zu ihrer Vergangenheit bereits einen kleinen Spalt geöffnet. Gerade so viel, dass Parker sie ein bisschen weiter aufstoßen konnte. »Du hast Angst, dass dich dein Ex ausfindig macht, oder?«

Ganz langsam drehte Erin den Kopf, sah über die Schulter hinweg zu ihr und begann zu nicken. »Er hat gesagt, er würde mich finden.« Ihre Stimme war fast tonlos.

Nun hörte man nur die Kaffeemaschine und den Wind zusammen mit den Regentropfen, die gegen die Fensterscheibe prasselten.

Als Erin nichts weiter sagte, machte Parker einen Vorschlag, weil es die einzige Lösung war, die ihr in den Sinn kam.

»Wenn hier alles wieder ruhiger ist, fahren wir zwei mal zum Schießstand. Nicht, dass ich jemals irgendwen erschießen könnte, aber es verleiht einem das Gefühl von Stärke. Vielleicht können wir auch zusammen einen Selbstverteidigungskurs machen. Du kannst gerne in solchen Nächten wie dieser Scout mit zu dir ins Gästehaus nehmen. Wahrscheinlich würde er keinen Fremden beißen, aber wenigstens bellt er und dann weißt du, ob es nur der Wind war oder ob tatsächlich jemand da ist. Oder du kommst zu uns hoch und schläfst im Gästezimmer. Du kannst es dir aussuchen.«

»Hast du denn keine Angst?«

»Weil dich dein Ex mit so einer blöden Drohung einschüchtern wollte? Nein. Es macht mich nur wütend. Ich weiß nicht genug, um Angst zu haben. Wenn du mir irgendwann so weit vertraust, dass du mir die ganze Geschichte erzählst, kann ich deine Angst vielleicht besser nachvollziehen. Im Moment verspüre ich nur den Wunsch, ihm eine zu verpassen.«

Erin guckte sie an. »Manche Männer schlagen zurück.«

Parker ging zu ihrer Freundin und legte den Arm um sie.

Die Kaffeemaschine piepste.

Als Parker zwei Tassen eingegossen hatte, sagte Erin: »Dir vertraue ich ja, nur ihm nicht.«

»Wohnt dein Ex hier in der Nähe?«

»Nein, er wohnt sehr weit von hier entfernt.«

»In Washington?« Erin hatte gesagt, dass sie vor dem Umzug dort gewohnt hatte.

»Das … das will ich lieber nicht sagen.«

»Jedenfalls nicht in Kalifornien?«

Erin schüttelte den Kopf.

»Gut.« Das reichte Parker vorerst.

Sie drehte den Wasserhahn auf, um den Löffel abzuspülen, mit dem sie die Sahne in den Kaffee gerührt hatte. Doch es kamen nur ein paar Tropfen aus der Leitung.

»Jetzt flipp ich gleich aus.«

* * *

Colin konnte nichts tun, als lediglich zuzusehen, wie das Unwetter tobte.

Parker hatte ihn bei Tageseinbruch angerufen und ihm gesagt, dass die Reparatur der Wasserleitung leider gescheitert war. Sie hatte noch nicht einmal viel Emotion in die Stimme gelegt. Sie klang eher resigniert. Als er schließlich an der Auswaschung stand, sah er den Grund. Tonnenschwere Felsblöcke wurden in den schlammigen Wassermassen herumgewirbelt wie Popcorn.

Nur ein paar seiner Leute waren da. Im Moment gab es für die anderen noch keinen Grund zu kommen, solange der Regen nicht aufgehört hatte. Die Wände hielten und die letzte Leerung hatte für weiteren Schlamm, den die Unwetterfront mit sich bringen würde, genug Platz geschaffen.

Colin stand auf der anderen Seite des Flusses gegenüber von Parker, sie unterhielten sich schreiend durch den Regen.

»Wie sieht es bei den Nachbarn aus?«, fragte sie.

»Bis jetzt okay. Die Kanäle funktionieren. Wie geht es euch?«

»Wir haben alles, was wir brauchen.«

»Ich habe für morgen doppelt so viele Lastwagen herbestellt. Wir fangen bei Tagesanbruch an. Es soll Sturm der Kategorie vier geben.«

Parker hob die Arme zum Himmel. »Was in Gottes Namen heißt das schon wieder? Klingt nach einem Hurrikan.«

»Es heißt, dass meine Mannschaft morgen Überstunden macht, um so viel Zeug wie nur irgend möglich wegzuschaffen.«

Der Regen peitschte ihr ins Gesicht, die Haare klebten an den Wangen. »Wenn das hier vorbei ist, brauche ich einen ganzen Monat statt nur einer Woche in Cabo.«

»Ich schaue mal, was sich da machen lässt.«

Und da war es wieder. Das Lächeln, das ihn erwärmte, auch wenn sie nicht bei ihm war.

»Geh ruhig wieder rein. Hier draußen kannst du jetzt eh nichts machen.«

Sie hauchte ihm einen Kuss hinüber, dann ging sie die schlammige Straße zum Haus zurück.

Kapitel 37

Das Tief hieß Lucifer.

Sollte das ein schlechter Scherz oder eine Art Vorwarnung sein? Parker hätte allzu gern gewusst, wer die Sturmtiefs benannte.

Als sie am nächsten Morgen aus dem Haus kam, war der Himmel blau mit ein paar weißen Wölkchen. Und wieder waren sämtliche Arbeitsmaschinen, die es gab, auf ihrem Grundstück. Wieder Bauhelme und Westen und keine Zeit für Donuts oder Pizza.

Colin hatte den Durchlauf unter der Brücke so weit freilegen lassen, dass das meiste Wasser unten durchfloss.

»Es überrascht mich eigentlich, dass es die Überquerung überhaupt noch gibt.«

»Mich auch«, sagte er.

»Weißt du, wer diese Leute da drüben sind?«, fragte sie und zeigte auf einen Mann und eine Frau, die aussahen, als würden sie vielleicht für die Stadt arbeiten. Manchmal kamen die Büroleute der Ämter, um sich vor Ort ein Bild von der Lage zu machen.

»Keine Ahnung.«

Das Paar blieb stehen, blickte zum reißenden Fluss in der Auswaschung.

»Ich geh zu ihnen. Mach du nur wieder deine Arbeit.«

Colin küsste sie. »Meine kleine Bestimmerin.«

Sie zwinkerte und ging zu den Leuten. Diesmal tat sie ahnungslos und grüßte freundlich: »Guten Tag.«

Die Frau lächelte ihr zu. »Hallo.«

»Das ist vielleicht eine Sache«, murmelte der Mann.

»Kommen Sie vom Bauamt?«, fragte Parker.

»Nein, nein, wir wohnen nur in der Nähe.«

Sie hatte nicht mal die Energie, sich aufzuregen.

»Schön. Haben Sie ein Handy dabei?«

Der Mann blickte sie verdutzt an. »Ja.«

»Dann holen Sie es jetzt heraus, machen ein paar Bilder und gehen. Es behindert die Arbeiten, wenn ständig wer kommt und den Lastern und Maschinen im Weg steht. Die Männer versuchen, die Häuser hier vor einer Überschwemmung zu bewahren, bevor morgen der nächste Regenguss kommen. Es zählt jede Minute.«

Die Frau hatte wenigstens die Güte, peinlich berührt zu sein. »Ich habe dir doch gesagt, dass wir hier nicht herumlaufen dürfen.«

»Wohnen Sie hier?«, fragte der Mann.

»Jawohl. Und gern geschehen.« Trotz der leichten Irritation rang sich Parker ein Lächeln ab.

Die Frau zog ihren Mann fort.

Parker sah einen weiteren Gaffer. Sie marschierte zu ihm und war nicht mehr ganz so freundlich.

Als sie mit den Schaulustigen fertig war, ging Parker zu den Nachbarn. Eine Lieferung Strohballen von einem Landwirtschaftsbetrieb in der Nähe war gekommen und am Zaun abgeladen worden. Freunde, Nachbarn und auch ein paar freiwillige Feuerwehrhelfer arbeiteten emsig, um die Häuser in der Gefahrenzone abzusichern.

Parker zog ihre Handschuhe aus der Gesäßtasche und machte sich ebenfalls an die Arbeit.

Während die Einsatzkräfte auf ihrem Grundstück schufteten, verbrachte sie selbst den Tag damit, den Nachbarn zu helfen. Sie war schon ziemlich erschöpft, aber konnte noch lächeln, als jetzt auch Austin, Mallory und Jase kamen, sich Schaufeln schnappten und mitmachten.

»Entweder lachen wir hinterher oder wir weinen«, meinte Tracy.

»Ich kann es echt nicht glauben, dass sie das Tief *Lucifer* nennen«, sagte Mallory.

»Immer noch besser, als wenn sie es Betty Ann nennen würden«, sagte Austin mit seinem trockenen Humor.

»Da hat er recht.«

Jetzt entdeckte Parker auch Erin, die in einer zu großen Jacke und mit Baseballmütze auf dem Kopf gekommen war.

Parker ging zu ihr hinüber, wo Erin gerade mit anderen Leuten zusammen Sandsäcke füllte. Auch ein paar Pressereporter waren aufgetaucht und filmten das ganze Chaos. »Du musst doch nicht …«

»Ich kann nicht rumsitzen und nichts tun.« Sie warf einen Blick zum Sendewagen.

Parker winkte ihr, damit sie ihr auf die Rückseite des Hauses folgte, wo nicht gefilmt wurde.

Zwei Polizisten kamen. »Wer wohnt hier in dem Haus?«

Mr Sutter hob die Hand.

»Heute wird nach einundzwanzig Uhr evakuiert«, sagte einer von ihnen.

»Wir sind schon darauf vorbereitet«, erklärte Mr Sutter.

Parker verstand das nur zu gut, denn von allen Häusern, die nicht direkt an der Auswaschung lagen, war das von den Sutters der größten Gefahr ausgesetzt. Deshalb waren auch alle so eifrig dabei, das Haus mit Sperrholz und Strohballen zu schützen.

Der Polizist fragte weiter nach den Namen der anderen Anwohner.

Die De Lucas wollten ihr Zuhause nicht verlassen. Parker und ihre Geschwister ebenso wenig. Aber auch der Sheriff war der Meinung, dass die Sinclair Ranch nicht direkt gefährdet sei. Als er Parker darauf hinwies, dass man möglicherweise nicht mehr über die Auswaschung käme, musste sie herzhaft lachen. Wenn dies ein Evakuierungsgrund gewesen wäre, hätten sie das Haus schon im Dezember verlassen müssen und könnten bis Mai nicht zurückkehren.

Der Polizist wollte niemanden zwingen. Er gab nur den Rat, die Häuser zu verlassen und notierte sich, wer bleiben würde und wer wegfuhr.

»Sie müssen sich darüber im Klaren sein, dass keine Rettungsmannschaften durchkommen, um Ihnen zu helfen.«

»Das würden wir auch nicht erwarten. Bei uns ist niemand krank. Wir haben Essensvorräte, Wasser, Benzin für das Notstromaggregat«, erklärte Parker. »Wie die meisten Leute hier.«

Der Beamte hatte Verständnis. »Ich wünsche Ihnen viel Glück. Wir sehen uns in ein paar Tagen, wenn alles vorbei ist.«

»Vielen Dank.«

Als die Polizisten gegangen waren, machten sich alle wieder an die Arbeit.

»Meinst du, dass es wirklich so schlimm wird?«, fragte Austin.

»In letzter Zeit habe ich großen Respekt vor Mutter Natur bekommen.«

»Also ja.«

Parker musste lachen. »Ja, Austin. Ich glaube, es wird wirklich schlimm. In welchem Ausmaß, kann ich dir nicht sagen. Mich wundert es, dass wir immer noch ein Tor haben, das sich schließen lässt.« Sie zeigte zu den Muldenkippern, die auf ihrem

Grund herumfuhren. »Auf jeder Seite sind bei der Durchfahrt nur ein paar Zentimeter Platz und trotzdem ist noch keiner gegen die Pfosten gefahren. Jedes Mal, wenn sie die Überquerung über der Auswaschung freiräumen, fürchte ich, dass auch die Straße futsch ist. Die Ränder der Becken und Gräben sind mittlerweile ziemlich ausgehöhlt. Unsere Sprinkleranlage ist beschädigt, die halbe Gartenbeleuchtung ist schon vorher im Feuer kaputtgegangen, die andere Hälfte während der ersten Überschwemmung. Wir haben kein fließendes Wasser. Ich will es ja nicht verschreien, aber eigentlich kann kaum noch mehr passieren.« Sie holte Luft. »Wenn es wieder zu regnen aufhört, kommt Colin mit seinen Leuten und sie schaufeln uns frei. Und ich kann die Versicherung anrufen. Wir werden nie im Leben alles selbst reparieren können.«

Sie sah wieder zu Sutters Haus. »Aber wenigstens müssen wir nicht fürchten, unser Haus zu verlieren. Im Gegensatz zu den Sutters.«

»Machen wir lieber weiter.«

Sie umarmte ihren Bruder, dann nahm sie sich den nächsten Sandsack vor.

* * *

»Kaum zu glauben, wie viel Zeug ihr heute rausgeholt habt.«

Colin und Parker standen weiter oben auf dem Hügel, von wo aus man auf die Becken sehen konnte. Colin war anzusehen, wie stolz er auf seine Mannschaft war. »Meine Männer sind gut in Form.«

Die Sonne war untergegangen, die Baufahrzeuge standen außerhalb der Gefahrenzone geparkt.

»Magst du es dir nicht noch mal anders überlegen und ihr kommt heute Nacht alle zu mir?« Er würde mit seiner Mannschaft während der Nacht Wache halten und konnte deshalb nicht bei Parker auf der anderen Seite der Auswaschung bleiben.

»Du weißt, dass ich das nicht mache.«

»Miss Sturkopf.«

Sie lehnte sich an ihn. »Miss Oakley gefällt mir besser.«

»Die war auch stur.«

»Du weißt doch selbst, dass wir im Haus in Sicherheit sind. Und wenn es eine Woche dauert, bis du uns wieder freischaufelst, uns kann nichts passieren.«

»Es dauert keine Woche. Selbst wenn die Brücke ganz fortgeschwemmt wird, komme ich mit ’nem Tieflader irgendwie rüber.«

»Würde das deinen Chef nicht in Missstimmung bringen?«

Er lachte. »Der kann so missgestimmt sein, wie er will. Die Eigentümerin des Hauses war ja so schlau und hat es vertraglich festgehalten. Wir sind verpflichtet, dafür zu sorgen, dass Madame stets das Grundstück verlassen und wieder betreten kann. Ed kann gar nichts dagegen sagen.«

»So eine kluge Hausbesitzerin.«

Sie gingen zurück. »Ist Mallory heute Abend daheim?«

»Ja. Sie wollte mich nicht allein lassen. Wir schauen Filme und schließen Wetten ab, wie viele Millimeter es regnen wird. Und dann gehen wir früh ins Bett.«

»Du bist sicher ziemlich erschöpft, was?«

»Ich gehe schon auf dem Zahnfleisch daher.«

Er nahm ihre Hand, während sie den Hügel hinabstiegen. Als sie bei seinem Wagen angekommen waren, zog er sie in die Arme. »Die Sturmfront wird nicht ewig andauern.«

»Ich weiß.«

Colin senkte seine Lippen auf ihre, genoss Parkers Nähe. »Ich melde mich.«

»Pass auf dich auf heute Nacht«, sagte sie zu ihm.

Er stieg über den Gartenschlauch, der mal wieder als Leitungsersatz diente.

Als er die Straße entlangfuhr, sah er, dass viele Häuser dunkel waren. Die Tore standen für die Hilfskräfte offen oder damit sie nicht durch die kommenden Schlammmassen blockiert wurden oder sich dahinter Felsbrocken aufstauten.

Die Polizei war ständig auf Patrouille. Nur Anwohner durften noch in den Canyon fahren, damit den Einsatzkräften der Weg freigehalten wurde. Er hoffte sehr, dass die ganze Aufregung vor dem Schlechtwettertief umsonst war und der Wettermann nach der Warnung hinterher tat, als wäre nie etwas gewesen.

Was auch immer käme, Colin war bis jetzt mit dem Verlauf des Projekts sehr zufrieden. Die ganze Crew hatte eine Gehaltserhöhung oder einen Bonus verdient.

Colin fuhr kurz nach Hause und duschte, dann zu seinen Eltern zum Essen. Matt arbeitete, es würden also nur seine Eltern und Grace da sein. Aber er freute sich auf einen geselligen Abend, wenn er ihn schon nicht mit Parker verbringen konnte.

Nachdem er seiner Mom und seiner Schwester einen Begrüßungskuss gegeben hatte, setzte er sich zu seinem Vater, der gerade Nachrichten guckte.

»Und, Dad, was sagt dein Bein über das Sturmtief?«

Emmitt blickte ihn an. »Ich hoffe, du hast deinen Regenmantel griffbereit.«

Kapitel 38

Lucifer kam langsam angekrochen und schlug gegen einundzwanzig Uhr richtig zu.

Die Nachrichten verbreiteten wegen der Unwetter nur Angst und Schrecken, weshalb Parker lieber ein Gesellschaftsspiel vorschlug. Obwohl alle sehr müde waren, wollte noch keiner ins Bett gehen.

Sie hörten das Wasser in der Auswaschung rauschen, als würde es direkt vor dem Haus vorbeifließen. Schon jetzt kam man nicht mehr über die Überquerung. Mittlerweile war das ja fast schon Alltag, dachte Parker.

In den nächsten paar Tagen würde niemand wegfahren können und Parker nahm sich vor, die gemeinsame Zeit mit ihren Geschwistern einfach zu genießen. Vielleicht würden sie später mal an diese Zeit zurückdenken und lachen.

In fünfzig Jahren oder so.

Sie bauten »Spiel des Lebens« auf. Statt ihr entsprechendes Geschlecht zu wählen, zogen sie einfach eine Figur aus dem Säckchen, gaben sich andere Namen und drehten den Zeiger.

Mitten im schönsten Spiel ging das Licht aus.

»Oh Mann!«

Erst wollte Parker rausgehen und den Generator anwerfen, aber dann hatte sie eine bessere Idee. »Lasst uns doch ein paar Kerzen anzünden und die Ruhe genießen.«

Mithilfe der Taschenlampenfunktion ihrer Handys suchte sie nach Kerzen.

Parker ging auf die Veranda zum Heizraum und holte ein Holzscheit, das so dick war, dass damit das Feuer im Kamin drei Stunden lang brennen würde.

Der Fluss rauschte.

Als Parker ins Haus zurückwollte, hörte sie ein Zischen, verbunden mit einem hohen Pfeifen. Es klang, als würde es von unten, von der anderen Seite des Flusses kommen.

Sie öffnete die Glastür, rief die anderen. »Hey, kommt mal kurz raus.«

Austin und Mallory eilten gleich zu ihr, Erin ließ sich mehr Zeit.

»Hört ihr das?«

Sie hielten die Luft an und lauschten.

»Was soll das sein?«, fragte Austin.

»Keine Ahnung«, antwortete Parker. »Aber ihr hört es auch, oder?«

Erin zuckte mit den Achseln.

»Was auch immer das ist, es ist weit genug weg.« Unbekümmert schlüpfte Austin ins Wohnzimmer zurück.

Drinnen legte Parker das Holz in den Kamin und öffnete den Rauchabzug. Sie wartete, bis Mallory die Kerzen angezündet hatte, um das Feuerzeug von ihr zu bekommen, doch da klingelte ihr Handy.

»Hi, Colin. Wie ist es da draußen in der Hölle?«, scherzte sie.

»Ihr müsst sofort abhauen.«

Sein Tonfall vertrieb jede Heiterkeit.

»Was ist los?«

»Bist du in der Nähe der Veranda?«

»Ja.« Austin nahm ihr das Feuerzeug ab und wollte anheizen, während Parker die Schiebetür wieder öffnete.

»Hörst du das Zischen?«

»Ja. Was ist das?«

»Scheiße, Parker. Ihr hättet echt zu mir kommen sollen.«

Jetzt bekam sie Panik. »Was ist das, Colin?« Jetzt schauten alle zu ihr.

»Die Hauptgasleitung zwischen den Sutters und den De Lucas ist geplatzt. Was ihr hört, ist austretendes Gas.«

Parker sah zu den anderen, ihr Blick fiel auf das Feuerzeug in Austins Hand. »Austin, stopp!«

Sie rannte zu ihm, nahm es ihm weg.

»Was ist?«, fragte jetzt Colin.

»Wir wollten gerade Feuer machen, wir haben keinen Strom.«

»Bloß kein offenes Feuer! Kein Generator. Wir müssen euch wegbringen.«

Parker ging zu den Kerzen, die Mallory gerade angezündet hatte und blies sie aus. »Holt Taschenlampen. Das Geräusch kommt von der kaputten Gashauptleitung.«

Erin bekam große Augen.

»Oh scheiße«, sagte Austin und guckte zum Kamin.

»Parker, hörst du, was ich sage?«

»Ich habe es gehört, Colin. Aber wir kommen nicht über den Fluss. Und selbst wenn, wären wir ja nur noch näher an dem Gasleck.«

»Wenn es zu einer Explosion kommt, wird hier alles zerstört, Parker.«

Sie hatte in den Nachrichten genug über so etwas gehört, dass ihr das durchaus klar war.

»In unserem Haus läuft alles mit Strom. Es gibt keine Leitung, die uns mit der kaputten Gasleitung verbindet.«

Ein Teil von ihr bekam Panik, aber sie konzentrierte sich auf ihre praktische Veranlagung und holte erst mal tief Luft.

»Verdammt, Parker, ich kann dich nicht verlieren.«

Er hatte große Angst, das hörte sie seiner Stimme an.

»Aber du kannst auch nicht die Nerven verlieren, Colin.« Sie stellte ihn auf Lautsprecher, um die Hände frei zu haben, während sie weitertelefonierte. Sie begann, Anweisungen zu geben. »Schließt Fenster und Läden wie beim Waldbrand«, rief sie ihren Geschwistern zu. »Hol ein paar Flaschen Wasser und bring sie runter in den Keller«, wies sie Erin an.

»Was macht ihr jetzt?«, fragte Colin.

»Ich habe dir doch mal erzählt, dass unser Haus bombensicher ist, weißt du noch? Wir haben einen Schutzkeller. Wir gehen runter und bleiben da, bis draußen wieder alles sicher ist.« Sie ging mit dem Handy ins Schlafzimmer, zog die Decke vom Bett.

»Das gefällt mir nicht, Parker.«

»Wir sind dreihundert Meter entfernt. Wir können nicht auf die Berge rauf, um der Explosion zu entkommen, weil wir dann bei einem Erdrutsch sterben. Komm schon, Hudson, du bist clever genug. Ich schreibe dir in zehn Minuten. Unten ist der Handyempfang nicht sehr gut.« Sie nahm auch Kissen, warf sie die Treppe hinab.

»In zehn Minuten.«

»Lass die Leute vom Gaswerk ihre Arbeit machen. Ich will mir um dich nicht auch noch Sorgen machen müssen.«

»Okay. Ich liebe dich, Parker.«

Sie hielt mitten in der Bewegung inne, blickte ihr Telefon an. »Ich liebe dich auch, Colin. Obwohl ich mir das erste Mal, wenn ich dir das sage, durchaus anders vorgestellt habe.«

»Gott, wie ich das hasse.«

»Bis in zehn Minuten, Colin. Ich muss die anderen runterbringen.«

»Passt auf euch auf.«

»Und du auf dich.«

Sie legte auf, steckte das Handy in die Gesäßtasche.

»Holt Decken und Kissen. Beeilt euch!«

* * *

Die Polizei sperrte die Straße ab und klopfte überall, um auch die restlichen Bewohner, die geblieben waren, zu evakuieren.

Colin konnte nichts tun, außer einfach nur zuzusehen. Regen tropfte ihm ins Gesicht.

Es machte ihn mürbe.

Die Löschfahrzeuge dreier Feuerwehrwachen inklusive der von Matt waren gekommen und bereit für den Einsatz.

»Hast du sie erreicht?«

»Sie sind in Sicherheit«, sagte er seinem Bruder.

»Alle? Ist Erin auch bei ihnen?«

»Ja. Sie sitzen im Keller.«

Matt nickte ein paarmal. »Gut. Das ist klug.« Er drehte sich im Kreis. »Verdammt. Wann stellen sie das Gas endlich ab?«

»Angeblich kann es bis zu zwei Stunden dauern.«

»Das ist viel zu lang.«

»Es ist die Hauptleitung. Da kann man nicht so einfach den Hahn zudrehen.«

Die beiden waren es gewohnt, als Erste am Einsatzort einzugreifen. Nun waren sie zum Warten verdammt.

Colin besann sich auf Parkers Optimismus. »Es wird alles gut gehen.«

Sein Handy kündigte ihre Nachricht an.

Wir veranstalten eine kleine Pyjamaparty im Keller. Uns geht's gut. Mach dir keine Sorgen.

Colin winkte mit dem Handy. »Mach dir keine Sorgen. Zumindest schreibt sie mir das gerade.«

Matt rollte mit den Augen und wich zur Seite, um einem Polizeiauto Platz zu machen.

Sie konnten nur tatenlos herumstehen.

* * *

»Das ist doch verrückt.« Austin hatte sich ein Eck ausgesucht, die Taschenlampe leuchtete sein Gesicht aus. »Ein bisschen übertrieben, oder?«

»Erinnere mich morgen daran, dir Videos von explodierenden Häusern zu zeigen, die alles mitreißen«, sagte Parker.

»Hier stehen aber die Häuser nicht so dicht beieinander.«

Scout legte den Kopf auf Austins Schoß, als wolle er ihn besänftigen.

»Schon, aber wir dürfen kein Risiko eingehen. Da wir einen Schutzkeller haben, können wir ihn auch benutzen.«

»Parker hat recht«, schaltete sich Mallory ein. »Jase schreibt, dass die ganze Straße evakuiert wurde.«

Colin hatte dasselbe geschrieben, doch Parker hatte nichts gesagt, um ihre Geschwister nicht weiter zu beunruhigen. Was offenbar nur zur Folge hatte, dass Austin meinte, es bestünde keine wirkliche Gefahr.

Sie knetete die Hände. Im Gegensatz zu vorher war es jetzt keine Frage mehr, ob man freiwillig ging oder nicht. Sie hätten auf jeden Fall das Haus verlassen müssen, was nur leider nicht möglich war. »Ich hätte gesagt, wir flüchten den Berg hinauf, wenn der Hang nicht gerade runterrutschen würde.«

»Sieh es so, Austin«, begann Erin, »morgen hast du eine spannende Geschichte, die du deinen Freunden erzählen kannst.«

Parkers Telefon surrte. Wie haltet ihr durch?

Austin mault und Mallory chattet die ganze Zeit mit Jase. Wie sieht es aus?

Totales Tohuwabohu. Die Anwohner meckern, weil sie ihre Häuser verlassen müssen. Überall Polizei und die Leute vom Gaswerk. Und Reporter.

Parker konnte sich die Blinklichter vorstellen und wie alle herumwuselten und jeder das Sagen haben wollte.

Matt ist hier, er hat sich nach Erin erkundigt.

Parker stieß Erin mit der Schulter an, zeigte ihr die Nachricht.

»Ist alles okay?«, fragte Austin.

»Passt soweit. Colin schreibt, dass sie alles unter Kontrolle kriegen.« Eine kleine Notlüge für ihren Bruder.

Austin steckte sich die Kopfhörerstöpsel in die Ohren. »Aha. Ich schlaf jetzt. Weckt mich, wenn der ganze Scheiß vorbei ist.«

Parker schrieb wieder an Colin. Matt soll sich keine Sorgen machen, sagt Erin.

»Mach ihm keine falschen Hoffnungen«, meinte ihre Freundin.

Parker ignorierte sie und drückte auf Senden. »Zu spät.«

* * *

Auf gar keinen Fall würde sich Colin in den Wagen setzen. Überall waren Leute. Matt hatte seinen Schutzanzug an und war jetzt mit seinen Kollegen näher bei Parker als er.

Verdammt. Warum bin ich kein Feuerwehrmann geworden?

Es regnete so heftig, dass eine Explosion, die einen schweren Brand zur Folge hatte, kaum vorstellbar war. Doch bei dem schieren Gasvolumen, das aus der Hauptleitung austrat, war alles möglich.

Fabio stellte sich neben ihn. Sie hatten Regenjacken an und trotzdem sahen beide aus, als hätte man sie aus dem Meer gefischt.

»Jetzt können wir nur hoffen, dass nicht auch noch der nächste Erdrutsch vom Sutter Canyon kommt.«

Das hatte Colin auch schon gedacht. »Ich habe Matt gewarnt und auch den Leuten vom Gaswerk geraten, immer die Ohren offen zu halten.«

Obwohl das Leck in der Gasleitung so laut war, dass man es von Weitem hörte, würde man weder Sturzflut noch Erdrutsch überhören können.

»Wie lange ist es her?«, fragte Fabio.

Colin sah auf die Uhr. »Schon eineinhalb Stunden.«

»Wie geht's deiner Freundin?«

»Sie hat Nerven wie Drahtseile.«

Fabio klopfte ihm auf den Rücken. »Sie werden es bald im Griff haben.«

Hoffentlich. Aber noch waren seine Freundin und sein Bruder in höchster Lebensgefahr.

* * *

Scout rollte sich neben Austin zusammen und bald tönte sein Schnarchen, begleitet von dem des Hundes, durch den Raum.

Mallory hatte Kopfhörerstöpsel in den Ohren, während sie sich mit Jase schrieb, dann legte auch sie sich hin.

Parker lehnte mit dem Rücken an der Wand und wartete, bis ihre Schwester eingeschlafen war. Eine schummrige Taschenlampe war die einzige Lichtquelle im Raum. »Wir müssen uns unterhalten, sonst dreh ich noch durch«, gab Parker endlich zu.

Erin nahm Parkers Hand und drückte sie. »Erzähl mal, wofür ihr diesen Raum hier benutzt habt.«

Gut. Ein Thema, bei dem es nicht um Feuer, Überschwemmungen und andere Katastrophen ging. »Als wir klein waren, haben unsere Eltern den Raum als Spielzimmer eingerichtet. Es war perfekt. Wir konnten so laut sein, wie wir wollten, und haben niemanden gestört. Später sind die Ritterburgen und die anderen Spielsachen verschwunden. Dann haben wir hier nur noch Übernachtungspartys gefeiert.«

»So wie jetzt«, meinte Erin.

»Genau, nur hatten wir Popcorn, Chips, Eis und Bilder von Jungs.«

»Ich weiß, wie Colin aussieht. Kannst dein Handy also stecken lassen«, scherzte Erin.

Parker ließ die Blicke schweifen. »Ich hätte nie gedacht, dass wir den Keller tatsächlich mal als Bunker brauchen.«

»Gut, dass ihr ihn habt.«

»Ich fühle mich hier sicherer und ich weiß, dass Colin beruhigt ist.«

Erin streckte sich und gähnte. »Wie schön, dass du jemanden hast, der sich um dich sorgt.«

»Matt sorgt sich auch um dich«, betonte Parker.

»Er will nur höflich sein.«

»Du bist blind. Aber das macht nichts.« Parker sah zu ihrem schlafenden Bruder, zu ihrer Schwester. »Heben wir uns das Thema für einen anderen Tag auf.«

Plötzlich war ein lautes Geräusch von oben zu hören, sodass selbst der vor sich hin dösende Scout den Kopf hob.

Austin und Mallory rührten sich nicht.

»Was war das?«, fragte Erin erschrocken.

Parker hielt die Luft an, horchte, ob es einen Hinweis auf das Geräusch gab.

Wieder nur Stille.

Sie setzte sich auf.

»Wo gehst du hin?«, flüsterte Erin mit rauer Stimme.

»Nachschauen.« Parker schnappte sich die Taschenlampe und ging zur Tür.

»Sei vorsichtig.«

»Wahrscheinlich ist es nichts.« Doch im Keller waren sie relativ gut von den Außengeräuschen abgeschirmt. Wenn etwas explodiert war, wollte Parker es wissen.

Sie ging durch den Kellergang, um die Ecke, die hintere Treppe zum Haus hoch. Der kleine Lichtkegel der Taschenlampe vertrieb kaum die Schatten von der Wand. Oben waren die Fensterläden geschlossen. Parker ging zum Erkerfenster, an dem keine waren.

Hinter der Auswaschung sah sie Lichter, konnte immer noch das Zischen des ausströmenden Gases hören. Es sah nicht so aus, als wäre etwas explodiert. Aber das Problem war offenbar auch noch nicht behoben worden. Von ihrem Aussichtspunkt aus konnte Parker allerdings sonst nicht viel erkennen.

Was war das nur für ein Geräusch gewesen?

Sie wandte sich um, wollte wieder nach unten gehen, als Sushi plötzlich neben ihren Beinen vorbeischoss und ihr fast einen Herzinfarkt bescherte.

»Du Mistvieh.«

Als Parker wieder Luft bekam, fiel der Strahl ihrer Taschenlampe auf die Metallvase, die zu Boden gefallen war. »Mistvieh«, wiederholte sie, für den Fall, dass Sushi es verstehen würde.

Als Parker zurückkam, lief Erin unruhig auf und ab.

»Und?«

»Nur die Katze, die oben Party macht.«

Erin atmete erleichtert auf und entspannte sich sichtlich.

Parker beruhigte ihre Freundin. »Es ist alles okay. Das Gas ist noch nicht abgestellt, aber sonst ist alles in Ordnung.«

Erin zitterte. »Ich habe schon gedacht, er hätte mich gefunden.«

Parker nahm Erins Hände. »Wenn jemand ins Haus kommt, bellt sich Scout die Lunge aus dem Leib. Es war nur die Katze. Dein Ex ist nicht hier.«

»Ich weiß.« Erin schüttelte den Kopf. »Ich hasse es, dass er mir solche Angst einjagt.«

Da ihre Geschwister etwas hätten hören können, wollte Parker nicht weiter nachhaken. »Du bist in Sicherheit. Er kann dir hier nichts antun.«

Erin umarmte Parker.

Plötzlich erhellte sich der Raum. Das Handydisplay leuchtete auf.

Parker löste sich aus der Umarmung, um die Nachricht zu lesen.

Das Gas ist abgestellt!

Hörbar blies sie die Luft aus, zeigte Erin die Nachricht.

»Oh, Gott sei Dank«, stöhnte Erin auf.

Parker schrieb zurück. Zum Glück. Wir sind erleichtert.

Das war die längste Nacht meines Lebens, antwortete Colin.

Ich hatte auch schon bessere Nächte. Bin sehr müde. Wir alle.

Geh schlafen, meine Liebe. Jetzt bist du in Sicherheit. Ich komme, sobald es hell wird.

Sie lächelte. Danke, dass du auf uns aufgepasst hast.

Die drei Pünktchen blinkten eine ganze Weile, bis Colins nächste Nachricht ankam. Sei vorgewarnt, Miss Oakley. Wenn ich dich wiedersehe, werde ich zum Neandertaler. Ich liebe dich.

Ihr Herz wurde warm, obwohl es im Keller eher kühl war. Ich liebe dich auch.

Parker legte das Telefon ab und guckte zu ihrer Schwester und ihrem Bruder. »Sollen wir sie wecken?«

Erin schüttelte den Kopf und setzte sich wieder hin. »Ich hatte schon lange keine Übernachtungsparty mehr.«

Parker kuschelte sich an sie. »Ich auch nicht.« Sie zog die Decke zum Kinn und schob sich ein Kissen unter den Kopf. »Aber jetzt bin ich zu müde, um weiter über Jungs zu quatschen.«

»Dann gute Nacht«, sagte Erin.

Bevor sie die Augen schloss, kam noch: »Danke, dass du für mich da bist, Parker.«

Sie nahm Erins Hand. »Falls er jemals hier auftaucht, werde ich's ihm zeigen.«

Kapitel 39

Lucifer spuckte immer noch ein kleines bisschen Wasser vom Himmel, doch der größte Teil seines Zorns hatte sich nach Osten verschoben.

Es war fast acht Uhr morgens und noch immer hatte Colin nichts von Parker gehört. Das war untypisch, normalerweise hätte sie längst wach sein müssen.

Er stand vor seinem Wagen im Nieselregen.

In der Auswaschung floss ein reißender Strom.

Aber alle Bauten hatten gehalten.

Die Schlammlawine, die für die beschädigte Gasleitung und das Chaos der vergangenen Nacht verantwortlich war, hatte sich erst hinter einer Dammwand zwischen den Sutters und den Nachbarn im Westen aufgestaut. Doch dann war die Wand eingebrochen und die Erdmassen hatten den Hühnerstall und einen Schuppen mitgerissen.

Aber die Häuser standen noch.

Zwei seiner Männer räumten jetzt mit Radladern die Zufahrtsstraße frei, während Russ im Bagger saß und auf eine Regenpause wartete, damit er anfangen konnte.

Matt kam mit Grace, gefolgt von seinen Eltern.

»Mein lieber Scholli, Sohnemann. Da hast du ja wirklich nicht übertrieben mit diesem Projekt.« Sein Vater umarmte ihn zur Begrüßung.

Es war das erste Mal, dass sein Dad alles sah.

Seine Mom umarmte ihn ebenfalls innig. »Wie geht es dir?«

»Erst besser, wenn ich Parker endlich zu Gesicht kriege.«

»Geht sie nicht ans Handy?«, fragte Grace nach.

»Nein.«

»Ruf Mallory an.«

»Ich habe ihre Nummer nicht.« Was Colin noch an diesem Tag ändern würde.

»Ich weiß aber, wer ihre Nummer hat«, meinte Matt, der sich schon das Telefon ans Ohr hielt. »Hi, Jase, hier ist Matt. Hast du was von Mallory gehört?« Matt nickte. »Ach so. Sag ihr, sie soll Parker aufwecken, damit sie ihren Hintern nach draußen bewegt und Colin nicht noch mehr graue Haare kriegt.« Er grinste und nickte. »Danke.«

»Sie ist auf dem Weg.«

»Hat sie noch geschlafen?«

»Die anderen auch, wie es scheint.«

Dann sah er den Hund. Scout stürmte die Stufen runter und rannte zum nächsten Baum, um ein Bein zu heben. Einer nach dem anderen tauchte auf, bis alle vier zu sehen waren.

Colins Brust blähte sich vor Dankbarkeit.

»Du hast deine ganze Familie dabei?«, war das Erste, was Parker sagte, als sie in Rufweite war.

»Er hat uns nicht abhalten können«, rief Nora zurück.

»Ich habe mir Sorgen gemacht«, hob Colin die Stimme.

»Mein Akku war leer. Unten gibt es keine Fenster, wir haben gar nicht gemerkt, dass es draußen schon hell ist.«

Er trat von einem Fuß auf den anderen.

»Ist es jetzt sicher …«

Er drehte den Kopf, damit ein Ohr in ihre Richtung zeigte und trotzdem konnte er kaum hören, was sie sagte.

Das Piepen der Fahrzeuge hinter ihm machte die Verständigung fast unmöglich.

»Die Gasleitung … der Generator …«

»Ich glaube, sie will was wegen des Generators wissen.«

Er nickte. »Ja.«

Hinter ihnen warf Russ jetzt auch noch den Teleskopbagger an.

Da hatte Colin einen Einfall. Grinsend ging er zu Russ, der sich aus der Fahrerkabine lehnte und ihn begrüßte.

»Kannst du mich auf die andere Seite rüberheben?«

»Klar.«

Russ fuhr los und Colin ging zum Ufer.

Er rief seiner Mutter zu: »Mom, schau weg.«

»Oh nein, was hast du vor?«

Matt grinste.

Colin stieg in die Schaufel und ging in die Hocke, während Russ den Tieflöffel so kippte, dass Colin nicht rausfallen würde.

Russ ließ den Teleskoparm ausfahren, sodass er nun über die Auswaschung hinüberreichte und senkte Colin ganz langsam wieder zu Boden.

In derselben Sekunde, in der seine Füße den Schlamm berührten, sprang Parker zu ihm. »Du bist verrückt! Willst du es mir jetzt für letzte Nacht heimzahlen?«, schimpfte sie ihn.

Statt darauf einzugehen, nahm er sie in die Arme und hielt sie, so fest er konnte.

»Du kannst mich wieder absetzen«, rief sie lachend.

»Nein, ich bin noch nicht fertig.«

Sie kicherte. »Du bist verrückt.«

Er stellte sie hin, küsste sie und hielt dabei ihr Gesicht mit beiden Händen. »So etwas wie letzte Nacht wird nie wieder vorkommen.«

»Das hoffe ich auch.«

»Nein, ich meine, entweder ziehe ich zu dir oder du zu mir. Ein zweites Mal halte ich das nicht aus.«

»Na gut, Colin. Dann widerspreche ich nicht.«

Er küsste sie erneut. »Und noch etwas …«

»Ja?«

»Ich definiere unsere Beziehung neu.«

»Ach ja?«

Er sah, wie seine Familie sie neugierig beobachtete, aber sie würde nicht hören können, was er sagte. Aber das würde sie früh genug erfahren. »Wenn sich zwei Leute lieben, bleiben sie nicht lange Freund und Freundin. Sie geben sich eine neue Bezeichnung.«

Parker sah ihn ernst an.

»Ich würde jetzt auf die Knie gehen, wenn ich einen Ring hätte …«

»Colin?«

»Die einzige Art, dir zu versichern, dass ich bei dir bleibe, ist, dir meinen Namen zu geben. Dich zu meiner Frau zu machen.«

Sie klammerte sich an seine Brust. »Ich komme mit vielen Problemen.«

»Ich weiß, Parker … Aber es ist einer der Gründe, warum ich mich in dich verliebt habe. Alles hat dazu geführt, dass du jetzt in meinem Leben bist. Angefangen vom Unfall deiner Eltern bis hin zum Waldbrand und zu den Überschwemmungen. Es war mein Weg zu dir.«

»Aber du willst doch Kinder.«

Er streichelte ihre Wange. »Lass uns erst mal die Teenager außer Haus bringen, bevor wir uns wieder darüber unterhalten.«

»Und wenn es trotzdem nichts mit Kindern wird?«

»Ich liebe dich. Die Kinderwunschfrage ist für mich kein K.-o.-Kriterium. Niemand weiß, was die Zukunft für uns bereithält. Ich weiß nur, dass wir beide zusammengehören. Was du durchgemacht hast, Parker, soll nicht umsonst gewesen sein. Lass uns den nächsten Schritt wagen.«

Sie lachte. Ihre Haare klebten vom Nieselregen platt am Kopf. »Du meinst, wir sollen aus der Katastrophe etwas Gutes machen?«

Er strich ihr die feuchten Strähnen fort. »Sag ja.«

»Du hast mich noch nicht gefragt.« Ihr Lächeln strahlte hell.

»Sag erst, dass du ja sagst, wenn ich frage.« Sonst würde er es nicht wagen, dieser Frau, die knöcheltief im Schlamm vor ihm stand, einen Antrag zu machen.

Sie stellte sich auf Zehenspitzen, um seine Lippen zu erreichen. »Ja, Colin. Ich werde ja sagen!«

Er hob sie hoch und drehte sich mit ihr im Kreis.

Epilog

Die leichte Brise blies die Klangstäbe aneinander, die ein sanftes Klirren von sich gaben.

Colin drückte Jase die letzte Umzugskiste mit Mallorys Sachen in die Arme.

Parker guckte zum Himmel und fragte sich, ob ihre Eltern zusahen.

Seit dem letzten Regen war fast ein Monat vergangen und Colins Männer beseitigten nur noch die allerletzten Reste für dieses Jahr.

Parker hatte bei der Versicherung angerufen und wartete nun auf die Zahlung der Schadensregulierung, bevor gebaggert wurde, um eine nagelneue Wasserleitung zu verlegen. Der Feuerwehrschlauch, den Matt angeschlossen hatte, funktionierte zwar wesentlich besser als der Gartenschlauch, war aber immer noch kein guter Ersatz für eine richtige Leitung.

Letzten Endes handelte es sich doch nur um materielle Dinge. Dinge, die kaputtgingen, Dinge, die man reparieren konnte. Und Schlamm, den man wegschaufeln musste.

Colin legte Parker den Arm über die Schulter.

»Das war die Letzte«, sagte Mallory, als sie aus dem Haus kam, und sich zu ihnen stellte.

Parker merkte, wie ihr die Tränen aufstiegen und versuchte, sie zu unterdrücken.

»Hör bloß damit auf«, schimpfte Mallory.

»Ich weine ja gar nicht.« Parker umarmte ihre Schwester.

Austin kam jetzt mit einer Malerrolle aus der Garage. »Letzte Chance, Mallory.«

Mallory löste sich aus Parkers Umarmung und ging zu ihrem Bruder. »Du Blödmann. Los, umarme mich.«

Colin gab Parker einen Kuss auf den Kopf. Ihn an ihrer Seite zu wissen, machte es leichter, diesen Tag zu überstehen. Auch wenn er seine Frage immer noch nicht gestellt hatte, für die sie ihm ein »Ja« versprochen hatte. Doch beide wussten, dass sie kommen würde.

»Sie zieht ja nicht in einen anderen Bundesstaat oder so«, sagte Jase.

Parker hob warnend den Finger. »Kommt bloß nicht auf so eine blöde Idee.«

Mallory stellte sich jetzt vor Colin. »Bewahre sie davor, durchzudrehen, okay?«

»Ich werd's versuchen.«

Sie umarmten sich.

»Vergiss das Abendessen am Sonntag nicht«, rief Parker noch, als ihre Schwester schon eingestiegen war.

»Ich bin noch nicht mal weg.«

Jase stieg in sein eigenes Auto. »Wir sehen uns zu Hause«, sagte er zu Mallory, die daraufhin übers ganze Gesicht strahlte.

Es war schön, sie so glücklich zu sehen.

Jetzt ließ auch Mallory den Motor an und beugte sich aus dem Fenster. »Ich habe dir was ins Wohnzimmer gelegt.«

»Was denn?«

Doch Mallory antwortete nicht, sondern hauchte ihr nur noch einen Luftkuss zu und fuhr los.

»Falls du mich suchst, ich bin in meinem neuen Zimmer und vertreibe die Mädchenbazillen«, verkündete Austin und trottete in die Garage zurück.

»Nur noch ein Teenager übrig«, scherzte Colin.

»Mach dir keine allzu großen Hoffnungen. Austin macht aus Mallorys Zimmer gerade eine Männerhöhle.«

»Ich will dich ja nur ein bisschen ärgern.«

Sie gingen ins Haus zurück. »Ich habe heute Morgen mit Ed gesprochen.«

»Wie ist es gelaufen?«

»So wie ich es mir gedacht habe. Er spricht von einem Interessenskonflikt, wenn ich der Leiter des Projekts bleibe und gleichzeitig hier wohne.« Colin war noch nicht vollständig eingezogen, aber mittlerweile übernachtete er öfter bei ihr als bei sich zu Hause.

»Er hat dich aus dem Projekt geworfen!« Es war keine Frage.

»Nein, er hat mich drin gelassen.«

Parker verengte die Augen. »Ich verstehe nicht ganz.«

»Ich glaube, er hofft, dass irgendwas schiefläuft, damit er endlich einen Grund hat, mich zurückzustufen. Ich habe mich mit Fabio unterhalten. Er hat versprochen, dass er alles doppelt und dreifach für mich nachkontrolliert.«

»Und du meinst, dass es so keine Probleme geben wird?«

Colin hielt ihr die Tür auf, als sie wieder ins Haus gingen.

»Es kann jedenfalls nicht schaden.«

Ein großes, hübsch eingepacktes Geschenk lehnte im Wohnzimmer an der Wand. Mallory musste es hingestellt haben, nachdem schon alle zum Verabschieden hinausgegangen waren.

»Was hat sie da für uns?«

»Keine Ahnung.«

Parker brachte es zum Sofa. Neben der Schleife war eine zusammengeklappte Karte.

Jetzt beginnt ein neues Kapitel.

Parker packte es aus. Eine Schachtel. Sie löste den Tesafilm, der die Pappteile zusammenhielt.

Es war ein Bilderrahmen, und noch bevor sie das Bild ganz herausgeholt hatte, wusste sie schon, was darauf sein würde.

Parker, Mallory, Austin und Scout, die eng beieinanderstanden. Es war kein gestelltes Bild, denn so etwas hätte sich niemand ausdenken können. Alle waren schmutzig, hatten zerzauste Haare. Aber sie lachten, weil sie so glücklich waren, dass sie noch ein Zuhause hatten.

Es war perfekt.

Die Tränen, die sie beim Abschied zurückgehalten hatte, liefen nun über ihre Wangen hinab. Parker sah zum Bild der Eltern, die vom Kaminsims herabblickten.

Colin stellte sich hinter Parker und umarmte sie von hinten. »Das ist ein großartiges Bild.«

»Ja«, schluchzte sie, »das stimmt.«

Er gab ihr einen Kuss auf die Wange.

»Kannst du es statt des anderen dort hinstellen?«, fragte sie.

Colin zeigte zum Bild der Eltern. »Bist du sicher?«

»Ja. Es ist Zeit, nach vorn zu blicken. Ein neues Leben zu beginnen.«

Und als Colin das alte Familienfoto entfernte und stattdessen das neue aufstellte, sahen sie es an und lächelten.

»Nächstes Jahr steht dort ein Foto von uns. Du im weißen Kleid und ich im Smoking.« Er hielt sie fest in seinen Armen.

»Vorher brauche ich noch einen Ring«, kicherte sie.

»Geduld, Miss Oakley. Geduld.«

Anmerkung der Autorin

Am 22. Juni 2016 brach neben dem 14. Freeway im Sand Canyon des Santa Clarita Valley ein Waldbrand aus. In Südkalifornien herrschte zu dem Zeitpunkt seit sieben Jahren eine Dürreperiode. Die Brandursache wurde zwar offiziell nie bestätigt, doch man geht davon aus, dass ein unachtsamer Raucher eine Zigarette aus dem Auto geworfen hatte, wodurch fast 13.000 Hektar Land zerstört wurden. Das Feuer kostete zwei Menschenleben, achtzehn Gebäude verbrannten, darunter eines, das sich auf meinem Grundstück befand.

Es war bei Weitem weder der größte Waldbrand noch der schlimmste oder tödlichste der Geschichte Südkaliforniens. Aber er hat mich und meine Familie unmittelbar betroffen.

Das Haus, in dem ich seit zwanzig Jahren lebe, und unser mehr als zwei Hektar großer Grund konnten nur durch den heldenhaften Einsatz der Feuerwehrmänner von LG County Fire, Cal Fire und LA City Fire gerettet werden. Noch nie in meinem Leben war ich so dankbar wie an dem Tag, als sie mein Haus retteten, das ich schon verloren geglaubt hatte.

Nachdem das Feuer bekämpft war, wurde bald klar, dass nach Ende der Dürreperiode mein Grundstück und auch die umliegenden Häuser der Gefahr von Erdrutschen und Überschwemmungen ausgeliefert wären. Zum Glück schlossen sich das Bauamt des Bezirks Los Angeles (Los Angeles County Public Works Department) und der Stadt Santa Clarita zusammen und arbeiteten gemeinsam einen Plan aus, wie man den Schaden der Naturgewalten wenigstens begrenzen konnte. Drei Monate nach dem Waldbrand standen also die ersten Leute des Bauamts bei mir vor der Tür und blieben mehr oder weniger bis zum Frühjahr des folgenden Jahres.

Und tatsächlich fiel zwischen Winter 2016/17 und Frühling 2017 doppelt so viel Regen wie im Durchschnitt. Ich habe manches auf Video festgehalten und auf meine Facebook-Seite gestellt.

Damals wusste ich schon, dass ich eines Tages ein Buch schreiben würde, mit dem ich der Welt zeigen würde, wie schwierig es damals war. Aber noch wichtiger war es mir, ein Licht auf alle daran beteiligten Helden zu werfen. Meine Helden trugen Feuerwehrkleidung und löschten die Flammen, später trugen sie Bauhelme und fuhren mit Baggern herum.

Diese Geschichte ist zwar Fiktion, der Hintergrund des Romans jedoch nicht. Die Figuren und ihre Handlungen entsprangen meiner Fantasie, doch gebe ich gerne zu, dass manches von Parkers Persönlichkeit der Autorin gleichen mag. Alle Namen wurden geändert. Zum Schutz der Schuldigen. Und der Unschuldigen.

Danksagung

Liebe Leser, hier werde ich nun die Namen aller Menschen auflisten, denen ich danken möchte. Für das, was sie getan haben, um mich und meine Familie zu beschützen, mir zu helfen und mich zu unterstützen, und zwar auf so verschiedene Weise, wie ich es mir niemals hätte vorstellen können. Falls irgendwer unerwähnt bleibt, tut es mir aufrichtig leid.

Mein Dank gilt den Feuerwehrleuten von LA County Fire, Cal Fire und LA City Fire. Ich kenne leider nicht alle Namen oder Dienstnummern und um nichts Falsches zu schreiben, danke ich einfach euch allen. Mein Respekt ist unermesslich. Vielen Dank, dass ihr täglich euer Leben aufs Spiel setzt. Vielen Dank, dass ihr geholfen habt, uns zu beschützen und dass ihr mein Zuhause gerettet habt.

Ich danke meinen Söhnen, Jeremy und Joshua. Ich liebe euch so sehr und ich bin stolz darauf, wie gut ihr alles durchgestanden habt. Ich kann mir gar nicht vorstellen, wie ich es ohne euch an meiner Seite ausgehalten hätte.

Ich danke meinem Vater, Tom Kimmer. Danke, dass du mir nicht geglaubt hast, als ich meinte, das Feuer käme nicht zu uns. Und danke, dass du bei uns warst, als es tatsächlich kam.

Ich danke Jeff und Sheri Davidson für die Unterstützung vor, während und nach der Feuerkatastrophe. Ich liebe euch, als wäret ihr Teil meiner Familie. Und auch eure kleinen Hunde.

Vielen Dank an Ed und Josie Chow. Es geht nichts über eine persönliche Polizeieskorte, die einen sicher nach Hause bringt.

Vielen Dank an das Sheriff Department von Santa Clarita, das sich um unsere Sicherheit gekümmert hat.

Vielen Dank an den zukünftigen Feuerwehrmann Troy Leidholdt, der die Autos beladen hat und bereitstand, als die Flammen immer näher kamen.

Vielen Dank an die Farmer Versicherung und die Makler Bryan Kreuzberger und Bryan Gros, die mich in der schwierigen Situation sehr unterstützt haben.

Vielen Dank an Sharon Meyer. Meine Liebe, du hast meine Hand gehalten, mit mir Wein getrunken und mir während der vielen Monate Beistand geleistet.

Ich möchte mich auch bei der Stadt Santa Clarita bedanken, dass sie das Projekt durchgeführt hat.

Danke Kurt von der Firma Kurt Bohner Installationen und den Mitarbeitern.

Jetzt kommen wir zur langen Liste. Mein Dank gilt den Männern und Frauen vom Bauamt des Bezirks Los Angeles, die vor und hinter den Kulissen gearbeitet und zusammen mit den Subunternehmern die ganze Gegend gerettet haben.

Der erste auf dieser Liste ist auch der Mann, dem ich dieses Buch widme: Superintendent Paul Melillo. Paul, ich kann diese Zeilen nicht schreiben, ohne feuchte Augen zu bekommen. Du und dein Team, ihr wart wirklich das Beste, was mir nach dem Feuer passieren konnte. Deine unnachgiebige Stärke, deine Entschlossenheit, mit der du mir gesagt hast, dass man am Ende alles wieder reparieren kann, hat mich vor dem Durchdrehen bewahrt. Ich danke dir von ganzem Herzen. Genieße deinen Ruhestand, mein lieber Freund, und besuche mich mit deiner Familie in San Diego, wann immer du möchtest.

Als Nächstes stehen auf dieser Liste Martin Lemus und John Rice. Wahrscheinlich habt ihr beide von mir gedacht, ich sei ein hartes Stück Arbeit, als das Projekt losging. Und am Ende habe ich das wohl bestätigt. John, ich wünsche dir viel Glück, wenn du in Pauls Fußstapfen steigst. Ich weiß, dass du ein super Projektleiter wirst. Ich hoffe, dir gefällt dein neuer Spitzname.

Danke an die Ingenieure und Techniker, Ken Swanson und Laren Bunker und an die Sekretärin Lindsey Bennett.

Ich danke den Mannschaftsleitern Andy O'Callaghan, Luis Montes De Oca, James Young und Emilio Nieves. Vielen Dank für die vielen Stunden, die ihr von Morgengrauen bis spät in die Nacht gearbeitet habt.

Danke an die Fachkräfte, die ich ohne Reihenfolge hier erwähne: Eric Mendibles, Jade MacDonald (RIP), Francisco Mayorga, Ryan Kiefer, Mark Robinson, Gavin Pugh, Dan Moreno, Tom Miller, Adan Cano, James Martinez, Geraldo Alcala und Darrin Livingston. Euch allen gilt mein aufrichtiger Dank. Und wenn ich nie sehen musste, wie ihr euer Hosentürchen noch geschlossen habt, als ihr aus der Mobiltoilette kamt, danke ich euch gleich ein zweites Mal!

Mein Dank gilt den Schweißern Jeff Rupe und Dwayne Meyers. Ich liebe das Kunstwerk in meinem Hof. Vielen Dank!

Danke an die Konstrukteure Amir, Araik und Mike.

Ich danke den Männern von Northwest Excavating. Ken (der Traktor-Rodeo-Kerl), ich werde deinen Gesichtsausdruck nie vergessen, als der Holzsteg fortgeschwemmt wurde. Julio, Rob und Jack, vielen Dank!

Danke an Robby von Kirby Excavation.

Danke an Kip Construction, vor allem an Hawkstone und Mike.

Vielen Dank an April von April Trucking und an alle fünfzig Lkw-Fahrer, die täglich bei mir ein- und ausfuhren, und das eine halbe Ewigkeit lang. Ach ja, und danke, dass ihr nie gegen mein Tor gefahren seid. Da gehört viel Geschick dazu!

Danke an Tommy und Angel von Isco.

Und zum Schluss danke ich meinen Nachbarn Joe und Lorinda Graziano, John und Philippa Gunner, Jeff und Debbie Habberstad, John und Roni Richardson und Kara Franklin. Es kommt mir vor, als wären wir gemeinsam in den Krieg gezogen und heil wieder zurückgekehrt. In schwierigen Zeiten sieht man alle Farben der Persönlichkeit und ich finde, wir haben geglänzt und geschillert. Danke für eure Dusche, als wir kein fließend Wasser hatten und danke für euren Rat, wenn ich nicht mehr weiterwusste. Danke für euren Beistand, wenn man manchmal nichts tun konnte, außer zu heulen. Ich liebe und vermisse euch alle.

Vielen Dank an Montlake für das Verständnis, dass es Verzögerungen gab und ich die Abgabetermine nicht einhalten konnte.

Und wie immer möchte ich Jane Dystel danken. Nicht nur für deine professionelle Arbeit als Agentin, sondern auch dafür, dass du als Freundin immer für mich da bist. Du bist eine Konstante in meinem Leben und glaubst stets an mich.

Millionenfacher Dank an euch alle.

Eure Catherine

Printed in Poland
by Amazon Fulfillment
Poland Sp. z o.o., Wrocław

70177915R00242